ナイトランド叢書EX-4

《ドラキュラ紀元》

われはドラキュラ——ジョニー・アルカード〈上〉

キム・ニューマン
鍛治靖子 訳

アトリエサード

作中に、現在の観点からでは差別的と見なされる用語がありますが、原著者に差別意識がないことは作品から明確であり、また作品の世界・時代設定を反映したものであるため、訳者と相談のうえ原文に則した訳語を使用しました。（編集部）

目次

《ドラキュラ紀元》われはドラキュラ——ジョニー・アルカード〈上〉　キム・ニューマン　鍛治靖子 訳

F．ポール・ウィルソンに

伯爵はわれわれを見ると、長い尖った歯をむきだして、ウーッと一声、すごいうなり声を立てた。が、たちまち、獅子が鼠を見るように、一同を冷眼ににらみすえて、ニタリと笑った。五人がそろって前へジリッジリッとすすみ出ると、彼の表情がサッと変わった。残念ながら、われわれは攻撃の手順をしっかりきめておかなかったうらみがあった。その場に臨んでも、私は何をしていいのか、とまどった。われわれの持っている凶器が果たして役に立つかどうかも、私にはわからなかったが、ジョナサンは容赦なく、持ったる短剣を逆手《さかて》にふりかざすと、突然激しく切ってかかった。太刀風すごく、あわやと見るより、伯爵は鬼神のごとくサッとうしろへ身を引く。その隙をすかさず打ちこむ二番太刀は、相手の心臓をグサリと突き刺したかと思われたが、惜しや手元が狂ったか、切り込んだ刃先は、魔人の衣装を胸先かけて、ビリビリと切り裂いたばかり。とたんに、紙幣の束と金貨がザラザラと床にこぼれ落ちた。この時、伯爵の形相は、鬼神もかくやとものすごく、一瞬、私はジョナサンの身を危うしと見るまに、またも突き入る第三の太刀……その時の伯爵の顔にあらわれた地獄の憤怒とうらめしさ、悪鬼のごとき遺恨無念の形相は、とうてい筆には描けない。蠟のような顔色が、燃えるような赤い目の色に、青黄いろく見え、額のまんなかにあるザクロのような傷跡が青ざめた肌に血を噴いているようであった。このとき魔人は、ジョナサンの腕の下をサッとすり抜けたと思うと、打ちおろす短剣の刃先よりなお早く、床の上の金貨をすばやく一握りつかむがいなや、颶風《ぐふう》のごとく部屋をつっきり、そのまま窓にダンと体当たりしたと思うと、ガラスは木っ端みじん、ガラガラとあたり一面に砕け散るなかを、魔人は下なる中庭の敷石の上へと、ころげ落ちるように飛び下りた。
それっというので、五人はあと追いかけて窓からのぞくと、魔人はかすり傷一つなく、中庭を脱兎のごとく駆けぬけて、かなたの厩《うまや》の戸をグイと押しあけ、そこからこちらをふりむいて、
「ウヌ貴様ら、このおれにじゃま立てひろぐ気か？　屠所《としょ》の羊にさも似たる、その青ちょびれた面を並べ、どいつもこいつも、後悔するな。おれの隠れ家はもはや一つもないと、貴様ら思いおろうが、まだまだたあんとあるわ。この仕返しは今からだ。先の世の先の世までも、尽未来《じんみらい》、おれは貴様らにたたろうでな。時はおれの味方。貴様らがかわいがる女子《おなご》らも、とうの昔におれがものだわ。あの女子らを手なずけてな、いずれそのうち貴様らも、おれが餌食にしてやるわ。おれが手の者はな、おれのいうことはなんでも聞くのだ。おれが餌食のほしい時には、あいつらはおれの山犬になるのだ。ざまあ見ろ！　ムハハハハハハ！」

ブラム・ストーカー『吸血鬼ドラキュラ』Dracula より　ドクター・ジョン・セワードの手記

平井呈一　訳

ドラキュラ伯爵なんて誰の役にも立たないし、一度も役に立ったことなんかないさ！

マリオ・バラート（ジョー・ダレッサンドロ）『処女の生血』Blood for Dracula より

プロローグ　契約――ドラキュラ紀元一九四四

戦《いくさ》の前からトランシルヴァニアは死者の国だった。森も山も、すべてが歩く死者たちの故郷だった。少年はヴァンパイアなど恐れていなかった。ドイツ人もロシア人も怖くなかった。これ以上悪い事態が自分の身に起こることなどあり得ないのだから。

かつては少年にも帰るべき家があった。世界には両親や大勢の家族がいて、彼はそこで教会と学校に通い、玩具ももっていたし、友達もいた。食べ物の好き嫌いを言ったり、服を選んだりすることもできた。いまではそうしたものはみな、焚き火のまわりで語られる物語のような、ぼんやりとした夢にすぎなくなってしまっている。鉄衛団（ルーマニアのファシスト党。一九三六年に結成、第二次大戦後、解党した）――ルーマニアのナチス親衛隊《SS》みたいなやつらだ――が〝共産主義《アカの》活動〟を終わらせようと村を襲い、炎と血でそれまでの彼の人生を消し去った。いまとなっては、どれがずたずたになった自分の記憶なのか、どれが他者から聞かされて心に染みついたイメージなのか、区別できなくなっている。

闇の中で、少年はブラストフやニコラエやマグダの身に起こったことを反芻する。マインスター男爵の、金色に輝く過去に思いを馳せることもある。彼の語る失われた栄耀栄華など、誰ひとり信じてはいなかったけれども。メンバーの半分以上が共産主義者《アカ》であるにもかかわらず、パルティザンたちは男爵がその称号を名のり、リーダー気取りにふるまうことを許している。少年の見たところ、真の指揮官はヴァンパイアのブラストフだ。ブラストフは一度だけ、自分もそのつもりになれば称号を名のれるのだと口をすべらせたことがある。無愛想で誰からも嫌われている生者ニコラエは、狡猾で猫のようなブラストフが自分の意を通せるよう、うまく立ちまわってやっている。あくまで独立独歩を貫く社会民主主義者のユダヤ人マグダ・クーダは、つねに持論を主張して男たちに自分の存在を誇示している。少年は終わりのない議論には加わらない。ほかの者たちも少年にあれこれ指図したりはしない。少年は自分のやるべきことだけをしていればいいのだ。

ライフルを杖に、ディヌ峠に通じる荒れた道をひとりゆっくりとのぼっていく。銃床を地面につけると、ロシア製の銃は少年の身長の四分の三にまで達する。倒れたパルティザン仲間から譲られたこのライフルが、少年にとってはただひとりの真の友だ。真夜中はとうにすぎた。部隊全体が、仲間うちの不死者《アン＝デッド》の習慣に従って眠りと覚醒の時間を逆転させている。夜気はじっとりと湿っている。濃い霧、それとも霧雨だろうか。月はない。眼下の平地は夏で、まだ炎をあげているプロイェシュティ（ルーマニア、ムンテニア地方プラホヴァ県の県都。石油産業の中心地だった）の石油精製工場が、八月の暑さにさらに拍車をかけている。いたるところで毒をふくんだ黒い煙があがっている。だがトランシルヴァニア・アルプスの高みでは、冬の氷の手が完全に離れることなく、いまも空気は澄みわたり、鋭く肺に突き刺さる。

黒い御影石《みかげいし》やそれ以上に黒い樅の木がときおり濡れて光るばかりで、ほとんど何も見えないものの、夜の音はすべて耳に届く。少年を恐れて——当然だ——逃げ去る小動物の足音（つかまえることができれば、もちろん立派な食料になる）。そして、太古から永遠に絶えることのない、山と森のきしみや息吹。

ドイツ国防軍《ヴェールマハト》がもっとも険しい峡谷の上にそびえる古い城砦を遺棄して三年、ディヌ峠まできたドイツ人はひとりもいない。鉄衛団は対ロシア戦でナチスに見捨てられ、瓦解した。彼らがいなくなってもこの地に平和はもどっていない。森には、山賊や脱走兵や狼や、それらと同じくらい危険な夜の生き物が巣くっている。戦闘が終わり、死体を調べてはじめて、自分たちが何と戦っていたかわかることもしばしばだ。

慎重に、厳粛に、険しい道をのぼっていく。

どのようにしてその連絡が届いたのか、少年は知らない。だが彼らは招喚された。ディヌ峠へ。あの城砦へ。彼ら全員が敬い畏れる、ヒトラーやスターリンのような道化など足もとにもおよばない高みに在《まし》ます者とまみえるために。

ドラキュラ。

何者でもない子供、過去も未来も知らずその瞬間のみを生きているような子供でも、その名前は知っている。その名は、マインスターが自称しているよりはるかに多くの称号とともに語られる。領主《ヴォイヴォダ》、大公《プリンス》、伯爵《カウント》、ヴラド・ツェペシュ、王婿《プリンス・コンソート》、伯爵《グラフ》、〈猫の王〉、〈闇の公子〉、〈呪われし者の君主〉。この山の中では、小作農もジプシーも、それらの称号が意味も必要もないただの飾りにすぎないと知っている。この地ではその名ひとつで充分なのだ。

ドラキュラ。

マインスター男爵は何ヶ月にもわたり、みずからの闇の父であり、世界に生きるほぼすべてのヴァンパイアの父にして始祖であるドラキュラ伯爵について、さまざまな法螺話を語ってみんなを楽しませてきた。夢中になって語る男爵は、波うつ金髪や小粋な灰色のマントや食餌に対する奇妙なこだわりもあいまって、まるで興奮した少年のようだ。彼の語る不死者《アン＝デッド》が温血者《ウォーム》を支配していた時代の物語は、支配階級を殺して労働者が統治するという共産主義者《アカ》の語る未来のように、たあいのないものに思われる。そして、御前にまかりこそうというういま、男爵は口を閉ざしている。もしかすると彼の闇の父は、報奨ではなく罰を与えようとしているのかもしれない。お気に入りの子《ゲット》だと主張してはいるものの、マインスターは自分の立場に自信がもてずにいるのかもしれない。

ふいに、目の前に城砦がそびえ立った。とほうもなく巨大な黒い氷山のような冷気を放っている。だがどうということはない。寒さなど、空腹と同じくらいいつものことではないか。少年はいまではもうふるえることもない。声をあげることもめったになく、苦痛などけっして訴えたりしない。この地方産の石でつくられているため、数フィートの距離まで近づいてようやく城壁を見ることができた。その城砦は、ただ一本の舗装路だけをわたした深い峡谷に囲まれ、まるで山そのものから生えているかのように峠を見おろしていた。

ドラキュラは何世代ものあいだこの地を離れ、世界じゅうをまわって血統をひろめ、歴史をつくり、歴史を変えてきた。そして、故郷が闇の中でもっとも深い困窮にあえいでいるいま、この地にもどってくる。ブラストフの予想では、伯爵はアメリカかイギリスの船でカイロからイタリアにわたり、そこから、この四月にプロイエシュティの石油精製工場を破壊した爆撃機のような飛行機に乗ってトランシルヴァニアにはいるということだった。きっと雲の上で飛行機を抜けだし、巨大な革の翼をひろげて故郷の大地にむかって滑空するのだろう。彼の帰還は青い炎となってすべてのパルティザンに火をともし、団結と蜂起をもたらして、ルーマニアから枢軸国を駆逐するだろう。ブラストフはロシアのために、マインスターは自分自身のために、ドラキュラの帰還を歓迎している。だが温血者《ウォーム》たち――マグダやジプシーの老女マレヴァは、ひとつの巨大な邪悪がべつの邪悪にとってかわるだけなのではないかと恐れ案じている。

はやすぎたようだ。城砦には誰もいない。ドラキュラがいるなら何か感じられるはずだ。あのように偉大な存在が空気を掻き乱さずにいられるわけがない。少年は舗装路に立って、中庭に通じる扉のないアーチをながめた。ここには何もいない。鼠一匹すらも。

ブカレスクではアントネスク将軍がドイツ・イタリアとの協力関係を打ち切ろうとしているし、軍はロシア戦線をともに戦ってきたナチスに背をむけようとしている。だがそんなこともさして気にならない。熱い期待のかかる一斉蜂起にも、少年の心は躍らない。少年は未来など信じていなかった。ほかの連中は枢軸国と連合国のさまざまな派閥について熱心に語りあい、ルーマニアを救ってくれるのはアメリカかソヴィエトかと議論を戦わせている。さほど長くもない人生において少年が学んだただひとつの教訓は、救ってくれる者などいないということだった。イエス・キリストも聖ニコラスも、ヒトラーもスターリンも、フランスもアメリカも、助けてはくれない。この城砦のように堅くて黒い御影石が落ちてきて、夜の冷気のように無慈悲に容赦なくたたきつぶされるだけだ。

「息子よ、そは誤りなり」

つまるところ、少年はひとりではなかったのだ。声は城砦の中から聞こえてくる。石壁をつたって運ばれてくるささやき。ヴェルヴェットのようになめらかに、樹皮のようにざらついて、頭蓋の中に直接響いてくる。

まずはじめに目があらわれた。

中庭で、黒い瞳孔をとりまく赤い目が、猫のように輝いている。少年はアーチをくぐり近づいていった。

「われはドラキュラなり」長身のヴァンパイアが言った。

少年に答える言葉はなかった。ドラキュラを前にして、いったい自分ごときが何者であり得よう。皮膜の翼こそないものの、ドラキュラは、白銀のジッパーが検死解剖の傷痕のように走る黒いつなぎのジャンプスーツを着て、重たげな飛行ブーツを履き、毛織のマントをまとっていた。手袋をはめていない手が恐ろしく白い。皺はなくともその顔は年古り、青ざめて月光のような淡い光を放っている。髪はぬばたまの黒。眉や髭と同じく、濃く強《こわ》い。足もとに革の鞄がおいてある。銃をもたない人間を見るのは一年ぶりだ。

マインスターやブラストフやその他の者たちと行動をともにして不死者《アン＝デッド》に馴染んでくるにつれて、少年は、彼らの特徴である赤い渇きは少年自身の飢えと同じような弱点にすぎず、ヴァンパイアも温血者《ウォーム》の男女とさして変わりはないのだと考えるようになっていた。だがドラキュラはちがう。ほんもののヴァンパイアに会う前に想像していたとおりの生き物だ。もっとも、不死者《アン＝デッド》に関する少年の知識はすべてマレヴァのような老女がつぶやく物語から得たものであり、彼女たちにとってマインスターの語る輝かしい昔とは、赤ん坊が攫《さら》われ咽喉を切り裂かれるような時代だったのであるが。

ほかの者たちは背後の森で、木の上で、少年を見守っている。話し合いの結果、まずは少年ひとりを会見の場におもむかせることが決められたのだ。体格のよい者を送りだせば、伯爵は脅威や裏切りと見なすかもしれない――ブラストフはそう懸念した。彼とニコラエは数週間ごとに誰かを裏切り者と裁定し、処刑しては食料としている。いっぽうでマグダは、ドラキュラはひそかにファシスト側に寝返っているのではないか、そうすれば全員が死の罠に追いこまれることになると主張した。

少年はいまになってようやく理解した。真に恐怖を知らないのは、おのが身に何が起ころうと真に気にかけていないのは、少年ただひとりであること――それに、パルティザンの全員が気づいていたのだ。以前マレヴァが、あの子はどんなヴァンパイアよりも死んでいるねと語ったことがある。本人に聞かれていたと気づき、老女は報復されるのではないかと恐れたが、少年は老女の理解に冷やかな誇りを抱いただけだった。彼は氷や石ほどにも生命をもたず、したがって傷つくこともなかった。

「よくぞまいった、息子よ、重畳」

ドラキュラは父ではない。少年に父はいない。

「それまた誤りなり。われはそなたの父、父以上のものとなろう」

少年の心は漠として、なんの感情も浮かんではこない。

少年には愛も、憎しみも、恐怖もない。虚ろなばかりだ。ドラキュラは口にされていない少年の思考を読みとっているようだが、それすらどうでもよかった。

「わがもとにこよ」

ドラキュラが幽鬼のように白い手をのばす。その爪は血のように黒いダイヤモンドだ。

少年は伯爵の前に立った。赤い目が彼を支配し、意志を圧倒して引き寄せようとする。だが少年の心は空っぽで、とらえられるものも動かされるものもない。

ドラキュラが微笑した。口髭の下に、真珠のように白く、鮫のように鋭い歯がのぞく。

「内なる剛、よきかな」耳に届く声はない。「申し分なき者よ」

少年はみずからの意志でヴァンパイアに近づいていった。

蛇のようにすばやく、剃刀のごとく鋭い牙が襲いかかる。痛みが少年の脳に届いたのは、さらにしばらくたってからのことだった。

ほかの者たちは知っていて、ドラキュラへの貢ぎ物として少年を送りだしたのだ。少年は生きていないのだから、たとえ死んでもどうということはない。

最期の時を迎えて、少年はただ寒さだけを感じていた。

少年の血を食らい、飲み干しながら、ドラキュラはそのあいだじゅう少年の心に語りかけた。なだめ、求め、約束と予言を与え、秘密と情熱をわかちあった。

飲むべき血がなくなると、ドラキュラはほとんど重さのない少年を抱いて、中庭から舗装路へと歩みでた。

少年にはまだ嗅覚が残っていた。巨大な不死者《アン＝デッド》の雄の獣のにおいが鼻孔いっぱいにひろがる。それとともに、さらなる記憶が――遠い昔にはるかな土地で起こった、少年の知らない、知りようもない何百年分もの記憶がよみがえった。そして、少年自身の家族のこと――家族から呼ばれていた名前も思いだした！　彼らの死にまつわるすべての事実。恐怖の雲を超えて、子宮へ、両親の過去へ、祖父母の過去へと押し流されていく。何世紀の時をさかのぼろうと、そこにはつねに、真紅と銀を帯びた黒い影が、永遠なるドラキュラの姿がある。

指がこめかみに触れて目蓋をひらかせた。

ドラキュラは袖で口もとをぬぐい、少年の目が自分にむけられていることを確かめた。

「まだ逝ってはならぬ」

ドラキュラが小鬼《ゴブリン》のように、悪戯小僧のように、舌を突きだした。長く、真っ赤で、先端がふくらんでいる。舌ではなく赤い毒蛇のようだ。ヴァンパイアが口を閉じ、ひらいて、舌の先端を噛んだ。ごくごく小さな肉片がすっぱりと切れる。それを脇に吐きだす。口腔に血があふれ、笑みを浮かべたくちびるからこぼれる。夜の中にも鮮やかに赤い。ドラキュラがうつむいて接吻し、血のしたたる舌で少年の口をこじあけた。冷たく塩からい血が流れこみ、口蓋をたどって咽喉にすべり落ちていく。

少年は母の乳房を思いだし、吸いついた。

永遠とも思える数秒が流れ、少年は舗装路の外に投げだされた。口と胃の中で、血が氷のように燃えている。頭の中に言葉にならない歓喜の声が響きわたる。灌木や岩にぶつかりながら、小石と落ち葉の斜面を峡谷の底にむかってころがり落ちていく。死と、転化と、再生を迎えた身体がふるえる。以前の生は――パルティザンとともにただ時をすごしていただけとはいえ、少年にも死すべき者の生があったのだ――砕け散った。死者としての強固な肉体もまた、石にあたって引き裂かれた。

少年は混乱を抱え、闇の中に横たわっていた。空をおおう分厚い雲ごしに星が見える。上では、彼がドラキュラとなり、誇らしげに腕を組んでいる。マインスターらの一団が森から出てきてひざまずき、指示を受けながら、至尊の存在を前に畏怖している。蜂起は今月二十三日に決定した。下では、彼はこれまでの〝彼〟ではなくなり、だがこれからなるであろう〝彼〟にはまだなっていない。
だがそれでも、少年はいま、渇いていた。

（訳注：一九四四年八月二十三日はいわゆるルーマニア革命の日付である。ルーマニアはそれまで枢軸軍側に立って圧政を敷いていたが、国王ミハイ一世がクーデターを起こしてアントネスク将軍を追放、連合国側につくことを宣言した）

第一部　コッポラのドラキュラ

——ドラキュラ紀元一九七六—七七

1

黄昏《たそがれ》の中に浮かぶ木々。高く直立するカルパティア松だ。日没の赤が夜闇を血で染める。大きな羽ばたきの音。巨大な黒いものがいくつも、木々のあいだを物憂げにひらひら飛びかっている。不吉で危険な影。とほうもなく大きな蝙蝠の翼が木々の頂きをかすめる。
ジム・モリソンの声が絶望をこめてさけぶ。「人々はよそよそしい」（モリソンがヴォーカルを務めるロックバンド、ドアーズの楽曲「まぼろしの世界 People are Strange」（一九六七）より）
火が花のようにひろがる。蠟燭のように純粋な青い炎。黒い木々が飲みこまれていく……
フェイドして顔が映る。荒れ狂う炎の中で逆さに吊るされた顔だ。

ハーカーの声「ワラキアか……くそ！」

事務弁護士ジョナサン・ハーカーが、ビストリツァ（ルーマニア、トランシルヴァニア地方の都市）の宿の上階で、おちつかなげに寝台に横たわり、待っている。その目には何も映っていない。
多大な努力をはらって起きあがり、姿見に近づく。みずからの視線を避け、プラムブランデーのずんぐりとした壜からぐいと酒をあおる。身につけているのはズボン下だけだ。瘡蓋《かさぶた》になった治りかけの噛み痕がいくつも肩に残っている。腕と胸はたくましいものの、腹は白くやわらかい。よろよろとアイソメトリックス（筋肉強化トレーニングのひとつ）をはじめる。精力的なキリスト教徒。だがその動きは不器用だ。

ハーカーの声「森と山のことしか考えられない……いまはこの宿で、ただ待つばかりだ。森にいたときはいつだって、エクセターの家のことしか考えられなかった。そして家にいるときはいつも、山にもどることばかり考えていた」

鏡の上に大蒜《にんにく》と十字架が吊るしてある。十字架のキリストが、見えない目でハーカーを見おろしている。ハーカーは足をすべらせて寝台に倒れこみ、また起きあがって手をのばし、大蒜をはずす。林檎であるかのようにかぶりつき、ブランデーで流しこむ。

ハーカーの声「この宿で指示を待っているあいだにも、わたしはどんどん年老いて貴重な生命力を失っていく。伯爵はそのあいだも山の上に陣取って、この地のすべてを吸いあげ、ますます若返り渇いていくのに」

サイドテーブルからロケットをとりあげてひらき、妻ミナの肖像を見つめる。なんの悪意も関心もなく、カメオ細工のロケットを蠟燭の炎の中にさげる。ミナの顔が茶色く、銀が黒くなる。

ハーカーの声「待っていたのはセワードからの連絡だ。そして、ついにそれがきた」

ノックの音。

2

「きみはいいな、キャサリン・リード」いかにも不味そうなクラフトサーヴィス（撮影現場においてドリンクやスナックを提供するサーヴィス）の食べ物をつつきながら、フランシスが言った。「きみは死者だ。こんなクソを食わなくても平気なんだろ」

ケイトは歯を見せて小さく息の音をたてた。古風な眼鏡とそばかすにもかかわらず、微笑すれば人を狼狽させるほど残忍に見えてしまう自覚はある。だがフランシスはひるまなかった。この映画監督は、心の奥底で、彼女がほんもののヴァンパイアだなどと信じてはいない。特殊効果のようなものと考えているのだ。

撮影基地である掩蔽壕《バンカー》の奥深く、この急ごしらえの軽食堂で、アメリカ人たちは郷愁をこめて延々とマクドナルドについて語りあっている。イギリス人――の中でも温血者《ウォーム》たちは、燻製鰊と揚げパンからなるパインウッド（イギリス、バッキンガムシャーにある映画撮影所。〈007〉シリーズなどで有名）の朝食について熱弁をふるう。ルーマニアのロケ地用ケータリングは、彼らが馴染んでいる食べ物とあまりにも異なっていたのだ。

フランシスはやっとのことで、半分までは腐っていない林檎を見つけ、それをもって去っていった。数ヶ月前、制作準備段階ではじめて出会ったときに比べると、目に見えて痩せた。東欧にはいってからは、保険医に栄養失調の診断をくだされ、ヴィタミン剤を注射している。『ドラキュラ』は文字どおり、彼をからからに吸いつくそうとしている。

この規模の映画制作は、数匹の大型と大量の小型からなる吸血蝙蝠の群れのように、宿主に張りつき、際限なく執拗に要求を重ねて吸いつくしていく。眼鏡をかけ髭を生やし異様なほど活動的だったフランシスが、ここに閉じこめられ、さまざまな決定をくだしてその正しさを証明し、つくりだしたヴィジョンをフィルムにおさめ、ロケ地や新しいキャストにあわせてシナリオを書き換えているあいだに、少しずつ中身を失って空洞化していくのがわかる。ひとりの男がこんなにも多くのアイデアをひねりだせるとは、まさに驚くばかりだ。もっとも、実現するのはそのうちのほんの一部にすぎないけれども。もし彼の立場にいたら、ケイトなら一週間で血を失って空っぽになってしまうだろう。

後進国における大予算映画プロジェクトが、そもそも正気の沙汰ではないのだ。戦闘地域でスリーリング・サーカス（同時に三つの舞台で演技がおこなわれる大規模なサーカス）の巡業をおこなおうとするようなものではないか。

〈誰が生き残るのだろう。生き延びた者の中には何が残っているのだろう〉

ヴァンパイアのためのクラフトテーブルも、温血者《ウォーム》のものと変わらないお粗末さだ。金網のケージにはいった不健康そうな鼠が何匹か。見ていると、フロア・エフェクトのひとり、キルティングのヴェストにツールベルトを巻いた新生者《ニューボーン》が、のたうつ一匹を選びだして頭を噛み切った。彼はコンクリートの床に頭を吐きだし、嫌悪に顔をゆがめてうめいた。

「タムシがついてやがる。アカのやつら、病気の鼠でおれたちを皆殺しにしようってんだな」

「ベーコンサンドだったら徹底的にやっつけてやるんだがな」エフェクトマンの連れが溜息をつく。

「おれはルーマニアの仕出屋をやっつけてやりたいよ」新生者《ニューボーン》が答えた。

ケイトは渇いていた。周囲にはアメリカ人がたくさんいる。伝統的で迷信深いこの田舎でも、なんとか人間の血でやっていけそうだ。ドラキュラがヴァンピリズムを西側世界にひろめて九十年、アメリカにはまだ血を糧とする不死者《アン＝デッド》はそれほど多く住んでいない。アメリカ人にとって、真に旧世界からやってきた夜の生き物に血を吸われることは、スリルあふれる体験なのだ。

いずれ、そんな興奮も失われていくだろうけれども。

3

掩蔽壕《バンカー》の外では、本物の松の木立と作り物の枯れ木のあいだに自然光が射しこんでいる。しだいに狭くなりつつあるその光の中で、フランシスがハーヴェイ・カイテルにむかって怒鳴っていた。ジョナサン・ハーカー役の俳優は、ストイックで無表情で無愛想だ。彼はけっして議論にひきこまれず、おかげでフランシスはしじゅうヒステリーを起こしてわめきたてている。

「おい、おれはマーティン・クソッタレ・スコセッシじゃないんだ」彼はさけんだ。「おまえがやらないことを、うざったいナレーションでごまかしたりはしないんだからな。ハーカーがいなきゃ映画にならんだろうが！」

カイテルはいかにも無造作にこぶしを握った。フランシスは一週間というもの、このスターをぼろくそにこきおろしている。噂では、パチーノかマックイーンを使いたかったのに、どちらも鉄のカーテンのむこうで三ヶ月すごすことを拒んだのだという。

ケイトにもそれは理解できる。映画制作の司令部として使われているこの第二次大戦時代のくそ面白くもない掩蔽壕《バンカー》は、古代の山の中に立ち、高木に囲まれていかにも小さく見える。未開国における文明の前哨地としては、あまりにも無力で醜悪だ。

コッポラの『ドラキュラ』にテクニカル・アドヴァイザーとして参加してくれないかという申し出を受けたとき、ケイトは、すべてのもの――〈変化〉と〈恐怖〉と〈変転〉がはじまった場所を見るのも面白いかもしれないと考えた。この国がヴァンピリズムそのものの発祥の地だなどと誰も本気で考えているわけではないもののの、ドラキュラは確かにここからやってきたのだ。翼をひろげて世界に血統をひろげようと決意するまで数世紀のあいだ、彼を育んできたのはこの土地だった。

三ヶ月はすでに六ヶ月になっている。この映画の制作にスケジュールはない。あるのは延々たる刑期だけだ。もういまから仮釈放を要求している者も何人かいる。

ヴァンパイアの中には、トランシルヴァニアを不死者《アン＝デッド》のイスラエルになすべきだ、大幅に描き換えられた中央ヨーロッパの地図から分離し、地理的にも政治的にも故郷となる新国家をつくるべきだと考える者もいる。それが漠然としたアイデアから確かな概念に移行するとすぐさま、チャウシェスクは猛烈な勢いでその主張を否定した。片手で銀刃の鎌と鉄の槌とをとがらせた樫の杭を掲げ、「ルーマニアは吸血蛭の扱いを心得ている。心臓に杭を打ちこみ、穢らわしい頭を切り離せばいい」と、世界に思いださせたのだ。だがトランシルヴァニア運動（「森に帰れ、山に帰れ」）は勢いを得ている（一九六〇年代後半から七〇年代にかけて起こった「大地に帰れ」運動のもじりと思われる）。混沌たる広大な世界で九十年をすごしたあげく、伝説のような以前の状態にもどりたいと望む長生者《エルダー》もいる。一八八〇年代に転化したケイトの世代、ヴィクトリア時代人の多くもまた、この機械化された時代に取り残され、彼らに共感をおぼえている。

「レディ、あなたはアイルランドのヴァンパイアなんだろう？」フランシスのために飛んできて、二日間だけドクター・セワードを演じたハリソン・フォードが、ケイトにたずねたものだ。「それで、あなたの城はどこにあるんだい」

「わたしはホロウェイ・ロード（ホロウェイには未決女囚を収容するイギリス最大の刑務所がある）にフラットを借りてるわ」彼女は答えた。「酒類販売免許のあるお店の上よ」

約束の地トランシルヴァニアでは、すべての長生者《エルダー》が城と領地と奴隷と、家畜としての人間を所有するだろう。誰もが夜会服を着て、ヴァンパイアはみな、レプラコーン（アイルランド民話に出てくる黄金を隠しているという小妖精）のように古代黄金の宝をもつだろう。ありとあらゆる地下室に絹を張った柩がおかれ、すべての夜が満月となる。永遠につづく生命なき生。終わりなき奢侈。つきることのない血の泉。パリ製の屍衣。

ケイトにしてみれば馬鹿げた運動だと思う。調理された朝食や、(べつのスタッフが文句を言っていた)ちゃんとしたトイレットペーパーはもとより、ここには知性すらもが欠けている。会話のない国。(皮肉なことに)生命のない国だ。

そもそもドラキュラがトランシルヴァニアを離れたのは、ただ単に巨大な黒い海綿のごとくこの地を吸いつくしてしまったからではなく、彼ですら、ジプシーと狼と渓流を支配するのにうんざりしたからだ。だからといってその事実も、トランシルヴァニア運動の長生者《エルダー》たちが伯爵をみずからの主張の根源となし、彼の紋章を象徴となすことの妨げにはならない。あるアーサー王伝説研究家は、ヴァンパイアがトランシルヴァニアにもどれば、ドラキュラはふたたび立ちあがり、当然の権利として支配者の玉座につくだろうとひそかにつぶやいている。

長い年月の末に、ドラキュラもようやく真の死を迎えた。もう十五年以上も前のことだ。ケイトは杭に刺さった彼の首を見たし、慈悲深い暗殺者の告白も聞いたし、ローマ郊外の浜辺でおこなわれた火葬に参列して、彼の灰が海に撒かれるのも目撃した。サマラの約束(死神から逃れることはできないという、ユダヤ教タルムードの物語。これをもとにしてサマセット・モームが短編「バグダッドの死神」The Appointment in Samarra(一九三三)を著している)を数知れず逃れてきた男であろうと、あそこから生還することはできない。

だが伯爵という存在はいまも、あまりにも多くの者に、あまりにも多くの意味を与えている。もしかすると彼の中の何か——議論の余地なく現実的で確かな何かが残されているのだろうか。それとも彼は、いまやただの幻影として、その名を呼んで希求するあらゆる者に都合のいい存在になってしまったのだろうか。数知れぬ主張と改革運動と反乱と暴虐。ひとりの男が、一匹の怪物が、これらすべてを網羅することなどできるはずがない。これほどたがいに相矛盾する論争を包含できるはずはない。

歴史としてのドラキュラ。ストーカーの小説のドラキュラ。この映画のドラキュラ。トランシルヴァニア運動のドラキュラ。ドラキュラは——ヴァンパイアでありイデアでもあるドラキュラは、とほうもなく巨大だ。だが、信奉者を自称するすべての者に庇護のマントを投げかけてやれるほど大きくはない。彼がけちな略奪行為をくり返しながら数世紀をすごしたこの山にやってきたいま、ケイトにも理解できる。伯爵は自分を、岩を這いおりる蜥蜴のようにちっぽけな存在と認識していたにちがいない。

　自然は偉大だ。夜になると、濃いヴェルヴェットの黒い空にレーザーポイントのような星々がきらめく。千もの花と獣の音が、匂いが、味が、感知できる。もし野生の呼び声が存在するなら、この森の発しているものこそがそれだろう。だが知的生物と思えるものは皆無だ。

　ケイトは一九六九年にビバ（一九六四年から七五年にかけてスウィンギング・ロンドンのファッションを牽引したブランド）で購入した、金糸でトレサリーのはいった黄色いスカーフを、あごの下にしっかりと巻きつけた。薄く破れやすい布地だが、これは文明の証、あまりにもしじゅう重々しいモノクロで占められてしまう人生の中の、軽やかで鮮やかな一瞬だ。

　フランシスがとびあがり、またすわりなおし、数ページのシナリオを風の中にとばした。両手を翼のようにばたつかせている。罵倒の雲が泰然自若たるカイテルを包む。

「わかってるのか、おれはこのくそったれな映画に、くそったれな大金をつぎこんできたんだ」フランシスはカイテルひとりではなく、その場の全員にむかってさけんでいる。「家も葡萄畑も、何もかもなくしちまうかもしれん。名誉の失敗なんぞしている余裕はないんだ。こいつは、何がなんでも、どんなことがあっても、『ジョーズ』（Jaws（一九七五）スティーヴン・スピルバーグ監督）の興行収益を上まわらなきゃならんのだ。でなきゃおれは、とがった電柱で尻から串刺しにされちまうだろう」

　エフェクトマンたちは地面にすわりこんで掩蔽壕《バンカー》の外壁にぐったりとよりかかり（ロケ椅子は数えるほどしかない）、くるはずのない神の答えを求めて天を罵る監督を見つめている。シナリオの紙が渦を巻きながら舞いあがり、雲のようにひろがって木々の幹にあたり、谷の空高く散っていく。

「これでも『ゴッドファーザー』（The Godfather（一九七二）フランシス・フォード・コッポラ監督、マーロン・ブランド主演により、大ヒットとなった）のときよりはましだよな」ひとりがつぶやいた。

4

召使がハーカーを立派な客間に案内する。テーブルに、パンとチーズと肉の軽食が用意してある。白衣を着て首に聴診器をかけたドクター・ジャック・セワードが、温かな握手をかわしてハーカーをテーブルまで連れていく。片側ではキンシー・P・モリスが腰をおろし、鋤《すき》ほどもありそうなボウイナイフを宙に投げあげては受けとめている。
立派な身なりのゴダルミング卿が、糊のきいた襟にナプキンをはさんで、倍盛りのパプリカチキンをがつがつと食べている。ハーカーと目があうが、ゴダルミングは視線をそらす。

セワード「ハーカー、好きに食べてくれたまえ。異国の屑にしては驚くほどまともな食事だ」
ハーカー「ありがとうございます。ですが結構です。食事は宿ですませてきました」
セワード「宿はどうだ。地元の連中に悩まされてはいないか。迷信深い老女《バブシュカ》ばかりだからな」
ハーカー「まあ、なんとかやっています」
セワード「それはすばらしい……。ところで、グラーツのマリア・ドリンゲン伯爵夫人というヴァンパイアだが、きみは確か一八八三年に彼女の首を切り落とし、心臓に山査子《さんざし》の杭を刺して、完全に滅ぼしたのだったな」

ハーカー「いまはその話はしたくありません」

モリス「まあまあ。きみは教会に称賛され、教皇の勲章を受けられるよ。泡を噴く雌犬もついにくたばったんだ。手柄じゃないか」

ハーカー「わたしはあなた方が言うような女について直接的には何も知りません。たとえ知っていたとしても、そうした事柄について話しあいたくはありません」

無感動に立つハーカーを前に、セワードとモリスが視線をかわす。まさしくふさわしい男が手にはいったのだ。いかにも指揮官然と、ゴダルミングもうなずく。

セワードが金庫の前におかれたコールドミートの皿を片づけ、ゴダルミングから鍵を受けとって金庫をあける。そして木版画をとりだし、ハーカーにわたす。

鋭い鷲鼻をもった中世の戦士領主の肖像だ。

セワード「これがヴラド・ツェペシュ、〝串刺し公〟だ。善きキリスト教徒にして信仰の守り手。百万のトルコ人を殺した。人々は彼を〈ドラゴンの息子〉、〈ドラキュラ〉と呼んだ。

ハーカーは心を動かされる。

モリス「ヴラドは東方正教会からしこたま勲章を受けてるんだ。首座主教にだってなれただろう。だがやつは改宗した。ローマに行ってキャンドルになっちまった」

ハーカー「キャンドルとはなんですか」

セワード「ローマ・カトリック教徒のことだよ」

　ハーカーは改めて木版画をながめる。見方によっては若いころのマーロン・ブランドにも似ている。

　セワードがサイドテーブルに歩みよる。時代物の蠟管蓄音機が据えつけてある。彼は蠟管をセットして針を調節する。

セワード「これがドラキュラの声だよ。折り紙つきのほんものだ」

　セワードが録音機のクランクをまわす。

ドラキュラの声「聞ーくがよーい。よーるの子らのこーえを。なーんと美しーい、おーんがく」（ブラム・ストーカー『吸血鬼ドラキュラ』二章およびトッド・ブラウニング監督、ベラ・ルゴシ主演『魔人ドラキュラ』Dracula（一九三一）のドラキュラの台詞より）

　録音された声は奇妙にゆがんでいる。

ハーカー「背景に聞こえているのはなんですか」

セワード「狼だ。正確にいえば、ダイアウルフ（更新世のころ北米に棲息した大型狼）だね」

ドラキュラの声「死ぬ、しーんの死を迎えーる。なーんと……喜ばしーきこーとかな」（トッド・ブラウニング監督、ベラ・ルゴシ主演『魔人ドラキュラ』Dracula（一九三一）のドラキュラの台詞より）

モリス「ヴラドはもうローマも超えちまったよ。やつはいまあの山の上、難攻不落の城で、おのれの聖戦をつづけている。やつは狂信的で忠実なツガニー・ジプシーの軍隊を手に入れた。連中は、どれほど残忍なものだろうと、どれほどおぞましいものだろうと、やつの命令に従う。きみも知ってるだろう、ジョン。死んだ赤ん坊。血を吸いつくされた牛。窓から投げだされた小作人。串刺しにされた老女たち。やつは忌まわしき不死者《アン＝デッド》。胸糞悪い怪物なんだ」

ハーカーは衝撃を受け、ふたたび木版画に目を落とす。

セワード「きみには山にのぼってもらいたいのだ。ボルゴ峠（ブラム・ストーカー『吸血鬼ドラキュラ』に出てくる地名）を越えて……」

ハーカー「ですが、峠を越えればトランシルヴァニアです。わたしたちはトランシルヴァニアにはいってはならないのでは？」

ゴダルミングは天を仰ぎ、なおも食事をつづける。

セワード「……ボルゴ峠を越えて、ドラキュラ城に行く。そこで、どのような手段を使ってもいい、おもねりへつらってドラキュラの懐にはいりこむ。そして、やつの家中をばらばらに打ち砕くのだ」
ハーカー「ばらばらに？」
　ゴダルミングがナイフとフォークをおく。
ゴダルミング「究極の信念をもって徹底的に打ち砕きたまえ」

5

「なんといえばいいか、とにかくおれたちは間違ったんだ」

フランシスは自信ありげに見せようとしながら神経質に肩をすくめた。言葉よりも注目を集められることを期待して験をかついだのか、髭を剃り落としている。

「勇気がいることかもしれないが、正直いって納得のできない状況でこのままつづけるよりは、一度中断して、キャストを考えなおすべきだと思うんだ」

ケイトはショー・ビジネスにはあまりくわしくないが、専門誌（〈ヴァラエティ〉（一九〇五年に創刊されたアメリカのエンターテインメント業界雑誌）、〈スクリーン・インターナショナル〉（イギリスの映画雑誌。一八八九年に創刊され一九七五年にこの名前に変更された）、〈ポジティフ〉（一九五二年に創刊されたフランスの映画雑誌））の記者たちが唖然としているところを見ると、二週間撮影をおこなったあとで、主役俳優を馘首《くび》にしてそのフィルムを捨て、新しい者を雇うというのがあたりまえの事態でないことは明らかだった。カイテルは国に送り返され、カーニヴァル全体がきしみをあげて停止した。フランシスが合衆国にもどって新しいスターをさがしているあいだ、残された者たちはただぼんやりと無為にすごすばかりだ。

『ドラキュラ』はどれくらい予算オーヴァしているのかとたずねる者もあった。フランシスは笑って、予算といったって暫定的なものだからと言葉を濁した。

「システィナ礼拝堂にいくらかかったかなんて、誰もたずねたりしないだろう？」丸々と太った手をふりながら彼は答えた。

賭けてもいいが、ミケランジェロが寝ころがって絵筆を握っているあいだ、教皇ユリウス二世は、どれくらいの予算がかかるのか、いつになれば完成するのか、のべつまくなしに問いつづけていたに決まっている。撮影が中断しているあいだも金は湯水のごとくどんどん流れていく。共同製作のフレッド・ルースが、全撮影隊を待機させておくのにどれだけの費用がかかるか、説明してくれた。撮影をおこなう以上の金が失われているのだという。

ブカレスト・タウンホールでおこなわれた臨時記者会見。フランシスの隣には、新たにジョナサン・ハーカーを演じることになったマーティン・シーンがすわっている。三十代なかばにもかかわらずひどく若く見え、まるで『問題は薔薇だ』に出てくる途方に暮れた若者のようだ（The Subject Was Roses（一九六四）フランク・D・ギルロイの戯曲。ウール・グロスバード監督の映画（一九六八）で、退役して家にもどり両親の不和に困惑する息子をマーティン・シーンが演じている）。彼はぼそぼそとした声で、このような機会を与えられたことに感謝すると、寛大なコメントを述べた。無理やりダイエットさせられ髭をなくしたサンタクロースのようなフランシスが、顔を輝かせ、新たなスターのために乾杯しようと自前のワインをあけた。

ドラキュラは誰が演じるのかと〈ヴァラエティ〉誌の記者から質問がとんだ。ワインを注いでいたフランシスの手が硬直し、シーンの手首を真っ赤に濡らした。タイトルロール――とはいえ、ブラム・ストーカーと脚本家ジョン・ミリアスのおかげであまり出番は多くない――はまだ、クラウス・キンスキー、ジャック・ニコルソン、クリストファー・リーなど、可能性のありそうな俳優にオファーを出している最中だった。

「ヴァン・ヘルシングは間違いなくボビー・デュヴァルがやってくれる」とフランシス。「レンフィールドはデニス・ホッパーだ。ほら、蠅を食べるやつだよ」

「ですが、ドラキュラは？」

フランシスはワインを飲み、天使のような表情をつくろうとしながら指をふった。

「それはサプライズにしておこうか。さあさあ、諸君、そろそろわたしは失礼するよ。映画史をつくらねばならないのでね」

6

ケイトはフロントで部屋の鍵を受けとろうとした。夜間支配人がルーマニア語で小言をならべたてた。チェックインしたとき、部屋にはいろうとするとドアがはずれたのだ。ホテル側は、彼女がヴァンパイアとしての力を把握していないせいだと主張し、それ以来しつこく、ドアをつけかえるための法外な費用を請求している。ドアの材質はとんでもなく高価で、しかもモルダヴィアから船で運んでこなくてはならないというのだ。これはもちろん、外国人——とりわけヴァンパイアに対する騙《かた》りである。件のドアは麦藁の枠に紙を張ったものにすぎず、ボール紙に画鋲を刺しただけの蝶番でとめてあったのだから。

ホテル側はいくつもの言語で金を要求してきたが、ケイトはどれも理解できないふりをした。だがいずれ彼らも英語を使えばいいと気づくだろう。そうなればひと悶着起こらずにはいられない。フランシスはそのとき子供のように上機嫌で、この事態を面白がったあげく、いまいましいドアのことで彼女をからかうようになった。

疲れているわけではなかったが、日が暮れてから町に出ずにすむことがありがたく、螺旋階段をのぼって自室――狭苦しい三角形の屋根裏へとあがっていった。五フィート一インチぎりぎりのケイトが、中央部でのみかろうじてまっすぐ背筋をのばして立てるような部屋だ。ベッドの上にはこれ見よがしに十字架がかかっているし、洗面台には鏡がたてかけてある。両方ともはずしてやろうかと考えたものの、たいした侮辱ではないと、そのままやりすごすことにした。ケイトとしてはいろいろな意味で、山の中の撮影キャンプのほうが好ましく思える。二週間に一度しか眠らないし、意識を失っているあいだは文字どおり死んでいるのだから、シーツが清潔かどうかなど気にもならない。

　撮影隊はいま全員がブカレストに滞在している。シーンがハーカーの役にすんなりはいれるよう、フランシスが台本《ほん》読みを指導しているのだ。馬車で同行する仲間たち――フレデリック・フォレスト（ウェステンラ）、サム・ボトムズ（マリー）、アルバート・ホール（スウィルズ）――は全員この映画に一年以上関わっていて、フランシスがサンフランシスコでジョン・ミリアスのシナリオを即興と偶然の幸運によって練りあげていたときに、その過程をすませている。ケイトはシナリオライターにはなりたくないと思う。いつまでたっても終わりがないではないか。

　最終的には誰がドラキュラを演じることになるのだろう。短期間ではあれヴィクトリア女王と結婚していたことにより、正式に英国王室の末端に名を連ねているため――それが困惑の種でもあるわけだが――ドラキュラが映画に登場することはめったにない。しかしながら、一八八〇年代の宮廷陰謀を扱ったサイレント映画『真夜中のロンドン』ではロン・チェイニーがその役を演じているし（トッド・ブラウニング監督 London after Midnight（一九二七）。ただしこの映画は宮廷陰謀を扱っていないし、ロン・チェイニーが演じているのも偽物のヴァンパイア）、一九三七年の『ヴィクトリア女王』ではアンナ・ニーグルの相手役としてアントン・ウォルブルックがヴラドを演じている（ハーバート・ウィルコックス監督 Victoria the Great（一九三七）。実際にはアントン・ウォルブルックはヴラドではなくアルバート公を演じている）。もっとも、生まれて以来ずっと舞台を愛してきたケイトは、どうしても映画に慣れることができず、どちらかといえば一九三〇年代の、ヴィンセント・プライスとヘレン・ヘイズの『ヴィクトリア女王』のほうをよく記憶している（ローレンス・

ハウスマンによる戯曲 Victoria Regina（一九三四）。映画『ヴィクトリア女王』の原作でもある。一九三五年から三八年にわたり、ヘレン・ヘイズ主演でブロードウェイで上演された）。ものの数にもはいらないイギリス製低予算映画二、三本はべつにして、ブラム・ストーカーの『吸血鬼ドラキュラ』――こうすればドラキュラが台頭して権力を手に入れる前に滅ぼすことができたのだと、記録と書簡を奇妙に組みあわせて綴った願望充足物語で、革命を鼓舞するきっかけとなった小説――が正式に映画化されたことは一度もない。一九三〇年代にはオーソン・ウェルズがラジオドラマとして制作し（一九三八年にCBSの番組 Mercury Theatre on the Air で放送）、これを自分の映画第一作にすると宣言した。彼はみずからハーカーと伯爵の〝二役〟を演じ、ハーカーの視点にカメラを据えるつもりでいたようだ。だがRKOピクチャーズ（一九二八年に創設されたアメリカの映画会社。一九五七年に倒産）は莫大な予算に二の足を踏み、かわりに『市民ケーン』をつくるようウェルズを説得した（Citizen Kane（一九四一）。オーソン・ウェルズ監督・脚本・主演の現在にいたる名作。ちなみに、『市民ケーン』の前にウェルズがつくろうとして予算の都合で断念したのは『地獄の黙示録』Apocalypse Now（一九七九）の原作であるジョゼフ・コンラッド作『闇の奥』Heart of Darkness（一九〇二）。ウェルズはこの作品も Mercury Theatre on the Air で放送し、みずからクルツ（カーツ大佐）を演じている）。フランシスはおよそ十年前に、この本を征服できた者はいまだかつてひとりもいない、オーソン・ウェルズでさえ投げだしたと語って、シナリオ作成の仕事にジョン・ミリアスをひきずりこんだのだった。

フランシスはいまもまだ、ミリアスのシナリオに自分自身の新たなアイデアや、原作からひろい集めてきた場面をつなぎあわせながら、幾度も書きなおしを重ねている。完成稿を見た者はいない。たぶん、そんなものは存在しないのだろう。

あの怪物は、いったい何度死を迎えればケイトの心から消えてくれるのだろう。彼女は全人生をドラキュラと踊ってすごしてきた。そして、いまもまだつきまとわれている。ケイトひとりではない。ジュヌヴィエーヴ・デュドネとペネロピ・チャーチウォードもまた、そのガリアルダ（十六―七世紀に流行したふたりで踊る三拍子の陽気なフランス舞踊）に加わっている。ドラキュラと、けっして消えることのないもうひとりの幽霊チャールズ・ボウルガードにひきこまれて。ドラキュラとチャールズはフロアをおりたのに、三人のヴァンパイア娘は彼らの不在の周囲でいまもまだ踊りつづけている。ともにわかちあってきた愛と憎しみゆえに、さまざまな思いを複雑にからみあわせた友人として。

フランシスがラスト・シーンで伯爵を殺したら――彼の考えている結末がそういうものだとしたら――それ

が最後になるかもしれない。映画の中で、もしくはチケット売り場で死ぬまで（box-office には興行成績の意味もあり、この場合は興行的に失敗することを意味する）、人は真の死を迎えることはない。

最新の情報では、マーロン・ブランドにドラキュラ役のオファーがいったということだ。スタンリー・コワルスキーやヴィトー・コルレオーネのドラキュラ伯爵だなんて、想像もできない。彼は世界最高の俳優のひとりでありながら、映画史上最低のナポレオンでもある（ヘンリー・コスター監督『デジレ』Désirée（一九五四）でナポレオンを演じている）。歴史上の人物を演じるときの彼は演技過剰が目立つのだ。フレッチャー・クリスチャンもひどいものだった。

ケイトは公式には、ただのテクニカル・アドヴァイザーにすぎない。ドラキュラがロンドンを支配していた時代――彼本人に会うことこそついに一度もなかったものの、ケイトはあの時代を生きてきた。ストーカーも、ジョナサン・ハーカーも、ゴダルミングも、ほかの人々も知っている。温血者《ウォーム》の娘であった当時、ヴァン・ヘルシングの狂熱が恐ろしかった。ストーカーの原稿がこっそり牢獄からもちだされたときは、その地下出版に力を貸した。〈ペルメル・ガゼット〉の印刷所にもちこみ、あらゆる弾圧の試みをはねのけて流通路を確保したのだ。一九一二年に正式出版された初版には序文を執筆している。

気がつくとケイトはさまざまな仕事を押しつけられていた。フランシスは二千万ドル（さらに上昇中）の映画を学生演劇のように扱って、ユニオンの規則がスタッフを奴隷のように扱うことを禁じているにもかかわらず、全員が馬車馬のごとく働くことを期待している。ケイトも、ある午後には衣装を縫っていたかと思うと、ある夜にはセットを組み立てているといった具合だ。もっとも、気晴らしになってありがたくはあった。

はじめのころ、フランシスは何千もの詳細にわたる質問をしてきた。だが撮影にはいったいまは、自分のヴィジョンに没頭してアドヴァイスなど必要としていない。何かすることを見つけなければ、ただぼんやりすわっているだけになってしまう。フランシスの映画製作スタジオ、アメリカン・ゾエトロープ（一九六九年にフランシス・フォード・コッポラとジョージ・ルーカスが設立した）に雇われた以上、撮影についての記事を書くことはできない。いまだけは内部関係者として、知っていることも語ってはならないのだ。

〈ニュー・ステイツマン〉誌（一九一三年に創刊された英国の左派系政治・文芸週刊誌）にルーマニアについての記事を書きたいとも思うが、大統領チャウシェスクから得るべき協力関係を危うくする可能性がある行動はいっさいとってはならないと厳命がくだっている。ケイトはこれまでのところ、ニコラエとエレナが映画制作隊のためにひらいてくれた公式レセプションをすべて欠席している。大統領は、とりわけトランシルヴァニア運動が勃発して以来、激烈なヴァンパイア嫌いで知られていて、穏やかならざる方法で不死者《アン＝デッド》を始末しようとすることもしばしばだったのだ。

『ドラキュラ』撮影隊には、ほかにも何人かヴァンパイアが加わっている。ケイトは自分と彼らがつねに秘密警察《セクリターテ》（ルーマニア社会主義共和国の国家保安局。一九八九年解体）の監視対象となっていることに気づいていた。黒い革コートの男たちがいつも視野の隅をうろついている。

「後生だからさ」フランシスが言った。「現地の人間は食わんでくれよ」

アメリカ人の例に漏れず、彼は理解していない。眼鏡をかけた赤毛の小柄な女を目にし、その不器量な小娘の身体に年老いた叔母さんの心が宿っていることを知ってはいても、フランシスは、ヴァンパイアの女というものはみな、誰であれ近くにきた温血者《ウォーム》の若者の脈打つ血を貪欲に求め、超自然的な魅了の力で獲物をむさぼり食うものだと思いこんでいる。部屋の入口にはきっと、大蒜と鳥兜《とりかぶと》をぶらさげているにちがいない。だが同時に、誘惑のささやきをなかば期待してもいる。

共産党公認のビアホールで幾夜か不愉快な思いをした結果、ケイトは、ブカレストにいるあいだはホテルの部屋にとどまっていたほうがいいと学んだ。この地の人々は、彼女の人生と同じくらい長い記憶をとどめている。彼女が通りかかると、大人は十字を切って祈りの言葉を唱え、子供たちは石を投げつけてくる。

窓辺に立って外の広場をながめた。その昔は都として栄えていた場所だが、いまは荒れ果てている。チャウシェスクはここに自分のための宮殿を建てるつもりでいるらしい。廃墟の真ん中に三階分もの高さのある〈ルーマニア救世主〉のポスターが立ち、正教会の司祭のような身なりをしたチャウシェスクが、みずからの手で伯爵を殺したかのごとくドラキュラの首を掲げている。

チャウシェスクは、ドラキュラとその眷属がルーマニアの温血者《ウォーム》を餌食としてきた過去の暗く恐ろしい日々のことを、延々とくり返し語る。それによって、彼とその妻がどうしようもなく堕落したローマ皇帝のようにこの国を支配している現在の暗く恐ろしい日々のことは、忠実なる臣民たちの意識から消える。公的な協力を確保するため、フランシスは『ゴッドファーザー』の懇願する葬儀屋（『ゴッドファーザー』The Godfather（一九七二）冒頭で、娘を凌辱された葬儀屋ボナセーラがコルレオーネに復讐を依頼するシーンより）のように、独裁者の前に頭をさげた。

ラジオをつけると金属的な軍楽が流れてきた。ラジオを消して狭くごつごつした寝台に横たわり――いつだったかの夜、フレッド・フォレストとフランシスが、ジョークとして彼女の部屋に柩を運びこんできたのだ――夜の町に耳を澄ました。森の中と同じように、ブカレストにも生き生きとした音と匂いがあふれている。虐《しいた》げられうちひしがれながら、なおも人々はこの地で生きている。この陰鬱な町でも誰かが笑っているし、誰かが恋をしている。幸福な愚者になるのも悪くないかもしれない。

電線が風に鳴る音、ブーツが丸石を踏む音、どこかの部屋で飲み物を注いでいる音、誰かのいびき、音階をたどるヴァイオリンの音。誰かがドアの外にいる。呼吸をしていない。心臓も動いていない。だが身動きするたびに衣擦れが聞こえ、唾を飲みこむ音も聞こえる。

ケイトは身体を起こした。自分のほうが年長だ、騒ぎたてることはないと自信をもって、ドアに目をむける。

「はいったらどう？　鍵はかかってないわ。でも気をつけてね。これ以上この部屋を壊すわけにはいかないのよ」

7

その少年はイオン・ポペスクという名で、十三歳くらいに見えた。オリーヴ色にきらめく大きな目は見捨てられたような痛みを浮かべ、濃い黒髪はぼさぼさに乱れている。使い古され擦り切れた大人の服を着ているのだが、それにも土や乾いた血の古い汚れがこびりついている。頭蓋に比べて歯が大きすぎるため、小さなあごを頂点として、両頬がひっぱられ張りだしている。

部屋にはいってきた少年は、窓から離れた片隅にしゃがみこんだ。英語とドイツ語をまじえた小声なので、集中しないと聞きとることもできない。口がきちんとあかないのだ。仲間も家族もなく、この町でひとりきりだという。いまは疲れきって、この国を去りたいと考えている。そして彼は最後まで聞いてくれと懇願し、ささやくように話しはじめた。

自分はいま四十五歳で、一九四四年に転化した、と少年は語った。闇の父か闇の母については、自分でも知らないのか、言いたくないだけなのか、何も話そうとしない。記憶には焼け焦げたような空白があり、何年分もが丸ごと抜け落ちている。そういう事例なら以前にも見たことがある。少年はヴァンパイアになってからの人生すべてを、ナチスから、そのあとは共産主義者から隠れて、地下にもぐってすごしてきた。いくつもあったレジスタンス運動の、ただひとりの生き残り。温血者《ウォーム》の同志たちが心から少年を信頼したことは一度もないものの、その能力は当時、彼らの役に立った。

ケイトは転化直後の日々を思いだした。何も知らなかったころ。自分の状態が病気か罠のように感じられたころ。このイオン少年は三十年以上をヴァンパイアとしてすごしながら、いまだ新生者《ニューボーン》の段階から抜けだせずにいる。信じがたいことだ。ケイトはようやく、この国がいかに遅れているかを真に理解した。

「それから、アメリカ映画の話を聞いたんだ。撮影隊といっしょに、すてきなヴァンパイアのレディがきてるって。おれ、何度も何度もあんたに近づこうとしたんだけど、秘密警察《セクリターテ》が見張ってたから。おれ、思ったんだ。あんたならきっとおれを救ってくれる、ほんとうの闇の母になってくれるって」

四十五歳。自分はそのころどんなだったろう。

イオンはこの数日、ホテルに〝すてきなヴァンパイアのレディ〟に近づこうと努力して、疲労困憊していた。しかも、何週間も食餌をしていない。身体が氷のように冷たい。自分もまた弱っていることを自覚しつつ、ケイトは手首を噛んで少年の白いくちびるに貴重な血をいくらかしたたらせた。それだけで、鈍い両眼に光がもどる。

彼の腕には深い傷があり、治りかけてはいるものの、化膿している。ケイトは細い腕にしっかりとスカーフを巻きつけてやった。

少年は彼女に抱きついて赤ん坊のように眠った。ケイトは少年の目にかかる髪をかきあげ、彼の人生に思いを馳せた。それはきっと、信仰をもったわずかな人々にヴァンパイアが狩られ滅ぼされた昔――ドラキュラ以前の時代と、さほど変わらないものだったろう。

伯爵も、イオン・ポペスクのためには何ひとつ変えることはできなかったのだ。

8

カルパティア・アルプスのふもとに位置する活気あふれる町ビストリツァ。旅行鞄をもったハーカーが、人混みを縫って、待機している六頭立て馬車にむかう。小作人たちが十字架や大蒜《にんにく》やいろいろな護符を売りつけようとする。女たちは十字を切って祈りの言葉をつぶやいている。

ひとりのカメラマンが狂ったように彼をとめようとするが、歩調を落として複雑なカメラをチェックする。フラッシュパウダーがとてつもない爆発を起こし、広場じゅうに紫の煙を撒き散らす。人々が噎《む》せる。

十字に組んだ絞首台にいくつかの死体が吊るされ、その素足に噛みつこうと何匹かの犬がジャンプしている。子供たちが、死体からくすねた不揃いなブーツのことで喧嘩をしている。ハーカーは死体のみじめにゆがんだ顔を見あげる。

馬車にたどりつき、鞄を屋根に投げあげる。御者のスウェイルズがほかの荷物といっしょに固定し、遅れてきた客に不平をこぼす。ハーカーはドアをあけて、ヴェルヴェットを張った車内に乗りこむ。

車内にはすでにふたりの客がいる。大きな口髭をたくわえ、食料の駕籠を抱えたウェステンラ。若いマリーが聖書から視線をあげて微笑を浮かべる。

軽く会釈をかわしているあいだに、馬車ががたがたと走りだす。

ハーカーの声「ともに旅をすることになった仲間について、わたしはすみやかに判断をくだした。手綱をとっているのはスウェイルズ。任務を与えられたのはわたしだが、この馬車は間違いなく彼のものだ。ウェステンラはホイットビーの出身で、〝コック〟と呼ばれている。ワラキアには不向きなほどテンションが高い。それをいうならば、ホイットビーにもむいてはいないだろう。マリーは聖書を抱えた紅顔の若者で、オックスフォードのボート競技選手だ。彼を見ていると、とがらせた杭の唯一の用途は、練習試合のゴール柱くらいだろうと思えてくる」

時間が流れ、夜。満月が照っている。ハーカーはスウェイルズとともに御者台にすわっている。いっぱいまでクランクをまわした蓄音機が、大きな喇叭から雑音まじりの音楽を奏でている。

ミック・ジャガーが「タララブームデイ」を歌っている（Ta-ra-ra Boom-de-ay 十九世紀末にミュージックホールで流行した音楽。その後、ひろく歌われるようになった）。

ウェステンラとマリーは馬車からとびだして先頭の二頭にまたがり、二歳馬レースで〝軽騎兵旅団の突撃（クリミア戦争においてロシア砲兵隊に軽騎兵旅団が無謀な突撃をして多大な犠牲を出した。無謀でありながら勇敢な行為と称えられ、多くの絵画・文学・音楽の題材となった）〟を実行するかのように、馬を駆り立てている。

ハーカーは数年前にそういう類の悪ふざけを卒業し、いまは淡々とふたりをながめている。スウェイルズは客の好きにさせている。

山道は狭く険しい。先頭の二頭が、乗り手に煽られてよりいっそう速度をあげる。脇に視線を落とすと千フィートの断崖絶壁だ。ハーカーは仲間たちの無謀さにますます不安を募らせる。

馬の蹄が道の端に当たる。間一髪で危機を逃れる。

ウェステンラとマリーはともに歌い、馬のたてがみを放し、歌詞にあわせて手をふっている。ハーカーは息をのむが、スウェイルズは笑っている。彼が手綱を握っている限り、この世界に危険はない。

ハーカーの声「ふたりはきっと、ルーマニアの闇と松にひどく怯えているのだ。それでも陽気に夜の中で口笛を響かせている。死神をパートナーにして、地獄のケークウォーク（アメリカの黒人のあいだで発祥したダンス）を踊っている」

9

ふだんは人民の窯業コルホーズとして使われる稽古場で、ケイトはフランシスにイオンを紹介した。

ヴァンパイアの少年は以前よりも生き生きしている。ケイトのジーンズ（まさにぴったりだった）に『ゴッドファーザー　パートⅡ』（フランシス・フォード・コッポラ監督 The Godfather Part II（一九七四））のTシャツを着た姿は、浮浪児というより逆境を生き抜いてきた若者に見える。首には、いまや彼の護符となったビバのスカーフが巻かれている。

「エキストラの仕事でも紹介できないかと思って。ジプシーとか」

「おれはジプシーなんかじゃない」イオンが怒ったように反論した。

「この子、英語とルーマニア語とドイツ語とハンガリー語とロマ語（ジプシーの使う言語）が話せるのよ。みんなの調整役ができるわ」

「まだ子供じゃないか」

「あなたより年上よ」

フランシスは考えこんでいる。イオンが当局との問題を抱えていることはあえて告げなかった。フランシスだとてあからさまな反政府主義者をかくまうことはできない。撮影隊と政府の関係はすでに緊迫しているのだ。自分たちは堕落した役人どもに資金を搾りとられているというのがフランシスの意見で（それは正しい）、それでも彼は苦情を申し立てることができずにいる。ルーマニア軍なしでは馬も群衆も手にはいらないのだし、まだ届いていないロケ許可証がなければ、ボルゴ峠よりむこうの物語を撮影することもできない。

「おれは暴徒だって整列させられますよ、マエストロ」イオンは言ってにっこり笑った。

どうやったのか、彼はあごとくちびるを微笑の形に動かせるようになっていた。ケイトの血がはいったことで、よりコントロールが利くようになったのかもしれない。カメレオンみたいにころころと表情が変わる。イオンの微笑は少しばかりケイトに似ている。

フランシスはくっくっと小さく笑った。彼は〝マエストロ〟と呼ばれるのが好きだ。イオンは人にとりいるのがうまい。つまるところ、ケイトに気に入られることもできたのだから。

「わかったわかった。だがスーツを着たやつを見たらすぐに隠れるんだぞ」

イオンは大袈裟なほどの感謝を示した。見た目の年齢にふさわしく、フランシスに抱きつき、それからケイトを抱擁して、玩具の兵隊のような敬礼をしたのだ。マーティン・シーンがそれに気づいて片眉をあげた。

フランシスはイオンを連れて、自分の三人の子供、ロマン、ジオ、ソフィアと、シーンの息子、エミリオとチャーリーにひきあわせた。フランシスは結局、夢中になって野球をおぼえたりガムを噛んだりしているようにしか見えないこの痩せこけた少年が、温血者《ウォーム》に換算すれば中年に達していることを理解していなかったのだ。

だがそれをいうならばケイトだとて、自分が転化した年齢二十五歳のままなのか、百十六歳なのか、はっきりわかっているわけではない。それにしても、百十六歳の人間はどのように行動するべきなのだろう。

血を与えたため、ときどきイオンの過去が見えてくる。鼠のようにこそこそ走りまわった裏道や下水道。杭を刺されるような裏切りの痛み。目を焼くまばゆい炎。絶え間ない寒さと赤い渇きと汚濁。

イオンは一度として成長できる時間をもったことがない。いや、子供らしい子供でいられたことすらなかった。彼は宿無しの浮浪児だ。多少とも愛さずにはいられない。ケイトは誰にも闇の口づけを与えまいと決めている。第一次大戦のときに、危ういところまでいってしまって後悔したことはあるが。

自分の血統は新生者《ニューボーン》にとってよいものではない。ドラキュラの成分が多すぎる。そしておそらくは、ケイト・リードの成分も多すぎる。

イオンにとっての彼女は、教師であって母ではない。ジャーナリストになると宣言する前、家族は全員、ケイトの天職は家庭教師《ガヴァネス》であると考えていた。いまになってようやくその意味がわかったような気がする。

イオンが六歳のソフィアのドレスを褒めまくっている。あの目の輝きが飢えでなければいいのだけれど。少女は明らかに新しい友人が気に入ったらしく、声をあげて笑っている。映画のヴァンパイアを頭いっぱいにつめこんだ少年たちは、どういう態度をとればいいか決めかねている。少年たちの友情を勝ちとるには、それなりの努力が必要だろう。

いずれ、対処しなくてはならないイオン・ポペスク問題パートⅡがやってくる。映画撮影が終われば――この進行では一九八〇年代までかかりそうだが――彼は撮影隊にまぎれてこの国を去りたがるだろう。秘密警察の目を避けて隠れ暮らすことにはうんざりしているし、こんな状態が長くつづけられないこともわかっている。西側に行けば――と彼は言った――迫害されることもない。

だが結局、彼は失望するだろう。ロンドンでもローマでもダブリンでも、ティミショアラやブカレストやクルジュ（いずれもルーマニアの都市）と変わらず、温血者《ウォーム》は真にはヴァンパイアを受け入れてはいない。ただ、ヴァンパイアを滅ぼすことが法的に難しくなっているだけなのだ。

10

山にもどると相変わらずの混乱状態だった。とつぜんの雷雨が精霊《ジン》のようにどこからともなく襲いかかり、本物偽物を問わず木々を引き裂いて峡谷じゅうに撒き散らし、美術監督ディーン・タヴォウラリスが建設していたジプシー集落をぶっつぶしたのだ。およそ五十万ドルのセットが取り返しのつかない損害を被った。撮影基地である掩蔽壕《バンカー》も、雷に直撃されて南瓜のようにまっぷたつに割れている。やむことのない雨が降りそそいで建物の外にあふれだし、ついでに小道具や書類や機材や衣装を押し流していく。クルーたちは谷をあさって、まだ使えそうなものをひろい集めなくてはならなかった。

フランシスは、まるで神がことさら彼を滅ぼすために在《まし》ましたとでも言いたげなふるまいにおよんだ。「この映画がどれほど不吉か、誰も気がついていないのか」彼は怒鳴った。「脚本はない。役者はいない。金も足りん。何もかもめちゃめちゃだ。こいつは呪われた未完成交響曲になるんだ」

機嫌の悪い監督には誰も話しかけようとしない。フランシスは山腹のむきだしの地面にしゃがみこみ、砕けたバルサ材の松に囲まれて膝を抱えた。キンシー・モリスの衣装箪笥から失敬してきたステットソンハットをかぶっているのだが、その縁から雨が細い流れをつくってこぼれ落ちている。彼の妻エレノアは、ひたすら子供たちを彼から引き離しておくことに専念している。

「こいつはおれのキャリアの中でも最低のくそったれ映画だ。こんなにひどい映画はこれからだってつくることはできんだろう。おれがつくるとは思えんような映画だ」

元気を出せ事態はそれほど悪くないと、最初にフランシスを慰める者はすぐさま首を切られ、国に送還されるだろう。ケイトはほかの連中といっしょに雨漏りのする差し掛け小屋に押しこめられていたのだが、ぜひともそれをしたい誘惑にかられた。

「おれはオーソン・ウェルズにはならん」フランシスは雨に打たれながら青灰色の空にむかってさけんだ。「デヴィッド・リーンになりたいわけでもない。おれはただ、アーウィン・アレンみたいな映画を撮りたいんだ。どのコマにもヴァイオレンス、アクション、セックス、破壊があふれている。アートじゃなくて悪趣味なものをつくりたいんだ」

一行がブカレストを去る直前、ちょうど嵐がはじまろうとしているころ、マーロン・ブランドがドラキュラ役を承諾してくれた。フランシスはみずから電信送金で、二週間の仕事に対する前金として百万ドルを支払った。年末までにブランドのシーンを撮る準備ができなかったら、金もスターも両方とも失うことになるぞと、忠告する者はいなかった。

六ヶ月がすぎたというのに、缶にはいっている撮影済みフィルムはまだ四分の一にすぎない。スケジュールがあまりに何度も延長変更をくり返すため、撮影終了予測はすべて、世界大戦の終戦予測と同じようにあてにならないものと見なされている。クリスマスまでには終わるだろうと言いながら(第一次大戦のときに世間一般に語られていた終戦予測の言葉)、最後の審判の喇叭《らっぱ》が鳴り響くまでつづくだろうことを全員が知っている。

「その気になればやめることだってできるんだ」フランシスの声からは力が失われている。「すべて投げ捨てて、サンフランシスコにもどったっていいんだ。熱い風呂にはいって、ちゃんとしたパスタを食って、何もかも忘れちまってもな。コマーシャルやポルノやテレビの仕事ならいくらだってある。スタッフ四人だけのちょっとした映画をビデオ撮影して、友達に見せるだけだっていいんだ。いまいましいD・W・グリフィスやデヴィッド・O・セルズニックもどきなんか、ちっとも必要じゃないんだ」

腕をのばすと袖口から水が流れ落ちた。あちこちに避難したりオレンジ色の簡易レインコートにくるまったりした百人以上の人々が、指導者でありあるじでもある彼を見つめているが、何を言えばいいのか、何をすればいいのか、わかる者はひとりもいない。

「いったいどれだけの金がかかるんだ。誰かわかるか。誰か気にかけてるか。それだけの価値のあることなのか。映画とか。天井画とか。交響曲とか。なんにせよ、こんなとんでもない思いをしてまでやるべきことなのか」

蛇口をひねったかのように雨がやんだ。雲間から太陽がのぞく。ケイトは固く目を閉じて、いつも携帯しているどっしりしたサングラス・クリップをとりだそうと、レインコートの内側をさぐった。彼女はヴァンパイアとはいえ、太陽がもっとも強いとき以外は外を出歩いても平気だ。それでもあまり光を受けすぎると両眼が焼けてしまう。

眼鏡にクリップをつけて光をさえぎり、まばたきをした。

ほかの連中も避難所から出てきた。レインコートや帽子から水がしたたっている。

「いまならこんな感じで撮影できるんじゃないですかね」

コ・アソシエイト・アシスタント・プロデューサーのひとりが言いだし、その場で馘首《くび》にされた。

森から這いだしてきて身体を起こすイオンが目にはいった。削ったばかりの木の杖をもっている。彼はそれをマエストロにさしだした。

「よりかかれます」みずからよりかかってみせ、それから武器のように構えてとがらせた先端を突きだし、「戦うこともできますよ」

フランシスは贈り物を受けとり、幾度か宙でふりまわした。手にした感触が気に入ったようだ。それから杖としてよりかかり、頑丈な木に体重を預けた。

「こいつはいいな」

イオンはにやりと笑って敬礼した。

「すべての疑惑は消え去った」フランシスが宣言した。「金は問題じゃない。時間も問題じゃない。われわれだって問題じゃない。大切なのは、この映画『ドラキュラ』だ。諸君らの中でもっとも小さき者がそれを教えてくれた」イオンの巻き毛に手をのせ、「われわれが逝ってしまっても、『ドラキュラ』は残る」

フランシスはイオンの頭のてっぺんにくちびるを押し当て、それから新たな気力にあふれた声でさけんだ。

「さあ、仕事だ、仕事にかかろうじゃないか」

11

　高木のあいだを縫うように、馬車が山腹をのぼっていく。青い炎が燃えあがる。
ウェステンラ「お宝だ！」
ハーカーの声「青い炎は、遠い昔に山賊が隠してそのまま忘れ去られた金銀のありかを示すといわれている。それを見つけても、よいことなど何もないといわれてもいるが」
ウェステンラ「御者、馬車をとめろ！　お宝だ」
　スウェイルズが手綱をひき、馬が足をとめる。蹄と手綱の音が消える。夜は静かだ。
　青い炎はまだ燃えている。
　ウェステンラが馬車をとびおりて森の端に駆け寄り、光の出どころをつきとめようと木々のあいだを見透かす。
ハーカー「わたしも行こう」

ハーカーは用心のため、馬車からライフルをおろして装弾する。

興奮したウェステンラが、さきに立って森の中に駆けこむ。ハーカーは一歩一歩慎重に足を運び、警戒しながらそのあとにつづく。

ウェステンラ「お宝だぞ、なあ、お宝だ」

音が聞こえる。ハーカーは身ぶりでウェステンラにさがれと命じる。ふたりは静止したまま耳を澄ます。

青い炎がふたりの顔を照らし、消える。ウェステンラはがっかりして不機嫌になる。

繁みの中で何かが動く。赤い目が光る。

ダイアウルフがウェステンラにとびかかり、爪が顔をかすめる。みっしりとした被毛をまとった、倒木ほども重そうな巨体だ。ハーカーが銃を撃つ。赤い閃光が一瞬、獣のゆがんだ鼻面を照らしだす。

ウェステンラの顔を噛み損ねて、狼の歯ががちりと音をたてる。傷つかないまでも驚いたのだろう、巨獣はむきを変えて森の中に姿を消す。

ウェステンラとハーカーは地上に突きだした木の根をとびこえ、低い枝にぶつかりながら、全速で逃げる。

ウェステンラ「絶対に馬車を出ちゃいけない……絶対に馬車を出ちゃいけないいんだ」

ふたりは道にもどる。スウェイルズは断固として、ふたりが巻きこまれたトラブルの話を聞こうとしない。

ハーカーの声「よくぞ言ったものだ。けっして馬車を離れるな、けっして森にはいるな……まったき獣になる覚悟が、永久に森にとどまる覚悟がないならば。あの男、ドラキュラのように」

12

撮影開始百日を祝うパーティがおこなわれ、クルーが柩を運びこんできた。真鍮のプレートには〈ドラキュラ〉とだけ書かれている。蓋がきしみながらひらくと、ビキニの娘がとびだしてきてフランシスの膝におさまった。そして装着していたプラスティックの牙を吐きだし、彼にキスをした。

クルーが喝采した。エレノアまでが笑っている。

吐きだした牙はパンチボウルの中にとびこんだ。マーティ・シーンとロバート・デュヴァルのためにパンチを注ぎながら、ケイトはそっとその牙をひきあげた。

痩身のデュヴァルがアイルランドについて熱心に質問してくる。ケイトは、もう何十年もアイルランドにはもどっていないと答えた。シーンはアイルランド系だと思われているが、じつはスペイン系で、本名をラモン・エステベスという。彼は近頃酒量が増えて体重が減り、役に深くはまりこんでいる。フランシスの〝ヴィジョン〟に完全に溺れてしまったため、話す言葉はハーカーと同じ訛りを帯び、視線は虚ろで狂気を秘めている。

ケイトがおぼえているかぎり、現実のジョナサンは礼儀正しい、だが退屈な面白みのない男で、才気煥発な人々のあいだでつねに劣等感にさいなまれていた。それでも、彼の婚約者でケイトの友人でもあったミナは、少なくとも彼は誠実で働き者よ、アートやルーシーのような蝶々じゃないわと言っていた。百年がすぎ、ケイトはジョナサンの顔をほとんど忘れてしまった。これからはずっと、誰かがジョナサン・ハーカーの話をするたびに、シーンの顔を思い浮かべることになるのだろう。もとの記憶が上書きされてしまったのだ。

もしくは消去されたというべきだろうか。ブラム・ストーカーはあの本にケイトのことも書くつもりでいたようだが、結局は削除した。〈恐怖時代〉におけるケイトのごくわずかにしてささやかな勇気あふれる行動は、ほとんどの記録において、ミナのものとされている。たぶん、それでよかったのだろう。

「ジョナサンはどう思ってたんだろうな」シーンが言った。「考えてもみてくれ。ヴァンパイアなんてものが存在することさえ知らなかったんだぞ。なのにドラキュラその人と対決したんだ。世界のすべてがひっくり返る。彼の手にあるのは自分自身だけで、そしてそれだけでは充分じゃなかった」

「ジョナサンには家族も友達もいたわよ」ケイトは言った。

シーンの目がきらめく。

「でもトランシルヴァニアにはいない。トランシルヴァニアに家族や友人をもつ者なんて誰もいない」

ケイトは身ぶるいしてあたりを見まわした。フランシスはイオンの杖を使って武道の動きを披露している。フレッド・フォレストはマリファナ煙草を巻いている。カメラのヴィットリオ・ストラーロは、フィルム缶にいれて密輸してきた特製スパゲッティを、舌の肥えたパトロンたちに少しずつ配っている。てらてらに着古した身体にあわないスーツを着た男は、国家撮影所との連絡係を務めるルーマニアの役人だが、頑として飲み物を断っている。きっと、ハリウッドのものにはすべて、腐った小麦から抽出されたあの西洋の幻覚剤、ボウルズ＝オタリー麦角菌（前作『ドラキュラのチャチャチャ』収録の「アクエリアス」参照）がはいっていると思いこんでいるのだろう。確かに撮影隊のあいだでは、とりわけデニス・ホッパーが本国から〝とっておき〟をもって登場して以来、大量のボウルズ《B》＝オタリー《O》・ペレット《P》が出まわっている。それにしても、撮影隊につきまとっている現地人のうちの誰が、秘密警察《セクリターテ》のスパイなのだろう。ケイトはそこで、全員がスパイで、でも自分以外の者もまた撮影隊を監視していることを知らないのではないかと思いつき、忍び笑いを漏らした。

笑ったとたん、儀礼的に口をつけていたパンチが鼻から噴きだした。デュヴァルが背中をたたいてくれたおかげでどうにかかたちなおることができた。そもそもつきあいで飲む酒というものに慣れていないのだ。

イオンはフランシスの息子からもらった野球帽をかぶっている。その彼が、ビキニの娘と冗談を言いあっている。娘はジプシーを演じるダンサーだ。イオンの目が渇きに赤くなっている。いや、あのふたりは放っておこう。イオンも撮影隊の人間に手を出すことはしないだろう。それに、あの娘だってハンサムな男の子にちょっと噛まれるのを歓迎するかもしれない。

ハンカチで顔をふいた。噎せたせいでゆがんでしまった眼鏡をまっすぐになおす。

「お嬢さん、あんたはわたしが考えていたヴァンパイアとはずいぶんちがっているよ」デュヴァルが言った。

ケイトはプラスティックの牙をはめ、仔猫のようにうなってみせた。

デュヴァルとシーンが笑った。

13

この二週間、フランシスは〝ドラキュラの花嫁〟のシーンを撮っている。山腹はエキストラたちでロンドンのオックスフォード・ストリートのように混みあい、ユースホステルや交換留学生から駆り集めたイギリス風の顔と、ルーマニア軍から借りてきた顔がいりまじっている。ストラーロが恐竜の首のようなカメラクレーンに乗って空から舞いおり、彼らの恍惚とした顔をフィルムにおさめている。

三人の花嫁はやっと今夜から登場する。ふたりは温血者《ウォーム》で、残るひとりがほんもののヴァンパイアだ。これで、クローズアップを多用した気のない偽物の熱狂ではなく、ピントをずらした背景として、もしくは遠景として、群衆の真の興奮を撮ることができる。

ケイトは花嫁たちにもアドヴァイスをすることになっていたが、そんなものはまるで必要なかった。だいたいからして、ケイトが女優に誘惑のしかたを教えなくてはならないなんて、馬鹿げているではないか。金髪の花嫁を演じるヴァンパイア、マレーネは、サイレント時代から映画に出ている女優だ。いまはほとんど裸で、全身を風にさらしながらも平然としている。温血者《ウォーム》の姉妹たちは、撮影のあいまあいまに毛皮にくるまらなくてはやっていけない。

マレーネはフィルムや鏡に映るヴァンパイアだ。最近はそういうヴァンパイアが増えてきた。これは誰にも解明できないヴァンパイアの謎のひとつだ。もしかしたらヴァンパイアも、二十世紀に適応して進化したのかもしれない。ケイトの転化よりさらに数百年昔は、ヴァンパイアの肖像は画家にも描くことができないといわれていたという。そんな迷信も写真の発展とともに廃れてしまった。いまではほとんどのヴァンパイアが、フィルムにその姿をとどめることができるようだ。

花嫁たちは掘っ建て小屋のような間に合わせの楽屋で変身を遂げた。メーキャップ担当は、趣味のよい英国人バンティだ。生者のふたりは〈プレイボーイ〉に写真が載ったマルタ島出身の双子（「プレイボーイ初の双子プレイメイト」として注目を集め、ジョン・ハフ監督『ドラキュラ血のしたたり』Twins of Evil/Twins of Dracula（一九七一）でフリーダとマリアの双子姉妹を演じたマリー・コリンソンとマドレーヌ・コリンソン）なのだが、不健康さが漂うよう全身に固形白粉《パンケーキ》を塗られ、偽物の牙を装着するため歯医者の患者のように大きく口をあけている。この牙は、ケイトがパーティで手に入れたジョークショップの牙に比べ、信憑性はたいして変わらなくとも、値段は百倍くらいするはずだ。

フランシスがシナリオを抱えたイオンを従えて、花嫁たちをチェックしに立ち寄った。彼はマレーネに口をあけるよう命じ、上品などがった歯を検分した。

「彼女の場合、このままのほうがいいと思ったので」バンティが言った。

フランシスは首をふった。

「はっきりわかるように、もっと大きくしてくれ」

バンティがキットの中からナイフほどもありそうな牙をとりだして近寄ろうとしたが、マレーネは手をふってそれを拒んだ。

「ごめんなさい、でも必要なのよ」メーキャップ係がなだめるように声をかける。

マレーネは音楽的な笑い声をあげて息を吐いた。フランシスがとびあがる。コブラのように大きくあけた彼女の口の中で、牙がたっぷり二インチは長くなった。

フランシスがにっこりと笑った。

「完璧だ」

ヴァンパイア・レディは軽く腰をかがめた。

14

ケイトはカメラの撮影範囲からはずれてクルーにまじっていた。映画制作のうんざりするようなのろさにももう慣れた。すべてに永遠の時間がかかり、見るべき価値のあるものはほとんどない。スマートになったといってもいいほど痩せたフランシスひとりが、スタッフから〝ドラキュラの息子〟という綽名をもらったイオンを従えて、絶えず動きまわってはいたるところに出没し、千もの問題のひとつひとつと取り組んで失望したり解決したりしている。

撮影がはじまる何ヶ月も前に地元の業者によって建てられたエキストラのための観客席は、少しずつ壊れつつあった。きっとブカレストのホテルでドアをとりつけたのと同じ業者なのだろう、粗悪な木材を使って何レウ（ルーマニアの通貨単位）もの差額をポケットにいれたにちがいない。おかげで、ほとんどすべてのセットが使い物になららない。フランシスは、契約によってしかたなく働いているルーマニア人たちが帰宅したあと、そのいい加減な仕事を補強するべく夜のあいだクルーに作業をさせる。もちろんそれはとてつもなく高くつき、しかもはなはだしく非効率的なことだ。

ボルゴ峠での撮影許可はまだおりていない。ブカレストの繁文縟礼局《はんぶんじょくれいきょく》（チャールズ・ディケンズが『リトル・ドリット』Little Dorrit（一八五七）において、非能率的で拝金主義的な役所を風刺した言葉）では、アソシエイト・プロデューサーがすべての時間をつぎこんで、映画省から三ヶ国語の書類を手に入れようと奮闘している。フランシスは結局、地元の映画スタッフを丸々雇って、ハリウッドのクルーが働いているあいだもただぼんやり突っ立っているだけの連中に、賃金を支払うはめになるだろう。それくらいの嫌がらせは当然予想できる。

映画制作を遅らせようとしている勢力の代表者、てらてらスーツの役人が、片側に立って女優たちに熱い視線を送っている。それでも口もとをほころばせたりはしない。

たぶんこの男は義務的に、〈ドラキュラ〉という概念そのものを憎んでいるのだろう。もちろん、邪魔をするためならどんな手段にでも訴える。新たなトラブルを提供するときには英語が話せるのに、移動カメラのレールを敷きたい場所にそいつが立っていて、そこから移動してくれないかと丁寧に頼まれたときには都合よく英語がわからなくなる。

「もっと歯を見せろ」フランシスがメガホンで怒鳴った。

女優たちがそれに応える。

「諸君たち全員」監督がこんどはエキストラにむかって声をかける。「猛烈に欲情してくれ」

イオンがその指示を三ヶ国語でくり返した。くり返すごとに文はふくらみ、指示が伝えられるたびにエキストラの各集団がそれぞれ盛りあがっていく。

太陽よりも白く明るいアーク灯が容赦なく強烈な光を投げかける。エキストラたちの顔は色が消し飛び、頭蓋骨のようだ。ケイトはまばたきをした。涙がにじむ。眼鏡をはずしてレンズをふいた。

ほかのみんな同様、ケイトもシャワーを使って休むことができる。さらにはそれなりの食餌も用意されている。

ボルゴ峠の撮影許可がおりない理由について、またべつの噂がひろまりはじめている。数日前に合流した双子が、〈ガーディアン〉紙と〈タイムズ〉紙をもってきたのだ。それらは撮影隊のあいだで回覧され、故国からの貴重なニュースを伝えた。自分が離れているあいだ、どれほど世の中が動いていないように見えるか、驚かずにはいられない。

それでも、〈ガーディアン〉紙にはトランシルヴァニア運動に関するささやかな記事が載っていた。どうやらルーマニア当局は、ドラキュラの信奉者たるマインスター男爵をテロリストとして手配したらしい。新聞によると、男爵はヴァンパイアの部隊を率いてどこかの森に逃げこみ、チャウシェスクの部下と血なまぐさい戦闘をくりひろげているという。若い子《ゲット》を好む彼は、迷子の子供を見つけては転化させている。彼の部隊の平均年齢は十四歳だ。よくあるタイプ——赤い目と鋭い歯をもち、何に対しても良心の呵責を感じることのないしなやかな悪童ども。噂では、マインスターの少年部隊は村々を襲っては住人を皆殺しにしているという。浴びるように血をむさぼり、一家全員を、村人のすべてを、家畜にいたるまで殺戮している。

これで、軍から借りたエキストラの一部が神経質になっている理由がわかった。いずれ森に送りこまれ、悪魔と戦わなくてはならないと承知しているのだ。ケイトをはじめ、ヴァンパイアに近づいてくる者はめったにいない。だから伝わってくる噂も、いくつかの言語を経た又聞きの又聞きでしかない。

民間人の監視者も少なからずうろついていて、すべてに目を光らせている。何をしているのだと問い質されると、わけのわからない、それでも正式なものであるらしい文書をつきつけてくる。てらてらスーツは彼ら全員を把握している。非公式ながらそいつらのまとめ役なのだろう。イオンは注意深く彼らを避けている。マインスターを知っているかと、一度たずねなくてはならない。イオンがマインスターの少年部隊に加わらなかったのが不思議だった。たぶん彼は、昔もいまも、それから逃れようとしているのだろう。大人になるために。

エキストラがキューを受けて騒ぎはじめた。だがそのとき、カメラクレーンが故障してオペレーターが座席から投げだされた。機材を守れとフランシスが撮影助手にさけぶ。イオンが通訳したが、行動を起こすには遅すぎた。

クレーンをはずれたカメラは三十フィート落下し、でこぼこの石にぶつかって砕け、フィルムと破片を撒き散らした。

フランシスは茫然とその惨状を見つめていた。お気に入りの玩具が壊れたことにショックを受け、びっくりすることもできない子供のようだ。それから真っ赤な怒りが爆発した。

ボルゴ峠で戦闘が起こるかもしれないと、フランシスに告げる役目だけは引き受けたくないものだ。

15

午後なかばの馬車の中。ハーカーはわたされていた書類に目を通し、じっくりと調べる。赤い封蠟に〝D〟が押印された書簡、黄色くなった古い巻物、注釈つきの地図、破門状。ヴラドの肖像も何枚かある。串刺しにされたおびただしい異教徒のあいだに立つキリスト教領主の木版画。白い口髭をたくわえた死者のような老人の肖像。似合わない麦藁帽子をかぶった陰気な顔の若者のぼやけた写真。
ハーカーの声「ヴラドは選ばれし者、神の愛《めぐ》し児《ご》のひとりだ。だがあまりにも多くの敵を虐殺しているうちに、精神を、魂を、変質させる何かに出くわしてしまった。彼は教皇に書状を送り、教皇庁《ヴァチカン》を悪魔に献呈するよう勧めた。ローマより、理を説くべくふたりの枢機卿が送りこまれた。ヴラドは使者をとらえ、真っ赤に熱した鉄杭を尻から内臓へと突き立てた。彼は死に、埋葬され、そしてもどってきた……」

ハーカーは馬車の窓から荒々しい日没に目をむける。木々の梢で虹が踊っている。ウェステンラはひるむが、マリーはうっとりとながめている。

マリー「美しい光だ……」

前方がひらける。何台もの馬車が停まっている。自然石の円形劇場が、泡立ちゆらめくようなライムライト（酸水素炎を石灰に吹きつけて出す強い白色光。舞台照明として使用された）を浴びている。多くの英国人が席についている。ハーカーはとまどうが、同乗者たちは興奮している。

マリー「音楽の夕べだ。ピカデリーから遠く離れたこんな場所で……」

馬車が速度を落とし、停止する。ウェステンラとマリーは馬車をとびおりて観客に加わる。ハーカーも慎重にあとを追い、ふたりとならんで席につく。三人は携帯用の酒壜をまわして飲む。ハーカーは慎重にひと口だけもらう。咽喉に刺激が走る。

一頭の黒馬にひかせた壮麗な四輪馬車がはいってくる。その馬は高さが十二手幅《ハンズ》（馬の体高を計る単位。一ハンズは四インチ）。馬車もまた夜のように黒く、扉に黄金と深紅の紋章が浮き彫りになっている。〝D〟の文字にからみつく赤目のドラゴンだ。

御者は長身の男だ。全身が黒で包まれ、赤い目だけが見える。穏やかな喝采があがる。

御者が大きな猫のように身をかがめてとびおり、背筋をのばす。なおいっそう長身がきわだつ。夜風をはらんでマントがふくらむ。

ささやかな楽団が大音量で音楽を奏でる。

ギルバート&サリヴァンの「真紅の瞳をとらえて」だ（ギルバード&サリヴァンのオペラ『ヴェニスのヴァンパイア』The Vampire of Venice の中の楽曲 Take a Pair of Crimson Eyes ということになっている。The Gondoliers or The King of Barataria（一八八九）の中の楽曲 Take a Pair of Sparkling Eyes のもじりと思われる）。

御者が馬車の扉をあける。

透明なヴェールだけをまとった細く白い手が、蛇となって扉にからみつく。華奢な足首で小さな鈴がちりんと音をたてる。足爪は真紅で、獣の鉤爪のように弧を描いている。

観客がどっと歓声をあげる。マリーは子供のようにはしゃいでいる。ハーカーは警戒している。

足が松葉の絨毯に触れ、女がひらりと馬車をおりる。屍衣のようなドレスがほっそりとした身体のまわりではためく。その黒髪は雲のごとくふくらみ、輝く目はまるで燃える石炭だ。

女が音をたてて息を吸い、夜を味わう。針のように鋭い犬歯がのぞく。その場にいる男たち全員の精気を吸いとろうというのか、蛇のようにしなやかな身体をくねらせて空気に押しつける。

マリー「すんごい綺麗なねえちゃん《ブラッファ・レディ》だ……」（Bloofer Lady ストーカー『吸血鬼ドラキュラ』において、ヴァンパイアとして再生したルーシーに血を吸われた子供たちが、彼女のことを語るときに使った言葉。その意味についてはさまざまな検証がなされているが、チャールズ・ディケンズの『互いの友』Our Mutual Friend（一八六五）に出てくる beautiful lady の幼児語 boofer lady ではないかといわれている）

馬車の反対側の扉が蹴りあけられ、双子のようにそっくりな女がとびおりてくる。だが気怠さはなく、よりしなやかで、獣じみている。爪で地面を引き裂き、長く赤い舌をひらめかせて蜥蜴のように馬車の車輪をよじのぼる。乱れた髪に小枝や葉がからまっている。

観客は立ちあがり、喝采したり口笛を吹いたりしている。中にはネクタイをもぎとり、カラーのボタンをとばして咽喉をさらけだす男もいる。

最初の女「口づけを、妹よ、すべての者に口づけを……」

馬車の屋根が牡蠣のようにたたまれてひらき、三人めの女があらわれる。さきのふたりが髪も目も黒いのに対し、この女は金髪で、さきのふたりがほっそりとしなやかだったのに対し、みだらに官能的だ。赤いフラシ天のクッションの山にしどけなく寝そべっている。身をよじってクッションの上を這い進むと、彼女の芳香が恍惚とした観客の鼻孔を刺激する。

三人の女が踊りだす。御者は脇に立っている。観客の中にはシャツを脱ぎ捨て、血がにじむまでみずからの首を掻きむしる者もいる。

女たちは待ち受ける喜悦に顔をゆがめ、ルビーのようなくちびるを舐めている。すでに牙は濡れ、屍衣はあられもなく乱れて美しい肢体があらわになっている。白鳥のように白い肌。ヴェルヴェットの鞘におさまった筋肉。

男たちが這いより、前にいる者の上によじのぼっては、女の――この、おぞましくも魅力あふれる生き物の、せめて足首に触れたいと手をのばす。

マリーが催眠術にかかったようにふらふらと席を離れ、両眼に狂気を浮かべてヴァンパイアへと引き寄せられていく。ハーカーはとめようとするが、そのままぐいと前に足が進み、錨のようにマリーのあとからひきずられていく。

マリーが倒れた男の上にのしかかり、そのまま倒れてまたべつの男の下敷きになる。

懸命に立ちあがったハーカーは、自分が女たちに囲まれていることに気づく。六本の腕が顔にからまる。くちびるが頬をかすめ、剃刀のような歯が彼の首と顔に真紅の筋を描く。

抵抗を試みながらも幻惑される。

女たちの目に、牙に、イヤリングに、首飾りに、ノーズピアスの石に、腕輪に、ヴェールに、臍ピアスの宝石に、エナメルを縫った爪に、百万もの光点がきらめく。光がハーカーをとりまく。

金髪の女「おまえは誰も愛していない。誰も愛したことがない……」（ストーカー『吸血鬼ドラキュラ』三章の台詞のもじり）

御者が女に顔の形が変わるほど強烈な平手打ちをくらわす。女があわててハーカーから離れる。ハーカーは手足を投げだして地面に倒れる。

女たちが馬車にもどる。馬車は劇場内をぐるりとまわって森の中に消えていく。随所で欲求不満のうめきがあがり、男たちが折り重なって倒れる。

ハーカーはゆっくりと身体を起こす。スウェイルズがいる。彼は混乱の中からハーカーをひっぱりだして馬車へと連れもどる。ハーカーはよろよろと車内にひきずりこまれる。

ウェステンラとマリーはどんよりとふさぎこんでいる。ハーカーはまだなかば朦朧としている。

ハーカーの声「ヴァンパイアにとっての半休日とは、丸々太った小作人の赤ん坊を三人でわけることを意味する。それ以外は、願いも望みも思いも、何ひとつない。道徳にも哲学にも宗教にも因習にも感情にもさまたげられることのない、純粋な食欲。そこには危険な力が秘められている。われわれにはとうていかなうべくもない力が」

16

スタジオ内の撮影ならもう少しうまくいくのではないか。だがルーマニア人たちは絶えずフランシスの期待にそむきつづけた。この映画の中でもっとも単純であるはずの宿のセットすら、まだまともにできあがってはいない。大工と内装係が一年近くも作業をしているというのに、だ。まず、彼らはスタジオ内の事務室をつぶしてハーカーの寝室につくり変えた。だがそれは小さすぎて、撮影用のカメラがはいれないことはもちろん、俳優にとっても背景にしても狭すぎるしろものだった。彼らはつづいて防音スタジオのど真ん中に全セットをつくりなおしたが、こんどは壁をしっかり固定したため、移動させることができなくなってしまった。ストラーロに撮影できるのは天井からの俯瞰ショットだけというわけだ。いまは壁もカメラも自由に動かせるようになったものの、フランシスは内装に不満だった。

ベッドの上の壁、フランシスが十字架をかけておきたい場所に、みごとに美化したチャウシェスクの肖像画が麗々しく飾られている。フランシスはイオンに通訳をさせて、スタジオ・マネージャーであるてらてらスーツに、この映画は終身大統領が権力の座につく前の出来事なのだから、どこであろうと彼の肖像画が飾られているのはきわめて不自然であることをなんとか説明しようとした。

てらてらスーツは、チャウシェスクがこの国を治めていない時代があったことを認めたくないらしく、反逆罪で逮捕され、即決処刑されるのを恐れるかのように、神経質にあたりを見まわしている。

「十字架を手に入れてこい」フランシスがわめいた。

議論がつづいているあいだ、ケイトはおとなしく――めったにない贅沢であるが――ディレクターズチェアに腰かけていた。ハーカー役のマーティ・シーンはベッドにあぐらをかいてすわりこみ、携帯用酒壜にいれた強いブランデーを飲んでいる。スタジオの隅にまでアルコールの匂いが漂ってくる。顔は赤く、動きは緩慢だ。この数日、彼はどんどんマーティの要素を失い、ますますハーカーになりつつある。フランシスはさらに彼を追いつめ、感情のメスをふるって玉葱《たまねぎ》のようにスター俳優の皮を剥ぎながら演出している。

フランシスがイオンに、あの悪趣味な絵をはずしてこい、てらてらスーツに何が問題なのかわからせてやると言いだした。イオンは陽気ににやりと笑うと、マーティの脇をすり抜けて肖像画に手をのばし、抜け目なくそれをベッドの支柱の上に落とした。支柱はガラスを割り、額の真ん中を突き抜けて大統領の顔に穴をあけた。

イオンがいかにもすまなそうに肩をすくめてみせる。

フランシスは見るからに嬉しそうだ。てらてらスーツは恐怖と衝撃に打ちのめされ、あわてて敗走した。聖なる肖像の破壊行為に関わりがあったと知られるのが怖かったのだろう。

在庫小道具の中から十字架が見つかり、壁にかけられた。

「マーティ」フランシスが言った。「胸を切りひらいて脈打つ心臓を見せるんだ。そして胸から引き剥がし、握りつぶして床に落とせ」

まさか文字どおりのことをさせたいわけではないだろう。

マーティ・シーンは目の焦点をあわせようとしながら、のろのろとうなずいた。

「それじゃ、いいな。本番行くぞ」フランシスが怒鳴った。

17

ケイトはいま、こらえきれないまま声を出さずに泣いている。フランシスと、おそらくはイオンをのぞいて、現場にいるすべての者もまた涙を流している。まるで政治犯の拷問を目の前にして、なんとかやめさせたいと願っているような気分だ。

このシーンにシナリオはない。

マーティがよりジョナサン・ハーカーに近づけるよう、フランシスは彼を追いこみ意志を挫こうとしている。映画はここからはじまる。ここでほんもののジョナサンを見せて、観客を彼に感情移入させるのだ。このシーンがなければ、主人公はさまざまな登場人物をわたり歩くだけの、ただの傍観者になってしまう。

「リード、きみは物書きだろう」フランシスが言った。「ヴォイスオーヴァを書いてくれ。頭の中のモノローグ。意識の流れだ。おれにほんもののハーカーをくれ！」

涙で汚れた眼鏡ごしに、走り書きのノートに目をむける。ケイトはまず、自分の記憶にあるジョナサンについて書こうとした。だが彼なら、意識の流れなんてものがあると思われたら、さぞとまどったことだろう。フランシスはその原稿をずたずたに引き裂き、紙吹雪のようにマーティの頭に降らした。完全に酔っぱらった俳優は、目をむいてベッドの上でうしろざまに倒れた。

マーティはいまミナの名をわめきながら枕を抱き締めている。

〝すべてはヘカベのために〟。ミナはロケットの中の肖像として以外、どこにも登場しない。もしミセス・ハーカーがこの『ドラキュラ』を見たら、いったいなんと思うだろう。神のみぞ知る、だ。

フランシスがクルーに、マーティの文句を無視するよう命じている。彼は俳優であり、ただ愚痴をこぼしているだけなのだ。

イオンがそれを通訳する。

ケイトは嵐のあとのフランシスの言葉を思いだした。〝いったいどれだけの金がかかるんだ〟。この映画にかかるだろう費用に値するものなどあるだろうか。

「おれはただ『ドラキュラ』を撮ればいいんじゃない」フランシスは以前、あるインタヴューで語った。「おれはドラキュラにならなきゃいけないんだ」

ケイトはマーティとフランシスのあいだに生まれつつあるハーカーを書こうと試みた。そして、自分の過去でも最悪の地点にもどり、それらがいまもまだ、くすぶる石炭のように記憶の中で燃えつづけていることを知った。

ノートに赤い染みが点々としている。涙に血がまじっているのだ。めったにあることではない。

カメラはマーティの顔をクローズアップしている。フランシスは夢中で歯をむき、両手の指を鉤爪のように曲げて、ベッドの上にのしかからんばかりだ。マーティが何かをつぶやきながらカメラをはらいのけようとした。

「カメラを見るんじゃない、ジョナサン」とフランシス。

マーティがベッドに顔をうずめ、噎せるように嘔吐しはじめた。抗議を申し立てようかとも思ったが、その勇気はなかった。アカデミー賞ものの演技を邪魔されたと、マーティン・シーンは一生彼女を許さないだろう。彼は俳優なのだ。いずれ古いコートのようにかわいそうなジョンを脱ぎ捨て、つぎの役にはいっていく。

彼が吐瀉物から身体を反転させ、じっと天井――があるはずだが実際には何もない空間――を見あげた。

カメラはさらにまわりつづける。

マーティは静かに横たわっている。

やがてカメラマンが告げた。

「彼、呼吸がとまっちゃってるみたいなんですけど」

永遠とも思える一瞬、フランシスはそのまま撮影をつづけた。

それから、撮影中止の声をかけることなくカメラを肘で押しのけてスター俳優にのしかかり、痩せた裸の胸に耳をあてた。

ケイトはノートを落としてセットの中に駆けこんだ。壁が揺れ、音をたてて倒れた。

「心臓はまだ動いている」フランシスが言った。

乱れた鼓動が彼女にも聞こえる。

マーティが噎せ、口から液体がこぼれる。顔は真っ赤だ。

心臓の音がゆるやかになる。

「心臓発作じゃないかしら」

「まだ三十五だぞ」とフランシス。「いや、三十六だな。今日が誕生日だ」

医師が呼びにやられた。ケイトは応急手当をちゃんと学んでおけばよかったと後悔しながら、マーティの胸を押した。

忘れられたカメラがまわりつづけている。

「こんなことが外に漏れたら」とフランシス。「おれは終わりだ。この映画だってどうしようもなくなる」

フランシスはマーティの手をしっかと握り、祈るように語りかけた。

「死ぬんじゃないぞ」

マーティン・シーンの心臓はそんな言葉も聞いてはいない。鼓動がとまった。数秒がすぎる。また一度、心臓が動く。そしてまたとまる。

イオンがフランシスのそばにいる。牙が最大の長さにまでのび、目は赤い。死が身近にせまったことで本能の引金がひかれたのだ。

自己嫌悪にかられながら、ケイトもまた自分の内にそれを感じている。

死者の血は腐ってしまうため飲むことができない。だが死にかけている者の血は、失われつつある生命を秘めて甘美だ。

ケイト自身の牙も鋭くなって下くちびるにくいこんでいる。血のしずくが口と目からこぼれてマーティのあごに落ちた。

もう一度胸を押した。鼓動ひとつ。それだけだ。

イオンが寝台に這いよってマーティに手をのばした。

「おれ、こいつを生かしてやれるよ」ささやいて、大きくひらいた口を脈のなくなった首筋に近づける。

「なんてこった」フランシスの目に狂気が浮かんでいる。「おまえならこいつを呼びもどせる。死んでたって、最後まで撮ることはできるよな」

「そそそそうだよ」年をとった少年のつぶやきには息がまじっている。

ふいにマーティの目があいた。動かない身体に閉じこめられたまま、意識だけは覚醒しているのだ。恐怖と狼狽があふれる。彼の死に、心臓をつかみとられたような気分だ。

イオンの歯が俳優の咽喉に触れた。

その瞬間、ケイトは冷静に、明確に、判断をくだした。未知の血統をもつこの不死者《アン＝デッド》の少年に、闇の口づけを与えさせてはならない。彼はまだ闇の父になるだけの準備を整えていない。

ケイトは襟首をとらえて少年を引き剥がした。イオンはあらがったが、彼女のほうが年齢を重ねているぶん力も強い。

愛情をこめてマーティの咽喉に牙を立てた。死の法悦が全身を駆け抜ける。とっぷりとブランデーの混じった血が口の中にあふれて恍惚をもたらす。だがケイトは懸命に自制を保った。蜥蜴脳（脳の最下層にあって本能を司る部位）にまかせていたら、からからになるまで彼を吸いつくしてしまう。

だがキャサリン・リードは怪物ではない。

牙を抜くと、彼の胸毛と自分のあごが血で汚れていた。小さなボタンをはじきとばしてブラウスの前をひらき、鋭い親指の爪をみずからに走らせ、あばらのあたりに傷をつける。

マーティの頭をもちあげ、そのくちびるを傷口に押し当てる。

瀕死の男に血を吸われながら、曇った眼鏡ごしにフランシスを、イオンを、カメラマンを、二十人のスタジオスタッフをながめる。いまごろになってようやく医者が到着した。

空虚で丸いカメラレンズが目にはいった。

「あらいやだ、それ、とめてよ」

18

クルーの中でも主だった者たちがスタジオの事務所に集められた。血を失い弱ってはいたが、ケイトもまた出席しなくてはならなかった。マーティは医務室で点滴を受けている。それからさらに輸血がおこなわれる。全身の血液を幾度か洗い流さなくてはならないのだ。運がよければ転化せずにすむ。みずからの内に彼女の人生の一部を、彼女の一部を、永遠にとりこむだけだ。以前も同じような経験があった。あまり嬉しいことではない。だがほかに選択肢はなかった。イオンなら俳優を殺し、新生者《ニューボーン》のヴァンパイアとしてよみがえらせていただろう。

「この業界にはいくつもの伝説がある」フランシスが〈デイリー・ヴァラエティ〉（〈ヴァラエティ〉はアメリカのエンターテインメント業界雑誌。一九〇五年に〈ウィークリー・ヴァラエティ〉が、一九三三年に〈デイリー・ヴァラエティ〉が創刊された）を掲げて言った。

定期的に撮影隊に届けられる唯一の新聞だ。

「マーティのことだが。おれたちはパニックを起こさないよう心に蓋をして、しっかり冷静にやっていかなくてはならん。トラブルがあったようだなんて、噂にもなっちゃならんのだ。わかるだろう、おれたちはいまトワイライト・ゾーンにいる。スケジュールとか予算なんてものは、とっくの昔にどっかにいっちまった。マーティがアップに耐えられるようになるまでは、周辺シーンを撮影する。うしろむきの吹き替えをやるため、マーティの弟が本国からくることになった。撮影はなんとかそれでしのげるだろうが、マスコミはそうはいかん。業界の禿鷹連中はおれたちの死を待ちかまえている。『フィニアンの虹』からこっち、やつらはずっとおれを憎んでるんだ（Finian's Rainbow　一九四七年初演のブロードウェイ・ミュージカル。一九六八年にコッポラ監督で映画化されたが、題材の古さや予算不足でさまざまなトラブルがもちあがった）。おれは頭が切れる。そして頭の切れるやつはみんなに嫌われる。いいか、これからさきは、たとえ誰かが死んだって、おれがそう言うまでは誰も死んじゃいないんだ。おまえたちみんな、おれが認めるまで、誰にも、なんにも話すんじゃないぞ。いいか、おれたちはいま、この地でトラブルに巻きこまれている。ここから脱出するためには口八丁が必要になるだろう。おまえたちはチャウシェスク体制をファシズムだと考えてるかのしれんが、そんなもの、コッポラ体制に比べたら屁でもない。おれが認めるまでおまえたちは何も知らない。おれが言うまで何もしない。諸君、これは戦争だ。そしておれたちは負けつつあるんだ」

19

マーティは家族とともにいた。彼の妻（女優・プロデューサーのジャネット・シーン（一九四四ー　））は、ケイトに感謝すればいいのか憎めばいいのか決められずにいる。

彼は生きつづける。これからも、ほんものの生を生きていく。

そしてケイトは彼の過去の断片を手に入れつつあった。ほとんどは彼が演じた映画に関するものだ。彼もきっと同じだろう。これからは、それ自体が悪夢のようなケイトの雑多な心象に対処していかなくてはならない。

部屋に招じ入れられた。光あふれる、花でいっぱいの部屋だ。

マーティは髭も髪も整え、起きあがっていた。目が輝いている。

「やっとわかった」彼が言った。「ほんとうに理解したんだ。これであの役ができる。ありがとう」

「ごめんなさい」何に対してかわからないまま、ケイトは謝った。

20

途中の宿場。スウェイルズが馬を取り替えている。泡のような汗にまみれたこれまでの馬は、水を与えられて休んでいる。

ウェステンラが林檎の籠を買い取ろうと小作人と交渉している。マリーは微笑を浮かべたまま木々の梢をながめている。その顔は月光を受けて、まるで子供のようだ。

ハーカーは静かにパイプをくゆらせている。

ハーカーの声「わたしたちはここでヴァン・ヘルシングの部隊と合流することになっていた。この完全にいかれたわけのわからぬオランダ人(double Dutch で"わけのわからないもの"という意味があり、ヴァン・ヘルシングがオランダ人であることにかけている)は、人生のすべてをかけて邪悪と戦っているのだ」

山霧の中からヴァン・ヘルシングが歩みでてくる。真紅の軍服につばを巻きあげたシルクハットをかぶり、騎兵隊のサーベルを佩いている。顔じゅうに古い傷痕が走っている。その軍服にはありとあらゆる種類の十字架がさがっている。

ハーカーの声「ヴァン・ヘルシングの前では悪魔すら恐れおののくだろう。わたしもまた例外ではない」

ヴァン・ヘルシングは騎兵隊《ラフライダーズ》を率いている（本来のラフライダーズは、一八九八年の米西戦争においてルーズベルトが指揮をとった義勇騎兵隊）。ばらばらの軍服をまとったあらゆる人種からなるその部隊は、彼の私兵でありながら、正義の軍隊でもある。騎兵隊のほかに、ヴァン・ヘルシングは人間を乗せた大凧を二枚と、補給物資の荷馬車も従えている。

ヴァン・ヘルシング「きみがハーカーかね」

ハーカー「アムステルダムのドクター・ヴァン・ヘルシングですね」

ヴァン・ヘルシング「いかにも。きみはボルゴ峠に行くつもりなのかね」

ハーカー「その計画です」

ヴァン・ヘルシング「愚かな英国人だ、地獄に行きたいと望んだほうがましだぞ」

ヴァン・ヘルシングの副官「教授、ご存じでしたか。ハーカーの一行にマリーがいます。八四年の整調《ストローク》ですよ」

ヴァン・ヘルシング「なんと！　三艇身でケンブリッジを打ち破ったときのだな。あれはみごとだった」

ヴァン・ヘルシングの副官「噂では、この川はボルゴ峠のあたりでもっともゆるやかになるそうです。このあたりの谷川がどんなものかは教授もご存じでしょう。ボート競技ができるようなものじゃありません」

ヴァン・ヘルシング「愚か者め、なぜそれをさきに言わんのだ。ハーカー、すぐさま出発しよう。ボルゴ峠を制圧するのだ。川の流れは神の恵みだ。不死者《アン＝デッド》どもには価値がわからんのさ。ノスフェラトゥどもはボートを漕がんからな」

　ヴァン・ヘルシングが部下たちを騎乗させる。ハーカーも馬車に駆けもどって乗りこむ。ヴァン・ヘルシングがサーベルをふりまわし、危うく副官の首を刎ねそうになるのを見て、ウェステンラがぎょっとしている。

ウェステンラ「あいつ、完全にいかれてるな」

ハーカー「ワラキアではあれがふつうなのだろう。わたしたちがこれから出会うものと戦うには、少しくらい狂っていなくては無理だ」

　ヴァン・ヘルシングのサーベルが月光を受けて輝く。

ヴァン・ヘルシング「ボルゴ峠へ、わが天使たち……突撃せよ!」

　ヴァン・ヘルシングは部隊を率いて全速で走りだす。坂道を駆けあがる騎兵隊のあとから、馬車が疾走する。観測員を乗せた大凧が夜空に浮かんでいる。

　どこかから狼の遠吠えが聞こえる。

　二枚の凧のあいだに蓄音機のスピーカーが吊るされている。

　音楽が流れはじめる。『白鳥の湖』第二幕第十曲「情景」モデラート（チャイコフスキー作曲のバレエ音楽。「情景」は中でももっとも有名なテーマ曲）。

ヴァン・ヘルシング「音楽。チャイコフスキー。悪魔どももふるえあがるだろう。音楽はやつらが失ったものの記憶を呼びさます。死を思い起こさせる。それにより、われわれはやつらを確実に殺すことができる。永遠に滅ぼすのだ」

　ヴァン・ヘルシングは突撃しながら剣を左右にふりまわす。木々のあいだから黒い影がとびだし、馬の脚のあいだを走り抜けていく。ヴァン・ヘルシングが剣をふりおろし、一匹の狼の首を刎ねる。首は木にあたってジプシー少年の頭部となり、山腹をころがり落ちていく。

　ヴァン・ヘルシングの騎兵隊は赤々と燃える松明を掲げ、松の木のあいだをたくみにすり抜けていく。音楽が響きわたる。炎と煙が木々のあいだで揺らめく。

　馬車の中では、ウェステンラが耳に指をつっこんでいる。マリーはブライトンビーチ（ニューヨーク、ブルックリンの海岸に面した観光地）を快適にとばしているかのような微笑を浮かべている。ハーカーはあれこれと十字架を選りわけている。

　ボルゴ峠ではジプシーがささやかな野営を張っている。静かだ。長老たちが火のまわりに集まっている。ひとりの娘が風にのってすすり泣くチャイコフスキーを聞きつけ、警告を発する。ジプシーたちがざわめきたつ。狼に変身しはじめる者もいる。

人を乗せた爪が月をさえぎり、巨大な蝙蝠のような影を山腹に投げかける。

木々にこだまして千倍にも増幅された蹄の音がとどろきわたる。大地が揺れる。森がふるえる。

ヴァン・ヘルシングの部隊が森からとびだして野営地に襲いかかる。縦横に駆けまわり、荷馬車を転覆させて炎の中をひきずっていく。燃えさかる松明が十本以上も投げられる。被毛に火のついた人狼が、悲鳴をあげながら騎兵にとびかかる。

銀の剣がひらめき、血に染まる。

ヴァン・ヘルシングは馬をおりて虐殺の場を大股に歩きまわり、銃で頭を撃ち抜いていく。狼の頭蓋の中で銀の弾丸がはじける。

ひとりの若い娘が歓迎の笑みを浮かべてヴァン・ヘルシングの副官に近づいていく。娘は口をひらき、息音を漏らしながら副官の咽喉に牙を突き立てる。

三人の騎兵が娘を引き剥がし、うつ伏せに押さえこむ。胴着が引き裂かれ、背中がむきだしになる。ヴァン・ヘルシングが五フィートの槍を娘の背中からあばらまで突き通し、血まみれの大地に串刺しにする。

ヴァン・ヘルシング「ヴァンパイアの淫売めが！」

騎兵たちはたがいの功績を称えあっている。すぐ近くで火薬の樽が爆発し、一行がたじろぐ。ヴァン・ヘルシングは動じない。

ハーカーの声「ヴァン・ヘルシングは神の守りを受けている。いかなる行動をとろうと、生き延びることができる。聖別された人間なのだ」

ヴァン・ヘルシングが傷ついた副官のかたわらに膝をつき、引き裂かれた首に聖水をかける。傷はしゅうと音をたてて湯気をあげる。副官が金切り声でわめく。

ヴァン・ヘルシング「間にあわなんだか。遅すぎたようだ。無念なり」

ヴァン・ヘルシングはククリ刀（ネパールのグルカ族が用いる刀身の広い湾曲した短刀）で副官の首を切り落とす。噴きだした血が彼のズボンを染める。

序曲が終わり、戦いも終結する。

ジプシーの野営地は破壊されつくしている。まだ火が燃えている。串刺しにされて、首を落とされて、銀で撃ち抜かれて、全員が死んだか、もしくは死につつある。ヴァン・ヘルシングが聖餅をちぎり、すべての死体の上に欠片を落としながら、魂の救いを求めて祈禱の言葉をつぶやく。

ハーカーは疲労困憊し、血まみれの土でブーツを汚したまますわりこんでいる。

ハーカーの声「ヴァン・ヘルシングはこのようなやり方で神に仕えているのか。いったいこの連中はドラキュラにどのような恨みを抱いているのだろう」

太陽が山の上の空を薄紅に染める。淡い光が野営地に落ちる。

ヴァン・ヘルシングは夜明けの霧の中に威風堂々と立っている。

深い傷を負ったヴァンパイアが数人、陽光に焼かれて悲鳴をあげながらしなび、人の形の灰になる。
ヴァン・ヘルシング「わたしはこの匂いが好きだ……夜明けに生じる自然発火。これこそまさに……救済だよ」

21

フランシスは、靄におおわれた松のあいだで鮮やかに映えるオレンジ色のカグール（膝丈の防水アノラック）を着て、玩具をとりあげられた小さな少年のように岩の上に立っていた。その視線は、予定とは異なる方向に突進していく騎兵隊にむけられている。ジプシーのエキストラたちはこの番狂わせにとまどい、セットの野営地の中で右往左往している。ストラーロは何か技術的な問題を発見したらしく、カメラに没頭している。

何がどうなっているのか、フランシスに説明しようとする者はいない。

襲撃の用意には二時間がかかった。カメラレールを敷き、火薬をしかけ、切られた首を用意し、バケツで血糊をまぜた。獰猛なるヴァン・ヘルシングの騎兵隊は軍服を着て準備を整えていた。

てらてらスーツがそのとき、軍から借りてきた部隊の指揮官の耳もとに何かをささやいたのだ。騎兵隊は俳優であることをやめて軍人にもどり、隊列を整えて走り去った。

ケイトもこんな光景を見るのははじめてだ。

イオンが説明を求めててらてらスーツに食ってかかった。役人はしぶしぶ小さなヴァンパイアに事情を語った。

「隣の谷で戦闘が起こってるんだそうです」イオンが通訳した。「マインスター男爵が森から出てきて、戦略的に重要な峠の砦を占拠したんです。大勢が死んだか、死にかけてます。チャウシェスクはトランシルヴァニア人を包囲攻撃してるんです」

「契約したじゃないか」フランシスが弱々しくつぶやいた。「あいつらはおれのものなのに」

「戦闘に必要とされないときだけだって、あいつ、言ってました」イオンが告げる。

少年は監督の脇に立って、ルーマニア役人の姿をとっくりとながめさせている。てらてらスーツはいまにも笑いだしそうだ。いかにも悦に入ったその態度は、大統領の肖像画を落としたことへの報復のつもりなのだろう。

「おれはここでくそったれな映画を撮ろうとしてるだけじゃないか。約束を守らないような連中は権力の座からひきずりおろされちまえばいいんだ」

クルーの中でも英語のわかるルーマニア人何人かが、不敬な言葉にすくみあがった。ケイトにしてみれば、チャウシェスク体制をぶっつぶす理由くらい、それより説得力のあるものを何十と考えだせる。

「戦闘がひろがったらここも危険かもしれないです」イオンが言った。

「イオン、そのマインスターだがな。そいつから騎兵隊を借りられないかな。そいつと取り引きできないかな」

「傲慢な長生者《エルダー》ですよ、マエストロ。それに、自分の計画で頭がいっぱいに決まってます」

「ああ、たぶんそうなんだろうな。くそっ」

「もう暗くなってきます」とストラーロ。

てらてらスーツはにやつきながら、イオンを通じて、戦闘はたぶん二、三日で終わるだろうと告げた。てらてらスーツにとって運のよいことに、フランシスの手の届く範囲にある武器はすべて、ただの小道具だった。

ジプシーの野営地で、火薬がひとつ、勝手に爆発した。ぽんと悲しげな音が響いて毒々しい緑の煙が噴きあがる。描いたばかりの書き割りに小さな炎が走った。

撮影助手がバケツの水をかけて火を消した。

ロバート・デュヴァルとマーティン・シーンは、衣装とメークをつけたまま、ただぼんやりとたたずんでいる。カメラスタッフとエフェクトマンと脇役連中全員が、運休になった列車を待つかのように集まってきた。

そして長い時間がすぎた。勝利をおさめた騎兵隊が撮影のためにもどってくることはなかった。

「ちくしょう」

フランシスは怒声をあげ、槍のように杖をふりまわした。

22

翌日になっても事態はまったく好転しなかった。伝え聞くところによると、マインスターは砦から追いだされ森に逃げ帰ったが、チャウシェスクはさらなる追撃を命じたという。騎兵隊にはまだ、撮影にもどれという指示がくだっていない。それにしても、あの部隊の何人がいまもまだ生きているのだろう。砦の奪還は、多くの流血と犠牲をともなう戦闘であったにちがいない。騎兵隊にとって、城砦への突撃は自殺を命じられるようなものなのだ。

フランシスとストラーロはわびしく、どうにか使えそうなカットを選りわけている。

突撃シーンの撮影日を改めて正確に設定するべく、てらてらスーツの捜索隊が組織された。アメリカ人の怒りを避けようというのか、彼は霧の中に姿を消してしまっていた。

ケイトは木陰に丸くなって地元の新聞と取り組んでいた。ルーマニア語をブラッシュアップすると同時に、厳しい報道規制による婉曲な言いまわしや欠落を解読していく。その新聞によると、マインスターは数週間前に鎮圧され、いまはどこかの穴蔵に隠れているが、必ずや一時間以内に首を刎ねられるだろうということだった。

隣の谷ではきっと、真の物語がくりひろげられている。ジャーナリストなら、エンストを起こしたこの大型トラックがふたたび走りだすのをぼんやり待つのではなく、隣の谷にいるべきだ。マインスターの少年兵たちは恐ろしくもあり、魅力的でもある。彼らのことを知り、理解しなくてはならない。だが、優先されるべきはアメリカン・ゾエトロープとの契約だ。自分もまた離反者になる勇気はない。

マーティン・シーンがやってきた。

彼はほぼ回復し、しかもケイトが自分に何をしたのか正確に理解している。もっとも、血の絆の意味するものについてはいまだ手さぐりの状態だ。だがいまは、自分の健康状態よりも、来週にせまったブランドとの共演のほうが気がかりなようだ。

ラスト・シーンのシナリオはまだ書きあがっていなかった。

23

騎兵隊がもどってきた日——というか、うなだれ、苦痛に顔をゆがめ、軍服を泥だらけにし、目に苦悩を浮かべて騎兵隊の〝大部分〟がもどってきた日、首の折れたてらてらスーツが流れに半身をひたした状態で発見された。闇の中で足を踏みはずし、険しい山腹をころがり落ちたのだろう。灌木の鋭い棘のせいで、顔も首もずたずたに引き裂かれている。血が水によってすべて流れつくしたのだろう、目をむいたままの顔は白かった。

「ジョルギウが死んでくれてよかったよ」イオンがいった。「あいつ、マエストロを困らせてばかりいるんだもの」

ケイトはそのときはじめて、あの役人の名前を知った。

フランシスはまた新たな遅れが生じることにいらだちながらも、丁重に遺体を運び、しかるべき筋に報告を送ってから、撮影を再開した。

ひとりの警部がやってきて、イオンにつきそわれて折れた灌木の中をさがしまわり、ジョルギウの痕跡を調べた。どんな手を使ったのか、イオンのおかげで男の仕事は恐ろしく迅速に終了した。

あの少年は奇跡だと、いまでは誰もが口をそろえて語っている。


「ミス・リード」イオンの声に、ケイトは手をとめた。

アメリカの少年のような服を着て、メイク係に髪を切ってもらい、露出計を首にかけたイオンは、ブカレストのホテルで彼女の部屋にやってきた薄汚い孤児とはまるで別人だ。

ケイトは新聞とペンを脇においた。

「ジョン・ポップだよ」イオンは胸をたたいて宣言した。Jの発音も完璧だ。「アメリカ人の、ジョン・ポップなんだ」

ケイトは彼の言葉を検討した。

イオンは——いや、ジョンは、脱皮する蛇のように、国籍と国にまつわるすべての特徴を脱ぎ捨てている。輝くようなピンクの肌のアメリカ人として生まれ変われば、二度とその素性を云々されることはないだろう。

「アメリカに行きたいの?」

「もちろんだよ、ミス・リード。アメリカは若い国で、生命にあふれてるじゃないか。血だって新しいし。あそこに行けば、なんだって自分の選んだものになれるんだ。ヴァンパイアが生きていける国ってアメリカだけだろ」

自分はこの若いヴァンパイアを憐れめばいいのだろうか、それともアメリカ大陸に同情するべきだろうか。そのどちらかは必ず落胆することになる。

「ジョン・ポップだよ」彼は嬉々としてくり返した。

大英帝国に――いまのアメリカと同じく、当時世界でもっとも隆盛を誇っていた国に進出しようというとき、ドラキュラもこんなふうだったのだろうか。ジョナサンとの会話で英語の発音を学び、鉄道時刻表を暗記し、セントパンクラスとかキングスクロスとかユーストンといった異国の名を楽しみ（いずれもロンドンの主要駅）、自分で考えた英国風の名前――ド・ヴィユ伯爵――を口の中でころがして悦に入っていたのだろうか。

もちろんドラキュラはみずからを、征服者――自分が制圧したすべての国の正統なる支配者と見なしていた。イオン＝ジョンはむしろ、今世紀初頭にエリス島（アメリカ、ニューヨーク湾の小島。一八九二年から一九四三年にわたって移民局がおかれていた）を経て流れこんできた、アイルランドやイタリアの移民だ。アメリカはチャンスの国で、じゃがいも掘りや床屋でも立身出世をして大金持ちになれると信じている。

その確信を羨ましく思うと同時に、慈愛の心が胸を刺した。いついかなるときも守ってやりたいと願いながら、ケイトは彼に口づけした。少年は叔母さんに抱き締められてきまり悪がる子供のように、ぎこちなくもがいた。

24

霧がボルゴ峠の周囲にたまっている。白い海を貫いて黒い岩がそそりたつ。

馬車がゆっくりと走ってくる。全員が用心深くあたりに目を配る。

マリー「アヘンチンキ（主として鎮痛剤として用いられる薬）、あれが最後の壜だったんだ……飲んじまったよ」

ウェステンラ「そいつはよかった」
マリー「あれ、水晶宮みたいだな」（一八五一年の第一回万国博覧会においてロンドンのハイドパークに建てられたガラス張りの建造物）

ハーカーはスウェイルズの横にすわって、視野いっぱいにひろがる古城を観察する。壊れた胸壁が荒れ狂う空に突き刺さるようだ。

ハーカーの声「ドラキュラ城。道はうねりながら森を抜け、まっすぐわたしをやつのもとへと導いた。伯爵。この土地そのものがドラキュラだ。やつはこの山々と、木々と、胸糞悪い大地と、一体化している」

馬車が停まる。マリーが窓から首を突きだし、驚愕の溜息をつく。

スウェイルズ「ボルゴ峠だ、ハーカー。おれはこのさきへは行けない」

ハーカーはスウェイルズに目をむける。御者の顔に恐怖はないが、目が細くなっている。鋭利な闇が魚雷のように霧の海からとびだしてくる。とがった杭が背後からスウェイルズを貫く。血まみれの先端が胸から一フィート以上も突きだす。

スウェイルズは憎悪の言葉を吐きながら、ハーカーをつかんで抱き寄せようとする。胸骨からとびだした鋭い切っ先がハーカーにせまる。

ハーカーは無言であがき、掌底をスウェイルズの顔に当てて押しやる。死者の抱擁がゆるむ。スウェイルズは御者台から落ち、崖をころがって、無言で霧の中に沈んでいく。

マリー「なんてこった。こいつはすげえや」

25

ボルゴ峠の上にドラキュラ城がそびえている。苔むした黒石が半分、半分はオレンジ色の新しい木材だ。なんとも印象的な光景だ。

許可はまだおりていなかったが、フランシスはクルーに、城のセットを建てて仕上げるよう命じた。この地はブカレストから遠く、ジョルギウがいなくなったいま、チャウシェスクの手も届かない。

その城は、あるアングルから見ると、ヴァンパイア王のねぐらにふさわしい古めかしさと堅牢さを保っているものの、道から数歩離れると、材木でつっかえ棒をしただけの、塗装した板と石のまざった張りぼてにすぎないとわかる。

もしマインスターの少年兵が森の中にいたら、山を見あげて勇気づけられることだろう。このまがいものの城こそが目的地だと思うかもしれない。ケイトは「ペーパー・ムーン」をハミングしながら（It's Only a Paper Moon（一九三三）ハロルド・アーレン作曲、エドガー・イップ・ハーバーグ&ビリー・ローズ作詞の流行歌。ピーター・ボグダノヴィッチ監督の映画『ペーパー・ムーン』Paper Moon（一九七三）でとりあげられたことで、ふたたび脚光を浴びた）、ヴァンパイアたちがこの山国に、城ならざる城に、ドーランを塗った俳優にすぎない王のもとに、呼び寄せられるさまを想像した。

銃に似た道具を使って城門の落とし格子に分厚い蜘蛛の巣を張りつけている撮影助手のシルエットが見える。他国からもちこんだ害獣のケージが積み重なって、扉をあけられるのを待っている。山腹には——串刺しにされたエキストラの身体が支えられるよう自転車のサドルをとりつけた——杭が林立している。

すべてが壮大なるまがいものだ。

フランシスは杖によりかかり、みずからの指示によって急造された堂々たる城をうっとりとながめている。そのかたわらに立つイオン＝ジョンは、さながら忠実なるレンフィールドだ。

「オーソン・ウェルズが言っていたよ。映画は男の子がもてる最高の鉄道模型だってね」フランシスが言った。

たぶんイオンは、ウェルズが何者かも知らないだろう。

「だけどやつは結局、それで身を滅ぼしたんだ」

ケイトのカーディガンのポケットには、撮影百日のパーティで手に入れたジョークショップの牙がはいっている。二百日のパーティもそれほど遠くはない。

カスタネットのようにかちかちと牙を打ち鳴らした。空気が薄く夜が冷たいこの霧の中で、いまにもめまいを起こしそうだ。

ふだん話すときよりもアイルランド訛りの強い心地よいコントラルト（女声の低音声域。アルトと同義）で、静かに歌った。

「これはバーナム＆ベイリーの世界。何から何までつくりもの。でも見せかけだけじゃなくなるわ。あなたが信じてくれるなら」（「ペーパームーン」It's Only a Paper Moon（一九三三）の歌詞より。バーナム＆ベイリーは、P・T・バーナムとジェイムズ・ベイリーがそれぞれに経営していたサーカスが合併し、一八八一年に設立された大サーカス団。世界中を巡回した）

26

ハーカーが徒歩で城門にたどりつく。ウェステンラとマリーはややうしろにさがっている。

ジプシーの群れが無言のまま左右に割れて、英国人一行を通す。人間や狼の歯の首飾り、赤い目、凶暴な牙。両腕の下にはしなびた蝙蝠の皮膜が垂れさがり、毛むくじゃらの素足が岩に食いこんでいる。

彼らはツガニー、ドラキュラの子だ。

中庭では、一頭のアルマジロが、切り落とされたばかりの人間の首を嗅ぎまわっている。強烈な腐敗臭に襲われながら、ハーカーはかろうじて嫌悪を押し殺す。マリーとウェステンラはうめきをあげて文句をならべる。ふたりはともに巨大な十字架を掲げている。

鼠のような人影が、ジプシーの群れの中から走りでてくる。

レンフィールド「英国人ですね。わたしも英国人ですよ。R・M・レンフィールド。お見知りおきを」

彼はハーカーと握手をかわし、抱擁する。その目はおちつきがなく、狂気を宿している。

レンフィールド「あるじがお待ちしています。わたしは頭がいかれてるんですよ。肉食動物狂でね。蠅や、蜘蛛や、つかまえられたら鳥だって食べます。血ですよ。本にも書いてありますけれど、血は生命なんです。あるじは理解してくれてます。ドラキュラさまはね。あなた方がこられることもご存じですよ。ドラキュラさまはなんだってご存じなんだ。あの方は古典的にいえば詩人で戦士なんです。ヴィジョンをもってる。あなた方だっていまにわかる、いまに理解できますよ。あの方は何世紀も生きてきたんだ。その叡智はわたしたちを――わたしたちに想像し得る何ものをも超えてるんです。どういえばわかってもらえるかな。ドラキュラさまはわたしに生命を約束してくださった。いくつもの生命をね。髭を剃っている夜、背後から忍びよって鏡を割ることもあります。人の虚栄の玩具ですからね。あの方の血管にはアッティラの血が流れてるんです。あの方こそ、支配者の中の支配者なんですよ」

レンフィールドはウェステンラのコートに這っている虫をつまみとって食う。

レンフィールド「困惑しておいでですね。わかってますとも。あの首でしょう。刎ねられた首。これがドラキュラさまのやり方なんです。あいつらに理解できる唯一の言語ですからね。ドラキュラさまだって好んでやっておられるわけじゃないんですよ。でもやらなきゃならないと理解しておられる。真実をご存じなんですよ。鼠ども！　ドラキュラさまは鼠どもがどこからくるかご存じです。ときどきおっしゃってますよ。『犬と戦い、猫を殺し、揺り籠の赤ん坊に噛みつく。大樽のチーズを食らいつくし、料理人の杓《ひしゃく》からスープを舐める』」
（ロバート・ブラウニングの詩「ハーメルンの笛吹き男」The Pied Piper of Hamelin（一八四二）より）

ハーカーは彼のおしゃべりを無視して中庭を横切っていく。霧の切れ端がブーツにまといつく。巨大な人影が入口をふさいでいる。月光が大きな禿頭《とくとう》を照らしだす。面白くもなさそうに笑みを浮かべた口から、親指ほどもありそうな黄色い犬歯がむきだしになり、どっしりとした下顎がきらめく。

ハーカーが足をとめる。

低い声がとどろく。

ドラキュラ「われは……ドラキュラ……なり」

27

当初、フランシスの構想にあったのは、竹節虫《ななふし》のように細く干からび、虚ろな目をした、いかにももろそうなドラキュラだった。だが体重二五〇ポンドのブランドがあらわれたため、盗んだ生命でふくれあがり、柩からあふれださんばかりに血で膨張しきった吸血鬼として、キャラクターを設定しなおさなくてはならなかった。

フランシスはまた二日をかけて、「われはドラキュラなり」という台詞の気に入った言いまわしをさがした。ケイトもはじめはほかのみなと同じように、わくわくしながらブランドの演技を見守ったが、不明瞭な台詞が数えきれないほどリテイクをくり返しているうちに、死にそうに退屈してしまった。

問題の台詞は、ふたりの演出助手が掲げる大きなボール紙に、高さ三フィートの文字で黒々と書かれている（マーロン・ブランドは台詞をおぼえてこず、つねにカンペを使用していたという）。ブランドは抑揚を変え、アクセントを変え、〝ドラギュリャ〟から〝ジャクリア〟まで発音を変えて、台詞をくり返す。カメラから目をそらして、あるいはまっすぐレンズにむかって語りかける。つくりものの牙を口の中におさめて、口から突きだして、鼻孔にくいこませて、もしくはそうしたことすべてをやめて、ためしてみる。

一度などは、禿頭に黒い口紅で蝙蝠を描いてきた。フランシスはしばし考えてから、ふきとるよう命じた。そう、ブランドのほうからアイデアを提供することもあるのだ。

この二時間はそのブランドが、くたびれ果てた撮影助手の一団がひっぱるロープによって、アーチから逆さ吊りになっている。眠る蝙蝠のような姿で伯爵が登場したら面白いのではないかと、彼自身が言いだしたのだ。

そして彼は、台詞も文字どおり逆さに読みあげた。

カメラはマーティン・シーンの肩ごしにブランドを撮っている。そのマーティンは、いつのまにか居眠りをはじめている。

「われはドラキュラなり。われはドラキュラだ。われはドラキュラである。われはドラキュラ。われはドラキュラなるぞ！　われはドラキュラなるか？

　ドラキュラはわれなり。ドラキュラはわれなるか？　ドラキュラなりわれ。なるかわれドラキュラ。われドラキュラなりや？

われドラキュラなり。

わが名はドラキュラ。ドラキュラ伯爵。

やあ、わたしがドラキュラだよ。

わたしは……ドラキュラ。おまえは……酔っぱらい《リキッド・ランチ》」

スタンリー・コワルスキー風の、ドン・コルレオーネ風の、チャーリー・チャン風の、ジェリー・ルイス風の、ローレンス・オリヴィエ風の、ロバート・ニュートン風の、台詞まわし。

フランシスは辛抱強く、つぎつぎとテイクを重ねていく。

デニス・ホッパーは畏怖したかのように、マリファナをふかしながらその場にたたずんでいる。すべての俳優が撮影を見学したがっている。

ブランドの顔が真っ赤に染まる。逆さ吊りになっているため、歯にも問題が生じている。撮影助手たちがほっとしたように力を抜いたため、ブランドは地面にむかって墜落した。彼の頭が地面にぶつかって卵のように割れる寸前、助手たちはふたたびロープをつかんで落下速度をゆるめた。アシスタントが数人、駆け寄って手を貸し、彼を立ちあがらせた。

フランシスが考えこんだ。

「マーロン、ここはひとつ、本に立ち返ってみたらどうだろう」

「本とは?」ブランドがたずね返す。

「ほら、最初にこの役についてディスカッションしただろう。ストーカーが伯爵をどのように描写したか、話しあったじゃないか」

「いや、おれは……」

「あの本ならよく知っていると言ってたよな」

「一度も読んだことはない」

「だがあのときは……」

「嘘だったんだ」（『地獄の黙示録』Apocalypse Now（一九七九）撮影時、コッポラはブランドに原作となるジョゼフ・コンラッドの『闇の奥』Heart of Darkness（一九〇二）を読んでくるよう要請していたが、結局ブランドは読まなかったという）

28

ハーカーは鎖につながれ、地下牢に閉じこめられている。足もとを鼠が這いまわる。あたり一面に水があふれている。

影がよぎる。

視線をあげると、灰色の蝙蝠の顔が頭上に浮かんでいる。鼻孔に細かな皺がより、巨大な歯が突きだしている。独房いっぱいにドラキュラがあふれているかのようだ。黒いマントが巨大な腹部と木の幹のような四肢に巻きついている。

ドラキュラがハーカーの膝に何かを落とす。ウェステンラの首だ。白目をむいている。ハーカーは悲鳴をあげる。

ドラキュラが姿を消す。

29

セットの中には、フランシスがタイプライターを抱えて立てこもることのできる、壁で仕切られたスペースがある。その執筆室《スクリプト・クリプト》からカタカタと虫の這うような音が聞こえてくる。

監督が最終シーンをひねりだそうとしているあいだにも、毎日何百万ドルという金が無駄に消えていく。ケイトが目を通した幾本かのシナリオは――それもフランシスが書いた草稿のほんの一部にすぎないのだが――ハーカーがドラキュラを殺す、ドラキュラがハーカーを殺す、ドラキュラとハーカーが手を結ぶ、ドラキュラとハーカーのふたりともがヴァン・ヘルシングに殺される（ロバート・デュヴァルはいまべつの大陸でべつの映画に出演しているため、この案は不可能だ）、雷に打たれて城のすべてが滅びる、などといったものだった。

ドラキュラが死ぬことに関してだけは、どれもほぼ一致している。

伯爵の滅びの原因は、斬首、浄化の炎、流れる水、心臓に打ちこまれた杭、山査子《さんざし》の繁み、巨大な十字架、銀の弾丸、神の手、悪魔の爪、武装した反乱勢力、自死、地獄の蝙蝠の群れ、腺ペスト、斧による四肢切断、犬に変身してそのままもとにもどれなくなるなど、種々さまざまなものが考えだされている。

ブランドが、ドラキュラを緑のスーツケースにすればどうかと提案した（リチャード・ドナー監督『スーパーマン』Superman（一九七八）でクラーク・ケントの父ジョー＝エルを演じるにあたって、台詞をおぼえたくないマーロン・ブランドは、クリプトン星人の外見など誰も知らないのだから、緑のスーツケースかベーグルでも撮っておいて、声をあてればいいと提案した）。

フランシスは薬をのんだ。（『地獄の黙示録』Apocalypse Now（一九七九）の撮影中、マーロン・ブランドのあまりの我が儘ぶりにコッポラは心労で倒れたという）

30

「リード、彼はきみにとってどんな存在なんだい」フランシスがたずねた。

イオン＝ジョンのことだろうと、ケイトは答えた。

「ほんの子供よ。でもどんどん成長してるわね。あの子には何か……」

「ジョンじゃない、ドラキュラだよ」

「ああ、あいつのこと」

「そうさ、ドラキュラ。ドラキュラ伯爵。ヴァンパイアの王」

「その称号、わたしは一度だって認めたことないわよ」

「一八八〇年代、きみは彼に敵対していたんだよな」

「まあ、そういってもいいわね」

「だけど彼はきみによくしてくれただろ。永遠の生命を与えてくれたんだし」

「あいつはわたしの闇の父じゃないわよ。直接的にはね」

「だけど、ヴァンピリズムを闇の中から世界にひきだしてくれたじゃないか」

「あいつは怪物だったわ」

「ただの怪物って。それだけなのか」

ケイトは懸命に思考をめぐらした。

「いいえ、それだけじゃないわね。あいつは……そう、大きかった。いえ、いまも……大きいわ。巨大で、とてつもなく広大で。盲人が象についてあれこれ語るようなものよ。さまざまな相をもっていて。そのすべてが怪物じみている。あいつはわたしたちを闇から連れだしたりしてないわ。あいつ自身が闇だったのよ」

「ジョンは彼のことを国民的英雄だと言っているよ」

「あのころジョンはまだ生まれてなかったわ。転化もしていなかった」

「リード、おれを導いてくれ」

「あなたのかわりに最終シーンを書くなんてこと、わたしにはできないわよ」

31

これ以上はないという最悪のタイミングで、警官がもどってきた。てらてらスーツに関する調査だ。検死により、不審が明らかになったらしい。

なぜかケイトが尋問された。

警官は通訳を使いながら、死んだ役人について執拗に質問をつづけた。ジョルギウとケイトはどのような関係だったか、ケイトのような存在に対する彼の偏見をどのように感じたか。

それから警官は、最後に食餌をしたのはいつか、その相手は誰だったのかとたずねた。

「プライヴァシーよ」

何ヶ月ものあいだ鼠をつまみぐいしているなどと話したくはなかった。もうずっと、温血者《ウォーム》と親交を深める時間などもてずにいるのだ。魅了の力も薄れてしまった。

警官は一枚の布をとりだし、彼女にわたした。

「これが何かわかるか」

汚れているが、確かに見おぼえがある。

「あら、わたしのスカーフじゃないの。ビバで買った。それ……」

警官はひったくるようにスカーフをとりあげ、メモをとった。

ケイトはイオンのことを話そうとし、そこで思いなおした。通訳が警官に、ケイトが何かを認めたと告げている。

明らかな悪寒が走った。

警官が口をあけろと命じた。まるで売り物の馬のようだ（馬の歯を見れば年齢がはっきりわかるため、馬を売買するときは歯を調べる）。そして鋭い小さな歯を見つめて舌を鳴らした。

いまはとりあえず、それだけで終わった。

32

「怪物はどのようにしてつくられるんだい」

質問はもううんざりだ。フランシスもマーティも警官も。いつだって質問ばかりしてくる。

それでもアドヴァイザーとして給料をもらっている身だ。

「フランシス、怪物っていってもいろいろよ。生まれたときからの怪物、とつぜん怪物になってしまったもの、少しずつ変容していくもの、みずから怪物になるもの。歴史によってねじ曲げられ、怪物にされてしまったものもあるわね」

「ドラキュラはどうなんだ」

「あいつは怪物の中の怪物よ。いま言ったこと、ぜんぶにあてはまるわ」

フランシスは笑った。

「ブランドのことを考えてるんだろ」

「あなたの映画ができたら、みんなブランドを思い浮かべるようになるわね」

フランシスは彼女の言葉が気に入ったようだ。

「うん、きっとそうなるだろうな」

「あなたはあいつを連れもどそうとしている。それっていいことかしら」

「いまさらそんなことを言われてもなあ」

「真面目な話よ、フランシス。あいつはけっして消えない。忘れられることもない。でもあなたのドラキュラは力にあふれているわ。隣の谷では人々が、色褪せてぼろぼろになった昔のドラキュラをめぐって戦っている。そんないま、テクニカラー、七〇ミリ、ドルビーステレオのあなたのドラキュラは、いったいどんな意味をもつの?」

「意味なんてものは評論家がでっちあげればいいのさ」

33

ふたりのツガニー・ジプシーがハーカーを城の大広間に放りこむ。ハーカーは藁を敷いた石床の上に投げだされる。やつれ、目をぎらぎらと光らせ、狂気の間際にまで追いこまれている。

ドラキュラが玉座にすわっている。背後に木の翼がひろがる。彼を崇《あが》め奉《たてまつ》るように、レンフィールドがその足もとで黒い革ブーツに舌を這わせている。首筋に瘡蓋をつくり、至福の笑みを浮かべたマリーが、ドラキュラの三人の花嫁とともに片側に立っている。

ドラキュラ「そなたを歓迎しよう。つつがなく訪れ、心おきなく去るがよい。そなたのもちきたる幸をいくばくか残しおいてな」（ストーカー『吸血鬼ドラキュラ』二章における、しばしば引用される有名な台詞）

ハーカーは視線をあげる。

ハーカー「おまえは……王だった」

ドラキュラ「われはいまもなお王なり。〈闇の王〉ぞ」

花嫁たちが小さな笑い声をあげて手を打つが、あるじの渋面を見て静まる。

ドラキュラ「ハーカー、そなたはいかに考える？　われらがこのキリスト教世界の端の端で何をなしおるか。映像をもたぬわれらの顔に、どのような暗き鏡が掲げられているか」

玉座の脇に補助テーブルがおかれ、本や雑誌が山積みになっている。『ブラッドショーのイングランド・スコットランド・ウェールズ鉄道時刻表』、ジョージ&ウィードン・グロウスミスの『無名なるイギリス人の日記』、セイバイン・ベアリング゠グールドの『人狼伝説――変身と人食いの迷信について』、オスカー・ワイルドの『サロメ』。

ドラキュラがロバート・ブラウニングの詩集をとりあげる。

ドラキュラ「『これだけは言っておこう。トランシルヴァニアには、隣人たちの主張によれば、まるで異なる生活習慣や衣服を維持する異国風の人々がいる。遠い昔、ブランシュヴァイクにあるハーメルンの町から無理やり攫われ、地下牢に閉じこめられ、そこから逃げだしてきた人々を祖とする者たちだ。だがその理由も事情も、誰ひとり知る者はいない』」（ロバート・ブラウニングの詩「ハーメルンの笛吹き男」The Pied Piper of Hamelin（一八四二）最終節より）

レンフィールドが手を打つ。
レンフィールド「鼠だよ、ご主人さま。鼠だよ」

ドラキュラが両手をのばして狂人の頭をつかみ、ぐいとひねる。花嫁たちが痙攣する狂人の身体にとびつき、彼が死んで血が損なわれる前にと、夢中でその血をむさぼる。

ハーカーは顔をそむける。

34

空港で、ケイトは係員にひきとめられた。パスポートに何か問題があるというのだ。

フランシスは梱包した撮影済みフィルムのことばかり気にかけている。ネガフィルムは貴重で、変質しやすく、そしてかけがえのないものだ。彼はジョンを通して税関の係員と個人的に交渉し、法外な賄賂を支払った。いまもあの杖を携えていて、それで道を示したり、説教がわりにこつこつたたいたりしている。体重がもどって腹が出てきたため、まるでタック修道士のようにも見える。

『ドラキュラ』の原盤たるフィルムは、黄金のように貴重でプルトニウムのように危険なものとして扱わなくてはならない。結局、件の品は兵士たちの手によって飛行機に積みこまれた。

デスクのむこうには無表情な女がすわっている。

ケイトの内に不安がわき起こった。出発の時間がせまっているのだ。

撮影隊のほかの連中は、みなそれぞれの荷物をもって、疲労のうちにも冗談を言いかわしながら一列にならんでいる。一年以上もかかった撮影を終え、この後進国から永久におさらばできることを喜んでいる。国にもどって何をしたいか、たがいに話しあっている。マーティ・シーンは撮影中よりも何歳か若返り、健康的になった。フランシスもまた活気をとりもどし、つぎのステージを前にして心はずませている。

目の前にすわったルーマニア人の女から、その背後の壁にかかったニコラエとエレナの肖像画に視線を移した。どの目も冷やかに憎悪を浮かべている。女は用心のためか十字架をさげ、制服の襟に党のバッジをつけている。

ロープがはずされた。『ドラキュラ』撮影隊一行は、熱に浮かされたように飛行機に駆け寄ってタラップをのぼり、われさきにと機内にとびこんでいく。

あの機はまずロンドンへ飛び、それからニューヨークへ、最後にロサンゼルスにむかうことになっている。地球を半周したさきにある町。

立ちあがってあの飛行機に乗り、騒々しくおしゃべりする連中にまじって自分もまた冗談や夢を口にし、この国から飛び去ってしまいたい。ふと見ると、ケイトの荷物もここにとどめられていた。

黒いトレンチコートの男（秘密警察《セクリターテ》だろうか）とふたりの制服警官がやってきて、女と短く言葉をかわした。てらてらスーツのことを話しているようだ。そしてケイトのことも。昔ながらの野蛮な言葉を使っている。吸血蛭、ノスフェラトゥ、寄生虫……。秘密警察《セクリターテ》の男が彼女のパスポートをとりあげた。

「おまえの出国は許可されない」

アスファルトのむこうでは、撮影隊の最後の一団が流線型の飛行機の中に消えようとしている。野球帽をうしろかぶりにして、もてあますほど大きなナップザックを肩にかけたイオン＝ジョンもいる。飛行機のドアが閉まった。

ケイトは忘れられ、取り残されたのだ。

誰かが気づくまでにどれくらいかかるだろう。一行はばらばらにわかれて、三つの都市でそれぞれ勝手に機をおりていく。たぶん永遠に気づかれることはないだろう。撮影を終えての帰国という興奮と期待と勝利感に満たされたいま、さえない鼠のようなアドヴァイザーひとりのことなど忘れてしまって当然だ。これから数ヶ月にわたって、ダビング、フィルム編集、ラフカット、試写会、宣伝、そして封切りがおこなわれる。興行収入はどんどんあがるし、カンヌやオスカーの賞争いにも加わらなくてはならない。

もしかしたら、ケイトの名をクレジットする段になって、真っ赤な髪に分厚い眼鏡をかけたあのちっちゃい奇妙な年寄り娘《オールド・ガール》はどうしただろうと、思いだしてくれる者がいるかもしれない。

「おまえはトランシルヴァニア運動の支持者だろう」

「とんでもない」ケイトは考える間もなく反論した。「いったい誰がこんなところに住みたがるっていうのよ」

心証がさらに悪くなったようだ。

エンジンがうなりをあげる。飛行機が滑走路にむかってタキシングしはじめる。

「われらは古い国なのだ。ミス・キャサリン・リード」秘密警察《セクリターテ》が皮肉った。「おまえたちのやり方はよく知っている。それをどう扱えばいいかもな」

すべての目が非情に乾いていた。

35

中庭で、ジプシーが巨大な黒馬をひいてくる。馬に敬意を表して剣が抜かれる。馬が小さく鼻を鳴らす。黒檀のように艶やかな毛並みと真紅の鼻孔をもった馬だ。

城内で、ハーカーが蜘蛛の巣をはらいながら慎重に螺旋階段をおりている。両手に木の杭を握っている。

ジプシーが馬を取り囲む。

ハーカーの声「城すらもがやつの死を望んでいる。つまるところ、それがやつにふさわしい結末なのだ。トランシルヴァニアの城砦の、血にまみれた古き石が」

ハーカーがドラキュラの柩を見おろして立つ。伯爵が横たわっている。その顔は血でふくれ、紫に腫れあがっている。

ジプシーのナイフが馬の脇腹を切り裂く。血が噴きだす。

ハーカーは両手で杭を頭上高くふりあげる。

ドラキュラの目がひらく。ふくれた平らな顔に嵌めこまれた赤い大理石だ。ハーカーの手がとまる。

とつぜんの苦痛に馬がいななく。首と脚に斧がふりおろされる。強大な馬が倒れる。

ハーカーは伯爵の巨大な胸に杭を突き立てる。

いくつもの傷を受けて馬の身体が引き攣る。蹄が苦痛をこめて丸石をひっかく。すさまじい勢いで噴きだした赤い血が、まっすぐハーカーの顔にかかって頭から腰までを赤く染める。血はさらに流れつづけ、いたるところにはねかかり、柩を、部屋を満たしてハーカーを後退させる。

ドラキュラの巨大な手が柩の縁をつかみ、起きあがろうとする。その周囲では、血のしずくが雲のように、スローモーションの霧のように、ひろがり漂っている。

断末魔の痙攣で馬の脚が円を描く。ジプシーたちは敬意をこめて、みずからの手で屠《ほふ》った生き物を見つめている。

ハーカーは、樽のようなドラキュラの胸にさらに深く杭を打ちこもうと、シャベルをとりあげたたきつける。ドラキュラを穢れた柩に押しもどすのだ。

ついに伯爵が屈する。最期の息とともに、かすれた声がその口からこぼれる。

ドラキュラ「恐怖だ……恐怖……」

36

ルーマニアの刑務所より劣悪な場所はあるだろう。だがそれほど多いとは思えない。

ケイトが収監された牢に、温血者《ウォーム》の囚人はいなかった。強姦魔も殺人犯も政治犯も、みな彼女を恐れている。ともに閉じこめられたトランシルヴァニア人たちとは、うまく意思の疎通ができなかった。お高くとまった長生者《エルダー》も、垢じみて怒りっぽい新生者《ニューボーン》と変わりがない。

マインスターの少年兵も何人か見た。冷静で目的意識にあふれながら虚ろな目をした彼らの、その凶暴さが恐ろしい。彼らの〝敵〟の定義はすさまじいまでにひろく、しかも正義と信じて人を殺す。交渉も降伏も和解の試みも無意味だ。ただ工業規模の死、あるのみ。

格子は銀だった。ケイトは虫と鼠で食餌をした。しだいに弱っていくのがわかった。

毎日のように尋問がおこなわれた。

彼らはケイトがジョルギウを殺したと信じて疑わない。彼の咽喉は切り裂かれ、全身から血が抜きとられていたのだから。

なぜ彼女なのか。なぜトランシルヴァニアのテロリストではないのか。

死者が、かつては黄色かった血染めの布を握っていたからだ。ケイト自身がビバで購入したスカーフだと認めた薄い絹。文明の象徴と見なしていたスカーフ。包帯がわりにイオンの傷を縛ってやった……

それについては口をつぐんだ。

イオン＝ジョンは世界の裏側でおのが道を進んでいる。ケイトは彼のかわりに、彼を追おうする者たちをひきとめるための生贄として、あとに残されたのだ。これが故意の所業でなかったなどと、自分をごまかすことはしない。彼が身を隠しながら長の年月をどうやって生き延びてきたのか、いやというほど理解できる。捕食者の技を身につけたのだ。愛されはしても、けっしてみずから愛することはない。できるものなら嬉々として彼の頭をひきちぎってやりたいが、そうしながらもケイトは彼を憐れむだろう。

脱獄の手段ならいくらでもある。銀の格子をそなえ、すべての窓に大蒜《にんにく》を吊るした刑務所であろうと。ルーマニアの看守はヴァンパイアのことならなんでも知っていると自惚れているが、それでも彼らはケイトを愚かで弱い小娘として扱っている。

確かに力は少しずつ失われていくし、適度な食餌なしにすごしていれば、夜毎に身体は弱っていく。

壁は破ることができる。この国を抜けだす道だってある。そのためには、もう二度とふるうことはないと考えていた力をとりもどさなくてはならない。

だが彼女は夜を生き延びてきた女だ。

この牢獄から、この国からの脱出をひそかに計画しながら、〝ドラキュラの息子〟はいまどこにいるのだろうと思いをめぐらす。アメリカでどんな暮らしをしているのだろう。彼の通ったあとには、どれだけの犠牲者が絞りつくされ使い捨てられていくのだろう。まだマエストロを手伝っているのだろうか。それともそんな段階はとっくに超えて、新しいパトロンを見つけるか、もしくは彼自身がマエストロになっているのだろうか。

最終的には彼も、自分の城をもってハーレムを構えるのだろう。そして——いったい何になるのだろう。映画会社社長。コカイン王。ロック・プロモーター。マスコミの大物。それとも〝スター〟だろうか。イオン＝ジョンこそまさしく、フランシスがブランドに求めていたもの——ドラキュラの生まれ変わりだ。新しい世紀の新しい世界にあわせて再生された古き怪物。すべてを意味し、触れるものすべてを穢す。

この新たなる怪物、ハリウッドの幻と彼女自身の軽率な憐れみがつくりだしたこの生き物は、もうこのまま好きにさせておこう。ドラキュラが逝き、あるいは変容したため、世界は新しい怪物を必要としている。ジョン・ポップならば、ほかの誰よりもうまくその役割がこなせる。彼をつくりだした世界だ、彼をうまく扱っていくこともできるだろう。

ケイトは硬く鋭い爪をのばし、壁をひっかいた。石は固いが継ぎ目は古いモルタルで、すぐさまぼろぼろと崩れはじめた。

37

ドラキュラの血で顔を赤く染めたまま、ハーカーはビストリツァの宿の部屋にもどっている。そして鏡の前に立つ。

ハーカーの声「わたしはこの偉業により、危うく聖者にしたてあげられるところだった。だがわたしはもう、いまいましいあの連中の信仰の場にはいない」

ハーカーはさらにじっと鏡をながめる。

鏡に彼の姿は映っていない。

ハーカーの口が言葉を形づくる。だがその声はドラキュラのものだ。

〝恐怖だ……恐怖……〟

（訳注：フランシス・フォード・コッポラは一九九二年に『ドラキュラ』Bram Stoker's Dracula を監督しているが、本書に登場するシナリオのほとんどは、トランシルヴァニアに場所を移し、名前をドラキュラの登場人物に変えた、『地獄の黙示録』Apocalypse Now（一九七九）である。台詞も、ストーカー原作『吸血鬼ドラキュラ』のものをまじえながら、『地獄の黙示録』からとったと思われるものが多い。加えて、主演俳優が二週間で交替するとか、セットが嵐で壊れるとか、マーティン・シーンが心臓発作で死にかけるとかいったエピソードも、『地獄の黙示録』撮影中

に起こった出来事である）

インタールード

砂漠の城——ドラキュラ紀元一九七七

私の妻と結婚した男は、彼女の死を告げながら泣いた。ジュニア――オルリグ石油産銅会社のスミス・オルリグ・ジュニア――がリンダとともにすごした期間は、私とリンダの結婚生活と、長さはそれほど変わらないながら、私たちのものより幸せだった。ふたりのあいだには娘が生まれたのだ。

〝父もしくは母とかつて結婚していた人間〟がどういうものであれ、ラッケル・ローリング・オルリグにとっては私がそれに相当する。南カリフォルニアでは珍しくもない家族関係で、「予備的父《プレファザー》」とか「潜在的親《ポテンシャル・ペアレント》」などという、なかなか結構な名称もつけられている。

最後に彼女と会ったのは、離婚手当てとしてリンダから譲られたプードル・スプリングスの家に住んでいたころのことだ。彼女は十三か十四歳で、体重はもうすぐ百八ポンドになろうというくらい。ショート丈のホルターネック・トップスに、裾がフリンジになったデニムのショートパンツを穿いて、まだぽっこりとしたかわいい腹をのぞかせていた。蜂蜜色の髪は腰よりも長く、いつも不機嫌そうに突きだした下唇は手術でもしないかぎり治りそうもない。そして星形のサングラスをかけ、アステカ模様がはいった革のヘッドバンドを巻いていた。仮装パーティでネイティヴ・アメリカンに扮した幼稚園児のようでありながら、言葉づかいはティファナ（メキシコ北西部、米国との国境に接する観光都市）の船乗り、きらめく両眼は前科三犯の悪質な強盗たる鵲《かささぎ》だった。

彼女は金をくれと言った。ボーイフレンドの〝バイク〟のために、ガソリン代がほしいのだという。私が廊下の電話でリンダと話しているあいだに、彼女は私のテレビを持ち去った（たいした損害ではない）。スパニッシュミラーに赤い口紅で、「くたばりやがれ、ブタ親父」と殴り書きがあった。〝ブタ親父《Piggy－Dad》〟――私のことだ。yの尾を丸め、iには点のかわりに星を描いた、いまだ小学生のような文字だった。

あとから聞いた話では、そのボーイフレンドは彼女をおいて、ワイルド・エンジェルズの仲間と走り去ったらしい（ロジャー・コーマン監督、ピーター・フォンダ主演の暴走族を扱った映画『ワイルド・エンジェル』The Wild Angels（一九六六）より）。ラッケルはリンダのもとにもどったが、男なしにはやっていられず、またロックバンドの誰やらとつきあいはじめたという。

だがいま、どうやら問題は深刻であるようだ。

「あの子が」ジュニアはひたすらにくり返した。「あの子が……」

ラッケルのことだ。

「やつらに攫われたんだ。〝ヴァイパー〟（ヴァンパイアの卑語。毒蛇の意味）どもに」

私たちはごく幼いころから、本や映画から学んだものであれ、ヴァンパイアというものの存在を知っていた。ロサンゼルスは、ヴァンパイアがもっとも住みつきにくい土地だといわれていた。つまるところ、カリフォルニアには陽光があふれている。ヴァイパーどもも鉄板の上のハンバーガーのように黒焦げになってしまうだろう。だが、いまはそれも変わりつつあった。健康保険でサングラスが手軽に買えるようになったためばかりではない。

ダムが決壊したのは一九五九年。リンダが私に離婚届をつきつけたころ、誰かがヨーロッパでついにドラキュラを滅ぼしたのだ。ヴァイパーどもはみな、そのニュースを聞いたときに自分が誰に牙を突き立てていたか、記憶しているという。これほど多くのヴァンパイアが公然と暮らせるようになったのは、確かにドラキュラのおかげであるが、そのいっぽうで、彼らは伯爵の例にならって柩の中にとどまり、トランシルヴァニアやイングランドといった旧世界のわびしい地域に閉じこもっていた。だが年寄りの悪い魔女が死んだ（ライマン・フランク・ボーム『オズの魔法使い』The Wonderful Wizard of Oz（一九〇〇）を原作とするミュージカル映画、ヴィクター・フレミング監督、ジュディ・ガーランド主演『オズの魔法使』The Wizard of Oz（一九三九）内の楽曲「鐘を鳴らせ！ 悪い魔女は死んだ」Ding-Dong! The Witch Is Dead より）いま、定められた農園にとどまっている必要などないではないか。そこで彼らは世界じゅうにひろがっていった。

最初にカリフォルニアにやってきたヴァイパーは、優雅なヨーロッパの獣で、先祖伝来の富にあかして堕落し、血以上のものに渇いていた。彼らは六〇年代前半のあいだに、不動産を、映画スタジオを、芸能プロダクションを（山ほどのジョークのネタとなった）、オレンジ果樹園を、レストラン・チェーンを、海辺の土地を、いくつもの親会社を、買いあさった。やがて、彼らの子《ゲット》があらわれた。アメリカ生まれの荒っぽい新生者《ニューボーン》ヴァンパイアだ。ちょうど私が私立探偵を廃業したころ、縄張り争いがあったのだろう、血を吸いつくされた死体が町じゅうにころがるようになった。だがそれも、どうやら仲間うちだけで決着がついたようだった。からからになった死体は、なぜかゴルフ場に捨てられることが多かった。ヴァイパーはさらに多くのヴァイパーをつくるいっぽうで、マンソン・ファミリーのように有名な人間主義集団をふくめ、数多くのヴァイパーキラーをも生みだし、また、エンタテインメントと食餌の配給という事業に新たな領域を切り拓いた。

　ベトナム戦争の激化とともに、ヴァイパーどもは鳴りをひそめた。一説には、ヴァンパイア・コミュニティの長生者《エルダー》が同族を厳しく取り締まるようになったからだともいう。加えて、警察は徴兵忌避者や狂信的な平和主義者で手いっぱいになっていたのだ。いまではヴァンパイアも、ロサンゼルスにあまた存在するさまざまな狂人の一形態にすぎない。サンセット・ストリップ（ハリウッドとビヴァリーヒルズを結ぶサンセット・ブールヴァードの一角。有名な繁華街）には百の柩をそなえた霊廟のような店がいくつも軒をつらね、一泊五ドルで太陽からの保護を約束している。ベイシティの干あがった用水路に囲まれた一角は、ビヴァリーヒルズ（ロサンゼルスの西、ハリウッドセレブが多く住む高級住宅街）に城や屋敷を構えることのできない貧しい吸血鬼のゲットーとなり、リトル・カルパティアと呼ばれるようになった。私はヴァイパーどもに確たる敵意を抱いているわけではない。ただ、私の年代の人間――第二次大戦体験者の奥底には、けっして完全にぬぐい去ることのできない不信感がうごめいているのだ。しかしながらリンダの死は、自分でも想像していなかったほど激しい衝撃となり、すさまじい勢いで私の内臓を直撃した。隠退して十年、私はいまも戦っていた。

　建国二百年記念祭（一九七六年におこなわれた）をきっかけに、私はプードル・スプリングスをひきはらって、懐かしいロサンゼルスの古アパートにもどった。客といえば私ひとりだけなのではないかと思える昔馴染みのバーテンや医者たちとも、またつきあいはじめた。そのころの私は、あちこちうろつきまわっては、スターンウッド事件（レイモンド・チャンドラーによる〈フィリップ・マーロウ〉シリーズ『大いなる眠り』The Big Sleep（一九三九）より）や湖中の女事件（同じく〈フィリップ・マーロウ〉シリーズ『湖中の女』The Lady In The Lake（一九四三）より）の話で若い同業者連中をうんざりさせたり、ジム・ロックフォードやリュー・アーチャーの下請けとして郡庁舎におもむき、系図を掘りだしたりしていた。私の知っていた警官はみな、隠退したか死んだか、もしくはエクスリー警部によって粛清されていた。バーニー・オールズが発作を起こして亡くなって以来、地方検察局とのコネもなくなってしまった。どう見ても私は過去の遺物になってしまったようだ。だがそれでも、この肺と肝臓が少なくとも一日八時間働きつづけるかぎり、見苦しくだらしのない遺物になってしまうつもりはない。

真剣にキャメルを減らそうと考えたこともあるが、ニコチンがヘロインよりも身体に悪いことを煙草産業業界関係者以外に知る者のなかった愛煙家天国の四〇年代より、私の身体はすでに回復不能なダメージを負ってしまっている。酒を減らしたと主張してはいるものの、記録をつけているわけではない。いまのように、スコッチが使命完遂のために必要な、唯一の戦士となる場合だってあるのだから。

ジュニアは話しながら、私よりもハイピッチでグラスを傾けた。淡い褐色のスーツがなんともひどいありさまだ。水浸しになり、その後着ているうちに乾いたのだろう、皺と染みがぶよぶよした体型をそのまま浮かびあがらせている。おまけに、何にひっかけたのか、シャツの前はぼろぼろに破れている。

リンダよりもラッケルに近い歳の女と再婚して以来、ジュニアの存在は前妻と娘（前娘というべきだろうか）の人生から薄れつつあった。彼の話のどこまでが彼自身の体験で、どこからが人から伝え聞いたものなのかはわからない。とにかく、ラッケルがまたべつの悪辣なグループ、〈アンチ＝ライフ方程式《イクウェイション》〉（ジャック・カービーがアメリカのDCコミックで一九七〇年から七三年にかけて出版していたFourth Worldシリーズに出てくる、人の意志を奪って支配する方法の名前）と遊んでいたと聞いても、べつに珍しい話とは思えない。やつらの全員がヴァイパーなわけじゃなくて、リーダー格の何人かだけだ、とジュニアは語った。ラッケルはとにかく噛まれたがってるようなんだ——。私の知ったことではないし、さほど驚きもしない。ヘヴンリー・ブルースという名で知られ、だが仲間には〝ミスタ・プレジデント〟と呼ばれることを好んだあの暴走族といっしょにいたときだって、彼女は、バイクの後部シートからまずい落ち方をしたためばかりではなさそうな痣を、いくつも誇らしげに見せつけていた。〈アンチ＝ライフ方程式〉は税金対策のために、宗教団体と政治団体の中間のような立場をとっているという。私はそんな組織のことは一度も耳にしたことがなかったが、最近あらわれたカルト集団すべてを把握していられるはずもない。

一昨日、ジュニアのオフィスに――いまではペーパークリップひとつを買うにもリヤドとトーキョーに申請して許可を得なくてはならないというのに、彼はまだ会社を経営しているようなふりをしていた――娘から電話がかかってきた。ラッケルは興奮し怯えた声で、〈アンチ=ライフ方程式《ALE》〉とは縁を切った、どこかの長生者《エルダー》ヴァンパイアの生贄にされそうになったのだと語った。ハワイか、もしくはフィリピン（信者でもないくせになぜかカトリックの国なら安全だと考えたようだ）に行きたいから金をくれ――いつか聞いたのと同じような台詞だ。贅肉の塔のごときジュニアは小切手を切ったが、人形のように美しい新しい妻の説得により、それを送ることを断念した。昨夜、こんどは彼の自宅に、またもや電話がかかってきた。ラッケルはほとんどヒステリー状態で、わめき散らす彼女の背後で大きな音がとどろいていた。やつらがつかまえにきた、と彼女は言った。そしてそのままふいに電話は切れた。

　これだけは褒めてやってもいい。ジュニアは現在の正妻たる客室乗務員《CA》をふり切り、同じプードル・スプリングスにあるリンダの家まで車をとばしたのだ。私にとっては居心地が悪いばかりだったあの大邸宅だ。ドアはあいたまま、家の中はぼろぼろに荒らされ、ラッケルの姿はなかった。リンダは全身を噛まれ、腎臓の形をしたプールの底に沈んでいた。目が白くなっていた。とどめを刺そうとしたのだろう、ひたいに鉄釘が打ちこまれていた。かたわらにクロッケーの木槌《マレット》が浮かんでいた。私はそこで、ジュニアはスーツのままプールにとびこんで、リンダをひきあげたのだと気づいた。厳密にいえば現場保存を無視した行為だが、非難するべきではないだろう。

　彼は警察に電話をかけた。警察は熱心に捜査をはじめてくれた。ジュニアはそれから町まで車を走らせ、私に会いにきた。私の立場としては、それが賢明な行動だったかどうか、判断することはできない。

「その〈アンチ=ライフ方程式〉というのは」探偵業を復活させたような気分で、ジュニアにたずねた。「ほかの名称を使っていたことはないのか」

「ほんとうにそういう名前かどうかも、はっきりわからないんだ。ラッケルはいつも、ALEとイニシャルを使っていた。〈アンチ＝ライフ元素《エレメント》〉だと思ったこともある。それとも、アンチ＝ラヴかな。リーダーの導師《グル》だか太守《ナボブ》だか、まあなんて自称してるのか知らないがね、そいつはヒッピーのラスプーチンで、コルダというんだけれど、やつらのひとり、つまりヴァイパーなんだ。どこかの映画スタジオのプロデューサー――トレーガーか、ボブ・エヴァンズか、もしかしたらブラッカイマーかもしれないけれど、そいつがこのコルダに金をはらってオプションを獲得している。どう考えても作品が完成することはなさそうだけれどね。ぼくの知っているかぎりじゃ、やつらがこれまで人を殺したことは一度もない」

ジュニアはまた泣きだして私に抱きついた。ぼろぼろになったシャツから塩素のにおいがする。彼の体重に押しつぶされ、そのまま壊れてしまいそうだ。そうしたらなんの役にも立てなくなる。近頃は骨ももろくなってしまった。とんとんと背中をたたいてやったが、私も彼もそれで気分がよくなるわけではない。やがてジュニアは私を離し、濡れたハンカチで顔をふいた。

「警察は親切だったよ」

私は反論をさしひかえた。

「プードル・スプリングスはこの州でもっとも犯罪の少ない地区なんだ。ぼくが会ったプードル《P》・スプリングス《S》警察署《PD》の警官は、みんな誠意にあふれていたし、有能で礼儀正しい人ばかりだったよ」

PSPDのやつらは、迷子の仔猫をさがすときも、明るく照らされた玄関前の芝生から酔っぱらった元配偶者を丁寧に排除するときも、虎のように凶暴になる。嘘ではない。

「だが殺人に関してはそれほど有能ではないだろう」私は言った。「ヴァイパーに関してもだ」

ジュニアはうなずいた。

「そうなんだ。有能じゃない。あなたが隠退したことはわかっている。よくは知らないけれど、それなりの年齢にもなってるんだろう。でもあなたは家族だったんだ。リンダとあなたがどんなふうに出会ったのか、ウェイド＝レノックス事件（レイモンド・チャンドラー『長いお別れ／ロング・グッドバイ』The Long Goodbye（一九五三）より。この事件において、マーロウはリンダ・ローリングと出会った）のことはリンダから聞いてるよ。あなたがどうやってあのこんがらかった糸をほどいたのか、ぼくには想像もできないけどね。頼むからあの子を助けてくれ。ラッケルはまだ生きている。母親といっしょに殺されちゃいない。ただ連れ去られただけなんだ。ぼくは娘に無事帰ってきてほしい。警察はラッケルのことをわかってないんだ。つまり、その……それが問題なんだけれど。警察は、誘拐も真剣に捜査しているとは言ってるけれど、でも目を見たらわかる。あいつら、ラッケルが暴走族やヒッピーとつきあってたことを知っている。ラッケルがまたべつのグループと家出したと思ってるんだ。ラッケルが家にいたという証拠だって、ぼくの言葉以外に何もないんだし。娘のことが頭から離れない。さらさらと砂が流れ落ちていく。砂漠の砂だ。力を貸してくれ。お願いだ」

私はなんの約束もせず、質問をはじめた。

「ラッケルはALEに生贄にされると言ったんだな。火口に投げこんで神々の怒りを鎮めようってのか」

「あの子は連中の言葉を使っていた。〝昇華〟、つまり〝殺す〟ってことだ。生贄として血を捧げる。あの子が恐れてたのはそれだ。ヴァイパーどもはあの子の血をほしがっているんだ」

「おちつけよ、ジュニア。まだ質問は終わっちゃいない。ラッケルの自演だって可能性はほんとうにないんだな」

ジュニアは、自分の半分ほどしかない相手に鞭で打たれようとしている大柄な少年のように、拳を握りしめた。それから、私の言葉が脳髄の裏側まで染み通ったようだった。私はPSPDのように仮定の話をしているのではない。これは重要な問いなのだ。しっかり答えてもらわなくてはならない。

「電話のあの声を聞いたら、あなたにだってわかる。本気で怖がっていた。あの子が女優になりたがってたのは知ってるだろう。あんまりねだるもんだから、レッスンとスクリーンテストを受けさせたことがある。確か——そうだな——十一か十二のころだったよ。めちゃくちゃ可愛いんだけど、ライトを浴びたら動けなくなっちまった。女優にはむいていない。何かのフリをすることなんて、できっこないんだ。嘘をついたって、全身で〝これは嘘です〟と言ってる。あなただってよく知ってるだろう。ぼくの娘は完璧な人間じゃない。でもまだ子供なんだ。いずれまっとうな人間に育っていく。母親と同じ、不屈の意志をもってるんだから」

彼の推論をたどってみた。確かに筋が通っている。これまでラッケルが騙したことがあるのは父親だけで、その父親にしても、罪悪感からわざと騙されてやったふしがある。ジュニアがお姫さまの気まぐれすべてにずっと応じてやっていたら、ラッケルはけっして私のところにガソリン代をせびりにきたりはしなかっただろう。そう、彼の言うとおりだ。私もラッケル・オルリグの演技を見たことがある（アンバー・ヴァレンタインと呼ばれたがっていた）。結局は、腐ったソニー・タフツだったが。

「コルダだな」私はジュニアにむかってというより自分自身にむかって確かめた。「そこからはじめよう。できるだけのことをやってやるさ」

日没後のモハヴェ・ウェルズは、お世辞にも息を吹き返したとはいえないありさまだった（モハヴェはロサンゼルス北東部にひろがる実在の砂漠。モハヴェ・ウェルズという地名は、ハリー・ラクマン監督、シドニー・トーラー主演 Castle in the Desert（一九四二）より）。ブロンドのヴァイパーが砂漠の薄闇からすべり出てきたとき、レストランにいた四人――カウンターのむこうの親父と女将《おかみ》、スツールにすわったトラック運転手と私――は、ふり返って新来の客に目をむけた。彼女は注目を浴びることには慣れているけれど、できればやめてほしいと言いたげな微笑を浮かべ、誰もすわっていないテーブルのあいだを抜けてきた。白いミニドレスの腰に金属の環をつないだチェーンベルトをゆるく巻きつけ、青いスカーフで髪をまとめ、四角い黒のサングラスをかけている。紫の黄昏の中から、しゅうしゅうはじける青白いネオンの下までやってきた。その皮膚は、白というよりまったく色がないかのようだ。くちびるは当然ながら真紅、髪は淡いブロンドだ。ラッケルと同じくらいの歳にも、神のように年古りているようにも見える。

私はヴァンパイアをさがしに砂漠までやってきた。いまここに、それがいる。

彼女がそのままカウンターの端に腰をおろす。私はちらちらと観察した。「ヴァイパーお断り」と書かれた窓を背にしている。たぶん私より若いだろう親父も女将も、あえて放りだそうとはしないながら、オーダーをとろうともしない。

「そっちの姐《ねえ》さんにお望みのもんを。勘定はおれにつけといてくれ」トラック運転手が言った。

男の顔の中で、ごま塩髭におおわれていないのはわずか数平方インチだけで、その部分も、彼のカウボーイハットと同じ擦り切れた革のような色と粗さだ。

「ありがとう、でも結構よ」

やわらかく澄んだ声。イタリアかスペインかフランスか、遠い昔に消えたはずの外国訛りがかすかに残っている。

「RD、うちじゃヴァイパーの客に出すものはないってこと、知ってるだろ」女将が言った。「すみませんねえ、お客さん。あんたはまだまともみたいだけど、このあたりには質《たち》のよくない連中がいるもんでね。むこうの城とかね」

女将が窓の張り紙をあごで示す。彼女はスツールにすわったままふり返った。ほんとうにいままで気がついていなかったのだろう、頬がわずかに赤くなった。

「つまり、このお店にはわたしむきの食べ物はおいていないということなのね」弁解するような口調だ。

「すみませんねえ」

彼女がスツールからおりた。女将が汗のように安堵を放出した。

トラック運転手のRDが、ヴァイパーのほっそりとしたむきだしの腕に手をのばした。たぶん理由なんて彼自身にもわかっていなかっただろう。大柄な男だが動きはすばやい。なのに、脳が触れろと命令を出し男の指が彼女の立っていた場所に届いたとき、彼女はすでにそこにいなかった。

「つれねえなあ」RDが言った。

「ごめんなさい」彼女が応える。

「あんたむきの食べ物を提供してやろうってんだぜ」

トラック運転手が髭の奥で首筋を掻きながら立ちあがる。

「遠慮しておくわ」

「男によっちゃ不愉快に聞こえる言い種だな」

「もしそんな男の人がいたら、ご愁傷さま」

「RD」女将が割ってはいった。「外でやっとくれ。うちの店で悶着はごめんだよ」

「ああ、出てくよ」RDはコーヒーカップと空になった皿の脇に紙幣を投げだした。「つれない姐ちゃん、駐車場で仕切りなおしといこうじゃねえか」

「ジュヌヴィエーヴよ」女が言った。「最後の〝エ〟にアクセントをつけてね」

RDがカウボーイハットを頭にのせた。ヴァイパーが稲妻のように彼に近づき、そのひたいに触れる。まるでヴァルカン・アタックのようだった（TVドラマ〈スタートレック〉Star Trek（一九六六―）シリーズで、一瞬にして相手を気絶させるヴァルカン人の技）。男の目から光が消える。彼女は手際よく、くったりとしたぬいぐるみ人形であるかのように、彼をテーブル席にすわらせた。黄色い玩具のアヒルがデニム・ジャケットの胸ポケットからとびだし、前代未聞の交合儀式であるかのようにケチャップのプラスティックボトルにぶつかった。

「ごめんなさい」彼女が誰にともなく謝った。「とても遠くから車を走らせてきたので、ひどい怪我をさせずにおさめる方法がこれしか思いつかなかったの。目が覚めたら説明してあげてください。何日か痛むかもしれないけれど、氷嚢を使えば少しは楽になるわ」

女将がうなずいた。親父の手もとはカウンターに隠れて見えないが、もしかするとショットガンか野球のバットでも握っているのかもしれない。

「わたしの種族の者がおかけした迷惑については、お詫び申しあげます。でも、ひとつだけいいかしら。その貼り紙――〝ヴァイパー〟という言葉。西にむかってくるあいだに何度も耳にしたのだけれど、とても不愉快だわ。『ヴァンパイアの食事はありません』とすれば、充分意味も通じるし、わたしほどおとなしくない〝ヴァイパー〟を刺激することもないと思うわ」

彼女は真面目くさった顔で、牙をちらつかせながら夫婦に目をむけた。親父が隠していた必殺の武器をとりだした。私は全神経を張りつめて撃ちあいを覚悟した。だが親父が突きだしたのは、可動アームにつけた死者の日（主として南米で十一月一日と二日におこなわれる祝祭）のけばけばしい十字架だった。豆電球の荊冠をかぶったイエス・キリストの目が光っている。

「こんにちは、イエスさま」ジュヌヴィエーヴは挨拶をして、それから親父にむかってつけ加えた。「ごめんなさい。わたしはそんな女ではないのよ」

彼女はまたすばやい身ごなしで戸口まで移動した。

「戦利品はもっていかないのかい」私はたずねた。

彼女がふり返り、はじめて私に視線をむけながら、サングラスをはずした。ネオンのような緑と赤の目だ。なぜ目を隠しているのか理解できた。そうしていないと、魅了された連中が行列をつくって、ぞろぞろついてくるのだろう。

私はアヒルをとりあげて握った。アヒルがくわっくわっと鳴いた。

「ラバー・ダックだね」女将が畏敬をこめて言った。「こいつが市民バンド《CB》（個人で使用できる短距離通信用無線。アメリカではじまり、大型トラックの運転手を中心にブームとなった）で使ってるニックネームだよ」

「それじゃ、これからは新しい名前を考えるんだな」私は言った。

そしてフロアの端からアヒルを投げてやった。ジュヌヴィエーヴは外野を守る天使のように（クラレンス・ブラウン監督 Angels in the Outfield（一九五一）およびそのリメイク作品ウィリアム・ディア監督『エンジェルス』Angels in the Outfield（一九九四）より）宙でそれをキャッチした。そして試みにアヒルを鳴かせ、声をあげて笑った。そのようすがどこかラッケルに似ていた。無邪気なばかりでなく、滑稽でありながら真面目くさってもいる。

ＲＤが眠りの中でうめきをあげた。

「車まで送らせてくれないか」私はたずねた。

彼女は一瞬考え、老いぼれのたかり屋《ダックマン》にすぎないと判断したのだろう、すみやかに好意的な決定をくだしてくれた。ケネディがホワイトハウスに陣取っていたころ以来の、ありがたい出来事だ。

私は昏倒させられることもなく、フロアを横切って彼女に近づいていった。


私はこれまでヴァンパイアと話したことがない。ジュヌヴィエーヴはあけすけに、自分は五百五十年以上を生きていると語った。ドラキュラが世界のルールを変える以前も、数百年にわたって人間の世界で暮らしてきたのだと。その顔を見たかぎりでは、スプートニクが空を飛んでいる時代に生まれ（ソ連の人工衛星スプートニク一号は一九五七年に打ちあげられている）、ロジェ・ヴァディムの元妻と呼ばれる野望を抱いているのだと言っても、信じてしまいそうなのに。

メイン・ストリートでは、私のクライスラーの横に、消防車のように赤いプリムス・フューリーが停まっていた。目にはいるわずかばかりの店舗や家はどこも、空襲を予期しているかのようにシャッターを閉ざしている。この町で唯一あいているのがいまのレストランで、それも早々に店じまいしようとしている。まるでキリスト教の祝日であるかのように、どこの戸口にも装飾の多い十字架がかかっている。モハヴェ・ウェルズは新たな隣人を恐れているのだ。

ジュヌヴィエーヴは東からやってきて、西にむかっている途中だという。この町は貧相ではあるものの、数時間車を走らせてようやくたどりつける、軍の演習場でないはじめての場所だ。そして彼女は、〈アンチ＝ライフ方程式〉のことも、マンダレイ城のことも、コルダというヴァイパーのことも、もちろんラッケル・オルリグのことも、まったく知らなかった。

だが彼女はヴァンパイアなのだし、この件にはすべて、ヴァンパイアがからんでいる。

「どうしてそんなことが知りたいの？」彼女がたずねた。

私は探偵であることを打ち明け、ライセンスを見せた。せめて下請け仕事くらいはできるよう、更新しつづけてきたものだ。彼女が銃を見せてくれと言ったので、ジャケットをひらいてホルスターを示した。銃を携帯するのは何年ぶりだろう。スミス&ウェッソン.38スペシャルがずしりと肩に重い。

「私立探偵《プライヴェート・アイ》なのね。映画みたいな」

誰もが同じことを言う。彼女も例外ではないらしい。

「ヨーロッパでもいろいろな映画が上映されているわ」砂漠の風がスカーフの中にはいりこもうとするのを両手で押さえながら、「理由を話せないのは依頼人がいるからなのね。そうでしょう?」

「そういうわけでもない」私は答えた。「確かに依頼したつもりだろう男はいるが、私は自分のために行動している。それから、死んだ女のため。真の死を迎えた女のためにね」

私はリンダのことも隠さず、すべてを語った。まるで懺悔のようだった。彼女は幾度か適切な問いをはさんだだけで、黙って耳を傾けてくれた。

「どうしてここにきたの?　この村……なんという名前だったかしら」

「モハヴェ・ウェルズだ。〝町〟と自称しているようだがな」

私たちは左右を見まわして笑った。タンブルウィード(根元から折れて球状になり風で野原をころがっていく草)の動きすら、のどかだ。

「あの砂漠の中に」と私は説明した。「マンダレイ城がある。すべての石をイングランドから運んでこさせて建てた城だ。そいつが間違った城だったなんて信じられるかい。二〇年代に、ノア・クロスという悪徳実業家がかの有名なマンダレイ館を買いとろうとしたんだ。のちに焼けてしまったあれだな(ダフニ・デュ・モーリエの小説『レベッカ』Rebecca(一九三八)に出てくるマキシム・ド・ウィンターの居城。物語の最後で炎上する)。そしてその交渉のため、ヨーロッパに代理人を送りこんだ。そいつらはマンダレイ城を買ってもどったが、それはまったくべつの建物だった。クロスはパズルのように正しく建てなおしたんだが、結局は面白くなくなって、戦争を避けて移住してきたもとの持ち主に売りつけてしまった。四〇年代に一度、殺人事件があった。私はまったく関わっていないがね。遺産争いとボルジア家の毒薬がからんだ密室殺人だったよ。ハワイからきた妙ちきりんなチビの中国人が、関係者一同を書斎に集めて、事件を解決した（ハリー・ラックマン監督、シドリー・トーラ主演の映画 Castle in the Desert（一九四二）より。ボルジアの子孫マンダリー夫妻の住むモハヴェ砂漠の城で殺人事件が起こり、中国人探偵チャーリー・チャンが解決した）。城はその後しばらく無人だったが、六〇年代に月を崇拝するカルト集団が住みついて、いかれた《ルナティックな》コミューンをつくった。そしていまは〈アンチ＝ライフ方程式〉に会いたければあの城へ行け、というわけだ」

「まともな人間がつける名前ではないわね」

この娘の思考は健全だ。私は彼女が気に入りはじめていた。同時に、それを認める自分に驚きもしていた。この娘は血を吸うヴァイパーではないか。ラッケルは長生者《エルダー》への生贄にされそうだと怯えていた。一四一六年生まれのヴァンパイアなら、当然長生者《エルダー》に分類されるだろう。信じたいとは思うが、それもこの娘の手口かもしれない。以前にもそんなことがあった。誰でも知っていることだ。

「この数日ALEの噂を集めていたんだが、このあたりのキ印どもよりきわだって異常ということもないようだ。なんらかの主義主張があるとしたら、すべてそのコルダとやらがでっちあげたものだろう。やつは『デスマスター』というフォーク・ロックのアルバムを出している（コルダを主人公とするレイ・ダントン監督の映画『デスマスター』Deathmaster（一九七二）より）。九十九セントで店に出ているのを見つけたよ。クズみたいなしろものだった。〝血をすすれ／サイコーだぜ〟とかいった痴れ言さ。やつはヨーロッパからきたという話だが、それがどこなのか、はっきり知る者はひとりもいない。ALEの陽気な仲間の中には、ダイアン・レ＝ファニュと呼ばれる女傑《ドラゴン・レディ》もいる。あの城の持ち主だという噂だ。それからL・キース・ウィントン。以前は〈アスタウンディング・ストーリーズ〉（一九三〇年に創刊されたアメリカのSF雑誌）に寄稿していたパルプ作家だったが、いまは、信者からありったけの金を巻きあげる新興宗教の教祖におさまっているというわけだ」

「そんな宗教はべつに珍しくもないわ」

確かにそのとおりだ。

「それで、あなたはこれからどうするの？」彼女がたずねた。

「こうやって見たところ、もうこの町に用はない。まあそれをいうなら、ほかに用のありそうなところなんてどこにもありはしないがね。いまは昔ながらのつまらないやり方にもどるしかないだろう。つまり、城に行って、正面玄関をノックして、ひょっとして元女房の娘が地下牢にいやしないかとたずねるのさ。もしかしたらとっくの昔にとんずらしているかもしれないがな。プードル・スプリングスに死体を残してきた以上、やつらだっていずれ警察に嗅ぎつけられるとわかっているだろう」

「でもわたしたちなら、彼らがどこに行ったかわかるわ。何か手がかりを見つけられるわ」

「〝わたしたち〟だって？」

「わたしも探偵なのよ。ずっと探偵をしているわ。探偵の助手といったほうがいいかしら。大急ぎで太平洋岸まで行かなくてはならないわけでもないし、あなたにはヴァンパイアにくわしい助手が必要よ。それに、ヴァンパイアのことだけでなくとも、頭はふたつあったほうが役に立つわ」

「力を貸してくれるっていうのかい。まだ自分の面倒が見られないほど老いぼれちゃいないつもりなんだがな」

「歳ならわたしのほうがずっと上だわ。べつにあなたを馬鹿にしているわけではないのよ。でも新生者《ニューボーン》はあなたをずたずたに引き裂くこともできるし、引き裂きたがるほど愚かなの。あのラバー・ダックと同じように衝動的で、望みをかなえられる新しい力に夢中になっているわ。わたしも昔はそんなふうだったけれど、いまでは思慮深いお婆さんよ」

そしてくわっくわっとアヒルを鳴らした。

「それじゃ、きみの車で行こうか」私は答えた。

マンダレイ城は、まさしくその名のとおり、城だった。小塔、矢狭間の窓、壊れた胸壁、跳ね橋、水の澱んだ人工堀までそなわっている。ゆっくりと砂に沈んでいきつつあるらしく、塔を見れば明らかに何度か傾いているのがわかる。ノア・クロスが土台のコンクリートをけちったのだ。この城をほんもののマンダレイと間違えた彼の部下が、ひたいに風穴をあけられて地下のどこかに埋められていたとしても驚きはしない。

橋をわたって前庭にはいった。螢光塗料で牙のある悪魔を描いたワーゲンバスが一台、ライフルラックを装着したピックアップトラックが二台、お約束のハーレーダヴィッドソンが数台、そして、蝙蝠の翼をつけてヘッドライトを大きな赤目につくりかえた改造サンドバギーの一団が停まっている。

音楽が聞こえる。コルダの曲「黒いシルクハットをかぶった大きな黒い蝙蝠」だ。

〈アンチ＝ライフ方程式〉は城にいるらしい。

プリムスをおりようとすると、ジュヌヴィエーヴが運転席をすべりでると同時にまわりこんで（それとも車をとびこえて、だろうか）、私が彼女の曾祖母であるかのようにドアをあけてくれた。

「このドア、癖があるのよ」

彼女は言い訳をしたが、私は気分を害した。

「車をおりるのにまで手を貸そうとしたら、撃つからな」

彼女は一歩さがって両手をあげた。その瞬間、肺が苦痛を訴えた。咳がとまらず、目の裏に赤い閃光が走る。ぬめぬめとしたものが地面に吐きだされた。それには血がまじっていた。

ジュヌヴィエーヴに目をむけた。穏やかな表情にありとあらゆる感情がふくまれている。憐憫ではない。血だ。血の匂いが彼女の思考になんらかの影響を与えたのだ。

私は口もとをぬぐい、精いっぱい肩をすくめて、チャンピオンのように車からおりた。そして自分でドアを閉めた。癖があろうが知ったことじゃない。

自分がどれほど大胆か、恐ろしい死を前に平然としているかを示すため、キャメルに火をつけた。娘っ子の前で恥をかかせた肺を罰してやろうと、ガキのころからしていたように煙で肺を満たした。

その昔、煙草は棺桶の釘と呼ばれていた。

抵抗する美意識を抑えこんで、音楽のほうに足をむけた。いっそのこと、燃える松明と鋭い杭と銀の鎌を携えたモハヴェ・ウェルズの村人たちを連れてくるべきだったかもしれない。

「とんでもないノッカー《ペア・オヴ・ノッカー》だわね」巨大な四角い扉をあごで示して、ジュヌヴィエーヴが言った。

「ペアじゃない、一個だけだぜ」私は言った。

「『ヤング・フランケンシュタイン』、見ていないの？」（メル・ブルックス監督、ジーン・ワイルダー主演 Young Frankenstein（一九七四）。古城の扉の前で博士が巨大なノッカーを見て「なんてノッカーだ What knockers」とつぶやくと、美人助手が「ありがとう」と礼をいうギャグシーンが有名。knocker にはおっぱいの意味があり、助手は自分の巨乳を褒められたと思った）

ヨーロッパで映画を見たと言うけれども、ヴァイパーが——いや、〝ヴァンパイア〟だ。月の綺麗な夜、ジュヌヴィエーヴに咽喉を切り裂かれたくなかったら、この呼び方に慣れなくてはならない。ヴァンパイアが、地元のドライヴイン・シアターでいちゃつきたがるとはとても信じられない。もちろん不死者《アン＝デッド》だってほかの連中と同じように、雑誌を読んだり、下着を買ったり、税金について文句を言ったり、クロスワードをしたりするのだろう。それにしても、彼女はチェスをするだろうか（チェスはフィリップ・マーロウの趣味のひとつ）。

彼女がノッカーをとりあげ、死者でも目覚めそうな音をたてて打ち鳴らした。

やっとのことで、英国執事の身なりをした痩せこけたおっさんが扉をあけた。両手とも関節炎でふくれあがっているものの、髭剃りはできるようだ。

ありがたいことに音楽がとまった。

「誰だ、ジョージ」城の奥から、とどろくような声がたずねる。

「お客さまです」執事のジョージがしわがれた声で答えた。「お客さまでいらっしゃいますよね？」

私は肩をすくめ、ジュヌヴィエーヴは輝くような微笑を浮かべた。

執事が圧倒され、畏敬のあまりふるえはじめる。

「そうよ」彼女が答えた。「わたしはヴァンパイア。とてもとても年古りたヴァンパイアで、とてもとても渇いているの。招き入れてはくださらないの？　でなければわたしは敷居を越えることができないわ」

もしかして彼女は執事をからかっているのだろうか。

ジョージが首をきしませながら、入口に敷いたドアマットを示した。「ＷＥＬＣＯＭＥ」と文字が書かれている。

「あら、これはいいわね。どこの家でもそなえておくべきだわ」

彼女が足を踏み入れ、私も招待される必要なくあとにつづいた。

ジョージは私たちを大広間へと案内した。正しいカルト教団のやり方に則り、ＡＬＥも、首脳陣のためには壇上の玉座を、愚かな信者たちのためにはところどころにお慈悲のラグを敷いただけの冷たい板石の床を用意している。

もっとも立派な玉座に陣取っているのは、ヴァンパイア、コルダだ。曲がった牙、長い髪にもつれた髭という典型的なヒッピーの風体に、エレキギターを抱えている。紫とオレンジが強烈なカフタンの胸は、さまざまな品をぶらさげたビーズのネックレスでおおわれている。ダイヤの目を嵌めた髑髏、プラスティックの玩具の蝙蝠、オーストリア＝ハンガリー帝国の勲章、逆十字、「ニクソン・イン'72」のバッジ（一九七二年の大統領選挙においてリチャード・ニクソンを応援するためにつくられたバッジ）、金細工のマリファナの葉、そして、干からびた人間の指。ヴェルヴェットをまとって彼の隣にすわる幽霊のように細いすばらしい美女が、ダイアン・レ＝ファニュだろう。多くのヴァイパーと同じく、カリフォルニアに移住した最初のヴァンパイアを自称している女だ。あまり目立たない小さなルビーのイヤプラグをつけている。

ふたりの祭司の足もとに、若者の一団が群がっていた。人間もヴァンパイアもいるが、全員が髪をのばし、牙をつけている。白い下着のようなシフトドレスを着た者も、裸の者もいる。ジョークショップで売っているプラスティックの牙も、ほんものの牙もある。私は信者の一団をすばやく見まわし、すぐさまラッケルを見つけた。虚ろな赤い目。シフトドレスの膝をつき、コルダが演奏をやめてしまった音楽にあわせて豊満な上半身を揺らしている。

それにしても簡単すぎるのではないか。すべてをもう一度検討しなおしてみた。心の中にあるものを分解し、新たな形に組み立てなおす。何ひとつ筋が通らない。これはどう考えても、世紀末における大事件ではない。

玉座の壇と信者のフロアのあいだを、一九五〇年代のスーツにゴルフハットをかぶった太った生者の男が、オズの魔法使いのようにうろうろしている。「ガンマ星雲のロボット警備隊」（一九四六）や、みずから設立したイモートロジー教会の教典となった『プラズマティクス——新たなる交感』（一九五二）（Plasmatics: The New Communion L・ロン・ハバードがあらわしたサイエントロジーの教典『ダイアネティックス：原論』Dianetics: The Original Thesis（一九四八）等のもじり）をはじめとする文学作品を著した作家、L・キース・ウィントンだ。背後ですべてを操る黒幕がいるとしたら、この男がそれだ。

「ラッケル・ローリング・オルリグを迎えにきたわ」ジュヌヴィエーヴが宣言した。

私が発するべき言葉だったのだが。

「そのような名の者はいない」コルダが吠えた。

なかなかの大声だ。

「そこにいる」私は指差した。

「あれはシスター・レッド・ローズだ」とコルダ。

コルダが腕をのばして何かの身ぶりをすると、ラッケルが立ちあがった。まるで彼女らしくない動きだ。玩具ではなく、ほんものの牙を生やしている。うまくおさまらないため、口もとがまるで治りの悪い赤い傷のようだ。赤い目は腫れている。

「転化させたんだな」腹の底から怒りがこみあげた。

「シスター・レッド・ローズは永遠へと昇華したのだ」

ジュヌヴィエーヴの手が私の肩にかかった。

血を吸いつくされ、ひたいに釘を打ちこまれて、プールの底に沈んでいたリンダのことを思った。この城を焼きはらい、地面に大蒜《にんにく》を埋めてやりたかった。

「わたしはジュヌヴィエーヴ・デュドネ」彼女が正式に名のりをあげた。

「ようこそ、レディ長生者《エルダー》」レ＝ファニュが答えた。

だがその目にはまったく歓迎の意がこもっていない。レ＝ファニュが薄膜のようなヴェルヴェットの袖をひろげて腕をのばした。

「わたしはダイアン・レ＝ファニュ。こちらは〝デスマスター〟コルダ」

ジュヌヴィエーヴは導師《グル》たるヴァイパーとまっすぐむきあった。

「ヨルガ将軍でしょう？　以前カルパティア近衛隊を率いていた。一八八八年に、プリンス・コンソートだったドラキュラの宮廷でお会いしたわ。おぼえていない？」

コルダ／ヨルガはまったく嬉しそうでない。

よく見れば、長髪はウィッグだし、髭もつけ髭だ。確かに不死ではあるのだろうが、若さはとうの昔に失われている。いまの彼はずんぐり太った滑稽な詐欺師でしかない。ドラキュラにへつらっていた取り巻きの長生者《エルダー》が、ヴァンパイア王のいなくなった世界で迷子になってしまったのだ。ここカリフォルニアにおいても、彼は哀れな亡霊にすぎない。

「ラッケル」私は声をかけた。「私だ、きみのお父さんが……」

彼女は赤い泡を噴きながらうなった。

「その新生者《ニューボーン》はわたしたちといっしょに去らせたほうがいいと思うわ」ジュヌヴィエーヴは、コルダではなくウィントンに話しかけている。「ささやかだけれども殺人の嫌疑がかかっているのよ」

ウィントンが丸々とやわらかなピンクの顔を引き攣らせ、コルダをにらみつけた。導師《グル》は玉座にすわったままふるえはじめ、言葉にならないうめきをあげている。

「殺人だと？　コルダ」ウィントンが詰問した。「殺人だと？　殺人を犯してもいいなどと誰が言った」

「殺人などやっていない」コルダ／ヨルガが答える。

なんでもいい、何かでこいつを串刺しにしてやりたい。だが怒りはすぐにおさまった。コルダ／ヨルガはウィントンを――一見したところ脅威になりそうもないが、ALEのトップは間違いなくこの男だ――深く恐れている。嘘などつけるはずがない。

「その娘を連れていくがいい」ウィントンが私に言った。

ラッケルが怒りと絶望をこめてわめいた。この少女はほんとうに、私たちがさがしにきたあのラッケルだろうか。ヴァンパイアの中には、転化に際してまったくの別人になってしまう者もあるという。以前の記憶を焼きつくした悲しい虚ろと化し、恐ろしい渇きと狂気を秘めた狡猾さだけをもって生まれ変わるのだ。

「殺人者だというなら、その娘をここにおいておくわけにはいかん」ウィントンが言った。「いまはまだな」

私はラッケルに歩み寄った。信者たちがしりごみして離れていく。渦虫が皮膚のすぐ下を通りすぎていったかのように、彼女の顔がふくらみ、またもとにもどった。牙がとんでもない長さにのび、鋭くとがった骨が小石のようにずらりとならぶ。くちびるが裂けて大きくひらく。

手をのばして触れようとしたが、彼女は息の音をたててうなった。

この少女が、転化の苦悶の中でリンダに食らいつき、人としての意識や意図を超えて母の血をむさぼり、ヴァイパーの飢えを満たしたのだろうか。

その光景がまざまざと目に浮かぶ。私は自分の立てた仮説をジュニアの話と整合させようとした。

ラッケルは誓って無垢だ、とジュニアは言った。

だが彼の娘はけっして無垢ではない。温血者《ウォーム》だったときも、いま新生者《ニューボーン》のヴァンパイアとしても。

ジュヌヴィエーヴがラッケルに近づいて腕をまわした。いっしょにくるよう耳もとで優しくささやきかけながら、心の中のデスマスターにとってかわろうとしている。

ラッケルが一歩進んだ。ジュヌヴィエーヴがさらに促す。ラッケルはそこで見えない壁に突き当たったかのように足をとめ、裏切られた悲しみのこもる目でコルダ／ヨルガを見つめた。それから、私もよく知っているあの訴えるようなふくれっ面をウィントンにむけた。ラッケルは以前のままだ、変わってなどいない。いまもなお値打ちのない男たちから愛を騙しとろうとしている。さらに磨きをかけた手管を使って、懸命に運命を切り拓こうとしている。

音がした。ラッケルは集中を乱し、不思議そうに鼻に皺をよせた。

ジュヌヴィエーヴがラバー・ダックをとりだし、くわっくわっと鳴らしたのだ。

「いらっしゃい、ラッケル」幸せな犬に語りかけるような口調だ。「ほら、くわっくわっ。ほしくない？」

アヒルがまた鳴る。

ラッケルは笑おうとして顔をゆがめた。赤ん坊のように無垢な血の涙が頬をつたい落ちた。

そして私たちは〈アンチ＝ライフ方程式〉をあとにしたのだった。

ジュニアは娘を恐れた。それも当然だろう。

好きな場所ではないものの、私はプードル・スプリングスにもどった。ジュニアの妻は今回のドラマからはずされたことに憤慨して、家をとびだしていた。彼の家は、高価だが趣味の悪い似非スペインスタイルの邸宅で、農園風と称しながら、その地所には一頭の家畜も一本の穀物もない。

ジュヌヴィエーヴはジュニアの灰色の長椅子におとなしく腰かけている。その姿はまるで、タバコ・ロード（アースキン・コールドウェルの小説『タバコ・ロード』Tobacco Road（一九三二）およびそれを原作とするジョン・フォード監督による同名の映画（一九四一）より）のガレージセールに出されたカララ大理石（イタリアで産出される最高級の白大理石）のようだ。私は勝手にスコッチを注いだ。

父と娘はじっと見つめあっている。

ラッケルはもう、それほど恐ろしい姿ではなくなっている。ナビを務める私と彼女を乗せて、ジュヌヴィエーヴがここまで車を運転してきた。そしてそのドライヴのあいだに、転化の衝撃をやわらげ、見た目を整えるこつを新生者《ニューボーン》の娘に教えてやったのだ。ラッケルの牙はふつうの大きさにおさまり、目の中の赤もごくごく淡くなっている。外に出たとき、彼女は新たに身につけたすばやさをためすように、目にもとまらぬ速度で両手を動かしていた。

だがジュニアは恐れている。その呪縛を破ってやらなくてはならない。

「つまりはこういうことだ」私は切りだした。「リンダを殺したのはきみたちふたりだ。ただ、そのうちのひとりは彼女をよみがえらせるつもりだった」

ジュニアが両手で顔をおおい、膝をついた。

ラッケルは立ったまま彼を見おろしている。

「ラッケルは砂漠のあの一団に加わって、数週間前に転化していた。だが、心を奪われてハレムの一員か奴隷にされてしまうことを恐れた。味方になってくれる強い誰かが必要だと考えた。パパでは役に立たない。だからラッケルは、自分の知るもっとも強い人間のところへ行って、彼女をいっそう強い存在にしたんだ。だがそれが終わらないうちに〈アンチ＝ライフ方程式〉が押しかけてきた。だからジュニア、屈してしまう前に、やつらの仲間になってしまう前に、きみに電話をかけた。そしてきみはふたりの家までとんでいった。そのときのことはきみの話したとおりなのだろう。リンダはプールの底にいた。転化のために沈んだのだ。きみは嘘はついていない。確かに彼女は死んでいたのだから。きみは木槌と釘を手にして――どこにあったんだろう、テニスのネットかい？――彼女に真の死をもたらした。きみは彼女のためにそれをしたのだと、彼女を平和に眠らせてやったのだと、自分に言い聞かせたのだろう。それとも、よりいっそう強くなったリンダ・ローリングと、同じ町に、同じ世界に、いたくなかっただけなのかな。彼女は戦士だった。もちろん抵抗したはずだ」

ジュニアの手首には深い掻き傷が幾本も走っている。あの夜はシャツも破れていた。書斎に容疑者を集めて〝さて〟と言う探偵なら、すぐさま証拠として指摘するだろう。

ジュニアはしばらくのあいだすすり泣いていた。それから、誰も自分を殺しはしないとわかったのだろう、身体を起こしてあたりを見まわした。卑劣な狡猾さがあらわれはじめていた。

「ぼくは法を破ってはいないさ。リンダは死んでいたんだから」

ジュヌヴィエーヴの顔が冷やかになった。確かにカリフォルニアの法は〝不死〟という状態を認めていない。いまはまだ。だがヴァンパイアの法律家が大勢誕生しているいま、いずれこの問題も変化を迎えるだろう。

「それは警察にまかせよう」私は言った。「優秀な連中だ。きみはいつだって、警察は有能で礼儀正しいと褒めていたじゃないか」

涙で縞になったジュニアの顔が青ざめた。確かに殺人罪に問われることはないかもしれない。だがトーキョーとリヤドは、この事件によって浴びる注目をありがたくは思わないだろう。オルリグ石油産銅会社における彼の地位も揺らぐことになる。そしてプードル・スプリングス警察は、何かしら理由を見つけて彼を逮捕しようとするだろう。証言するにあたって故意に嘘をついたとか、一部を省略したとか、営利目的で遺体を損傷したとか（これでもう離婚扶養手当てをはらわなくてすむ）。いずれにしても見さげ果てた卑劣漢だ。

私以外の探偵だったら、ラッケルを彼のもとに残していったかもしれない。

ラッケルは父を見おろして立ち、こぶしを握りしめた。内側で鋭い新しい爪がのびて、彼女自身の血が――母親に飲ませた血が、偽ミッション・スタイル（十八世紀カリフォルニアに建てられた修道院に影響を受け、十九世紀のアート＆クラフト運動によって生まれた建築・家具などの様式）のカーペットにこぼれ落ちた。

ジュヌヴィエーヴがアヒルをもって彼女のかたわらに立った。

「いっしょに行きましょう、ラッケル。いつまでもそんな暗く赤い場所にいてはいけないわ」

数日後、私は以前事務所を構えていたビルの真向かいにあるカフエンガ・ブールヴァードのバーで、酒とキャメルに咳きこんでいた。

ふたりが私を見つけだした。

ラッケルはまったく新しい娘になって、いたるところであらゆる年代の男に媚びを売っては、彼らの首の脈や手首の青い筋を鋭い視線で見つめていた。

ジュヌヴィエーヴが雄牛の血を注文した。

そして顔をしかめた。

「雄牛の血はいつも搾りたてで飲んでいたのよ。でもこれはいやなにおいがするわ」

「来週には生きた仔豚がはいりますよ」バーテンが言った。「革紐つきでね。首につけるコックも注文してあります」

「あら」ジュヌヴィエーヴが言った。「だったら、またこなくてはならないわね。お得意さまかしら」

私はふたたび咳きこんだ。

「その咳、どうにかしたほうがいいわよ」彼女が穏やかに言った。

何を言いたいかはわかっている。ヴァンパイアになれというのだ。もしリンダが何事もなく転化していたら、私もその気になったかもしれない。だがいまとなってはそれも虚しい。それに私は、変化を迎えるには歳をとりすぎている。

「あなたを見ているとある人を思いだすわ」彼女が言った。「その人も探偵だったの。前の世紀に、べつの国で」

「その探偵も、殺人犯をつかまえて女の子を助けたのかい」

彼女の顔をなんとも表現しがたい表情がよぎった。

「ええ、そうよ。ほんとうに、その言葉どおりのことをしたのよ」

「そいつはすごい」

スコッチを飲んだ。血の味がする。いつまでたっても慣れることができない。

新聞によると、砂漠の城に警察の強制捜査がはいったそうだ。ヨルガ将軍とダイアン・レ＝ファニュは、誘拐と不当搾取と殺人の容疑で逮捕された。殺人被害者の大半は不死者《アン＝デッド》となり、殺人犯を擁護する証言をくり返している。この件に関する裁判は永遠に終わらないだろう。L・キース・ウィントンについては何も語られていないが、ハリウッド・ブールヴァードのある店先に、イモートロジーの冊子としか思えないものが束になっておかれているのを見たことがある。街路では瑞々しい顔の新生者《ニューボーン》ヴァンパイアたちが、黒いパラソルの下で微笑しながら、通行人に〝血液検査〟を呼びかけていた。考えてもみてくれ。信者たちはすべての財産を寄付し、しかも永遠に生きるのだ。そして彼らはドラキュラは死んだと言う。

「ラッケルは大丈夫よ」ジュヌヴィエーヴが言った。「怖いくらいうまく適応しているわ。もう二度と、考えなしに子《ゲット》をつくろうとしたりしないでしょう」

私はラッケルに目をむけた。熱狂的な温血者《ウォーム》に囲まれている。あの連中もきっと十人単位で使い捨てられていくのだろう。彼女の中にリンダの最後の面影が見える。私の要素がひと欠片もまじっていないのが残念だ。

「きみはどうなんだ」私はジュヌヴィエーヴにたずねた。

「太平洋を見たわ。それよりさきは車では行けないわね。しばらくこのあたりにとどまろうと思うの。そして仕事をさがすわ。わたし、以前は医者になれるだけの知識をもっていたのよ。そうね、医科大学にはいって資格をとりなおそうかしら。蛭のジョークにはもううんざりだわ。忘れなくてはならないことがたくさんあるのよ。中世の知識は邪魔になるだけだもの」

私は私立探偵のライセンス証をカウンターにおいた。

「これと同じものをとればいい」

彼女がサングラスをはずした。目に驚きが浮かんでいる。

「ジュヌヴィエーヴ、これが私の最後の事件だ。私は殺人犯をつかまえ、女の子を助けた。長いお別れだったが、それももう終わった。私を殺そうとするやつらにも出会ってしまった。ボトルと、二十本入りソフトパッケージの中にひそんでいる。まもなくやつらにとどめを刺され、私は大いなる眠りにつく。私が人々のためにしてやれることは、もうほとんど何もない。これからはラッケルのような者がどんどん増えていくだろう。砂漠の城にいた若者たち。ここのバーテンが来週迎えるだろう客たち。ウィントンの網にかかる愚か者たち。そういう連中にはきみの助けが必要だ。ほんもののヴァイパーになれる者もいるだろう。だがそうならなかった連中には、彼らが引き起こす最悪の事態から守ってくれるきみが必要だ。きみは善良だ。きみなら善行を施すことができる。さて、私の演説はこれで終わりだよ」

彼女は血が固まりかけているグラスに指先をひたし、それを舐めとって考えた。

「それも悪くないわね、探偵さん」

私は彼女にむかってグラスを掲げた。


（訳注：タイトル「砂漠の城」はハリー・ラクマン監督、シドニー・トーラー主演 Castle in the Desert（一九四二）より。改めて説明するまでもないと思うが、このインタールードの語り手は、レイモンド・チャンドラー作品のハードボイルド探偵フィリップ・マーロウである）

第二部　アンディ・ウォーホルのドラキュラ

――ドラキュラ紀元一九七八―七九

1

ナンシーが息を吸うと同時に血が固まった。疥癬《かいせん》の不快な味が口にひろがる。閉じることのない傷口から牙を抜き、彼女の身体を押しやった。血のまじった唾液の紐が、彼女の首から彼の口までつながっている。彼は手首で口をぬぐい、液状の絆を断ち切った。電気を帯びた最後の戦慄が、ふたりのあいだで弧を描いてふるえる。彼女の心臓が停まった。

ついさっき、ベッドで仰向けになって彼女をひきあげ、身体の上にのせたまま押さえこみ、咽喉に噛みついた。彼女の両手が彼の脇腹を弱々しくひっかいた。いまは空っぽになった彼女の身体がずっしりと重い。居心地が悪い。背中の下にひろがるがらくたの山が意識される。雑誌、曲がったスプーン、皮下注射器、使用済みティッシュ、裂け目を安全ピンでとめた服、紙幣、硬くなったサンドウィッチ、何週間も食べられないままたまっている無料配付のミント。シングル・レコード――シドの「マイ・ウェイ」（ポール・アンカ作詞、クロード・フランソワ&ジャック・ルヴォー作曲。一九六九年にフランク・シナトラがリリースしたポピュラー・ソング。一九七八年にシド・ヴィシャスがカヴァ）だ――の包みがそれらの下で割れ、染みだらけのマットレスを苦行僧《ファキル》の釘のベッドにしている。レコードの破片が傷のない彼の皮膚に突き刺さる。

ジョニー・ポップは豹柄のブリーフとソックス、それにアクセサリーをつけただけの裸だ。スーツとシャツは、血まみれのベッドからずっと離れた椅子の上に、丁寧にたたんでおいてある。大切な新しい衣装を汚したくなかったのだ。顔と胸が、血とそれ以外のものでべたべただ。

目と耳の中で赤い爆発が起こると、すべての感覚が燃えあがって何十倍も鋭くなる。外は氷のヴェルヴェットに包まれた十月の夜。警察のサイレンが、子を奪われたヨーロッパの母たちの嘆きもかくやと鳴り響いている。遠い銃声が、この部屋で発射されたかのように頭蓋の内側に突き刺さる。ぼんやりとしたテレビの光が、悪趣味な壁紙にシティ・スケープをけばけばしく浮かびあがらせる。壁に群がるゴキブリどもまでサイケに彩られている。

チェルシー・ホテル（ニューヨーク・マンハッタンのホテル。一八八三年創業。芸術家・音楽家・作家などが長期滞在することで知られていた。一九七八年、ナンシー・スパンゲンはこのホテルの一〇〇号室バスルームにおいて死体で発見された）の幽霊どもも味わった。ドラァグクイーンにヴァンパイアキラー、ジャンキーにポルノ作家、アーティストにフリーク、夢想家にろくでなし。やつらはみな彼の心に押し入り、なんとかしてもう一度この次元に存在するための回路として、不死の身体をのっとろうとした。金切り声で注意を惹こうとした。いったんは放逐されたマンハッタンに、この舗装された楽園に、舞いもどりたくてたまらないのだ。

咽喉の抵抗を無視して無理やり飲みこんだ。あばずれナンシー。生きていたときの血だって、死んだいまよりさほどましだったわけではない。アメリカ人は自分で自分を壊している。彼女のことだ、たとえ一〇〇号室にヴァンパイアを招き入れなくとも、ほどなくドラッグで生命を落としていただろう。罪悪感などもつ必要はない。必死になってヴァンパイアをさがし、生命をさしだして死を希《こいねが》う者もいる。世界を掌握するノスフェラトゥとして、彼の力はまだ微弱だ。いまはお情けでおいてもらっているにすぎない。進んで血を提供してくれる温血者《ウォーム》がいなければ、飢え死にするしかない。彼らは食餌を提供してくれる。彼らにはそうしなくてはならない責任がある。

ツイナール（アメリカの即効性・持続性のある鎮静剤・催眠剤。六〇年代から八〇年代にかけてドラッグとして使用され、中毒症状がひろまった）やジラウジッド（強力な習慣性のある鎮痛剤）が大量にまじった死者の血が、脳髄を刺激して幽霊を押し流した。行動は慎重でなくてはならない。ニューヨークには真の死者があふれ、温血者《ウォーム》の視覚の外をうろつきながら、知覚できる者の関心を集めようと必死になっている。彼が食餌をしているあいだも周囲に群がってくる。たとえ短期間であろうと死んだことのある彼は、やつらにとってまぶしく輝く灯台なのだ。

遠吠えをあげ、のしかかる肉袋を押しのけた。身体を起こして神経を張りつめ、死んだ女を見つめる。黒い下着をつけた幽霊のように白い身体。花のようにひらいた首の傷は、全身に散らばる傷痕の中でも最小のものにすぎない。平らな腹には瀉血の傷痕が十字に走っているし、脇腹には鰓《えら》のように脈動する細長いスリットがひらいて最後の血をしたたらせている。彼の爪が残したしるしが死者の口となって、さらなるキスを求めている。

　アメリカにやってきて以来、彼は注意深く、それを求める者、すでに幽霊のような生を送っている者のみを選んできた。アメリカにはあまりヴァンパイアがいない。血を吸いつくされた死体は衆目を集める。そう、わかっている。彼はもうすでに目をつけられている。成功するには闇の父のやり方にならわなくてはならない。まず隠れ、それから支配するのだ。

　〈父〉はいつも彼とともにいる。幽霊の中でもその存在をきわだたせている。ジョニーを見守り、深刻な害を受けることのないようはからってくれる。

　ベルゼン（ドイツ北部の村。第二次世界大戦中にナチスの強制収容所があった。アンネ・フランクの死亡地として有名）のように痩せこけ、ビアフラ（ナイジェリア東部の地方。独立宣言をしたことで戦争となり、二百万といわれる餓死者を出した）のように腹だけをふくらませたシドが、画質の悪い再放送番組を流している早朝のテレビの前で、みすぼらしい椅子にぐったりと腰かけている。ジョニーとナンシーのほうに目をむけながら、何も見えてはいない。ついさっき、眼球に直接ドラッグを打ったのだ。傷と瘡蓋だらけの胸と腕を、すべるように色彩が横切っていく。釘のように逆立つパンクヘアのウィッグをかぶった頭蓋骨。顔のスクリーンに『秘密探偵クルクル』（アメリカのTVアニメ The Secret Squirrel Show（一九六五―六六）国際ゼロゼロ探偵本部のエース秘密諜報部員である栗鼠が活躍する）が映る。大きな目が虚ろに泳いでいる。若者は笑おうとしたが、ふるえることしかできなかった。その左手に、馬鹿げたちっぽけなナイフ――銀ですらない――がゆるく握られている。

　ジョニーは握ったこぶしの付け根をひたいに押し当て、きつく目を閉じた。目蓋の皮膚を通して血の赤い光が輝く。以前にもあったことだ。数秒だけ我慢すればいい。頭の中で地獄が暴れる。黒いこぶしで胸もとを殴られたかのように、咽喉が蠕動運動を起こして液体がこみあげる。口をあける。黒い液体が細くとびだし、カーペットから壁までを汚した。

「魔法の反吐《へど》だ」シドが驚愕をこめて言った。

不純物はなくなった。純粋な血が陶酔をもたらす。ナンシーの短い生が彼の内にある。彼女は典型的なアメリカ娘だった。そして彼にすべてを与えたのだ。

椅子にすわった若者とベッドの上の娘のことを考える。パンクなチンピラども。ジョニーの種族と彼らの種族は戦争状態にある。服の色こそ同じかもしれないが、その中身は、イタリア製スーツvs安全ピンをとめたポリ塩化ビニルのパンツだ。チェルシーにおけるこの一戦は、休戦と見せかけてはじまり、裏切り・騒乱・虐殺となって終わった。〈父〉もジョニーの戦略に満足している。

シドがナンシーの顔に目をむけた。ひらいたままの目蓋から血管の走る白目だけがのぞいている。何か異常が起こったことに気づいたのだろう、ナイフをもつ手が動いた。今夜、シドは何度かナイフで自分を傷つけている。腐った血のにおいが部屋じゅうに充満している。ジョニーの牙が歯茎の鞘からすべりだす。だがいまは飢えていない。満ち足りている。

パンクはアメリカのものだと思っていたのだが、シドはイギリス人だ。ミュージシャンのくせにギターもまともに弾けない。シンガーなのにわめくことしかできない。

アメリカは新しい不思議な国だ。〈故国〉で想像していたよりずっと奇妙な、想像し得た以上に不可解な国。もっと血を飲めば、そのうちアメリカ人になれる。そうして、恐怖を超えたものに、何にも脅かされない存在になる。それこそが〈父〉の望みだ。

むこうずねにかぶさる死体をころがし、猫のように身繕いをした。しなやかな背と首をねじり、一フィートもありそうな舌でこびりついた血の残りを舐めとる。ビニルのビキニ下着を剥ぎとって投げ捨てる。満足してベッドをおり、下品なほど股上がきつく、膝から下が水兵服のようにひろがった白いクルセーダー・パンツを穿く。唾液がまだ乾ききっていないため、濃い紫のシャツが背中と胸に貼りつく。手のひらほどひらいた襟もとに、金の鎖といくつものメダルがさがっている。トランシルヴァニアの魔よけや、征服と名誉の記章だ。それをじゃらりと鳴らした。

血の赤のシルクを裏地にした白いジャケットを羽織ると、目もくらむ伊達男のできあがりだ。ストロボなどなくても闇の中で輝く。シドがナイフをもつ手をあげて目をおおった。いかなる鏡よりも、彼の反応がすべてを語っている。

「パンクなんてクズだな」ジョニーは言って、返事を待った。

「ディスコなんてクソだ」シドが嘲笑を返した。

シドはきっと面倒を起こすだろう。それに巻きこまれないよう、奴隷にしておかなくてはならない。

ベッドの上に未使用の簡易注射器がころがっている。乳首のようなゴム球を押さえて手首にあて、しっかりと静脈に突き刺す。指を離すといくらかの血が——ナンシーの血だろうか——シリンダにはいってくる。針を抜き、血の玉をこすって親指を舐めているあいだに、小さな傷口は見えなくなる。シレット（応急用使い捨て注射器の商品名）を放ってやると、シドのほうでもどうすればいいか心得ていて、腕の古傷に突き刺した。ヴァンパイアの血が彼の体内に流れこむ。ウイルスでもドラッグでもない、その中間の何かだ。シドの脳髄に釣り針がひっかかるのを確かめ、糸をつないだ。

シドが立ちあがった。一時的に歯がとがり、目は赤く、耳は蝙蝠のようにひろがり、動きもすばやく、無敵になる。本来なら親となってわけ与えてやる力だ。こうしたヴァンパイアの昂揚は長くつづかないものの、これでシドは生きているかぎりジョニーの奴隷となる。とはいえそれも長くはないだろう。ノスフェラトゥに転化するには双方からの血の授受がなくてはならない。何世紀ものあいだ、死すべき者のほとんどは、ただ血を与えるばかりだった。だがいま、温血者《ウォーム》と不死者《アン＝デッド》のあいだに新しい契約の形が生まれたのだ。

ジョニーはベッドの上の空っぽの物体をあごで示した。もう誰の血であろうとあの女の役には立たない。糸と釣り針を通じて、シドの脳髄に命令を送りこむ。若者は激情にかられたかのように一瞬のうちに部屋を横切り、ベッドに膝をつくと、すでに死んでいる娘にナイフを突き立てた。咽喉の傷を切り裂き、何十ヶ所となく身体じゅうの皮膚を傷つける。切りつけながらうなりをあげる。歯茎から黒い牙が突きだしている。
ジョニーは部屋をあとにした。

2

チェルシー・ホテルから西23ストリートの舗道に出て、ニューヨークを味わった。動くもののない時間、夜明け前の澱んだ時間だ。あからさまな梟族をのぞいて、ほとんどの者は家でベッドにはいっているか、少なくともコーヒーや煙草やドラッグで血を濁らせ、床でつぶれている。ヴァンパイアにとっての午後。ジョニーは改めてみずからの孤独を意識した。ニューヨークにもヴァンパイアはいる。さがそうと思えばいつだってさがしだせる。だが彼のような者は、彼と等しい血統の者はひとりもいない。

アメリカは広大で、金と脂肪をたっぷりふくんだ血でふくれあがっている。ごく少数のダニによって支えられた新しい国。ダニどもはおずおずと分厚い皮膚に口吻を刺して、満腹することなく試食ばかりしている。そいつらに比べれば、ジョニーは飢えた怪物だ。ほんの数分前にナンシーを貪ったばかりだというのに、まだいくらでも食べられる。自身が必要とする以上のものを摂取しなくてはならない。ひと晩に何十という温血者《ウォーム》の肉体を扱おうと、はちきれることも幽霊に窒息することもない。いずれそのうちに闇の子を——彼に仕え彼を守る奴隷をつくらなくては。〈父〉の血統を伝えるために。だがいまはまだ時期尚早だ。

そもそも彼は、水の流れる堀に囲まれたこの摩天楼の都市にやってくるつもりではなかった。〈故国〉で知り合った映画業界人たちにくっついて、太平洋側にある伝説のハリウッドに行くつもりだったのだ。だがケネディー国際空港《JFK》で手違いがあり、移民局にひきとめられてしまった。残りの連中は護符の旗のようにアメリカのパスポートをふりかざし、先導に従ってロサンゼルスかサンフランシスコにむかう接続便に乗りこんでいった。とんでもなく熱心な請願者の一団——浅黒い肌をした温血者《ウォーム》だ——といっしょに空港で足止めをくらっているあいだに、危険な夜明けがどんどん近づいてきた。そのときも〈父〉はともにあった。誘いをかけてきたカナダ人客室乗務員《CA》を男子トイレに連れこんで血を吸うと、何か新しい激しいもので全身が活気づくのがわかった。新しい国で最初に手に入れた新鮮な血に興奮したまま、彼は全神経を集中して魅了の力をふりまき、行く手をはばむ役人たちを圧倒した。意志の力で打ち負かせる連中だ、賄賂による懐柔など思いつきもしなかった。

アメリカは混迷している。生き残るつもりなら、すみやかに適応しなくてはならない。今世紀にはいってからの変化は、〈父〉がカルパティアの城ですごした長い年月における遅々とした時の推移とは、比べものならないほど急速だ。さきに進むには〈父〉を超えなくてはならない。だが結局は血統がものをいう。古き血統に属しながら、彼自身はほんの三十四年前、大人にならないうちに闇にひきずりこまれて転化した二十世紀の生き物だ。ヨーロッパにおける彼は子供にすぎず、影にまぎれて機会を待っていた。ここ、輝かしきアメリカでなら可能性を最大限に生かすことができる。人々も、彼を子供ではなくひとりの若者として扱ってくれる。

ジョニー・ポップ、ただいま参上。

目をつけられていることはわかっていた。だから懸命に、目立たずにいようと努力してきた。ほんの数週間前の彼はほんとうに不器用だった。ニューヨークにやってきて最初の何夜かで、いくつものミスを犯してしまった。水の中にこぼれた血は鮫どもを刺激した。

角に誰かが立って彼を見張っている。革のロングコートを着た黒人がふたり。片方はこんな時間なのにサングラスをかけていて、もうひとりはベルトに小さな羽根を刺したつばの狭い帽子をかぶっている。ヴァンパイアではないが、捕食獣のにおいを漂わせている。ふたりとも念入りに武装している。靴の留め金もボタンも銀だし、ゆったり羽織ったコートの下には銃がひそんでいる。ふたりの肉体そのものも、研ぎ澄まされた刃《ブレード》や矢柄《アロー・シャフト》のような武器だ。サングラスの黒人がコートの内側から黒いナイフをとりだした。銀ではない。磨き抜かれた硬木だ（サングラスに硬木ナイフの黒人はマーベルコミック『ブレイド』Blade（一九七三― ）の主人公ブレイド。映画ではウェズリー・スナイプスが演じている。帽子の黒人はアーネスト・タイディマンのShaft（一九七〇）およびそれを原作とするゴードン・パークス監督、リチャード・ランドトゥリー主演『黒いジャガー』Shaft（一九七一）をはじめとするシリーズ映画の主人公ジョン・シャフトではないかと思われる）。

ジョニーは神経を張りつめた。戦って殺さなくてはならない。ついさっき食餌をしたばかりだから、いまの彼は最強だ。

ナイフマンがにやりと笑った。刃の先端をつまんでバランスをとりながら、柄でこつこつひたいをたたく。戦士の挨拶だ。まだ攻撃はしてこない。これは予告であり、警告だ。そのために姿を見せたのだ。この男はジョニーに気づかれる前から彼を見ていた。夜にまぎれる能力はみごとなものだ。

そして、ナイフマンとその相棒はいなくなった。ジョニーの夜間視力でも見通すことのできない影の中に溶けこんだかのようだった。

身ぶるいをこらえた。彼はまだニューヨークというジャングルに馴染みきっていない。灯台のように輝く白いスーツで街路に立つ彼は、〈故国〉にいたころとは異なり、全身をさらしている。

あの黒人たちはいま彼を殺しておくべきだった。今夜ならまだそのチャンスがあった。ジョニーは以後、やつらにつぎのチャンスを与えることのないよう全力をつくすだろう。

そろそろ移動しよう。群衆の中にまぎれこもう。

オレンジピンクの渦巻く靄の中から登場するドラゴンのように、芥子色のタクシーがあらわれた。ジョニーは手をあげて呼びとめ、鳥籠のような車内にすべりこんだ。シートにダクトテープが十文字に貼ってあるのは、戦場式の手当てというところだ。だぶだぶのミリタリージャケットを着た痩せこけた白人の運転手は、いつもの癖なのだろう、乗客と視線をあわせようとバックミラーに目をむけた。ミラーに映る空っぽの車内を見て、若い運転手の顔に驚きが浮かぶ。だが彼は、背後に身をよじって闇の中にジョニーの姿を認め、すぐさま自分がどのような客を乗せたかを理解した。

「何か問題あるかな」ジョニーはたずねた。

一瞬後、運転手は肩をすくめた。

「いや、ないね。黒いの《スプーク》（spookは黒人の蔑称であると同時に幽霊の意味でもある）だって乗せたがらないやつは多いが、おれは誰だって乗せるよ。夜にはなんだって出てくるさ」

照準器のような目の背後に、ナパーム弾の爆発によって紫に染まった黄昏のジャングルが見える。数年前に発射された銃声も聞こえる。火の消えたコルダイトがちくちく鼻孔を刺激する。

ジョニーは不愉快になって男との接続を切った。

そして、スタジオ54にむかうよう告げた（スタジオ54は一九七七年にオープンした伝説的なディスコ・クラブ。俳優・アーティスト・歌手・作家など多くの著名人が集まり一世を風靡したが、一九八〇年に閉鎖）。

3

こんな時間だというのに、クラブの外にはいまも、死に物狂いの者たちが列をなして居残っていた。白い息を吐きながら、流行遅れの靴を踏み鳴らして寒さをこらえている。敗者にチャンスはない。強面のガードマン、バーンズとステューに甘言を弄して懇願しても、ヴェルヴェットのロープがもちあがることはない（スタジオ54では入口にヴェルヴェットのロープが張られ、「ヴェルヴェットコード」と呼ばれる厳重な審査がおこなわれた）。彼らのひたいには目に見えないしるしが刻まれている。死よりもひどい、つまらない連中だ。

ナンシーの財布から失敬してきたべたつく紙幣でタクシー代をはらい、歩道に立って、建物の中から聞こえる音楽の脈動に耳を傾けた。ブロンディの「プリティ・ベイビー」（Pritty Baby（一九七八）ブロンディのアルバム『恋の平行線』Parallel Lines に収録されている楽曲）。デビー・ハリーの生ける死者の声が彼を呼んでいる。

タクシーはその場に停まったままだ。このくだらない連中の誰かがつぎの客になることを期待しているのだろうか。ちがう。運転手は心に焼きつけようとするかのようにジョニーを凝視していた。鏡に映らない男をおぼえておこうというのだろう。

「またそのうちに会おうな、兄さん」白人の運転手が言った。

チェルシー・ホテルの外で会った黒人たち同様、この運転手も危険だ。間違いなく心に明記しておかなくてはならない。誰が敵にまわるか予測して、準備しておかなくては。男の目的ははっきり顔に描かれている。同様に、男の名前は身分証に記されていた。〝トラヴィス〟だ。彼はベトナムで、鏡の中であろうと、モンスターと真正面からむきあうことを学んだのだ。

タクシーは生命をとりもどしたようにうなりをあげて走り去った。

音楽にあわせて身体を揺らし、歩道をわたって地獄の門にむかう。歩きながら思考をのばして、トム・オブ・フィンランドのレザー・キャップをかぶり、レザー・ジャケットを着た筋骨隆々たるガードマンたちとの絆をつなぎなおす。バーンズは夜だけアルバイトのガードマンをしている警官で、傷を負った悲しい目をしている。ステューは金持ちの息子で、モンスターのような父親の影を頭から追いだすことができずにいる。ふたりに刺さった釣り針は、もっとも細い糸でジョニーにつながっている。彼らは子《ゲット》ではないし、これからも子《ゲット》になることはけっしてないが、それでもジョニーのものだ。まずは温血者《ウォーム》の奴隷。子《ゲット》はそのあとでいい。

敗者たちの嘆きや不満を楽しみながら列の前をさっそうと通りすぎ、彼らの手にはけっしてはいることのない〝ひらけゴマ〟を唱える。ステューが鋲を打ったバイク用ブーツの踵をかちりと鳴らし、指先を黒い革製軍帽にそろえるオーストリア＝ハンガリー式の正確な敬礼をよこした。バーンズがすばやくロープをもちあげる。フックが環からはずれる小さな音に、羨望の溜息が起こる。バーンズがそのまま脇にしりぞく。ジョニーは入口で足をとめ、その瞬間を味わった。内側からこぼれる光で、スーツが天使の衣装のように輝いているはずだ。けっして中にはいることのできない連中を見わたすと、彼らの目には同情をおぼえたくなるほど深い絶望があふれていた。

二週間前は、ジョニーもあの中のひとりだった。光に引き寄せられてはきたものの、炎に近づくことはできなかった。一部の古いヴァンパイアと同じく、ここでは招かれずに敷居を越えることはできないのだ。彼はそのとき、空港のベルトコンベアから適当に失敬してきたスーツケースの衣類を着ていたのだが、それがまずかった。ノスフェラトゥはすでにふつうではなく、それだけで人目を惹く。通りかかったスティーヴ・ルベルが、ジョニーのきわだつ美貌に目をとめた。他者の目で自分を見る術を心得ているため、ジョニーはオーナー・マネージャーが戸口に立つヴァンパイアの少年に興味を惹かれたことを察知した。だが、建国二百年記念Tシャツ（一九七六年にアメリカ建国二百年を記念して祝典がおこなわれ、さまざまな記念品がつくられた）にカウボーイブーツ、濡れた海豹《あざらし》の被毛のようにぺったりと頭蓋に貼りついた黒髪では、輝かしきルシファーその人であろうと54にはいることは許されない。

翌日もどってきたジョニーの身なりは、この場にふさわしいものに変わっていた。闇の中では黒く見えるが光を受けると紫のうねりがあらわれるホルストン（アメリカのデザイナー、ロイ・ホルストン・フローイックが一九五七年に設立したブランド）のスーツに、ポロ選手にまだ新しい血の染みがとんでいるラルフ・ローレンのシャツ（アメリカのデザイナー、ラルフ・ローレンが一九六七年に設立したブランド。馬に乗ったポロ選手をロゴマークとしている）。どちらにもまだ、以前の持ち主、ブルックリンからきたトニーの匂いがかすかに残っていた。ふたりのガードマンはスティーヴに確認するまでもなく、ジョニーを通した。その夜、彼は機会を見つけ、奥の部屋でふたりに小さな血の染みをつけた。一見感謝のしるしのようだが、実際には所有の封印だった。いつか役に立つことがあるだろうと、のちのちのためにふたりを確保しておいたのだ。

軽く頭をさげてカーテンをくぐり、54にすべりこむと、トニーの幽霊が四肢に宿るのが感じられた。ジョニーはブルックリン・ブリッジの上でトニー・マネロの血を吸い、多くのものを奪いとった。今月の音楽にマッチした血のリズムももらった。トニーはダンサーだった。ジョニーはダンスの勘とともに、ふくらませてうしろに撫でつける髪形と、単に身を守る保護膜ではなく人に見せるための最新流行スタイルの服をも引き継いだ。

いまトニーは幽霊として、ほとんど毎夜のようにジョニーとともにある。彼は一度も54にきたことはなかったが、そのダンスの実力は、ブルックリンを超えてマンハッタンにふさわしいものだ。トニーのことを考える。空っぽになった死体は重しをつけて橋から投げ捨てた。それでも彼は、少なくとも自分の一部がほんもののニューヨークで成功したことを喜んでいるだろう。とりこんだ血がまだ新しいうちに、ジョニーは足跡をたどってトニーのアパートまで行った。そして、彼の両親や教会を捨てた神父（トニーの兄フランク・ジュニアのこと。マーティン・シェイカーが演じている）に気づかれないよう、忍びこんで衣装箪笥の中身を持ち去った。トニーが愛用した夜のための衣装が、いまジョニーの鎧になっている。

音楽に身をまかせると全身の血がそれに反応する。真のパンクなら誰もが軽蔑するディスコミュージックを耳にして、ナンシーの幽霊が抗議をこめて嘔吐しそうになっている。彼女をとりこむことにより、ジョニーは流行に関する戦いにおいてもみごと勝利をおさめた。パンクどもを殺すのは好きだ。いなくなっても誰も気がつかない。どっちにしても、連中はゆっくり自殺しているようなものだ。未来なんかない。そこが肝心だ。ディスコを愛するのは永遠に生きたいと望むこと、いつまでも消費したいと願うことだ。パンクどもは死を超えた何をも信じていないし、何をも愛していない。そう、自分たちをすら。

それにしても、シドはどうなるのだろう。

壁にさがった月の男のパペットが、コカインのスプーンを鼻に近づけながら微笑を投げかけ、一九七八年の祝福を人々に与えている。足もとが光るフロアに踏みこみ、踊っている者たちのあいだを悠然と抜けていくと、スーツが白い炎のように輝く。あらゆる動きがビートにのっている。心臓までが音楽にあわせて脈打っている。流れている曲に気づいて微笑が浮かんだ。輝く牙はストロボの下のネオンのよう。きらめく目は赤い球。彼が自分の曲と決めた音楽、すべての歌の中で最高の歌だ。

ビージーズの「ステイン・アライブ」（Stayin' Alive（一九七七）ジョン・バダム監督『サタデー・ナイト・フィーバー』Saturday Night Fever（一九七七）で使用されたビージーズの楽曲。サウンドトラック・アルバムよりシングルカットされ、大ヒットした）。

コーラスの中に、彼の口づけを受けて死んでいく温血者《ウォーム》のさけびが聞こえる。アー、アー、アー、アー、ステインアライヴ。歌詞の中に彼がいる。おれは最高のモテ男。話をしてる暇なんかない（「ステイン・アライブ」Stayin' Alive の歌詞より）。

彼が踊るとまわりに誰もいなくなる。

まるで食餌のようだ。吸うまでもなく周囲の人々の血が体内に流れこみ、ともに踊っている者たちの身体から幽霊を解き放つ。彼らの口や鼻からのびてきた分身《トゥルパ》が、エクトプラズムのストローのように彼につながってくる。彼は踊りながら全身で吸収する。精神と心を味わう。そしていかなるものよりもまばゆく輝く。誰も近づいてこない。挑んでこない。〈父〉も彼を誇りとしている。

その曲が流れているあいだ、彼はまさしく生きて《アライヴ》いる。

4

「わお、あの子は誰だい」アンディが無感動にたずねた。「すてきじゃないか」

ペネロピにとっては聞き慣れた言葉、アンディが発する数少ない形容詞のひとつだ。誰であろうとなんであろうと、すべては〝すてき〟か〝うんざり〟か、もしくは似たような言葉で、つねに第一音節が長くのびる。TV番組はすべて〝すーてき〟だし、第二次大戦は〝うーんざり〟。古いクッキーの缶は〝ほーんとうにすばらしい〟し、所得税は〝かーなりいまいましい〟。有名人は〝とーても面白く〟て、昼間の暮らし《リヴィング・デイライト》は〝ほーとんど忘れた〟。

ペネロピは首をめぐらしてダンスフロアをながめた。ふたりは泡立つような集団を見おろすバルコニーで、冷やした血のグラスをのせたテーブルをはさんで腰かけている。いくぶん影になっているため謎めいた雰囲気をかもしだしてはいるが、はっきりと正体がわかるくらいに目立ってもいる。人目につかないなら、注目を浴びないなら、スタジオ54にくる意味などないではないか。明日の日が暮れて昼の眠りから覚めたら、新聞に目を通し、ふたりの登場について書かれたすべての記事を読みあげるのもペニーの仕事だ。そしてアンディは、自分について書かれたことに舌打ちをしたり歓声をあげたり、あまりにも多くのことが書き逃されていると嘆いたりするのだ。

アンディが目にとめた相手を見つけるのに、しばしの時間がかかった。

今回ばかりは彼が正しかった。白いスーツのダンサーはすてきだった。まさしく〝すーてき〟だ。ペニーはすぐさまその少年が、アンディや自分と同じノスフェラトゥであることを見てとった。服装はアメリカ風だが、ヨーロッパの墓土のにおいがほのかに感じられる。新生者《ニューボーン》――新しい者《ヌーヴォー》ではなく、それなりに経験を積み、闇の技に熟達した者だ。あれほど〝若く〟見せられるのは、多くの夜をすごしてきたヴァンパイアだけだ。

それはむろん起こるべくして起こったことだった。この国にやってきたヴァンパイアは彼女がはじめてではない。いずれ侵略が避けられないことはわかっていた。アメリカだとて永久に抵抗していられるわけではない。彼女がこの地にわたったのは、他に類を見ない存在となるためではなく、同類たちから、以前の人生から逃れるためだった。しかたなくアンディと手を組みはしたけれども、不死者《アン＝デッド》の世界にもどるつもりはない。もちろん当然ながら、彼女の望みなどもはやほとんど意味をもたない。たとえ何がこようと、彼女はそれを受け入れる。義務として、責務として。

アンディをふり返った。アメリカ人ヴァンパイアの象徴たるアイドル。彼は一九六八年に狂人ヴァレリー・ソラナスに狙撃されて死亡した……と思われながら、病院でもちなおし、謎の新しい血液を輸血され、渇いた歩く幽霊となって昏睡から目覚めた。

彼が示す真の熱狂と見せかけの熱狂とを見わけるには、とりわけ鋭い識別能力が必要とされる。彼は一生懸命努力した結果――このだらりとした案山子《かかし》を見くびってはならない、彼だとて一生懸命努力するくらいのことはできるのだ――いまのような無表情と、アメリカのどの地方の訛りもない話し方を身につけた。チョークの粉をまぶしたような頬も、冷たい口も、感情をあらわすことはない。今夜のウィッグは銀色で、狐の尾のようにふさふさしていて固い。地味な暗色のイタリア製スーツに、無地のネクタイを締めている。点滅するストロボから目を守るため、ふたりともゴーグルのような黒いサングラスをかけている。だがこれまでの取り巻きとは異なり、ペニーはべつに彼に似せようとしているわけではない。

問題のダンサーをじっと観察した。回転し、腰をひねり、いかにもディスコらしく片腕をふりあげる。白いジャケットがひるがえって真紅の裏地が見える。無心で踊っているためか、冷やかで美しい顔がゆがんでいる。アンディがまた新しい不死者《アン＝デッド》に興味を抱いたとて不思議はない。なんといっても、このような若者なのだから。

少なくともこの少年ダンサーを見つけたことで、今夜は完全な空振りに終わらずにすんだ。これまではごくあたりまえの夜だった。オープニングがふたつ、パーティが三つ、レセプションがひとつ。そして大きな期待外れがひとつ。アンディは大統領の母ミズ・リリアンを、イラン皇帝《シャー》の双子の妹アシュラフ王女のレセプションに同伴したかったのだが、聞きつけたホワイトハウスによってその計画をつぶされてしまったのだ。しかたなく連れていったルーシー・アーナズでは、とうてい代理は務まらなかった。アンディはレセプションのあいだじゅう無言を貫いた。参加者のほとんどは、彼がわざと謎めいたふるまいをしているのだと考えたようだが、じつをいえば単に拗ねていただけだ。その結果ペニーはやむを得ず、かわいそうなルーシーの——それまで名前を聞いたこともなかった娘だ——相手をするはめに陥ってしまった。数少ないヴァンパイア王家の生き残りとして誉れ高い先鋭的な王女は、心身ともに不調だった。絶対専制君主の兄の苦境で頭がいっぱいだったのだ。彼はいま故郷にもどり、王の串刺しを要求するイスラム狂信者どもに囲まれている。

ビアンカ・ジャガーのパーティがひらかれたティールームズ（アンディ・ウォーホルが常連だった西57ストリートの高級レストラン、ロシアン・ティー・ルームのことと思われる）と、L・B・ジェフリーズの写真展オープニングがおこなわれたフォトグラファ・ギャラリー（時期としては一致しないが、一九五五年から五七年にかけて西85ストリートにあったギャラリーではないかと思われる）のあいだを移動する車の中では、パロマ・ピカソが美顔クリームにおける人間の血の強壮効果についてうんざりするほどわめき散らした。ペニーは間抜けなこの温血者《ウォーム》に、何ひとつ知らない問題について語るのがいかに愚かしいか説いて聞かせようかと思ったが、忠実なる助手が怒鳴りつけるまでもなく、アンディはすでに冷ややかな視線を投げつけていた。この画家の娘が何によってこれほど有名なのか、ペニーには理解できない。それでも、少なくとも彼女がそばにいれば、〈ヴァニティ・フェア〉誌（時期的に合致しないが、一九一三―三六年に刊行されていたアメリカの社交雑誌、および一九八三年に同名で復刊されたポップ・カルチャー、ファッション、政治などを扱った雑誌）は間違いなく、アンディの名をとりあげてくれる。アンディはビアンカのパーティで、カトリーヌ・ドヌーヴを連れたデヴィッド・ボウイを見かけたと思ったのだが、結局ははるかにつまらないカップルにすぎないことがわかった（トニー・スコット監督『ハンガー』The Hunger（一九八三）に登場するヴァンパイア、ミリアム＆ジョン・ブレイロックのことと思われる。このふたりが演じている）。それもまた期待外れのひとつだった。

〈インタヴュー〉誌（一九六九年にアンディ・ウォーホルとジョン・ウィルコックが創刊したアメリカの雑誌。のちにボブ・コラチェロが編集を務めた）の編集者でありアンディに王女を紹介したボブ・コラチェロは、王女がどれほどの困難にたちむかっているかを滔々と語り、皇帝《シャー》が出資しているテヘランの新しい現代美術館にぜひとも出品してほしいという王女の熱い要望を伝えようとした。ペニーの見たところ、アンディは、いまにもすべてを失うかもしれない相手に運命をかけるなんてまっぴらだと考えている――――まさしくそれは正しい。そこでアンディはことさらにボブを無視し、つまりは全員がボブを無視することになった。アンディはペニーから〝コヴェントリー送り《シカト》〟（コヴェントリーはイングランド中部の町。その昔、コヴェントリーに送りこまれた兵士が住人たちに嫌われ無視されたことから）という言葉を教わり、大喜びで昔の学生のようないじめをつづけた。ボブのおしゃべりには傷つけられた絶望がこもっていたが、すべては自業自得なのだから、ペニーはひと欠片の同情もおぼえる気にならなかった。

フォトグラファ・ギャラリーでは、巨大にひきのばした戦災孤児や荒れ果てたアジアの村々の写真が飾られていた。アンディはそこでいつもの好奇心の発作に襲われ、オスカー・ワイルドについてしつこくたずねはじめた。どんな男だった？　ほんとうにいつもいつも人を笑わせていたの？　狼が集まってきたときは怖がっていた？　どれくらい稼いでいた？　ほんとはどれくらい有名だったんだ？　どこへ行こうと顔が知られていたってほんとう？　百年近くがすぎたいま、八〇年代の知り合いの中でもワイルドの記憶は曖昧だ。かの詩人はペニーと同じく、新しい世代として生まれた新生者《ニューボーン》だった。転化はしたものの、温血者《ウォーム》としての生からもちこした病にむしばまれ、ほかの大勢と同じく十年と生き延びることはできなかった。自分よりはやく逝ってしまった同時代の人々のことは考えたくない。だがアンディは執拗に質問を重ねる。ペニーはしかたなく、逸話や警句を話して彼を満足させた。アンディを見ているとオスカーを思いだす、そう告げたのは、ある意味、真実だ。ペニーはただ、〝すてき〟から〝うんざり〟に格下げされて、外の闇に放りだされるのが怖かったのだ。

　ペニーはみずから選んですべての人生を、すべての死後の生を、幾人もの暴君の影のもとで送ってきた。たぶんおのが罪を自分で罰しているのだろう。アンディですらそれに気づいている。〈ファクトリー〉において、彼女は〝ペニー贖罪《ペナンス》〟とか〝ペニー告解《ペニテント》〟と呼ばれている。それでもアンディは、称号や爵位に憧れを抱いているのか、外部の者に対しては必ず彼女のことを、「ペネロピ・チャーチウォード、レディ・ゴダルミング」と紹介する。ペニーはゴダルミング卿と結婚してはいないが（じつをいえば誰とも結婚したことがない）、それでもアーサー・ホルムウッドは彼女の闇の父であり、ヴァンパイア貴族の中には子《ゲット》に自分の称号を譲る者もいる。

　ペニーはアンディの側近にとりたてられた最初のイギリスの薔薇ではない。アンディの映画に出演したモデル、ジェイン・フォースに似ているといわれたこともある。だが結局は、キャサリン・ギネスがレディ・ニードパスとなって〈ファクトリー〉を離れたあと、アンディの〈今年の女〉にとりたてられたにすぎない。それでも、アンディの周囲に群がるぽっと出の小娘たちよりは有利だ。ペニーはけっして歳をとらないのだから。〈今年の女〉の仕事は、アンディの夜に同行することと、〈ファクトリー〉とアンディ・ウォーホル・エンタープライズの会社関係、もしくは社交関係の、雑務のほとんどを担うことだ。それは彼女にとって、〝家庭の天使〟であろうとしたヴィクトリア時代から、ドラキュラ館の管理人としてすごした夜にいたるまで、手慣れた仕事だ。帳簿をつけることだってできる。

　〝ほんもの〟のモデルか俳優であるボーイのものだという血に、口をつけた。アンディはいつものように、飲み物に触れようとしない。彼はグラスに注がれた血を信用しないのだ。アンディが食餌をしているところを見た者はいない。もしかすると断血しているのかもしれない。彼のサングラスの奥の赤い点は、いまもまだじっと動かない。あのダンサーを見つめているのだ。

白いスーツのヴァンパイアは彼女の注意をも惹きつけた。

一瞬ペニーは〈彼〉だと思った。危険を秘めた若さをとりもどし、恐ろしい復讐心を胸に抱いて、ふたたびもどってきたのだと。

そっとその名をささやいた。

「ドラキュラ」

近頃音楽と呼ばれている恐ろしい騒音の中で、アンディの鋭い耳がそれをとらえた。彼が関心を示す名前は少ないが、これはそのひとつだ。

アンディは、ペニーがいまは亡きヴァンパイア王の関係者であったことで、彼女を評価している。彼女はオトランド城における王の終焉に立ちあった。イル・プリンチーペ（公爵および君主を意味するイタリア語）の最後の数時間について真実を知る数少ない者のひとりだが、それに関しては注意深く沈黙を守っている。彼女の知るかぎり、ほかにこの物語を心得ているのは、ケティ・リードと生意気なデュドネの小娘だけだ。三人は、ヴァンパイアの青白い肌に残らない傷を負っている。卑劣な独裁者ヴラド・クソッタレ・ドラキュラと、勇猛果敢で慈悲深く、去ってしまって二度ともどってこないチャールズ・バカヤロウ・ボウルガードによる鞭の傷を。

「あの少年は彼に似ていますわ」ペニーは言った。「伯爵の子《ゲット》か、少なくとも血統の者ですわね。ドラキュラがつくりだしたヴァンパイアのほとんどは、彼に似ていますのよ。世界じゅうにドッペルゲンガーを撒き散らしたのですわ」

その考えが気に入ったのだろう、アンディはうなずいた。

件のダンサーは、ドラキュラの赤い目と鉤鼻と分厚いくちびるをもっている。だが、その黒髪はブロードウェイの俳優か十代のアイドルのようにふわふわと逆立ち、髭は綺麗に剃っている。その容姿はルーマニア風であると同時にローマ風でもある。

ペニーははじめて会ったときに、アンディ・ウォーホルが単なるヴァンパイアではありたくないと望んでいることを知った。彼がなりたいのは〝ザ・ヴァンパイア〟、ドラキュラなのだ。死と復活を迎える前から、取り巻きたちは彼のことを〝ドレラ〟と呼んだ。ドラキュラが半分、あとの半分はシンデレラだ。なんと残酷なことだろう。夜のあいだ伯爵でいられても、夜明けとともに灰かぶり姫にもどらなくてはならないとは。

「ペニー、あの子のこと、調べてきてよ」アンディが言った。「あの子に会わなきゃ。あの子は有名になるよ」

それは間違いないだろう。

5

ダンスの昂揚が静まらない。ナンシーの血がまだざわついている。ジョニーは夜の商売にとりかかることにした。はじめの何度かは、彼もほかのディーラーたちと同じく――すぐさま廃業に追いこんでやったが――男子トイレで店をひらいた。だがやがて、鏡に脅かされたかのように薄暗い便所を去り、さまざまな活動がおこなわれているカーテンに仕切られた奥の部屋に移動した。どこのクラブもそうした場所をそなえているものだ。

幾組ものカップルがことにおよんでいるため、闇に包まれた部屋には熱気がこもっている。オルガスムに達すると、ヨーヨーの糸のようなエクトプラズムにつながれて幽霊が放出される。ジョニーはそれを味わいながら、からみあう四肢をかきわけて進み、いつもの革張りアームチェアに座を占めた。ジャケットを脱いでそっと背もたれにかけ、カフスボタンをはずして肘まで袖をまくりあげる。白い腕と手が闇の中で輝く。

最初にやってきたのは、休憩時間にはいったバーンズだった。脳髄の中では釣り針が、骨の中では禁断症状が、穏やかなドラムビートのように脈打っている。最初の〝ドラック〟一度は無料だが、いまは一回百ドルだ。ガードマンが手の切れそうな百ドル紙幣をよこす。ジョニーは小指の爪で左腕の皮膚に一センチほどの傷をつくった。バーンズが椅子の前に膝をついて、あふれでる血を舐めとる。さらに傷口に吸いつこうとしたので、ジョニーは彼を押しのけた。

男の目に嘆願が浮かんでいる。ドラックが効きはじめている。だがまだ足りない。力も良識もそなえながら、彼はなお飢えにかられている。

「誰かそこいらのやつに噛みついてくるんだな」ジョニーは言って笑った。

釣り針は深く食いこんでいる。ガードマンはジョニーを愛しながら憎んでいる。だが言われた指示に従うだけだ。バーンズにとって、彼に捨てられ二度とそれを味わえなくなる以上の地獄はないのだから。

きらきら光るフリンジドレスの娘がガードマンと交替した。とんでもないオレンジ色の頭をしている。

「ねえ、ほんとなの?」彼女がたずねた。

「ほんとうって、何がだ」

「あんた、人をあんたみたいにできるって」

辛辣な微笑が浮かぶ。人に彼を愛させること、それがジョニーの特技だ。

「百ドル支払えばわかるさ」

「やってみたいな」

この娘はひどく若い。まだ子供だ。彼女は一ドル札と二十ドル札をばらばらにとりだしはじめた。いつものジョニーなら、こうしたしみったれた客には忍耐を示さず、バス運転手のようににべもなく無視して〝正しい〟金をもった客を相手にする。だが、タクシー代やチップをはらうためには小額紙幣も必要だ。

娘のくちびるが新しい傷口をふさぐと同時に、釣り針がしっかり彼女の中に根をおろすのがわかった。彼女はあらゆることに対してヴァージンだった。そして数秒の内に彼の奴隷となる。闇の中でも周囲が見えることに気づき、彼女が大きく目を見ひらいた。そして、ふいにとがった歯に指先を触れた。

どれも悲しいほど短時間しかつづかない現象だが、いまだけは闇のプリンセスだ。ジョニーは彼女を〝ノクターナ〟と名づけ、夜明けまで自分の娘にしてやった。彼女は漂うように部屋を出て、狩りをしにいった。

さらに幾本もの傷をつけ、さらに金を受けとって、ドラックを与えた。すべて彼の奴隷からなる見知らぬ人々が、列をなして通りすぎていく。

一時間後、彼の手には八千五百ドルがあった。毎夜毎夜、その数は増えていくいっぽうだ。ナンシーの幽霊は少しずつ剥ぎとられ、その夜の彼の子供たちのあいだにまぎれて姿を消した。血管は痩せ、うずいている。心にはさまざまな印象がひしめいているが、それもミルクのような肌に走る傷痕と同じくらい、すぐさま見えなくなるだろう。周囲の闇の中、いたるところで、つかのまの子《ゲット》たちがむさぼりあっている。彼は苦痛と歓喜を秘めた音楽のような悲鳴を楽しんだ。

また渇きがもどってきた。

6

赤毛のヴァンパイア娘がぶつかってきたと思うと、真珠のような牙をむいてしゃーと息を吐いた。ペネロピはサングラスをおろし、じろりとにらみつけた。小娘は怯えてあとずさった。ふと興味を惹かれ、むきだしになった娘の腕をつかんで歯医者のように口の中を調べた。牙はほんものだが、ノスフェラトゥの力につかまれてふるえているあいだにも縮んでいく。目の中の赤い渦も小さくなり、やがて彼女はか弱い温血者《ウォーム》にもどってしまった。

あの若者が奥の部屋で何をしているか、これでわかった。驚くと同時に感嘆せずにはいられない。ヴァンパイアに血を与えるのではなく、ヴァンパイアの血を飲むことにより、温血者《ウォーム》が一時的にその特質を身に帯びることは知っている。第一次大戦当時の、ケティ・リードと飛行士の話も聞いている。だがそれは珍しい、危険なことだ。

そう、以前は珍しいことだった。

周囲のいたるところに蜉蝣《かげろう》のようなヴァンパイアがとびまわっている。ひとりの若者が腕の中にとびこんできて噛みつこうとした。ペニーはきっぱりと押しやり、見せしめとして右手の指を折ってやった。傷はすぐに治癒するだろうが、人間にもどったとき地獄のように痛むだろう。

胸の中で恐怖が虫のようにうごめいている。なんらかのヴィジョンがなければこのような真似をするはずはない。何世紀にもわたって保守を貫いてきたヴァンパイアは、めったに新奇な行動を起こさない。ふたたびドラキュラのことが思いだされた。あの男は、新しくより広大な世界を征服せんと、意志の力のみを頼りにノスフェラトゥの中から立ちあがった。あのようなヴァンパイアにはつねに警戒が必要だ。

アンディとあの若者を会わせるのは、ほんとうに賢明なことだろうか。

闇の中で白いジャケットが輝いている。54の舞台監督スティーヴ・ルベルと、映画女優イザベル・アジャーニとならんで、あの若者がカウンターの前に立っている。スティーヴはいつものように、ふくらませた髪で薄くなった頭頂を隠し、ポケットいっぱいに店のレジからとってきた小金をつめこんでいる。

スティーヴが彼女に気づき、関心をこめた会釈の意味を正確に理解して手招きしてくれた。

「やあ、ペニー。見てくれよ。きみと同じになったんだぜ」

彼もまた牙を生やしていた。くちびるも赤く濡れている。

「おれ……は……ばんぱいあだ!」

スティーヴにとって、これはただのジョークにすぎない。アジャーニの首には噛み傷がある。彼女がナプキンを傷に押し当てた。

「さいこーにびっぐで、すげえじゃないか！」とスティーヴ。

「すてきですわね」

答えながら、ペニーは新顔のヴァンパイアを凝視した。若者は彼女の視線にもよく耐えている。もう新生者《ニューボーン》という歳ではないが、長生者《エルダー》にはいたっていない。そして間違いなく、ドラキュラの血統だ。

「こちら、どなた？　紹介していただけませんこと？」上品に声をかけた。

スティーヴの赤い目が焦点を結んだ。

「アンディが興味をもったのか」

ペニーはうなずいた。頭の中で何が渦を巻いていようと、スティーヴはけっして馬鹿ではない。

「ペネロピ、こいつはジョニー・ポップだ。トランシルヴァニアからきた」

「いまはもうアメリカ人だよ」かすかな訛りが残っている。

「ジョニー、彼女はペニー・チャーチウォード、魔女さ」

ペニーは口づけを受けるべく、手をさしだした。ジョニー・ポップがその手をとって、わずかに頭をさげる。

〈旧世界〉のやり方だ。

「あなた、ずいぶん目立っていますわよ」

「あなたは長生者《エルダー》なんですか」

「残念ながらちがいましてよ。あたくしは八八年組。数少ないその生き残りですわ」

「レディに敬意を」

そして彼は手を離した。カウンターに背の高いグラスがおいてある。血が凝固しつつある。周囲をとびまわる子《ゲット》の数から判断するに、かなりの血を補給しなくてはならないだろう。

不細工なつかのまの翼を生やした男が、ダンスフロアにおりていった。懸命に羽ばたいて数フィート浮かびあがりながらも、そこで翼が裂け、群衆の上に落下した。悲鳴があがり、血が流れた。

ジョニーがにっこりと笑い、彼女にむかってグラスを掲げた。

この展開について考えてみなくてはならない。

「ジョニー、あたくしの友人アンディが、あなたに会いたがっていますのよ」

スティーヴが喜んでジョニーの腕をぱしんとたたいた。

「アンディ・ウォーホルはニューヨーク・シティにおけるヴァンパイア・クイーンなんだぜ。おい、やったじゃないか!」

ジョニーは感銘を受けたようすもない。それとも、懸命にそう装っているだけだろうか。

そして彼は礼儀正しく答えた。

「ミス・チャーチウォード、おれも、あなたのご友人ミスタ・ウォーホルにお会いしたいな」

7

それでは、この青白い男がニューヨーク魔女集会のボスなのか。ジョニーはこれまでも、ここやマッド・クラブ(一九七八年から八三年にかけてカウンターカルチャーの中心となったニューヨークのナイトクラブ)でアンディ・ウォーホルを見かけていたし、彼が何者であるかも承知していた。スープ缶の絵を描き、卑猥な映画を撮った男だ。ウォーホルがヴァンパイアだとは知らなかったけれど、事実が明らかになったいま、それも当然と思える。このような男がヴァンパイア以外の何ものだというのか。

ウォーホルは長生者《エルダー》ではないが、ジョニーの力で思考を読むことはできなかった。このボスに対しては、しかるべき敬意をはらい、慎重に行動しなくてはならない。この町に住む数少ないヴァンパイアの敵意を煽るのはまずい。少なくともいまはまだ。ウォーホルの女——連れ合いだろうか、愛人だろうか、奴隷だろうか——もまた興味深い。彼女はほとんど敵意に近い棘々しい疑惑を放射している。だがジョニーは彼女の中にも一種の釣り針をしこんでおいた。従属するために生まれた女だ。アーティストのあるじに従うように、彼にも忠実に仕えるだろう。こういう連中にならら会ったことがある。時代に取り残されながら、世界を自分にあわせてつくり変えるのではなく、世界の中で生きていこうとあがくやつらだ。だが、だからといってこの女を過小評価してはならない。

「わぁお」ウォーホルが声をあげた。「きみ、ぜひとも〈ファクトリー〉においでよ。きみにできることがきっと何かあるよ」

もちろんそうだろう。

スティーヴの合図でカメラマンが登場した。気がつくと、チャーチウォードはフラッシュが光る直前にするりと席をはずしている。アンディとスティーヴとジョニーだけが、漂白された一隅に捕捉された。スティーヴは新しい歯をむきだしている。

「なあ、ジョニー」スティーヴが言った。「おれたち、ちゃんと写ってるよな。つまり、おれにはまだ像があるんだよな」

ジョニーは肩をすくめた。ついさっきスティーヴの吸ったドラックがいまの撮影にどんな影響を与えているかは、彼にも見当がつかない。彼にとってはナンシーと同じくらいどうでもいいことだ。だがそれでも、アンディは像をもっている。血統とは——奇妙なものだ。

「現像されるのを待てばいい」ジョニーは言った。

「それがあるべき姿だというなら、そうするよりしかたがないのだろうな」

アメリカ人の言葉について真剣に考えたって無駄だ。

「わお」アンディがつぶやいた。「それは、ああ、すーてきじゃないか。一考の価値があるぞ」

数ヶ月のうちに、ジョニーはこの町を支配するだろう。

8

彼はしばしば食餌をとるが、滋養というより、それはむしろ商売のためだ。この四月の夜も、夜明け直前に三人めを襲った。一日の長い仕事を終えて帰ろうとしている、ガーメント地区(ニューヨーク、マンハッタンにある婦人用衣服製造・卸売りの中心地区)で働くギリシャ人のお針子だった。ジョニーに咽喉を切り裂かれながら、その娘は恐怖のあまり声をたてることもできなかった。大きくあけた口に血が流れこんでくる。飲みこんで、飢えと渇きを満たす。ジョニーにとって、それは血ではなく金だった。

娘の身体を路地にひきずりこんだ。驚いたように大きな目を瞠っている。血を飲んでいるとき、娘の幽霊が彼の中にはいりこんできた。彼女はターナと呼ばれている——〝死〟の意味だ。気に入らない。食餌のときに活性化する蜥蜴脳にひっかかる。この娘はむしろゾーイと——〝生命〟と呼ばれるべきだ。血に何か問題があるのだろうか。ドラッグはやっていない。病気もない。狂気もない。彼女の意志が彼と戦いはじめた。自身の幽霊が存在することに気づいて、肉体を超えた次元であらがおうとしている。彼女の思いがけない能力が驚きだった。

血の交感を断ち切り、娘の身体を段ボールに放りこんだ。昂揚と同時に恐怖もおぼえる。ターナの幽霊が彼の心からとびだし、自分の身体にもどっていった。口をあけ、声もなくすすり泣いている。

「死よ、消えろ」魔除けのように唱えた。

体内にあふれる彼女の血がいまにも爆発しそうだ。口や首筋でふくれあがった血管が、勃起のように苦しく脈動している。大量の食餌をしたあとは、顔が膨張してみっともない二重顎になるし、頬や胸は紫色に染まる。ごついぎざぎざの牙がひしめきあって、完全に口を閉じることもできなくなる。

ターナにとどめを刺すことを考えた。名前にあらわれた予言を成就してやろうか。

いや。食餌で人を殺してはならない。獲物の数こそ多いものの、ジョニーは生命に関わることのないよう、それぞれからとる血の量を抑制している。殺さなくてはならない相手からは、血を飲むことなく生命を奪う。征服した敵は少なくとも口いっぱいの熱い血によって記憶すべしという、〈父〉の戦士の本能にそむく行為だ。だがここはアメリカだ。状況が異なる。

ナンシーとシドがこれほどの騒ぎになるなんて、いったい誰が予測しただろう。くだらない若者がまたひとりチェルシーで死んだだけだと思っていたのに、こんなにも詳細にわたって広範囲に報道されるなんて、驚かずにいられない。シドは奴隷となっているため、ジョニーを訴えようとすれば脳が焼き切れてしまう。結局彼は殺人罪で起訴され、さらには保釈中にパティ・スミスの弟をビール瓶で殴って再拘留された。そしてシドはライカーズ島（ニューヨーク市イースト川の中州にある島。刑務所として使われている）で、監獄では〝パンク〟にべつの意味があることを知った（同性愛行為における受け身の若者を意味する）。

ふたたび自由の身になったシドは、結局オーバードーズによる死体で発見された。二月であるにもかかわらず日焼けしていたのが不思議だったと、目撃者たちは語っている。イランの政治情勢のせいか、それともジョニーの商売のせいだったのか――ペルシャ人が金儲けをしようとしたのか、ディーラーがドラックに対抗しようとしたのか、シドが収監され釈放されるまでの数週間で、ヘロインの純度は恐ろしく高くなっていたのだ。シドは有名人だったため、警察は執拗な捜査をおこない、そのみじめな終焉を徹底的に洗いはじめた。何か問題がもちあがるかもしれない。たとえば、一〇〇号室に出入りしていたロケッツ・レッドグレアといった連中が、殺人事件のあった夜、シドとナンシーがヴァンパイアといたことを思いだすかもしれない。歌うことのできないシンガーがなぜこれほど有名なのか、ジョニーにはどうしても理解できない。アンディまでもがニュースに感銘を受け、時流にのってシドの絵を描くべきかどうか悩んでいる。

ターナのそばに膝をつき、首筋の傷に彼女のスカーフを巻きつけた。それから手をとって間に合わせの包帯に触れさせ、どこを圧迫すればいいか教えてやった。憎悪の浮かぶその目に彼の姿は映っていない。彼女にとってジョニーは無に等しいのだ。

いいだろう。

ジョニーは彼女をそのままに、タクシーをさがしにいった。

9

彼はいまでは毎月キャッシュで家賃をはらい、さる評判をもつヴィクトリアン・ブラウンストーンの高級住宅ブラムフォードのペントハウスに住んでいる（ブラウンストーンを張った建物はニューヨークでは富裕の象徴とされる。ブラムフォードは、ロマン・ポランスキー監督、ミア・ファロー主演『ローズマリーの赤ちゃん』Rosemary's Baby（一九六八）の舞台となったアパートの名前で、その外観はジョン・レノンが暗殺されたダコタ・ハウスが使用されている）。よい住所は大切だ。トランシルヴァニアの土を敷きつめた柩と衣装を保管しておく場所も必要だ。ジョニーは心の奥底で伝統主義者だった。アンディも同じだ。アンディはアメリカの骨董家具――アメリカの骨董だとさ、ははは！――やアールデコのがらくたをありがたがって、タウンハウスを過去の逸品でいっぱいにするいっぽう、未来のアートを〈ファクトリー〉に放りこんでいる。

いくつかの口座にわけた銀行預金は千百五十万ドルを超えたし、それ以外にもニューヨークじゅうの貸し金庫に現金が保管されている。そのうちの一部に関しては、すぐにも所得税をはらうつもりでいる。商売について、チャーチウォードにごく率直な相談をもちかけたこともある。彼女はアンディをべつにすると、この町でほんとうの経験を積んでいる唯一のヴァンパイアだ。

さまざまなことをしゃべり散らしながら、アンディは仕事と血に関しては口が堅かった。食餌についてたずねたときも貝のように口を閉ざした。きっとアシスタント全員から少しずつ摂取しているのだろう。アート活動によってどれだけ稼いだかは滔々とまくしたてるのに、その金で何をしたか、確かなことは語らない。

この商売が法に反しているかどうか、ジョニーとチャーチウォードは結論をくだすことができずにいる。自分の血を売ることは法的にグレイゾーンだが、暴行や殺人はそうはいかない。ジョニーは不承不承ながらそうした手段を永遠に放棄し、アメリカにおける行動規範がヨーロッパの後進地域である故郷とは明らかに異なるという事実を受け入れた。この地における暴行や殺人がルーマニアよりも少ないというわけではない。この国では、そういう事件に対して警察がより騒ぎ立てるのである。

愛撫を受けて生き残ったターナのような娘たちが、彼の魅了の力は強要に等しく、自分は強姦か強盗の被害にあったのだと主張するかもしれない。臓器泥棒の罪状が適用されるかもしれない。いずれ、署名いり同意書なしにそこらでひろったミスタ・グッドバーの血を吸うことは安全でなくなるだろう、ペネロピはそう語った（リチャード・ブルックス監督、ダイアン・キートン主演『ミスター・グッドバーを探して』Looking for Mr.Goodbar（一九七七）より）。

彼を滅ぼそうとする試みは、教会でも法でもなく、犯罪者たちのあいだから発生した。ジョニーの商売は彼らのヘロイン《スマック》やコカイン《コーク》密売ルートを侵害したのだ。奇妙な服装の黒人がふたり、銀の剃刀をもってやってきた。〈父〉譲りの鉄の意志が燃えあがり、彼はふたりを殺害した。意思表示のため、服と顔をずたずたに切り裂いてやった。〈デイリー・ビューグル〉紙（マーベル・コミックに登場するニューヨークのタブロイド紙）でふたりの名前がわかった。ヤングブラッド・プリーストとトミー・ギブズだ。もしかすると、アンディと会った夜にチェルシーの外で見かけた黒人もまた、ハーレムの群衆の中にまぎれこんでいるのかもしれない。ひとりのときもふたり連れのときもあるが、あれからも何度かやつらの姿を見かけた。ふたりは実質的な双子で、だが片方のほうがより深く闇に足をつっこんでいる。ナイフマンの相方は、コートの下にクロスボウをひそませている。あのふたりを屈伏させるのは容易ではないだろう。

モット・ストリート（ニューヨークにおけるチャイナタウンのメインストリート）の秘密結社《トライアッド》は自分たちのヴァンパイアを確保した。あのとびはねる大人《マンダリン》をつかまえ、ひたいに祈禱文を貼りつけて呪縛し、餌を与えて搾乳するように血を奪い、独自のドラックをつくりはじめたのだ。彼らの商品は恐ろしく質が悪い。ヴァンパイアは一カ月もしないうちに消耗されつくし、最後は塵となったその身体が街路で売られる。いずれ、そうした形で捕獲されすみやかに消費されていくノスフェラトゥの奴隷など、珍しくもなくなるだろう。一般的なヴァンパイアはアメリカで、もしくは故郷で、自分自身からつくったドラックを売る。ニューヨークでのビジネスがうまくいけば、その熱狂はいずれ世界じゅうにひろまっていくだろう。

ジョニーはくり返し、既存麻薬組織からの〝パートナーシップ〟の申し出を断っている。キャッシュで六百万ドルを支払ったおかげで、街路で出くわす厄介事のほとんどはプリッツィ・ファミリーが排除してくれる。ハーレムのごろつきどもは彼から手をひいた。ジョニーはイタリア人と見なされたようで、それはすなわち、とりあえずいまは敬意をはらってもらえるということだ。コラード・プリッツィのようなマフィアの長老は、粗野ながらも名誉を重んじる。だがドンたちが力を失っていくいっぽうで、ジョン・ゴッティやフランク・ホワイトら、まったくタイプの異なる若い連中が台頭してきた。ゴッティは――そして彼のようなタイプの男たちは、最終的にはドラックに手を出すだろう。だがジョニーは、そのころまでには廃業してべつの町に移っているつもりだ。

警察も関心をもちはじめた。やつらを見わけるのは簡単だ。ぼんやりした目撃者と話したり、やたらと鋭い目であたりを見まわしたりしながら、さりげなく犯行現場をうろついているのだ。ジョニーもしっかりとチェックしている。ウールのヴェストを着た偽物のヒッピー（たぶんシドニー・ルメット監督『セルピコ』Serpico（一九七三）の主人公。アル・パチーノが演じた）。上等のスーツを着たツルピカ禿げの男（たぶんアメリカのTVドラマ『刑事コジャック』KOJAK（一九七三―七八）の主人公。テリー・サバラスが演じた）。つぶれたポークパイハットをかぶった少しばかりいかれた運転手（たぶんウィリアム・フリードキン監督『フレンチ・コネクション』The French Connection（一九七一）の主人公〝ポパイ〟ジミー・ドイル。ジーン・ハックマンが演じた）。どこで慎重にふるまい、どこで大胆に行動すればいいかは、〈父〉と同じく彼もしっかり心得ている。この国では警察などどうということはない。〈故国〉の秘密警察《セクリターテ》とは異なり、やつらは銀の弾丸すらもっていないのだから。

彼自身の子供――ダンピールたちもまた忙しくしている。ジョニーの血をとりこむと、しばらくのあいだだけ身体が変化する。はじめの数回は、新しい五感、口内の牙の感触、反応のすばやさなどをただ楽しむだけでいい。だがやがて赤い渇きがうずきはじめる。血の効果が消えてしまう前に、それを静めなくてはならない。

〝嚙みつき行為〟がはじまったのは、半地下のゲイクラブ、革と鎖のコミュニティにおいてだといわれている。そもそもの発端は、スタジオ54のガードマンだったのかもしれない。バーンズもステューも、クルージング・クラブの住人だ。嚙みつき行為は数ヶ月のうちに手の施しようがなくなり、毎週のように死者が出た。赤い奔流に制御を失ったダンピールが、つかのまの恋人からあまりにも多くの血を奪ったからである。

そのあいだも、金はぞくぞくと彼のもとに流れこんでいた。

10

夜明けの光が射しはじめているロビーでは、はた迷惑な十二歳の少年が、紐でつないだアクリル樹脂のピンクのボールをかつかつと打ち鳴らしていた（いわゆるアメリカンクラッカーと思われる。一九六〇年代後半から七〇年代前半にかけて流行した）。きっとギネスに載るつもりなのだろう。両親とその崇拝者仲間に甘やかされ、自由気ままに走りまわる、どうしようもない悪ガキだ。ブラムフォードの住人で、小さなエイドリアン・ウッドハウスが〝当然の報いを受ける〟さまを見たいと口にしている者は、ひとりやふたりではない。だがジョニーは少年を怒らせるような真似は控えている。永遠に生きていたければ、子供を敵にまわすべきではない。

絶えざる聴覚拷問から逃れようと、エレベーターにむかっていそいだ。

「ジョニー、ジョニー……」

すばやくふり返ると、過剰に摂取した血のせいでめまいが起こった。体内で液体がしぶきをあげている。すべてが満杯だった。胃も、心臓も、血管も、膀胱も、肺も。目の奥までいっぱいにあふれ返っている。

そのダンピールは、しだいに狭くなっていく影の中で身を縮めていた。

「ジョニー」女が声をかけながら光の中に歩みでてくる。

肌は黒ずみ皺がよっているが、気にしているふうもない。くしゃくしゃになった紙幣を握りしめている。汚い金だ。これを得るために彼女が何をしたのか、想像はつく。

それは以前彼が〝ノクターナ〟と――〈54の乙女〉と呼んだ娘だった。もはやいかなる意味でも瑞々しくはない。

「お願い」みだらに口をあけて懇願する。

「事情はもう変わったんだ」

ジョニーはエレベーターに乗りこんで、格子の扉をふたりのあいだに閉ざした。赤く縁取られた目を見返す。

「これ、受けとって」娘が丸めた紙幣を格子のあいだに押しこんだ。

紙幣が彼の足もとに落ちる。

「ルディかエルヴィラに頼むんだな。あいつらならひと口やらせてくれるだろう」

彼女は必死になって首をふった。汚れ固まった髪がところどころ白く焼け焦げている。格子のあいだから虫のように指が突きだされる。

「それがほしいんじゃないの。あたしはあんたがほしいのよ」

「おまえはおれをほしがっちゃいないさ。おまえじゃおれを買うことはできない。さあ、手をひっこめな。指がちぎれるぞ」

娘は錆色の涙を流している。

レヴァをひくとエレベーターが上昇しはじめる。娘が手を放した。その顔が下方に沈み、見えなくなる。あの娘には以前も困らされた。何か手を打たなくてはならない。

もうそういう商売をしていないわけではない。より厳重に顧客を選ぶようになっただけだ。血管から直接飲みたいなら、いまの価格は一万ドルだ。肌に触れてくる口について、ジョニーは好みがうるさいのだ。

だが、ただの〝ひと口〟なら誰だって買うことができる。

11

ルディとエルヴィラが玄関ホールで待っていた。夜のあいだは赤い目の色が、ゆっくりと薄れはじめている。ふたりはもちろんダンピールだ。〈父〉は温血者《ウォーム》の奴隷、ジプシーや狂人の利用価値を心得ていた。ジョニーも家臣にする者はかなり注意深く選んでいる。

中にはいりながら、床まで届くターコイズのスエードコートを脱ぎ、黒い羽根を刺した白いステットソンハットを放り投げた。ルディがカウチからとびあがってぴしりと姿勢を正す。エルヴィラはお帰りなさいというように眉をあげ、『官能の女』（The Sensuous Woman（一九六九）ジョーン・ガリティによる女性向けセックス入門書）を脇にやった。身体を締めつける黒いシースドレス（身体にぴったりした細身のドレス）は、臍が見えそうなほど深く襟ぐりがあいている。ルディがコートと帽子をひろって壁にかけた。エルヴィラが蛇のような身ごなしで柳枝の肘掛け椅子から立ちあがり、彼の両頬に音だけのキスをくれる。ふくれあがった血をさぐるように、黒い爪が彼の顔に触れる。

三人はダイニングにはいった。

ニューヨーク市地下鉄A系統《Aトレイン》でひろったちんぴらルディ・パスコは、自分もいつかあるじと同じヴァンパイアになれることを夢見る、おちつきがなくむきだしの野心にあふれた〝アメリカ人〟だ。転化すれば、これまでの人生において彼を無視してきたすべてに報復する真のモンスターになるだろう。だがいまはそれなりの使い道がある。

不死の生命を与える人材としては、本年度最高のドラック魔女《ハッグ》エルヴィラのほうがふさわしい。冷静であるべき時と熱くなるべき時をわきまえ、山のようなドラックを嗅いで通りすがりの若者に噛みついているときですら、つねに自己の一部を抑制している。彼女はゲイの男をつまみ食いするのが好きで、いつも軽妙な口調で、彼らはストレートよりも味がよいと主張している。そもそもは〈ファクトリー〉に出入りしていたのを、アンディから譲ってもらった女だ。

磨き抜かれたオーク材のダイニングテーブルに、アタッシュケースにはいった現金がおいてある。すでに勘定はすんでいるはずだが、ジョニーは腰をおろしてもう一度数えなおした。ルディは冗談のように、彼のことを〝カウント伯爵〟と呼ぶ（アメリカの子ども向けTV番組『セサミストリート』Sesame Street（一九六九− ）のキャラクターより）。ルディには理解できないのだ。勘定を終えるまで、金はジョニーのものにならない。強迫的な完全主義はドラキュラの血統だ。山国に住む堕落した遠い従兄弟の中には、ひと握りの南瓜の種を数えずにはいられず、獲物を逃がしてしまう者もあった。馬鹿げているかもしれないが、大切なことだ。アンディは金というものを理解している。金によって買うことのできるものゆえではなく、金そのものに価値があることを心得ている。数は美しい。

ジョニーの指は繊細だから、愛撫するようにぱらぱらめくるだけで、札束を数えることができる。破れていたり、テープが貼ってあったり、染みがついたりしている汚れた紙幣は、抜きとってルディに投げてやる。テーブルには十五万八千五百九十一ドルがのっていた。ひと晩の稼ぎにしてはまずまずだ。彼自身の取り分は十万ドルというところだろう。

「ルディ、この九十一ドルってのはどこからきたんだ」

若者は肩をすくめた。〝ひと口〟は掛け値なしの五百ドルだ。端数のはいる余地はない。

「チビたちもいろいろと物入りなんだよ」ルディが言った。

「店の金に手を出すのは感心しないな」ジョニーは近頃おぼえた言いまわしで非難した。「売り上げはきっちり納めなくてはならない。物入りだというなら、おまえに埋め合わせを頼むべきだ。おまえにだって万一の備えくらいはあるだろう」

ルディは汚れた紙幣の山に目をむけてうなずいた。彼にはときどき、体内に刺さる釣り針のことを思いださせてやらなくてはならない。

「だったら対処するんだな」

ルディを従えて大広間に移動した。ペントハウスの中心にある大広間は、ひとつも窓がないスペースで、広大な天井全体がガラス張りになっている。夜が明けつつあるいま、天窓は巻きあげ式の金属ブラインドで閉ざされている。

家具はなく、ハードウッドの床にプラスティックシートが敷いてある。ジョニーのため、夜明けまでにこの部屋を準備するのがルディの仕事だ。苗床の苗のように、浅い金属の皿が何列もならんでいる。

ジョニーはズボンの前をあけ、注意深く最初の皿に小便と血を流しこんだ。液体が溜まり、皿の縁まで達する。そこで動きをとめ、つぎの皿にむかう。そしてさらにつぎの皿へ。最終的に、三十七枚の皿すべてに四分の一インチの液体が溜まった。全身の膨張がなくなり、顔もすっきりなめらかになった。服もまたぴったり身体にフィットしている。

ジョニーは出口に立って、ルディがウィンチを巻きあげてブラインドをひらくのをながめた。ガラスの天井から、光が降りそそいで皿に突き刺さる。陽光の中で、もっとも純度が高く、よい結果が得られるは朝日だ。フライパンで熱したトマトスープのように、皿からかすかな湯気があがる。このにおいは好きではない。だが温血者《ウォーム》には、ダンピールたちですら、嗅ぎわけることはできないはずだ。無慈悲な太陽にさらされた長生者《エルダー》のように、血はやがてざらざらの粒になる。二、三時間もすれば、すべてが火星の砂のような赤い粉末になる。

それが〝ドラック〟だ。

12

午後、ジョニーが白いサテンを張った柩で眠っているあいだに、脳の中の血の釣り針のみならず、ジョニーに対する恐怖に駆り立てられた善良なるカトリック信者の少年の一団がやってきて、エルヴィラの監督のもと、粉になった皿の血をすくいとって計量し、小さなアルミの包みをつくっていく。その〝ひと口〟もしくは〝ひと打ち〟が、五百ドルで売られるのだ。日が暮れると、少年（と数人の少女）たちはそれぞれの割り当てを受けとって、クラブやパーティや街角や公園の隅など、ダンピールがうろついている場所に散っていく。

町でドラックもしくは蝙蝠の血として知られるこの粉は、鼻から吸いこんでも、飲みこんでも、煙草にして吸っても、熱して水に溶かし注射器で打ってもいい。使いはじめのころ、その効果は夜のあいだ数時間持続して、日の出とともに消える。だが何週間かたつうちに、顧客は釣り針の刺さったダンピールとなり、三包か四包を消費してひと晩じゅう鋭敏さを維持しておこうとしはじめる。長期にわたる使用についてはまだ確かな検証がおこなわれていないものの、ノクターナのような重症のダンピールは、ひどい日焼けを生じ、自然発火現象を起こすこともあるという。赤い渇きを静めるには血をひと口かふた口飲む必要があり、そのほかにもダンピールは、依存癖を維持するための現金を稼がなくてはならない。ジョニーは、自分の商売のそうした側面にはあまり関心をはらっていない。〈デイリー・ビューグル〉紙ではつい最近、路上強盗や押しこみ、車上荒らしなど、けちな資金調達行動の多発に関する社説が掲載された。

いまのところ、上質の商品を提供している業者はジョニーだけだ。中国の秘密結社《トライアッド》は、カイエンヌペッパーやトマトペーストや粉末にした猫の尿を混ぜることで、ごく短期間のあいだにドラックの品質をみずから落とした。善良なるカトリック信者の少年少女も全員がダンピールだが、定められた容量――現金に関して几帳面に正直でいられる容量――を超えて摂取したときは、容赦なく切り捨てられ、お払い箱になる。ジョニーの支出は主として、ファミリーやクラブオーナーやガードマンや町の警官、その他穏やかな関心を示してくる団体へのキックバックだ。

ジョニー・ポップはまもなくこの商売から手をひく。彼はいま貪欲に、金以上のものを求めている。有名であることの意味を、アンディが教えてくれたのだ。

13

その年、ジョニー・ポップは間違いなく社交界の花形だった。いまもあのマーガレット・トルドーに優雅な腕を貸して、トレーダー・ヴィックス（ポリネシア風を売り物にしたアメリカのレストランチェーン）に登場したところだ。ペネロピとしてはべつに驚くことでもない。アンディは静かな興奮に身をゆだねている。根っからの人材コレクターであるアンディは、トランシルヴァニアの辣腕家がカナダ首相の先妻をエスコートしているこの場面が、ことのほかお気に召したようだ。マーゴ・へミングウェイは怒り狂うだろう。彼女はアンディとペニーに、ジョニーに対する本気の思いを打ち明けていたのだから。ペニーは彼女に、ジョニーの本気がどのようなものか説明してやろうかとも思ったが、温血者《ウォーム》の女にはとうてい理解できないだろう。

ホールじゅうがふたりに注目している。ペニーもフロアの端からジョニーを観察し、なぜほかの連中が自分と同じように彼を見ることができないか、あらためて理解した。彼は〈旧世界〉の魅力をあふれるほど身に帯びているのだ。荒々しい獣のようだった飢えた切迫感はすでにない。あらゆる方向にふくらみ逆立てた、信じられないヘアスタイル。少女のようなくちびる。だがその目はドラキュラのものだ。それに気づくには、しばしの時間がかかった。ペニーが実際に知っているイル・プリンチーぺは、炎が消えたあとの脱け殻にすぎなかったからだ。〝若い〟ドラキュラ、ノスフェラトゥになったばかりの彼は、きっとこんなふうだったにちがいない。これこそが、浮気なルーシーと、貞節なミナと、威厳あふれるヴィクトリアを至高の魅力ひとつでもって陥落させ、ヴァン・ヘルシングを打ち負かして帝国を簒奪した、蝙蝠のマントをまとうヴェルヴェットの夜の生き物だ。ニューヨークじゅうの注目を浴びるようになってからはあまり踊らなくなったものの、彼の動きのすべてはダンスのよう、ひとつひとつのしぐさは選び抜かれたもの、そしてその美貌は完璧だった。

彼の物語にはいくつかのヴァージョンがある。だが、ドラキュラの子《ゲット》であり、おそらくはヴァンパイア王が五百年の治世において個人的に転化させた最後の人間だという主張だけは、つねに変わらない。具体的な年月日はわからないものの、さきの大戦のあいだだったのではないかとペニーは考える。温血者《ウォーム》時代の彼が何者であったかは、またべつの問題だ。彼は、自分は子《ゲット》であると同時に、串刺し公の庶子の血をひく子孫の、現代まで残った最後のひとりであるとも主張している。だからこそ、絶えようとしていた血が彼の中でふたたび炎をあげ、彼を真の〈ドラキュラの息子〉となしたというのだ。ペニーはほとんどそれを信じそうになっている。〈闇の父〉の名を誇らしげに語るいっぽうで、彼は〈故国〉のことやアメリカにやってきた理由についてはロをつぐむ。賭けてもいいが、何か事情があるのだろう。いずれすべてが明らかになる。もしかすると、統制委員《コミッサール》の娘の血を飲み干し、アカいヴァンパイアキラーたちから逃れてきたのかもしれない。

いまはカルパティアでも問題が生じている。その昔ドラキュラが保有していた領土を、難民となって世界じゅうに散らばったすべてのヴァンパイアの祖国として要求するトランシルヴァニア運動が起こり、チャウシェスクの軍と真正面から対立しているのだ。この件に関してジョニーが口にしたのはただひとつ、自分はルーマニアよりもアメリカにとどまりたいということだった。一八八五年にドラキュラが故郷を離れ、当時世界でもっとも近代的で刺激的な都を訪れたときに、ヴァンピリズムの現代史が――トランシルヴァニア人たちは馬鹿にしているけれども――はじまった。ジョニー・ポップが真のドラキュラ魂を体現していることは、ペニーも認めないわけにはいかない。彼は、自分たちの城にひきこもってまだ世界が中世であると信じたがっている、マインスターやクライニクのようなトランシルヴァニア運動の復古主義者とは、存在を異にしている。

アンディがおちつきなくそわそわしているあいだ、ジョニーは店内を歩きまわって、哀れなるトルーマン・カポーティや、敬愛すべきポーレット・ゴダードや、尖鋭的なアイヴァン・ボウスキーや、物欲しげなライザ・ミネリと挨拶をかわしていく。最終的にはアンディのテーブルにたどりつくのだが、その瞬間を故意にひきのばしている。まるでルネッサンスの宮廷のようだ。権力と栄誉、注目と無視が絶えず入れ替わる。三ヶ月前、ジョニーはアンディのそばにいなくてはならなかった。だがいまは、ひとり離れて自立を宣言できるだけの立場にのぼりつめている。このような形でじらされるアンディを見るのははじめてだ。少しばかり喜んでいる自分を認めるのに否やはない。支配者がついに支配されたのだ。

ようやくジョニーが到着して、戦利品を披露した。

ミセス・トルドーと握手をすると冷気が伝わってきた。緋色のチョーカーが真紅のイヴニングドレスと不釣り合いだ。彼女の瘡蓋からは麝香が匂っている。

近頃のジョニーは飲みすぎだ。

アンディとジョニーがぴったり隣り合わせに腰をおろした。ミセス・トルドーがわずかな嫉妬をこめて顔をしかめる。アンディとジョニーが何を共有しているのか、ふたりがともにいるときなぜほかの何人《なにびと》も必要ではなくなるのか、ペニーには説明できない。その関係性はつねに揺れ動いているものの、彼らはふたつの肉体をもったひとつの存在なのだ。けっして笑い声を漏らすことのないアンディだが、ジョニーは多くを語らずとも、そんなアンディの咽喉を笑いでつまらすことができる。アンディのアルビノの顔がほんのりと赤く染まる。

「気になさっては負けですわよ」ペニーはミセス・トルドーに言った。「あのふたり、少しばかりいかれていますの」

14

「これがあなたに何かの効果をもたらすとは思えないけれど」コーヒーテーブルに筋を描く赤い粉を銀の剃刀で切り裂きながら、『スター・ウォーズ』（ジョージ・ルーカス監督・脚本・総指揮 Star Wars（一九七七）。その後シリーズとして展開するが、このときはまだ、のちに『エピソード4』と呼ばれる第一作しか公開されていない）の少女——本名はなんだったろう——が言った。

ペニーは肩をすくめた。

ヴァンパイアがヴァンパイアを噛むこともある。死にそうな傷を負ったときは、べつのノスフェラトゥの血を注入することによってパワーが回復する。集団において、下位の不死者《アン＝デッド》があるじへの忠誠の証として血を捧げることもある。ドラックが自分にどんな効果をもたらすか——効果があるかどうかも——ペニーにはまったく見当がつかなかったし、とりたてて知りたいと思ったこともない。なんだかうんざりしてきた。

レイア姫は明らかに、かなりの経験を積んだダンピールだ。百ドル紙幣を丸めて粉を吸い、それから背をのけぞらせる。目が赤くなり、歯がとがってくる。

「腕相撲、しません?」彼女がたずねた。

そんなものに関心はない。ダンピールはみな瞬間的にヴァンパイアの力をもつが、それをどう使えばいいか、まるでわかっていない。ちょっと噛みついてみるだけだ。まともに食餌をすることもできない。

このパーティ参加者のほとんどがドラック中毒だ。みなお決まりのように、黒いマントに黒後家蜘蛛の巣のような指なし手袋をはめ、首にヴィクトリア朝のカメオをつけ、ヴェルヴェットと革をふんだんに使い、腿までのブーツの上にふわりとしたミニ・ドレスを着ている。

半分は、ウェイヴァリーにおける『ロッキー・ホラー・ショー』ミッドナイト上映会でドラックをきめこんできた連中だ（The Rocky Horror Show（一九七三）は本来リチャード・オブライエン作詞作曲・脚本によるミュージカル。一九七五年にジム・シャーマン監督によって映画化。公開当初の評判はもうひとつであったが、ウェイヴァリー・シアターにおける長期にわたる深夜興行で人気が爆発した）。なんとかしてもう一度あの境地にもどろうと、部屋じゅうをうろついては、ドラックを隠し持っていそうな相手につきまとっている。瘴気のような不安感が漂っている。おかげでペニーもぼんやりしてはいられない。

「西海岸までたどりつくころには、この騒ぎ、怪物みたいにでかくなってるわよ」レイア姫が言った。

確かにそのとおりだろう。

ペニーはＣＢＧＢ（Country, Blue Grass, and Blues の略。ニューヨーク・マンハッタン地区にあったライヴハウス）でアンディとジョニーを見失い、そのままこの一団に巻きこまれてしまった。このペントハウスは、名前を聞いたこともない政界の大物ハル・フィリップ・ウォーカーのものだというが、彼はこの町にはいない。いまここには、ブルック・ヘイワードとデニス・ホッパーが住みついている。外国を放浪していたころに知りあったのだろうか、ジョニーはホッパーを避けている。もしそれが事実だとすれば――なかなか珍しいことだ。

ペニーがここで歓迎されているのは、彼女がヴァンパイアだからだ。

ドラックが足りなくなっても、直接の供給源が室内にいる。ペニーはどんな温血者《ウォーム》よりも強いが、もうずいぶん長いあいだ誰とも戦っていない。押し寄せるダンピールの圧力だけでも相当のものになるだろう。押さえこまれ、切り裂かれ、最後の一滴まで血を吸われて、搾りかすのオレンジ皮のように捨てられてしまう。ペニーは転化して以来はじめて、温血者《ウォーム》がヴァンパイアに対して抱く恐怖を理解した。ジョニーは物事を永遠に変えてしまったのだ。

レイア姫の爪と牙が長くなり、油断のならない視線でペニーの首筋を見つめながら、触れようと手をのばしてきた。

「失礼しますわね」ペニーはするりとその場を離れた。

いくつもの声が頭の中でしゃべっている。コミュニケーションの取り方も知らないこのダンピールたちと、同調してしまっている。ただの背景雑音なのに、頭蓋が割れそうなほど増幅されている。

コートをとりに寝室まで行くと、プレイメイト・オブ・ザ・マンス（『PLAYBOY』誌に〝ミス○月〟として紹介されるヌードモデル）とどこかのロックンロール野郎が、不潔なダンピール風シックスティナインにふけりながら、たがいの手首から血をむさぼっていた。ペニーはすでに食餌をすませている。いま血に関心はない。

ブロードウェイの演出家が話しかけてきた。

ええ、『太平洋序曲』（Pacific Overtures（一九七六）スティーヴン・ソンドハイム音楽、ジョン・ワイドマン脚本のミュージカル）は拝見しましたわ。いいえ、『スウィーニー・トッド』（Sweeney Todd, the Demon Barber of Fleet Street（一九七九）ヒュー・ホイーラー脚本、スティーヴン・ソンドハイム作詞作曲のミュージカル）に出資するつもりはありませんの。

彼女が金持ちだなんて、どこの誰が考えたのだろう。

とがったカシューナッツのような牙をもった『アニマル・ハウス』の太ったアルバニア人（ジョン・ランディス監督 National Lampoon's Animal House（一九七八）より。主役ジョン・ブルータスキーを演じているジョン・ベルーシがアルバニア系移民の子であることから）が、新しく手に入れたヴァンパイア能力でルービックキューブ（ブダペスト工科大学教授エルノー・ルービックが一九七四年に考案した立体パズル）を解決したと主張している。彼はだぶだぶのYフロント（英国の男性用ブリーフの商標）の上に、黒いインヴァネスを羽織っている。ヘッドライトを浴びた猫のように、目が赤と金にきらめいている。

頭が痛くなってきた。

ペニーは街路におりようとエレベータに乗った。

15

タクシーをさがしていると、魔女のように恐ろしいドラック中毒に声をかけられた。ジョニーがノクターナと呼んでいた娘だ。いまでは髪は真っ白、目は黄色、歯は腐ってしまっていて、見る影もない。

魔女はくしゃくしゃになった紙幣をペニーに押しつけて懇願した。

「ひと口でいいの、お願い」

気分が悪い。

紙幣がダンピールの手から離れ、溝に落ちた。

「あなた、うちに帰ったほうがよろしくてよ」ペニーは忠告した。

「ひと口でいいから」

ノクターナの手が肩にかかる。驚くほどの力だ。ノスフェラトゥの特質をいくらか残しているのだろう。

「ジョニーはまだあたしを愛してくれてるわ。でも仕事が忙しいから、あたしの相手をする時間がとれないのよ。だけどどうしてもひと口ほしいの。ほんのちょっとキスするだけ。たいしたことないから」

手首をつかんだが、その手をはずすことはできない。

ダンピールの目は卵黄の黄色で、血の点が浮かんでいる。息がくさい。着ているドレスは、かつては流行最先端だったものだろうが、いまは破れ異臭を発している。

ペニーはあたりを見わたした。警官かスパイダーマンはいないだろうか。通りを行く人々はみな遠くを歩いている。誰ひとり、このささやかなシーンに気づいていない。

ノクターナが手提げ《レティキュール》から何かをとりだした。スタンレーナイフ（替え刃式の小型万能ナイフ）だ。頬に刃が触れた瞬間、冷たい戦慄とともに毒のような痛みが走った。銀メッキされている。ペニーは苦痛にあえいだ。ダンピールが傷口に吸いついてくる。

あらがったが、純粋なドラックを吸入したことでダンピールの力が急激に強くなった。このままではさらに傷をつけられ、さらに血を奪われてしまう。

「あなたは彼の友達よね」くちびるを赤くしてノクターナがつづけた。「彼だって気にしないわ。あたしはべつに彼を裏切ってるわけじゃないもの」

これも当然の報いなのかもしれない。

ノクターナが赤い興奮に陶然としているあいだに、身を引き剥がした。頬に触れてみた。銀の刃に裂かれた傷は閉じることがない。おそらく傷痕が残るだろう。これからもずっと消えないだろう。

群衆が近づいてきた。赤い目が彼女を注視している。ドラックを、彼女の血を求めて、さらなるダンピールが押し寄せてきたのだ。ペニーはジョニー・ポップを呪いながらロビーにもどろうとした。

ノクターナがよろよろとあとを追ってくる。

一台のタクシーがダンピールを蹴散らしながら爆走してきた。ペニーは手をあげてタクシーを停めた。ノクターナがわめきながら襲いかかろうとする。ペニーはもぎとるようにドアをあけて車内にとびこんだ。どこでもいいから大急ぎで出してと告げる。

ノクターナとダンピールたちが、窓ガラスをひっかきながらうなり声をあげている。

タクシーは彼らを残して走り去った。

心が決まった。贖罪も必要かもしれないけれど、もうたくさんだ。この町を出ていこう。〈ファクトリー〉の運営だって大丈夫だ。アンディはジョニーにまかせておけばいい。ふたりで充分満ち足りてやっていける。

「いつか赤い雨が降りますよ」運転手が言った。「そして通りから屑どもを洗い流すんです」

ほんとうにそうなればいいのに。

16

アンディのタウンハウスでアーティストの接見に立ちあう特権を許されている者はごくわずかしかおらず、ジョニーはそのひとりだ。この真夏、日暮れまで外出を控えるのは現実的ではない。そこでジョニーはスモークガラスを張った流線型のリムジンでブラムフォードから東66ストリートまでの短い距離を移動し、パラソルをさして57番地の入口まで走った。

チャーチウォードが離脱したことで、円滑だった社交生活がとどこおるようになり、アンディはつぎの〈今年の女〉をさがしている。ジョニーは慎重に、〝ペニー告解《ペニテント》〟の業務を引き受けすぎないよう気をつけている。すでに懸案事項が多すぎて時間をとられているのだ。とりわけ、狂人ベラ・アブズグによって尻をたたかれ、ニューヨーク市警本部《NYPD》が憑かれたように〝ドラック問題〟に取り組みはじめたのは厄介だ。いまはまだ違法でないにもかかわらず、彼のディーラーは毎晩のように逮捕されている。ファミリーや警官に対する賄賂は毎週はねあがり、そのためジョニーはしかたなくドラックを値上げした。その結果ダンピールたちは、さらに尻を売るかさらに頭を殴ることで、依存癖をなだめるための現金をかき集めている。新聞はヴァンパイア殺人の記事で埋めつくされているが、ほんもののヴァンパイアは容疑者にすらなることがない。

57番地の二階ロビーは、皇帝たち――ナポレオン、シーザー、ドラキュラ――の胸像と、まだ荷ほどきをしていない彫刻や絵画で埋めつくされている。集めはしたものの整理されていない品々が、そのほとんどは梱包を解かれることもないまま、いたるところにあふれている。

ジョニーは革張りの長椅子《シェーズロング》に腰をおろし、〈ニューヨーク・レヴュー・オヴ・ブックス〉誌（一九六三年に創刊された隔週刊の書評雑誌）から『ファンタスティック・フォー』（マーベル・コミックに登場するヒーローチーム、および彼らが登場するコミック、アニメ、映画のタイトル。この場合はコミック誌だろう）にまでいたるさまざまな雑誌の山のてっぺんから、男性むけポルノをとりあげてぱらぱらとめくった。上階から音が聞こえてきたので、幅広階段のてっぺんに視線をむけた。アンディの登場だ。骸骨のマスクをかぶり、床まで届く赤いヴェルヴェットのドレッシングガウンをまとって、スカーレット・オハラのように裾をひきずりながら階段をおりてくる。

ほかの誰にも見られる心配のないこのささやかな秘密の時間、みずからに微笑を許したアンディは、大好きな仮装ごっこにふける末期症状の幼い少年だ。アンディはただ単に気取っているわけではない。自分がそのような存在であることを人々に知らせ、さまざまに気取ることで、偽りの中になお真実を見つけようとしているのだ。ふりをしているとき、アンディは、ほかのみなも同じだということをさりげなく示す。ジョニーはニューヨークで暮らす何ヶ月かのあいだに、アメリカ人であることはヴァンパイアであることと同じだと学んだ。死者を食らってどこまでも突き進み、独創性のなさを誇り、屍《しかばね》の顔を磨きあげて美となす。上辺だけの国では、微笑や光やドルの下にひそむ腐敗など、誰も気にかけない。ヨーロッパにおける迫害を体験してきたあとで、それは大きな安らぎとなった。

アンディが爪の長い手を長椅子《シェーズロング》の脇にある予備テーブルにのばした。パーティやオープニングやガラコンサートなど、たとえアンディであろうと、今夜ひと晩で夜明けまでに訪問しきれるはずもない招待状が、山積みになっている。

「選んでよ」アンディが言った。

ジョニーはひとつかみのカードをとりあげて読みあげた。アンディがそれぞれに、参加か不参加かを表明していく。シェイクスピア・イン・ザ・パーク（ニューヨークのセントラルパークにある野外劇場デラコルテ・シアターでおこなわれる夏のイヴェント。トップアクターによるシェイクスピアの名作が無料で鑑賞できる）におけるポール・トゥームズ主演『アテネのタイモン』（Timon of Athens シェイクスピアによる悲劇）（「うわお、にーんげん嫌いだね」）。新種の消耗性疾患のための慈善舞踏会（「うーん、かーなしいね」）。アンダース・ウォレックとかいう金属彫刻家の作品展（「わお、すーばらしい」）。スティーヴン・スピルバーグの最新作『1941』のプレミア・ショー（「うわお、すーてきだ」）。マクシズ・カンザス・シティ（一九六〇年代から七〇年代にかけて多くの著名なアーティストが集まったニューヨークのナイトクラブ兼レストラン）における、リディア・ランチとティーンエイジ・ジーザスが出演するスコット&ベス・Bの制作中作品の上映会（「わお、アーングラだね」）。ディヴァインによるナイトクラブ・ショー（「わお、すんげーだろうね」）。いろいろな著名人による、もしくはいろいろな著名人のための、いくつものパーティ――ジョン・レノン、トニー・パーキンス（「うげえ、『サイコ』だ」）、リチャード・ヘルとトム・ヴァーレイン、ジョナサン&ジェニファー・ハート（「ひえっ」）、ブロンディ（「マンガのキャラクターなの？　それともバンド？」）、マルコム・マクラーレン（「やーめとこうよ」）、デイヴィッド・ヨハンセン、エドガー・アラン・ポオ（「もー二度と《ネヴァモア》」）、フランク・シナトラ（「時代遅れのラット・パック・シンガーさ！」（一九五〇年代なかばから六〇年代にかけて、フランク・シナトラ、ディーン・マーティン、サミー・デイヴィス・ジュニアらが「シナトラ一家（ラット・パック）」として活動した））。

今夜は何か面白いことがありそうだ。

17

アンディはむっつりと不機嫌だ。ついさっき、トルーマン・カポーティが意地悪く、アレクサンダー・コバーンが執筆したパロディ記事について、馬鹿げた牙のあいだから舌足らずの報告をしてきたのだ。元ネタにされたのは、〈インタヴュー〉誌に掲載されたウォーホルとコラチェロによるイメルダ・マルコスとのランチタイム対談だ。もちろんアンディは、パーティの真っ最中に腰をおろし、それに目を通さなくてはならなかった。

コバーンのパロディでは、ボブとアンディが、アッパー・イースト・サイドのモティマーズ・レストランでの夕食にドラキュラ伯爵を招待し、「クリスマスはトランシルヴァニアですごしたいと思いませんか」とか「ご自分のイメージや行動様式に関していまもまだプレッシャーを感じますか」といった質問を投げかけている（実際にコバーンのパロディ記事で扱われたのはドラキュラではなくヒトラーだった）。

ジョニーにはわかっている。何事にも動じないといわれるこのアーティストが狼狽している真の理由は、出し抜かれてしまったことだ。こうなった以上、アンディは二度とドラキュラのインタヴューをでっちあげることができない。〈インタヴュー〉誌に掲載されたアッシリアの風の悪霊パズズ（アッカドに伝わる風と熱風の悪霊）やフーディーニとの対談のように、彼はジョニーが〈父〉の幽霊と交信することを期待している。アンディは、ヴァンパイアだからという理由だけでジョニーを重んじているわけではない。重要なのはドラキュラの直系であることだ。

しじゅう存在を意識しているわけではないものの、〈父〉はつねにそこにいる。偉大な幽霊を完全にとりこみ、教えを受けながら、地上における彼の任務を遂行しているといってもいい。もはや過去は霧に埋もれている。ヨーロッパにおける彼自身の生と死は薄れてしまった。毎回異なる身の上話を語るのは、そのたびに記憶が変わっているからだ。だがその霧の中ではいつも、黒いマントを羽織った赤い目のドラキュラが立ち、彼のほうへ手をさしのべ、彼を突き抜けてその背後にまで手を届かせようとしている。

ジョニー・ポップはときどき、自分こそがドラキュラだと考えることがある。チャーチウォードもそう信じそうになっていた。もしそれが事実だとすれば、アンディはとても喜ぶだろう。だがジョニーは単なるドラキュラではない。

もはや彼は特異な存在ではない。この国にも、この町にも、このパーティにも、ヴァンパイアはいる。トランシルヴァニア運動に邁進している傲慢にして哀れな旧世界の封建領主どもではなく、アメリカ人のヴァンパイアだ。たとえアメリカ生まれでなくとも、性向としてのアメリカ人。彼らの馬鹿げた名前は、コピーにコピーを重ねて色褪せた、瞬間的ではかないものにすぎない。ソーニャ・ブルー、地獄のサンタニコ、スキータ、スカムバリナ。アンディ・ウォーホルの象徴的な（それとも現実のだろうか）闇の子供として、彼らが死から起きあがって最初にとる行動は――はじめてオーディションを受ける俳優と同じく――名前を変えることだ。それから、血管に流れる黄金のドラックをもって中毒患者の大半が集中しているニューヨークに押し寄せ、ダンピールどもにみずからを売って歩く。彼らは現金に関していえば城にこもるトランシルヴァニア運動の長生者《エルダー》たちより裕福だが、キャンピングカーやYMCAに寝泊まりして、悪臭を放つぼろを着ている。

アンディがぽんと不機嫌から抜けだした。ウィスラーと呼ばれる若いヴァンパイアが、師として彼に敬意をはらい、十字の傷をつけた腕をさしだしたのだ。アンディは若者の傷を撫でたが、その血を飲もうとはしなかった。

ジョニーはいぶかしんだ。いま自分が感じているうずきは嫉妬だろうか。

18

ジョニーとアンディは、サンルーフをあけたリムジンの後部座席にぐったりとすわりこんで、夜明けを待つチキンゲームをしていた。

今夜のパーティで耳にとびこんできたおしゃべりが、犠牲者の血といっしょに飲みこんだ半幽霊のように、頭の中でまだ走りまわっている。沈黙の雲を騒がしい声にかぶせ、脳内を黙らせた。いまだけはこの町も静かだ。

食餌をとりすぎたため、ジョニーはふくれあがっている。どこのパーティでも、大勢の若者や娘が首をさしだしてくる。夜のあいだにどこかで噛みついてきたのだろう、アンディもほんのり血色がよくなっている。深い疲労感が意識される。溜まった血を抜いて善良なるカトリック教徒たちを仕事に行かせたら、ニューヨークの夏の贅沢品、冷蔵柩にはいって丸一日のあいだひっそり隠れていよう。

頭上で四角く切り取られた空は、星のない夜明け前の青灰色だ。マディソン・アヴェニューにならんだビルのガラス壁に反射して、赤い触手がはいりこんでくる。午前四時の凍えそうな靄は、年古りた長生者《エルダー》のように一瞬にして燃えつき、また今日も殺人的な暑さになるだろう。ふたりとも、丸々十二時間はそれぞれのねぐらにこもることになる。

ふたりは何も話さない。何も話す必要などなかった。

19

54のハロウィンパーティはとてつもなく豪勢だ。スティーヴは彼を〈祝祭の公認幽霊《オフィシャル・スペクター》〉と呼んで、ゲスト・オヴ・オーナーとして迎えてくれた。

わずか一年で、ジョニーはこの町いちばんの人気モンスターとなった。アンディはニューヨークのヴァンパイア・マスターだが、ジョニー・ポップは〈闇の公子〉、この世代のダンピールやごろつきや妖婦《ヴァンプ》たちの父にして始祖なのだ。彼のための歌もあるし（「フェーム、わたしは永遠に生きつづける」）（アラン・パーカー監督のミュージカル映画『フェーム』Fame（一九八〇）の主題曲「フェーム」より）、アンディといっしょに映画にも出演したし（ウリ・ロンメルの『ドラァグクイーン』に、少なくともぼやけた影として登場した）、キリンよりも長い首をもち（態度がふてぶてしいの意味）、西海岸からも多大な関心をよせられている。

柩と城をかたどったケーキが運びこまれた。赤い目ととがった牙によって月の男があらわされている。リベラーチェとエルトン・ジョンがピアノ演奏の決闘をおこなうかたわらで、ヴィレッジ・ピープル――『狼男』（ジョージ・ワグナー監督、ロン・チェイニー・ジュニア主演 The Wolf Man（一九四一）より。インディアンのコスプレをしていたのはフェリペ・ローズ）、『大アマゾンの半魚人』のようなカウボーイ（ジャック・アーノルド監督、リチャード・カールソン主演 Creature from the Black Lagoon（一九五四）より。カウボーイのコスプレをしていたのはランディ・ジョーンズ）、『魔人』のような道路工事人（ローランド・ウェスト監督、ロン・チェイニー主演 The Monster（一九二五）より。道路工事人のコスプレをしていたのはデイヴィッド・ホードー）、『ドラキュラ』のようなバイカー（Draculaのタイトルの映画は多すぎて、どれが該当するのか不明。バイカーのコスプレをしていたのはグレン・ヒューズ）、『遊星よりの物体X』のようなポリスマン（クリスチャン・ネイビー監督、ケネス・トビー主演 The Thing from Another World（一九五一）より。ポリスマンのコスプレをしていたのはヴィクター・ウィリス）、『ノートルダムのせむし男』のような軍人（ウォーレス・ワースリー監督、ロン・チェイニー主演 The Hunchback of Notre Dame（一九二三）より。GIのコスプレをしていたのはアレックス・ブレイリー）――が、ボビー〝ボリス〟ピケットの「モンスター・マッシュ」（Monster Mash（一九六二）ボビー〝ボリス〟ピケットによるノヴェルティ・ソング）をカヴァして大声で歌っている。

ドラックが連邦議会によって禁止された日、ジョニーはみずからの体液でドラックをつくることをやめ、困窮しているノスフェラトゥどもに製造所の役割を押しつけた。製品価格はふたたび上昇し、警官やマフィアへの賄賂も値上がりしたが、ジョニー個人の収入も、勘定しようという気が起こらなくなるほどはねあがった。そんなバブルが長くつづかないことはわかっている。つぎの時代も生き延びていくべく、活動分野をひろげる準備はできている。まもなく八〇年代にはいる。時代は変わるだろう。これからの時代に意味をもつのは、ドラックでも名声でもパーティへの招待でもなく、金だ。数が、彼の楯にして城、守りの呪文、不可視性および魅了の力となる。

近頃ではあまり踊らない。そのつもりだったがフロアに呼ばれてしまった。スティーヴが「ジョニー・ポップ、ジョニー・ポップ」とさけび、客のあいだにシュプレヒコールがひろがっていったのだ。ヴァレリー・ペリンとスティーヴ・グッテンバーグが彼を押しだした。ナスターシャ・キンスキーとジョージ・バーンズがぱしんと背中をたたく。ピーター・ボグダノヴィッチとドロシー・ストラットンが頬にキスをしてくれた。ジョニーはヴェルサーチ（一九七八年にジャンニ・ヴェルサーチが設立したイタリアのファッションブランド）のハーフケープ・ジャケットを脱ぎ捨て、スペースを確保すると、踊りはじめた。以前のように他者に感銘を与えたり畏怖されるためではなく、自分自身のために踊った。そう、たぶんこれが最後になるだろう。かつてないほどのパワーがあふれる。もはや〈父〉の声も聞こえない。彼自身が〈父〉になったのだから。いまや彼は、この町の、この新大陸の幽霊すべてを、支配し消費することができる。

ここに、アメリカの世紀は終わりを告げる。ここに、ふたたびドラキュラ紀元がはじまるのだ。

20

群衆の中に、じっと彼を見つめる美しい大きな目があった。黒衣をまとった修道女だ。赤い赤いハート形のくちびると、氷のように白い艶やかな頬。白い襟の上にきわだつ純銀の十字架が、恐ろしいほどの力で襲いかかって、彼の足もとを揺るがせる。もちろんほんものの修道女ではない。ヴィレッジ・ピープルがほんもののモンスターでないのと同じだ。これはパーティガールのコスプレで、悪趣味の最外縁をさぐろうとしているだけだ。

女が彼の心に触れてきて、電気の火花が散った。

思いだした。〝死《デス》〟という名の娘。噛みついて、血の流れる首にスカーフを巻いたまま放りだしてきた。あのときはジョニーが彼女から奪った。いまは彼女が奪っている。もちろんヴァンパイアではないが、彼女はジョニーによって転化した。変化した。狩人になった。

彼女が優雅に十字架をもちあげて掲げた。美貌は無表情を維持している。

信仰が象徴に力を与えたのだろう、殴られたような衝撃があった。点滅するダンスフロアを横切って、よろめくダンサーたちのあいだに追いこまれる。移り変わるライトを浴びて、赤や緑や紫や黄色の顔をした人々。デスは無意識のうちに彼らをよけながら、バレエダンサーのようになめらかな足取りで追ってくる。そしてダンスフロアの中央で、頭上高く十字架を掲げた。ミラーボールがそれを反射させ、百万もの輝く十字架が人々と壁の上で踊り狂う。

十字架の像ひとつひとつが鞭のように襲いかかる。

彼の友人はすべてここにいる。アンディはあそこ、バルコニーの上で誇らしげに見おろしている。スティーヴは今夜のすべてを彼のために計画してくれた。ここは彼が階梯をのぼりはじめた場所、はじめて血を売り、最初のドルを稼いだ場所だ。だがここも安全ではなくなった。スタジオ54はデスによって聖別され、彼を排除してしまった。

客の中にはほかにもヴァンパイアがいる。彼らも痛みにのたうっている。あそこで顔を押さえているのは、スカムバリナと自称しているギザギザチュールのドレスを着たパンク・プリンセスだ。頰とあごに十字が焼きついて煙をあげている。ダンピールたちもまた苦しみながら、鼻や口から流れる血を撒き散らして、床や周囲の人々すべてを汚している。

デスの目当ては彼ひとりだ。ほかの者たちは関係ない。

ジョニーは人混みを押しのけかきわけて街路に出た。もうまもなく夜が明ける。デスが追ってくる。

一台のタクシーが彼を待っていた。

21

タクシーに乗りこみ、ブラムフォードへ行くよう運転手に命じた。

車が動きはじめたとき、54から出てくる修道女が見えた。ジョニーはパニックを静めようとみずからの内に〈父〉をさがした。パーティから逃げだしたことは長くみなの記憶に残るだろう。こんな弱みを見せるべきで

はなかった
それでもまだ何かがおかしい。何が間違っているのだろう。

あの修道女にはぞっとさせられた。あの女はほんとうに入信したのだろうか。彼を滅ぼすため、ヴァチカンのどこかの部局から派遣されてきたのだろうか。教会はつねにヴァンパイアキラーを抱えている。それともマフィアにつかわされたのだろうか。ジョニーがはじめたビジネスではあるが、彼を追いだせば古参の犯罪ファミリーがドラックの富を独占できる。それとも彼自身の同類、トランシルヴァニア運動の手先だろうか。いまだ〈猫の王〉になりたくてたまらない裏切り者の伊達男マインスター男爵は、いまこの瞬間も国連に支援を嘆願している。トランシルヴァニア運動の長生者《エルダー》たちは、ジョニーのことを、ヴァンピリズムを見境なくひろげて堕落させた成り上がり者だと考えている。

ドラキュラは何世紀にもわたって数知れぬ敵と直面し、打ち勝ってきた。理想家であることは、つねに、より劣った者たちの憎悪をかきたてる。身内に〈父〉が感じられる。ジョニーはシートに背をもたせかけ、計画を練った。

兵が必要だ。ヴァンパイア。ダンピール。子《ゲット》。彼を守るための軍隊。新たな脅威を予見するための諜報機関。まずはルディとエルヴィラからはじめよう。いまこそふたりの望みをかなえ、転化させてやろう。若き投資顧問パトリック・ベイトマンも強力な候補だ。ヴァンパイアになれば、ベイトマンのような男はきたるべき時代に完璧に適応する。そう、マネーの時代。

タクシーがブラムフォードの前で停まった。真夜中。歩道にうっすらと白く雪が積もり、溶けた水が側溝に流れこんでいる。

ジョニーは車をおりて料金をはらった。

見おぼえのある狂気を秘めた目。この一年のあいだに会ったことのある相手。ああ、トラヴィスだ。ずいぶん変わった。頭の両側を剃りあげて、てっぺんにヒューロン族（ヒューロン湖の西方に住んでいたネイティヴアメリカンの一部族）のような鶏冠《とさか》を突っ立てている。

運転手が車からおりてきた。

何かされそうになっても、ジョニーにはこの愚かな温血者《ウォーム》を引き裂くことができる。驚くことでもない。

トラヴィスが握手をしようとするかのように腕をのばした。ジョニーは視線を落とした。運転手の手の中に、バネ仕掛けのようにとつぜんピストルがあらわれた。

「くらえ」

トラヴィスがジョニーの腹に銃を押しつけ、引金をひいた。

最初の一撃は、水を撃ったかのように痛みもなく、彼の身体を貫通した。氷のような衝撃はあったが、苦しくもないし傷も残らない。昔ながらの鉛弾だ。ジョニーは声をあげて笑った。トラヴィスがまた引金をひいた。

こんどの弾は銀だった。

弾丸は脇腹から肋骨の下に食いこみ、肉と肝臓を引き裂いて背中からとびだした。えぐられた傷の中でハリケーンのような炎が荒れ狂う。ノスフェラトゥになって以来最悪の苦痛に膝をつく。ふいに寒さが感じられた。ジャケットは54においてきてしまった。ズボンとひろげた手のひらに、濡れた雪の冷たさが染みる。

頭か心臓にもう一発銀の弾丸をくらえば、もうおしまいだ。

タクシードライバーが見おろしている。ほかにも何人かが輪になって、彼を囲んでいる。恐れ知らずのヴァンパイアキラーども。無言の修道女。硬木ナイフをもった黒人。クロスボウをもった黒人。トランシルヴァニア・コネクションを破壊すると誓いを立てた警官（ウィリアム・フリードキン監督、ジーン・ハックマン主演『フレンチ・コネクション』The French Connection（一九七一）の主人公〝ポパイ〟ジミー・ドイル）。ダンピールに血を吸いつくされて死んだ家族のために聖戦をはじめた建築士（マイケル・ウィナー監督、チャールズ・ブロンソン主演『狼よさらば』Death Wish（一九七四）の主人公ポール・カージー）。悪臭を放つ追跡犬を連れてサイケなヴァンからおりてきた中年のビート族（アメリカのTVアニメ『スクービー・ドゥー』Scooby-Doo, Where Are You!（一九六九―七〇）の主人公であるシャギー・ロジャーズとグレートデンのスクービー・ドゥーではないかと思われる）。尻尾と切り取られた角の跡をもつ赤い肌のヘルボーイ（ギレルモ・デル・トロ監督、ロン・パールマン主演『ヘルボーイ』Hellboy（二〇〇四）の主人公）。胸に髑髏を描き火炎放射器を抱えたエクスタミネーター（マーベル・コミック『パニッシャー』

The Punisher（一九七四－　）の主人公フランク・キャッスル。アニメ、TVドラマ、映画などにも展開している）。

けっして群れることのない一匹狼たちが集まったのは、ジョニー・ポップを滅ぼすというただひとつの目的を果たすためだ。ジョニーはこの全員を知っていたが、彼らがつながっているとは予想もしていなかった。この町はあまりにも複雑だ。

警官ドイルがジョニーの頭をもちあげてブラムフォードにむけた。

正面階段の上でエルヴィラが死んでいた。胸の谷間から杭が突きだし、四肢は卍のようにゆがんでいる。ルディがジョニーの視線を避けながら、こそこそと物陰から出てきた。重たげなブリーフケースを抱えて、一歩ずつはねるように歩いている。クロスボウの男が消えろと合図を送ると、ルディはもてるだけの現金をひっさげて矢のように逃げ去った。ヴァンパイアキラーが自分たちの金で買収する必要もなかった。

すさまじい爆音とともに熱風がほとばしり、最上階の窓すべてから炎が噴きだした。ガラスと火のついた破片がいたるところに降りそそぐ。彼のねぐら、部下、工場、大量の金、土のはいった柩。すべてが一瞬にして消えてしまった。

ヴァンパイアキラーたちは陰鬱な喜びをおぼえている。

人々がロビーにあふれ、街路にとびだしてくる。

ここでもまた観客に囲まれるというわけだ。

内なる〈父〉の存在がひろがった。〈父〉の幽霊がふくれあがり、脊椎を強化して苦痛をやわらげる。犬歯が三インチもの長さになり、あごを押しひろげる。ほかの歯もすべて、先端が剃刀のようにとがる。これまでその存在すら考えたこともなかったピラニアのような牙が、何列も肉を割って生えてくる。爪は毒の刃だ。肩がふくれあがってシャツの背が破れた。黒い翼がひろがりはじめる。靴が裂け、ズボンの脇がほころびる。

ゆっくりと立ちあがった。脇腹の穴はふさがり、ドラゴンの鱗のような瘡蓋になっている。突きだされる木のナイフをはらいのけた。炎が脚を舐める。歩道の雪が溶け、ぼろぼろになった服が燃えたが、彼は微塵も傷つかない。

さしもの不屈のヴァンパイアキラーたちもためらっている。

彼は全員の顔を心に刻みつけ、声をあげた。

「さあ、それじゃ踊ろうか」

22

ジョニーはぼろぼろになって歩道に横たわっていた。真紅のサテンの血だまりを翼かマントのようにひろげたスノーエンジェルだ（新雪に寝ころんで両手を動かしたときにできる天使の形）。銀と木で貫かれたうえ、炎を浴びせられた身体が煙をあげている。急速に腐敗していく役立たずの肉に閉じこめられた幽霊。解き放たれた〈父〉が、彼の残骸を見おろしている。その目は恥辱と悲しみに曇り、夜明け前の影が肩にまといついている。

ヴァンパイアキラーどもは、ある者は死に、ある者は傷つき、残りは逃げていった。彼に真の死をもたらすのは容易ではない。やつらはある意味ジョニーに似ている。集団でなければ彼を滅ぼすことはできないという〝ドラキュラの教訓〟を学んでいるのだ。あとを追うハンターの存在には気づいていた。やつらが手を組むだろうことを予測し、その結束を破るべく手を打つべきだった。〈父〉ならそうしていただろう。事実〈父〉はそうやって、おのが迫害者たちに打ち勝ってきた。

ニューヨークの日の出とともに、彼は粉々に崩れ、雪の上のドラックとなって飛び散るだろう。近くで幾体か動くものがある。両手と膝をついて顔を近づけ、濡れた石を舐めている。ダンピールだ。笑いだしそうになった。このまま死を迎えたら、後はこいつらの餌となり、彼の幽霊も中毒患者らに吸収される。

手をのばせ、つかまれと、〈父〉が命じた。

無理だ。寒さで全身が凍えている。このまま〈父〉を離れ、デスに連れていかれよう。大きな目をもった、偽物の修道女に。

〈父〉がなおも命じる。

死にかけているのはジョニーひとりではない。彼は〈父〉にとって最後の絆なのだ。ジョニーが滅びれば、ドラキュラもまた終わる。

ジョニーの右腕が引き攣り、蟹の爪のように指が音をたてた。手首がほとんどちぎれそうになっている。彼の回復能力でもその傷を癒すことはできずにいる。

〈父〉が指図している。

手をのばした。指がカラーをかすめ、首筋ですべり、親指の爪が脈打つ頸静脈をさぐりあてた。首をひねり、破れていないほうの目で焦点をあわせる。

ルディ・パスコ。裏切り者のダンピールだ。

こいつを殺し、復讐を果たしてこの世を去ろう。

さにあらず、と〈父〉が告げる。

ルディの赤い目は恐怖の球だ。全身がジョニーの血でふくれあがっている。ドラックを過剰摂取したため、皮膚の下で筋肉が蛇のようにうごめいている。顔が絶えず変化している。

「手を貸せ」ジョニーは言った。「そうしたらおまえを殺してやろう」

23

ルディがジョニーを抱きあげ、盗んできた車の助手席に押しこんだ。ダンピールは深いドラック・トリップに陥っていて、トンネルのさきに光を見ている。いまこの状態でジョニーに噛まれれば、死を迎え、転化する。もはやダンピールではなくなる。すべてのダンピールと同じく、彼がもっとも強く願っているのは、いま以上の存在に、完全なヴァンパイアになることだ。それは人が考えるほど容易ではない。そのためには、自分が血を飲んだヴァンパイアに噛まれなくてはならない。町で売られているドラックには、製造過程がはっきりわからないほどさまざまなものがまじっている。多くのダンピールが死んでいる。だがルディは、自分の中の血が誰のものであるかを知っている。そうか、このユダがあるじを裏切ったのは、ただ単に金のためではなく、ジョニーが多くの血を失ったらその魔法を自分にかけてくれるかもしれないと考えたからだ。シドから学んだイギリス風慣用句を使うならば、ルディはタマなし野郎《ワンカー》だ。

夜明け前にアンディのタウンハウスにたどりついた。

中にはいれば生き延びられる。ルディの手を借りても簡単ではない。彼は戦いのあいだにあまりにも幾度も変身し、あまりにも多くの恐ろしい傷を負い、身体のさまざまな部分を失った。翼は銀の弾丸でずたずたに裂かれ、根もとからひきちぎられた。背中の主要な骨もいくつかなくなっている。脚も片方もぎとられ、街路で見失ってしまった。そいつがぴょんぴょんはねながら敵のあとを追ってくれていればいいのだけれど。

ヴァンパイアキラーどもの血も味わった。ドイルの血を飲んだときは驚いた。麻薬捜査の急先鋒たる警官ドイルは、ジョニーと対決するためにドラックを服用し、ひそかにダンピールになっていたのだ。ナイフマンはそもそも奇妙な出自のためヴァンパイアの血がまじっているのだが（ブレイドはヴァンパイアと人間の混血である）、みずからの血を不快にするため、大蒜《にんにく》を腹いっぱいにつめこんできていた。

血はすばらしい。いま彼は戦っている。

ルディがアンディの扉をがんがんたたいてさけんでいる。最後に見たとき、アンディは54で、ジョニーが抜けだしたパーティに出席していた。もう家にもどっているか、少なくともまもなく帰宅するはずだ。夜明けが近づくにつれて、身体が煙をあげているのがわかる。凍るように寒い万聖節《オールハロウ》の朝（十一月一日。天上諸聖人と殉教者の霊をまつる日）だが、異常な激しさで燃えている体内の熱は、モンスーンのように苛酷で、いまにも炎をあげて爆発しそうだ。

ジョニーの生命はアンディが家にいるかどうかにかかっている。

扉があいた。アンディ本人があけてくれた。パーティ衣装のままで、明るみはじめた夜の終わりに目を細くしている。アーティストから伝わってくる恐怖の波を感じ、ジョニーは自分がいまどのような姿をしているか、改めて正確に理解した。

「ただの赤じゃないか、アンディ。あんただってしょっちゅう赤を使ってるだろ」

ルディの手を借りて玄関ホールにはいった。真夏に涼しい場所を訪れたかのように、薄闇が心地よい。長椅子《シェーズロング》に倒れこんで、アンディに懇願の視線をむけた。

彼を治癒できるものはただひとつ。ヴァンパイアの血だ。

選択肢としてもっとも望ましいのはチャーチウォードだ。一世紀近くを生きてきた長生者《エルダー》に近い女で、ジョニーとは異なる血統に属している。だがチャーチウォードは、彼ら全員を恐ろしい窮地に残したまま、この町を逃げだし、去ってしまった。

ではアンディだ。それに気づいたのだろう、彼が大きく目を見ひらいてあとずさった。

そういえばジョニーは、アンディがどの血統に属しているのか知らない。彼を転化させたのは誰なのだろう。

アンディは怯えている。彼は触れられることを好まない。何かを与えようと、ましてや彼自身を与えようなど、考えるはずもない。

だが選択肢はない。残された気力をふりしぼり、すでに協力的なルディの意識を支配した。いまだ最上のドラックに昂揚しているダンピールを動かして、アンディの両腕をつかみ、ロビーを横切って、あるじへの貢ぎ物として長椅子《シェーズロング》まで連れてこさせる。

「ごめんよ、アンディ」声をかけた。

もったいをつけるつもりはない。ルディがアンディの筋ばった白い首をむきだしにする。ジョニーはコブラのように襲いかかり、血管に歯を埋めこんで咽喉を切り裂いた。心を爆発させ生命を与えるヴァンパイアの血が流れこんでくるのを待つ。ただ血を飲むだけではない。ぼろぼろになって失われたものにかわる、完全な幽霊が必要なのだ。

危うく噎せそうになった。

24

吐き気をこらえることはできなかった。胃がひっくり返ると同時に、鼻と口からアンディの血があふれこぼれる。

いったいどうやっていたのだろう。この長い年月のあいだ。

ルディがふたりを見おろしながら、なぜジョニーが笑おうとしているのか、なぜアンディが首を押さえて悲鳴をあげているのか、いぶかしんでいる。この大都会では何が起ころうと不思議ではない。

アンディはヴァンパイアではなかった。一度としてヴァンパイアだったことなどなかった。

彼はまだ生きているのだ。

ジョニーはようやく、アンディ・ウォーホルがいかに彼自身の作品であったかを理解した。

そのアンディもいま死のうとしている。そしてジョニーもまた。

だがアンディの血によって少しばかりの力がよみがえった。いまは立ちあがることができる。ルディをつかまえ、宙に吊りあげることもできる。ルディの咽喉を嚙み裂き、ドラックに汚染されたダンピールの血を数パイント飲み干した。そして死体をロビーの向こう端に投げ捨てた。

ルディが片づいたので、アンディを抱きあげ、死にかけている彼の注意を惹こうとした。かろうじてではあるけれども、まだ目が動いている。傷口では血が固まり、ジョニーのヴァンパイアの唾液がきらめいている。光はいまにも消えようとしている。

親指の爪を自分の手首に突き刺し、アンディの口に血を流しこんだ。奪っただけの血を返そうとした。アンディのくちびるはルビーのように赤い。ジョニーの説得を受け、アンディは数分後にようやくそれを飲みこみ、それから全身の力を抜いて、最初にして最後のドラック・トリップへと旅立っていった。

ときどき起こることだが、アンディ・ウォーホルは一瞬のうちに死を超えてよみがえった。だがそれでもやはり遅すぎたのだ。ヴァレリー・ソラナスによって与えられた傷はあまりにも深く、問題はほかにもあったのだろう。転化が正しくおこなわれることはなかった。

弱り切ったジョニーには、それ以上何をしてやることもできなかった。

アンディはついにウォーホラ・ザ・ヴァンパイアとなった。ふわふわと玄関ホールを漂って、新たな感覚を楽しんでいる。おおいなる偽物であった自分を惜しむ気持ちはあるのだろうか。

だがそのとき痙攣が起こり、崩壊がはじまった。扉の周囲のガラスから射しこむ光の矢に貫かれ、彼は西の悪い魔女のように溶けていった（ライマン・フランク・ボーム『オズの魔法使い』The Wonderful Wizard of Oz（一九〇〇）より）。

アンディ・ウォーホルがヴァンパイアでいられたのは、たった十五分にすぎなかった。

ジョニーはいつまでも彼のことを懐かしく思いだすだろう。アンディの幽霊は一部彼のものとなったが、寡黙だった。〈父〉と支配権を争うことはない。

ジョニーは待った。むこうの隅で何かが動きはじめた。

25

ルディなら強大なヴァンパイアになれたかもしれない。転化を果たして立ちあがった彼は、ノスフェラトゥの活力にあふれ、最初の食餌を求めながら、自分の取り巻き集団を、ドラックの帝国を、夜の城をつくる計画で頭をいっぱいにしていた。

ジョニーは彼を待っていた。

最後の力をふりしぼって押し倒し、十ヶ所もの傷をひらいてヴァンパイアの血を飲んだ。最後には若いアメリカ人の心臓を食べた。ルディはいつも考えが足りなかった。ジョニーは用済みとなった幽霊をぺっと吐きだした。かわいそうに、くだらないやつだった。

陽光にさらされ、二度めの死を迎えたルディの遺体は粉々に砕けた。アーティストとドラック・ディーラーと、ふたりのヴァンパイアの残骸がアンディの家で発見されるだろう。ジョニー・ポップは表向き、死んだことになる。だが今日までの彼は、つねに変化していく人生の中のひとつのステージにすぎない。

いまこそこの町を出よう。ハリウッドが呼んでいる。アンディもきっと気に入ってくれる。

夜になって骨がつながり、顔が新たな形をとると、アンディの家を出てグランドセントラル駅にむかった。そこのロッカーに、この町を去って西海岸で新しく何かをはじめるに充分なだけの現金が隠してある。

〈父〉も彼に満足している。今後、その血統を名のることを許してくれた。もはやイオン・ポペスクでもジョニー・ポップでもない。彼はジョニー・アルカードとなる。
そして彼には、受け継ぐべき帝国があった。

(訳注：アンディ・ウォーホルは『ドラキュラ』を映画化していないが、ポール・モリセイ監督、アンディ・ウォーホル監修『処女の生血』Blood for Dracula（一九七四）は『アンディ・ウォーホルのドラキュラ』Andy Warhol's Dracula とも呼ばれている)

インタールード

挑みし者に勝利あり

——ドラキュラ紀元一九八〇

パレスグリーン（ロンドン、ケンジントン宮殿の南西部の地域）は封鎖されていた。何台もの警察ワゴンの先頭に、一台の装甲車がいかにも効果的にでんと陣取っている。近頃悪評高い特別パトロール班《SPG》（一九六一年から一九八七年までロンドン警視庁におかれた部署。一九七九年デモ鎮圧中に学校教員を殴り殺したとして非難された）の制服を着た警官や迷彩服の軍人たちは、暴力沙汰のための装備を整えているし、自宅やオフィスから追いだされた地元住人たちは、物陰で怒りや不満をつぶやいている。ケイト・リードにとって、ケンジントンのこの一画はまさしくベルファスト（北アイルランドの首都。アイルランド問題でくり返し紛争の舞台となっている）のような心地よさだが、ハロッズ（一八二四年創業のイギリス最大の高級百貨店）のバッグをさげたヴェールの女や、怒りもあらわな各国外交官や、倒産寸前の実業家たちなどからなる大使館通り（パレスグリーンの近くにはイスラエル大使館とロシア大使館がある通り。）の通行人は、壜を投げたりよけたりしているガーヴァーキーロード（北アイルランド、ポータダウンにある通り。くり返し紛争の舞台になってきた）の人々とはまったくべつの人種であるようだ。

非常線から締めだされたTVクルーたちはしかたなく、立てこもり事件そのものではなく、周囲の群衆から物語を紡ぎだそうとしている。TVレポーターのアン・ダイアモンドが襟を立ててマイクを突きだし、バリアの周囲に集まった不安そうな人々を見まわしながら、夫かガールフレンドが大使館内で人質にされている者はいないか、あるいはいっそのことテロリストの身内はいないかとさぐっている。

「こんばんは、ミス・リード」ヴァンパイアの警官が声をかけてきた。

以前ロンドン警視庁《Met》のB課（B Division R・チェトウィンド＝ヘイズ作 The Monster Club（一九七五）にB Squad（B班、Bはblood）というスコットランドヤードの特殊部隊が登場する。それのもじりと思われる）――ヴァンパイアが関わる犯罪を扱っていた部署――に所属していた顔見知りだ。

「パレスグリーンにとっちゃ最高の週ですね……」

皮肉な言いまわしの中に緊急性がこめられている。ケイトはディクソン巡査部長に英国ジャーナリスト組合《NUJ》の身分証を示し、通してもらった。

「お待ちしていましたよ」父親のような気遣いを示しながら、巡査部長がバリアの板をもちあげた。「こいつはとんでもない事件です、間違いなくね」

アン・ダイアモンドをはじめとする、放送局と新聞社の前途有望な記者たち十数人が、仲間うちでもっとも取るに足らない小娘が大祝祭へのフリーチケットを手に入れたことで、憤慨している。この通りにいるヴァンパイアの記者がケイトひとりというわけでもない。さっきもパックスマンが、実体のない霧のような姿で野次馬のあいだを漂っていた。だが、マインスター男爵が対談に応じてくれるだろうジャーナリストは、ケイトただひとりだ。

　ケイトはこの二年、地下組織を使ってルーマニアから脱出させてくれたトランシルヴァニア人に借りを返す機会をうかがっていた。それをしてくれたのが、長年にわたるチャウシェスクに対する個人的な確執からであることはわかっている。それでも彼の介入により、ケイトは生命を救われたのだ。このような展開を予測していたわけではないが、驚きはない。テヘラン以来、大使館占拠は、無力な者が権力者に力を示すもっとも手頃な方法となった（一九七一年イランのテヘランでアメリカ大使館が革命派の学生に占拠され、大使館員が人質となった事件）。もちろん、トランシルヴァニア運動における自称《ソワディザン》第一長生者《ファースト・エルダー》である男爵が、自身を無力と見なしているわけではない。

　警官の制服を着た長身で口髭のヴァンパイアが、ケイトの上腕をしっかりとつかんだ。ディクソンは伝統のお茶一杯を勧めることもなくひきさがった。

「あら、ダニエル・ドレイヴォットじゃないの。お久しぶり」

「お久しぶりです、ミス・リード」ヴァンパイアがにこりともせず答える。

「まだ軍曹／巡査部長《サージェント》なのね。でももちろん、〝ロンドン警視庁の〟であるはずないわよね」

「すべては女王陛下の御《おん》ためです」

「まったくだわ」

　ケイトの記憶にあるかぎり、ドレイヴォットはつねに影の中にいた。一八八八年のホワイトチャペルでも。一九一八年のフランスでも。最後に聞いた話では、新しい世代のヴァンパイア秘密諜報員をつくり、訓練しているということだった。だがどうやら、また現場に復帰してきたらしい。

　案内された司令部は、敷石の大穴をふさぐように建てられた、オレンジ色の大きな作業小屋だった。ドレイヴォットが落とし戸をもちあげ、中にはいるよう促した。

気がつくと権力者たちに囲まれていた。居心地が悪い。

私服警官がひとり、スツールに腰をおろして身をのりだし、むきだしの配線盤に鰐口クリップでワイアをとりつけた野外電話にむかっている。穴の奥のほうでは、長髪で年齢不明の痩せた温血者《ウォーム》の男が、聴診器のようにヘッドフォンを首にかけている。床に届きそうなスカイブルーのハイウェイマン・コート、膝丈のブーツ、ゆったりとしたモーヴの半ズボンに、羽根をさした三角帽《トリコーン》という、ニューロマンティクス（一九七〇年代後半にパンクへの反動としてロンドンで起こった音楽ジャンル、およびファッション。フリルを多用したユニセックスで派手なものが多い）の華やかなファッションに身を包み、紫のインクでメモをとっている。彼らの上に――文字どおりにも比喩的にも――三人のヴァンパイアが鎮座している。墓場の黴で汚れたガネックスのレインコート（ガネックスはジョセフ・ケーガンが発明した防水繊維。ハロルド・ウィルソンがこのレインコートを愛用したことから、ファッションとして大流行した）を着た、死人の顔をもつ影の実力者《エミナンス・グリーズ》。黒のジャンプスーツで全身を固め、バラクラヴァ帽（目だけを出して頭から首までをすっぽりとおおう毛糸の帽子）で顔を隠した人間兵器。そして、エレガントな灰色に身を包むすらりと優雅な若者だ。

ケイトはその場にいる全員を知っていた。

警官は、しばしばヴァンパイアがらみの事件を片づけてきたチェリー警部。いくぶん風変わりではあるものの、旧B課の一員としてベラヴァーに鍛えられた信頼できる警官だ。穴の奥の伊達男は、英国諜報機関の中でもっとも長く存続し、かつもっとも独立した部門であるディオゲネス・クラブ闇内閣の議長リチャード・ジェパーソン。いまは亡き前任者たち、ケイト自身も深い関わりをもっていたチャールズ・ボウルガードとエドウィン・ウィンスロップから、ケイトのみならず、ドレイヴォットをも引き継いでいる。最後にペルメルに呼びだされて事件の調査を依頼されてからずいぶんになるが、一度クラブの名簿に載った以上、その名が消されることはけっしてない。三人のヴァンパイアはといえば――。実体がなんであれ、近頃大英帝国が〝秘密警察〟と称しているもののトップを占める、ケイレブ・クロフト。しばしば死亡記事が掲載されるけれども、けっしてまともに受けとめてはならない諜報員へイミッシュ・ボンド。そして、内務大臣ルスヴン卿だ。

「ごきげんよう、ケティ・リード」ルスヴンが声をかけた。「また会えてじつに嬉しいよ。いささか困難な状況ではあるけれどもね。ロイヤル・フィアンセ（一九八一年にチャールズ王子と結婚したダイアナ妃のことと思われる）に関する〈グラニアド〉（〈ガーディアン〉紙の愛称。ミススペルからこう呼ばれるようになった）の記事は痛快だった。わたしたちも笑いをこらえるのが大変だったよ」

かつて首相の椅子に居すわっていたルスヴンは、追いだされて一世代ののち、内閣に復帰した。噂によればマーガレット・サッチャーお気に入りのヴァンパイアで、つぎの氷河期までには以前の地位を譲り受け、十番地（ダウニング・ストリート十番地に首相官邸がある）に君臨する可能性が高いということだ。彼は一世紀にわたる政治経験を大臣の職に生かし、予想に反して驚くほど長い期間を生き延びている。

ルスヴンが立ちあがり、クロフトもそれにならった。灰色の男は教職を辞し、秘密の公務にもどったのだ。彼を前にしてケイトの肌が粟だった。だが彼はケイトのことなどおぼえていないふりをしている。怪物の中でもきわだった怪物。クロフトは彼女が知るかぎり最悪のモンスターだ。彼のほうでもケイトを高く評価してくれている……。最後に会ったとき、「ケイト・リードはかつて――そしていまも、テロリストだよ。そして宇宙わんぱく隊《スペース・キデット》だ（The Space Kidettes（一九六六―六七）アメリカのTVアニメ。子供の宇宙飛行士たちが事件を解決する）」と語ったのだ（『ドラキュラのチャチャチャ』収録「アクエリアス」より）。あのときのクロフトはただの大学講師だったが、厄介な問題を処理するために彼女を利用した。いずれ、誰にも何もたずねられることなくケイトを片づけることのできる地位に返り咲くだろう。

「彼女がきた」チェリーが電話にむかって告げた。

そして装置一式をケイトに押しつけ、受話器を手わたした。

「むこうに何人いるかさぐってくれ」ジェパーソンが聞こえよがしにささやいた。「それとなくな」

「ケティ・リードにどう行動すべきか教える必要などないよ」と内務大臣。「さまざまな経験という財産をもっているのだからね」

奇妙なことに、ケイトはその言葉によって改めて自分というものを意識した。彼女はここにいる男たち全員を知っている。だが彼らのほうでも彼女についてそれなりのことを知っている。彼ら同様、ケイトもまた、しばしば栄誉の血にまみれ、縫うように見え隠れしながらこの世紀を過ごしてきた。転化以来、権力と情報の〈諜報活動《グレート・ゲーム》〉の間近で生きてきた。

受話器をあてた。

「ハロー」

「キャサリンだね」マインスター男爵の咽喉を鳴らすような声が応じた。牙をひっこめることができないため、彼はいつも口いっぱいに血をふくんだみたいに、べたついた話し方をする。

「きたわよ、男爵」

「すばらしい。嬉しいよ。ルスヴァンもそこにいるのかい?」

「わたしは元気よ。ありがとう。あなたも変わりはない?」

「ルスヴァンはそこにいる、と。じつに喜ばしい。この十年、真っ正直に嘆願と異議申し立てをつづけてきたというのに、つまるところ、注目を集めるために必要だったのは、ただひとつの建物の占拠であったということか。この旗はどうだい。〈彼〉は評価してくださるだろうか」

マインスターの言う〈彼〉が誰のことかは問うまでもない。

社会主義共和国の旗は片づけられ、大使館の窓からは、三階分の長さのある旗が一枚、垂れさがっている。赤い目と牙をもつ背の高い黒いドラゴンの旗だ。

「いまこそドラゴン騎士団(一四〇八年にハンガリー王ジギスムントと妃バルバラ・ツェリスカにより対オスマントルコを目的として創設された騎士団。ヴラド・ツェペシュもその一員だった)復活のときだ」マインスターが言った。「〈彼〉はそうやって名をあげたのだから」

もちろんそんなことは知っている。

「男爵、何かほしいものはある? ここにいる人たちが知りたがってるわ」

「わたしのほしいもの、か。そこにいる連中はよくよく知っているよ。もう何年も訴えつづけてきたんだからな。わたしが求めているのは、そもそもわたしたちが所有しているはずのものさ。わたしは不死者《アン＝デッド》の故郷がほしい。トランシルヴァニアがほしい」

「いますぐほしいものをたずねてるんだと思うけど。毛布とか、食料とか」

「わたしはいますぐトランシルヴァニアがほしい」

ケイトは送話口をふさいで内務大臣に告げた。

「彼、トランシルヴァニアがほしいんですってよ」

「遺憾ながら、それはわたしたちの権限でどうこうできるものではないね。そうだな、ウェールズではどうだろう。それならマーガレットを説得できると思うよ。ウェールズの連中ときたらみんな、くそったれな労働党に投票するんだからね。喜んであのドラック頭の伊達男に進呈しよう。それとも、うん、これはなんともいえないけれども、フォークランド諸島（南大西洋にある羊の放牧を主産業とするイギリス領の諸島。領有をめぐってアルゼンチンと争ったいわゆるフォークランド紛争は一九八二年）はどうかな。あそこまで遠ければ、本国でもそれほど問題にならない。男爵は衰えゆく歳月を羊の血をすすってすごせばいい。いずれにせよ、カルパティアにいたってやることは同じなんだからね」

「男爵、代案の申し出があるわ。南大西洋の島よ」

「おやおや、よしておくれ、本気ではないよ」とルスヴン。「おとなしくよい子《リトル・バット》になって諦めるよう言ってくれないか。われらが親愛なるチャウシェスクと麗しのエレナに迷惑をかけたことで軽いおしおきをしたら、BBCで一時間、マイケル・パーキンソンのインタヴュー番組に出してやるよ。『マッチ・オヴ・ザ・デイ』（BBCで放映されるサッカー番組）の前にね。わたしたちだとて、あのいまいましい共産主義者《アカ》どもよりは、ずっと彼のほうを好いているのだからね」

「それ、正式な申し出として伝えていいの？」

「わたしが生きているかぎりはよしておくれ、ミス・リード。男爵はわたしと話してくれるかな」

「内務大臣と話をする？」

少しの間。

「やめておこう。やつは成り上がりだ。ドラキュラの血統ではない」

「聞こえているよ」とルスヴン。「わたしはヴラドによってつい最近転化したマインスターなどより、ずっと昔からヴァンパイアだったんだからね。マインスターは一八七〇年代に転化したのだから、ブカレストのろくでなしよりほんの少し年上なだけではないか。彼が悪臭放つ酒場女の血をはじめて吸っていたころ、わたしはすでに長生者《エルダー》だったよ」

属する血統は異なっているかもしれないけれど、ルスヴンとマインスターはよく似ている。輝かしい青春時代に転化したため、富と権力をたくわえながら、短気で気まぐれな少年の部分を永遠にとどめている。ふたりにとって、世界はつねに巨大な鉄道模型なのだろう。列車の衝突が最大の楽しみとなる。

「キャサリン、こっちにきてくれないか」マインスターが言った。

あまり気が進まない。

「わたしにきてほしいって言ってるわ」

「論外だ」とクロフト。

「それは賢明ではない」スパイが言った。「マインスターは狂犬だ。殺人者だ」

「ボンド中佐、あなたの忠告がいちばん感動的だわ。それで、あなたはいま英国特殊空挺部隊《SAS》に所属しているの？　それとも近頃じゃみんな、よその部署の制服を着るのかしら。なんていうんだったかな、〝否認権〟？」

「ボンド、きみは〝秘密〟諜報員ではなかったのかね」内務大臣が叱りつけた。「誰も彼もがきみの正体を知っているではないか」

「ミス・リードとは以前の任務で会ったことがあるんです」

「そういう言い訳もできるな、ヘイミッシュ・ボンド」

「一九五九年のローマですよ」穴の中からジェパーソンが言葉をはさんだ。「クラブにとっては、めざましい成功といえる事件ではなかったんですがね。〈深紅の処刑人〉と、ドラキュラ崩御です」

ルスヴンがうめきをあげた。

「それにも関わっていたのか、ケティ。まさしく神出鬼没だな。文字どおり、いたるところに姿をあらわす。意図的と思われてもしかたあるまい」

「そんなことないわよ」

「市民を——さらにいえばアイルランド国籍の者を、この状況で危険にさらすわけにはいきません」とクロフト。「ご命令いただければ、ボンドを送りこんで、マインスターの寄せ集め一党を処理してみせましょう。彼のような人間を抱えているのは、まさしくこうした状況のためなのですから」

ボンドは英国のためにいつでも人殺しをする覚悟で姿勢を正している。

「そんなことをすれば、マーガレットがわたしたちの首を切って杭に突き刺すだろうね。クロフト、わたしはまだ飾り首になるつもりはないよ。ケティ・リード、ストックホルム症候群（誘拐や監禁の被害者が加害者に対して好意をもつ現象）にけっして陥らないと、固く約束できるかね。知っていると思うが、マインスターはどうしようもないろくでなしだ。立派な衣装をまとい若者らしい魅力にあふれているからといって、人格が優れているわけではないのだからね」

「男爵になら会ったことがあるけれど、べつにうっとりなんてしなかったわ」

「それはよかった。誰か、ほかに意見はあるかね」

誰もが何かを言いたそうにしているが、内務大臣はすべてを切り捨てた。

「では決まりだ。ケティ、わたしたちの心もきみとともに行こう」

「銃をもっていくかい？」ジェパーソンがたずねる。

「ううん、いらないわ。どうせ使えないもの」

「影の守り《シャドウ》は？　ねずみなら十五分で呼びだせるぞ。きみは前もあれと組んだことがあるだろう」

以前、上の階のフラットに住んでいた日本のヴァンパイア少女ならおぼえている。長生者《エルダー》で、ディオゲネス・

クラブの手駒だ。

「明日、学校があるんじゃないの？」

マインスターのそばには、ねずみのようにひそかな鼠の影にも気づく者がいるかもしれない。大使館にはひとりでのりこむほうが安全だ。

安全だが、愚かだ。


ケイトはふたたび、さっきとまったく同じように腕をつかまれ、ドレイヴォットとともに歩きはじめた。前線に、大使館前の舗道にむかって。街灯も建物も電気が停められているが、大型投光機がドラゴンの旗を照らしだし、いくつもの人影を壁に映している。テレビで見たらさぞドラマティックな光景だろう。とはいえさっき、パックスマンが電話でBBCのお偉方と言い争う声が聞こえてきた。まだ誰も殺されていないのなら、スヌーカー（ビリヤードの一種。イギリスにおいて人気が高く、TV中継がしばしばおこなわれる）の決勝戦に画面をもどせというのだ。大使館に近づくにつれて、群衆のあいだでざわめきが起こる。そのほとんどが、あれはいったい誰だとたずねる声だ。

窓にはひとつの顔も見えない。おそらく最寄りのビルの屋上には、ライフルに銀の弾丸をこめたSASのスナイパーたちが隠れているのだろう。ヘイミッシュ・ボンドのような男たちは、銀の矢尻をつけた矢をクロスボウで撃つ訓練も受けている。アジャンクールの技（百年戦争中の一四一五年、フランスのアジャンクールでイングランド軍は長弓隊を使って数で勝るフランス軍に圧勝した）を学んだ英国の長弓兵たちは、とがらせた柳で不死者《アン＝デッド》を串刺しにしたくてうずうずしている。

ジェパーソンは、大使館の内部情報について現在わかっていることを丁寧に説明してくれた。そのいっぽうで、クロフトは自分の知りたいことだけを簡潔に列挙した。

いまわかっているかぎりでは、館内にはルーマニア大使をふくめ二十五人の人質がとらわれている。共産党役人であるという以外はまるで無名の大使の死を悲しむ者はひとりもいないだろう。問題はパトリシア・ライスだ。彼女は上流中産階級に属する可愛い学生で、マルクス主義研究会による集団農場《コルホーズ》見学ツアー計画を相談するため、大使館を訪問していた。そのライスが血を吸いつくされた死体になったら、広報活動《パブリック・リレーションズ》において悪夢が発生する。彼女の曾祖伯父か誰かが、かつて有名な喜劇俳優だったらしい。すでに彼女を中心とする新しい物語がはじまっている。観客たちは可愛い小鳥が無事この夜を生き延びられるかどうかを見るためだけに、立てこもり事件を追いかけている。ヴァンパイアのテロリストは、マインスターのほかに、おそらく五人。まずは数を確かめ、牙と爪以外にどんな武器をもっているか調べなくてはならない。カルパティアの山にいたマインスターの少年兵の装備を考えるに、たいしたものではないだろうが。

正面玄関の階段までできたところで、ドレイヴォットが腕を離した。

全員が彼女から離れて半円をつくる。大使館の正面壁に細長い影が何本も生えた。

理論的に考えれば、ケイトはこの敷居をまたいだ瞬間に逮捕されてもおかしくはない。大使館は法的にルーマニア領土なのだし、ケイトはまだ、かの国の司法から逃亡している犯罪者だ。ふと、これはやっとのことで逃げだしてきた牢獄へ彼女を連れもどすための、無駄に手のこんだ陰謀なのではないかという考えが浮かんだ。秘密警察《セクリターテ》——こいつらに比べれば特別パトロール班《SPG》なんて緑のおばさんなみにやわなものだ——なら、それくらいのことはやりかねない。

インターフォンを鳴らそうかとも考えたが、電源が切られていることを思いだし、上品にノックした。

驚くほど大きな音が響きわたった。武器がかたかたと音をたてる。ケイトはふり返って、大丈夫だからと背後の連中をなだめた。外交文書用郵袋につめこまれてブカレストの地下牢に放りこまれる以上に悪いことがあるとすれば、緊張のあまり発砲した味方の新兵の銃で死ぬことだ。

扉があいて中にひっぱりこまれた。

ロビーは暗かったものの、すぐに目が慣れた。いたるところに蠟燭が立てられ、炎をあげている。

ふたりのヴァンパイアが彼女をとらえていた。虫のようにかさこそと動く、鼠じみた顔の醜い男。異様に細長い胴を、蜘蛛の目のようにきらめく小さなボタンが何十もついた黴臭い長めの上着でぴったりと包んでいる。

もうひとりは新生者《ニューボーン》の娘で、頭にスカーフを巻き、あごに血の染みをつけ、男物のピンストライプのジャケットに、ドクター・マーテンズ（英国の靴・ブーツのブランド。頑丈で重量感のある実用的なブーツが、一九六〇年代後半から七〇年代中頃にかけてスキンヘッドやパンクロッカーなどサブカルチャーのあいだで愛用された）のブーツを履いて、サブマシンガンを抱えている。赤い目が、彼女のケイトに対する気持ちを如実に告げ知らせている。すなわち、憎悪、不信、嫉妬、恐怖。

「パトリシア・ライス？」ケイトはたずねた。

新生者《ニューボーン》が音をたてて息を吐いた。つい最近——立てこもりがはじまってから四日のあいだに転化したのだ。

マインスターが人質をヴァンパイアにしているなんて、誰も教えてくれなかった。だがそれをいうならば、これはストックホルム症候群を引き起こすもっとも確実な方法だ。現にライスはマルクス主義を捨て、新たな運動に身を投じている。

山中のマインスターを思いだした。トランシルヴァニア運動がなぜ勝利をおさめるか、説明してくれた。

「われわれは仲間をつくりだすことができる」と彼は語ったのだ。「やつらを数で圧倒できる」

ライスが手をひっぱったので、ケイトは足を踏んばった。

ケイトがヴァンパイアになってまもなく一世紀だ。この死にたての娘は年長者に対するふるまいを学ばなくてはならない。マインスターは血統と序列と年長者への敬意に関して、狂信的なほどのこだわりをもっている。だがそれが、長期的に見て彼の戦略における過ちのひとつともなっている。確かにヴァンパイアをつくることはいくらでもできるが、彼のような存在が増えるわけではない。ルスヴンが言っていたように、彼だとてつまるところ、ケイトよりいくらか年を経ているというだけの、長生者《エルダー》を気取った成り上がりにすぎない。ドラキュラがいまも〈猫の王〉の地位についていたら、マインスターなど、誰も、洟もひっかけないだろう。

ケイトはライスの手をふりはらった。

「リーダーのところに案内してちょうだい」

鼠顔のノスフェラトゥが先頭に立った。回転数のあわない無声映画のように、ぎくしゃくとした動きだ。人の基準をはるかに超えた、非常に古い生き物なのだろう。以前にもそうしたものに会ったことはある。ヴァンパイア種族の中でもっとも危険な連中だ。赤い渇きを抱え、文明らしさを装おうとすらしない。

階段をあがって、天井の高い会議室に案内された。幾台もの枝付燭台が立って、揺らめく影を壁に投げかけている。人質は縛られ、壁際に集められている。腕には縞のように瘡蓋ができているものの、首はきれいだ。マインスターは食料を温存し、少しずつ消費しているらしい。

男爵は家臣を従えて一隅に立っていた。姿は子供だが、年老いた目をもつヴァンパイアの少年兵たち。これがマインスターお気に入りの部隊だ。なんといっても、彼自身がそれほど長身でもたくましくもないのだから。『九時のニュース　ではありません』(Not The Nine O'Clock News 一九七九年から八二年にかけてBBC2で放映されたコメディ番組。BBC1のNine O'Clock News のパロディ)では、パメラ・スティーヴンソンが（かなりみごとに）彼の物真似をやっている。

マインスターはとても洒落た灰色のマントを羽織り、その下にそれよりもわずかに濃い灰色のフロックコートを着て、乗馬靴を履いていた。フリルのシャツは、アダム・アントが着たらもっとすてきに見えるだろう。信じられないくらいみごとな黄金の髪は、ジェルでウェーヴの形に固めてある。浮かべた微笑が牙によってより大きくひろがっている。

少年兵のひとりがライスと同じような銃を構えている。もうひとりは、マインスターの二頭のプードルを抱いている。ケイトは森にいるとき、マインスターが愛犬をからかったヴァンパイアを殺すさまを目撃した。この二頭はヴァンパイア犬――鋭い牙をもった小さな犬の怪物で、赤ん坊の血で肥え太っている。こうした不死の動物のもちこみは検疫規則で禁じられているのだが、ひそかに密輸されたのだろう。ホーム・カウンティズ(ロンドンをとりまく諸州のこと)でペットを飼っている住人にとっては、テロよりも深刻な犯罪である。

「やあ、キャサリン、よくきてくれたね」

「こんにちは、男爵」

「この女は無礼よ」ライスが吐きだした。「わたしはもうこの女が嫌いになったわ」

「お黙り、パティ＝パット」マインスターがいさめた。

「わたしたちにはこんな女、必要ないでしょ。必要なのはわたしだけよ。わたしを転化させるとき、そうおっしゃったじゃないの。必要なのはわたしだけだって。わたしだけ」

「テーマ音楽が見つかりそうね」ケイトは言った。「『ミー・ソング』ってどうかしら」

ライスが平手打ちをくらわそうとしたが、ケイトは宙でその手首をつかみ、そのまま背中にねじりあげた。ライスは自分の銃帯にからまることになった。

「男爵、あなたが転化させたの？」

マインスターは悪戯の現場を見つかった少年のように、小狡そうな笑みを浮かべている。

「事態はいろいろと深刻でね」

ケイトはライスを放した。ふてくされた新生者《ニューボーン》の顔が肥大し、怒りと自己憐憫の仮面へと変化する。すぐさま変身しはじめる性癖には気をつけなくてはならない。しかめっ面がそのままもとにもどらなくなることだってあるのだから。ミスタ・鼠顔を見れば、そうした性癖の悪例がわかろうというものだ。

「誰か飲むかい、キャサリン。時代遅れの古くさい役人なら、いろいろとりそろえてあるよ。ああそうそう、諜報員であることを認めた教養ある大使館員も三人いたな」

「たった三人なの？」

「いまのところは、だな。秘密ファイルにはいっていた興味深い書類をルスヴンに進呈するよ。ニコラエとエレナは世界にむかって西側との調和や近代化を公言しているが、自国でまったく異なる態度をとっていることはどちらの陣営にも周知の事実だ。わが懐かしき同志には隠さねばならないことがあまりにも多い。だがわたしは、きみの愛すべきミセス・サッチャーと、喜んでそれを共有するつもりでいるよ」

「サッチャーは〝わたしの〟じゃないわよ。わたしはアイルランド人なの、忘れないで」

「もちろんだとも、キャサリン。じゃがいも飢饉（一八四五年から四六年、じゃがいも不作によりアイルランドに起こった飢饉。百万人近くが餓死し、百万人以上が米国に移住した）、ギネス

（一七五六年創業のアイルランドのビール醸造会社およびそこでつくられるビール）、ダナ（アイルランド神話に登場するダーナ神族の母。生命の母神）。わたしは西側世界のことにもくわしいのだ。世に出ていくためには、そうしたことすべてを学ばなくてはならない。百年前の〈彼〉のようね」

その名をほのめかすだけで、男爵の目は明るく輝く。瞳の中に羽ばたく小さな双子の蝙蝠が見えるようだ。

「それじゃ、男爵、あなたは彼になりたいの？　彼のことをどれくらい知っていた？」

「〈彼〉はわたしにとって、人間の家族より確かな父であり、母だった。すべてだった」

この問題に関して、マインスターはまるで盲目だ。彼にとって、ドラキュラは〈猫の王〉であり、叡智と運命の泉であり、神であり、最高の戦士なのだ。男爵のようなヴァンパイアならいやというほど見てきた。自分が想像するドラキュラのようになろうと懸命に努め、ドラキュラそのものになることを望んではいるものの、ドラキュラのすべての物語を知っているわけではない。

「彼は最後に死を望んだのよ」ケイトは告げた。「わたしはそれを見たの」

「キャサリン、きみはきみが見たいと望むものを見ただけだ。きみは〈彼〉の直系でもないのだから」

「だったらいいんだけど」

「異端よ」ライスがさけんで銃を構え、安全装置らしきものをいじった。「この女は闇の父を冒瀆したわ」

マインスターが蛇のようにすばやくあごで示す。古きノスフェラトゥが、鼠の耳をひくつかせながら新生者《ニューボーン》の銃をとりあげた。

「ご苦労、オルロック」

ケイトは改めて、悪臭を放つそれを見つめた。オルロック伯爵が何者であるかは知っている。〈恐怖時代〉、ロンドンがドラキュラの支配に抵抗して立ちあがったとき、〝反逆者〟どもが投獄されるロンドン塔で看守長を務めていたヴァンパイアだ。地下組織で活動していたころ、運が悪ければ彼女もオルロックに出会っていただろう。何人かの友は彼に会い、生きてもどることができなかった。

ときとして、ケイトはヴァンパイアを恐れることを忘れてしまう。つまるところ彼女自身も吸血鬼なのに、これまで彼女を恐れる者がひとりとしていなかったからだ。ときとして、思いだすこともあるが。いま、オルロックの忌まわしい目に浮かぶ火花を見ていると、はじめて会ったヴァンパイアたちのことが思いだされる。温血者《ウォーム》の娘だったころ、死者が周囲のいたるところにあらわれはじめたころ。

心の中で悪夢が痙攣を起こした。

「キャサリン、わたしは勝利する」男爵が宣言した。

「どうやって？　英国政府はテロリストと交渉したりしないわよ」

マインスターは笑った。

「テロリストとはなんだ、キャサリン。きみはテロリストだったではないか。なのに、ついさっき内務大臣と話していた。その昔、きみはおたずね者の謀反人で、オルロックが法の代理人だった。かつて、ニコラエ・チャウシェスクはテロリストかつパルティザンたるわたしの同志で、ナチスがわたしたちの敵だった」

確かにそのとおりだ。

「そしてきみはわたしの故郷で殺人の罪を着せられ、腐敗した警察に追われていた。山中のわたしのもとに逃げてきたとき、わたしときみは利害を共有していた。実際には何ひとつ変わっていない。確かにわれわれはあてもなくさまよっていた。〈彼〉が逝ってしまって以来、人間のようなふりを——数多い人種のひとつであるかのようなふりをしてきた。だがわれわれは、現実に人ではない。きみは一度としておのが種族とともに暮らしたことがないだろう、キャサリン。きみはこの一世紀、やつらとともに働き、家畜どものために戦ってきた。なのにやつらはなおもきみを恐れ、忌み嫌う。ここイングランドでは、温血者《ウォーム》どもも礼儀正しく、われわれを見くだしていないようなふりをしてくれる。だがきみも、わたしの故郷で真実を見たはずだ。ヴァンパイアは憎まれている。そう、われわれは憎まれなくてはならない。われらよりも劣った者たちは、われらを憎み、恐れ、敬わなくてはならない。〈彼〉はそれを知っていた。われわれはなんとしても〈彼〉のヴィジョンを実現させなくてはならない。われわれは人の奴隷ではなく、世界の君主たるべきなのだ。そうすれば間違いなく、〈彼〉

はふたたび立ちあがる。きみが見たものは幻にすぎない。ドラキュラは死んではいない、塵になってはいない」

マインスターはクリスマスの朝を夢見る少年のように、興奮のあまりふるえている。

ケイトはパトリシア・ライスに目をむけた。父にして恋人にして魔王である男をうっとりとながめている。

「まずはトランシルヴァニアだ……」

マインスターはそこで言葉をとめた。

「外に集まってる連中を見てきたわ」ケイトは言った。「彼らに何ができるかもわかってる。人質も役には立たないわ。あなたはカードを一枚もっていたのに、使い方を間違ったのよ」

そしてあごでパトリシア・ライスを示した。

「とんでもない。彼女はわたしの最高傑作さ。そうだろう? 可愛いパティ＝パット」

そして手をのばしてライスの顔に触れた。牙のあるプードルのように、彼女がその手に身をすりよせる。

「わたしが至高の座につくとき、彼女はわたしのエレナになる。エレナが何人いようと、その中で第一のエレナだ」

男爵が早口のルーマニア語でオルロックに指示を与えた。ケイトには単語がいくつか聞きとれただけだった。そのうちのひとつはもちろん、モアルテ――〝死〟だ。

「まずは火だ」

男爵は言って、枝付燭台の炎をないだ。テーブルクロスに火がつき、家具へとひろがっていく。人質たちが悲鳴をあげた。

「さあ、ドラマティックに旅立とう」

そして窓敷居にとびのり、背の高い窓を背景にポーズをとった。外のサーチライトがむきを変えて彼を照らしだす。肩からマントをなびかせる彼は、さながら大胆不敵な冒険ヒーローだ。

「おいで、わたしの花嫁たち」

ライスがはねるように彼の片腕におさまる。男爵はもう一方の手をのばしてケイトを招いた。

「ドラキュラの花嫁になるがいい、炎のアイルランド娘」

「男爵、それっておこがましすぎるわよ」

オルロックが彼女をつかまえ、マインスターにむかって放り投げた。

「これで満足かい?」男爵がふたりにたずねる。

ライスに目をむけると、自覚はないようながら、喜びのあまりいまにも失神しそうだ。

ほかの事情がどうあれ、とにかくケイトはマインスターが同性愛者であることを知っている。

彼は窓にもたれかかり、そのまま突き破った。

ケイトは一瞬、男爵は自分の闇の父だと称しているヴァンパイアと同じく、翼を生やして空を飛ぶことができるのだろうと考えた。だがつぎの瞬間、重力と現実がすべてを支配した。

三人はまっすぐ舗道にむかって落下した。


マインスターは猫のようにひらりと起きあがった。ケイトは激しい衝撃を受けてころがり、側溝に落ちた。ライスは膝と足首を折り、骨がつながる痛みにうめきをあげている。

人々が殺到してきた。

「わたしはこの二輪の花、イングランドとアイルランドのヴァンパイア乙女に降伏する」

黒い人影が大使館の正面壁をよじのぼって、割れた窓から中にはいりこんだ。すでに炎が噴きだして、敷居を黒く染めている。

建物の中で銃撃の音が響く。

リチャード・ジェパーソンがケイトを助け起こし、服の埃をはらってくれた。見せかけでない心遣いが感じられる。そういうところは、エドウィン・ウィンスロップよりもチャールズ・ボウルガードに似ている。そんな彼が、マーガレット・サッチャーはもとより、ルスヴンやクロフトのような連中の下で、いつまで耐えていられるだろう。

警察とともにTVクルーが突進してきた。

コメンテーターがぺらぺらと急激な展開について解説している。

ヴァンパイアがひとり、窓から放りだされて灰の雨を降らせた。ヘイミッシュ・ボンドが仕事をしているのだ。オルロックなら彼と一戦まじえられるかもしれない。そのとき、警官のヘルメットを脱いだドレイヴォットが、黒いニンジャ装束のヴァンパイア部隊に突入の合図を送るのが見えた。英国は一世紀をかけて、押しつけられたヴァンパイアではなく、みずからが必要とするヴァンパイア部隊をつくりだしたのだ。

正面扉が破壊される。屋上にいたヴァンパイアが蜥蜴のように壁を這いおり、上階の窓から建物内部にはいっていく。あっという間にすべてが鎮圧された。

ジェパーソンとケイトは報道陣によってアクションシーンから隔てられてしまった。鎮圧用の楯にはさまれて、マインスターとルスヴンが油断なく、だがたがいの咽喉を狙うことなく、むかいあっている。きっとふたりとも、転化して以来はじめて、鏡に映った自分自身を見ているような気分だろう。

「それで、どういうことだったの?」ケイトはたずねた。「最初から、すべて取り決められてたんでしょ。立てこもり事件なんかじゃなくて、茶番劇だったのよね。そして問題の根っこにあるのは、ヴァンパイアじゃなくて共産主義なんだわ」

ジェパーソンの目は悲しげだ。

「人はみなルーマニアを知っている。あの辺境国で何が起こっているか、きみも見てきただろう。真の緊張緩和《デタント》などあり得ない。われわれはあの下劣な体制を根こそぎ始末しなくてはならないんだ。ニコラエ・チャウシェスクは怪物だよ」

「マインスターのほうがましだっていうの?」

「彼のほうがチャウシェスクほどひどくない」

「リチャード、あなたは知らないのよ。〈恐怖時代〉にはまだ生まれてもいなかったんだもの。マインスターのような連中、ルスヴンみたいな連中が支配権を握って、あなたのような人たち、わたしのような人たちがブタ箱に放りこまれる時代。変化はゆっくりと起こるの。革命もなし、銃撃戦もなし、なのに世界は少しずつ冷たく固くなっていくんだわ。ルスヴンがもどってきて、あなたはマインスターを支持してる。わたしたち、あとどれくらいしたらドラキュラを求めて祈りはじめるの？」

「すまないね、ケイト、わたしはちゃんと理解しているよ」

「わたしが呼ばれたのはなぜ？」

「目撃者として。歴史のために。ボウルガードがきみはそういう存在だと言っていた。〈諜報活動《グレート・ゲーム》〉の外にいる誰かが、知っておかなくてはならない。判断しなくてはならないんだ」

「そして承認するの？」

ジェパーソンはぶるっと身ぶるいをした。

「必ずしも承認しなくてもかまわないさ」

そして彼も離れていった。ケイトはひとり人混みの中に残された。

歓声があがった。両手を頭にのせ、前かがみになった人々が、列をつくって大使館から出てきたのだ。人質だ。その中に、プードルを抱いたオルロックもまじっている。賭けてもいい、彼はこれからも生き延びていくだろう。

太いケーブルにつまづいた。それを逆にたどって、群がる報道陣から離れていく。ＢＢＣの中継車がさかんにうなりをあげている。

これはニュースだ。そしてケイトは記者だ。

近くで電話をさがそう。編集に連絡しなくてはならない。

（訳注：タイトル「挑みし者に勝利あり」Who Dares Wins は英国特殊空挺部隊《SAS》のモットー。イアン・シャープ監督、ルイス・コリンズ主演の映画『ファイナル・オプション』Who Dares Wins/The Final Option（一九八二）は、一九八〇年の駐英イラン大使館占拠事件におけるイギリス空軍特殊部隊ＳＡＳの活躍を描いたアクション映画である）

第三部　真夜中の向こうへ——ドラキュラ紀元一九八一

1

真夜中。一九八〇年は矢のように太平洋を越えて去り、一九八一年が東から忍び寄ってきた。バーベキュー・ピットを囲んだお歴々のあいだで押し殺した歓声があがる。だがそれも、昨年パラダイス・コーヴ（カリフォルニア州ロサンゼルスの西にひろがるマリブ・ビーチの一画。ハリウッドスターやミュージシャンが数多く住んでいることで有名）のニューイヤー・パーティでわき起こった新たな十年紀を歓迎する大歓声に比べれば、かすかなこだまにすぎない。

この集まりの中で、十年紀の、世紀の、そして（もし可能であるならば）千年紀の、古い——正しい数え方にこだわっているのは、ジュヌヴィエーヴひとりだ。彼女にとって、時間の経過は非常に重要なことなのだ。ジュヌヴィエーヴは一四一六年に生まれ、ほとんどの者より長い時間をすごしてきた。ヴァンパイアのあいだでも長老格だ。昨年かつ昨十年紀であった五分前、彼女は元活動家で〝デュード〟と呼ばれる灰色髪の男に、正しい年の数え方を説明しはじめた。パーティがはじまってからずっと手放さないマリファナのせいで、男の目はすでにどんよりと曇り、目蓋が重くなっている。彼ははたして、ジェファーソン・エアプレインがバンド名を変えてからこっち、麻薬の混じっていない空気を吸ったことがあるだろうか。それでも、どんな状態であれ、デュードの目は好ましい。

「ほんとうに簡単なことなのよ」

くり返すと、自分のフランス訛り（〝おんとうに〟）が気にかかった。ほろ酔い（〝おろ酔い〟）加減のときや、必死に（〝いっしに〟）なったときにだけ出てくる癖だ。

「ゼロ年というものはないのだから、最初の十年紀は西暦一〇年に終わったことになるの。最初の世紀が終わったのは西暦一〇〇年。そして最初の千年紀の終わりは西暦一〇〇〇年。つまり、いまこの瞬間に新しい十年紀がはじまったのよ。一九八〇年代の最初の年は一九八一年、最後の年が一九九〇年になるのよ」

デュードはほんの一瞬理解したような顔をしたが、それはただ、訛りの強い言葉を聞きとろうと集中したにすぎなかった。彼の心にひらめく火花のような意識が感じられる。めまいを起こし、彼女から離れたがっている。彼はキャンディのようにひねったマリファナをさしだして言った。

「だけどさ、時間に疑問をもちはじめたら何が残るんだ？　物質？　あんた、たぶん、つぎは物質にも疑問をもちはじめて、そのうちクスリも効かなくなっちまうよ。分子の隙間のことを考えはじめたら、地球の表面を突き抜けて沈んじまう。重力にひっぱられてさ。どっしりしたものはそのまんま残っててくれなきゃ。足で踏む地面とか、呼吸する空気とか、根本的なものはさ。ああ、あんた、呼吸してるんだっけ？　そういえばおれ、あんたが息をしてるのかどうか、知らなかったな」

「ええ、呼吸しているわ。わたしは転化したときに死なななかったのよ。珍しいことなのだけれど」

そしてそれを証明するように、マリファナ煙草を吸ってみせた。彼のようにハイにはならない。ハイになるためには、肺胞から脳に酩酊を伝える彼の血を味わわなくてはならない。マリファナのまじった煙からも、吸いさし煙草についている唾液からも、彼の心地よい興奮が感じとれる。おかげで渇きがこみあげてきた。

ニューイヤー・イヴの真夜中をすぎたので、彼にキスをした。はっきり態度にあらわしはしないが、デュードは嬉しがっている。髭にまじった煙草や、歯と舌に残るカクテル――ホワイトルシアンだ――を味わうことにより、彼の現在の安らぎと、燃えつきた過去における大胆な抵抗運動が伝わってくる。〝元活動家〟という言葉の意味が、いま正確に理解された。彼の血を飲めばおちつくだろうか。

くちびるを離した。彼女の顔が映っていないデュードの目に、さらなる火花が散っている。彼女のくちびるはときとして、牙よりも鋭い剃刀となる。ほんの味見ではあったけれど、無意識のうちに口腔にかすかな傷をつけ、さらには彼の舌に彼女自身のいくばくかを残してきてしまった。ごくりと飲みこんだ。ほとんどは唾液だが、歯茎から流れでた血がわずかにまじっている。

ディープキスはもっとも穏やかな吸血行為だ。ごくわずかな体液の交換から、驚くほどの滋養を得ることができる。いまはこれだけで充分だ。赤い渇きがいくらかやわらいだ。

「呼吸しつづけなよ」

デュードはマリファナ煙草をとりもどし、大きく笑みを浮かべた。そして、ふたりをつなぐ糸がほぐれていくのを楽しみながら、ふらふらとパーティ客の中へともどっていった。

「それから、時間に疑問をもつのはやめなよ。時間なんてものはそのまま流れてきゃいいんだ」

ジュヌヴィエーヴは上品にくちびるを舐めながら、のんびりと歩み去る彼を見送った。彼は結局、一九八〇年が古い十年紀の最後の年であって新しい十年紀の最初の年でないことを納得しなかった。というか、そんなことはどうでもいいと思っている。南カリフォルニアの住人の多くと同じく、自分に見あった時間を定め、その中で生きているのだ。多くのヴァンパイアも同じことをしている。だがそれは長寿の無駄遣いだ。大上段に構えていうならば、要は、過去の価値あるものを維持しながら、変化を喜んで受け入れることが肝要なのではないか。

ジュヌヴィエーヴが生まれたころ、そして転化したころ、人々はユリウス暦で月日を数え、一年につき十一分十四秒の誤差が生じていた。ふり返ると、教皇グレゴリウス十三世がその帳尻をあわせるために、彼女から、そして世界から奪った十日間——一五八二年十月五日から十四日まで——が惜しくなる。イングランドとスコットランドは一七五二年までグレゴリオ暦に抵抗をつづけ、ローマよりも十日遅い日々を送っていた。ほかの国々は二十世紀になるまで頑なにユリウス暦に固執した。ロシアが譲歩したのが一九一八年。ギリシャが一九二三年。近代以前、この十日のずれのため、旅に明け暮れる人々にとって日誌つけの作業はひどく複雑なものとなった。一八八五年、大陸の旅のあいだじゅう記録しつづけ、のちにブラム・ストーカーが転載したジョナサン・ハーカーの日記において、五月四日が聖ジョージの前日と記されているのは、故国イングランドにおいては四月二十二日に相当するからだ。こうした馬跳びのような日付のずれは、飛行機の旅でしばしば遭遇する時差よりもはるかに不快だ。

ジュヌヴィエーヴはこの四年、パラダイス・コーヴのトレーラーパークに住みついている。ほんのまばたきのような時間にもかかわらず、本質的に定住率の低いマリブの住民のあいだでは、すでに古株になってしまった。この町では、ソニー&シェールや『ビーバーちゃん』（Leave It to Beaver（一九五七―六三）アメリカのホームドラマ）も、〝古きよき時代〟に属するものも、ゴールデンタイム以外の時間に流れる再放送も、すべてが歴史として認識されている。

ジュヌヴィエーヴは――正式にはジュヌヴィエーヴ・サンドリン・ド・リール・デュドネという名前だが、便宜上ジュネ・ディーとして通っている――かつて大西洋にのりだしたとき、フランスと中国のあいだに何があるか知らなかった。〝アメリカ〟という名前よりも古くから存在し、転化していなければきっと、コロンブスがその知らせを持ち帰る前にこの世を去っていたはずだ。それだけの歳月を生きてきたのだから、十日くらいたいした問題ではないだろうに、それでも大切にしているいくつかの日付から、時間に存在するこのゆがみを意識せずにはいられない。それは貪欲に未来をひきよせ、彼女の誕生日のひとつをのみこんでしまったのだ。内なる暦によれば、新しい十年紀が真にはじまるのは二週間近くさきのことだ。いま彼女は、確かな十年紀と十年紀にはさまれた、忘れられた時間にいる。もういい加減、こうした忘れられた時間に慣れてもいいはずなのに。彼女にとってパラダイス・コーヴは、もっとも最近手に入れることのできた、時間と空間から解放された細長い狭間、あわただしい世界から逃れて浅く埋められた心地よい柩だった。

同族でこのパーティに出席しているのは、ジュヌヴィエーヴただひとりだ。〝同族〟という言葉がヴァンパイアを意味するかぎりにおいて、であるが。いま現在の職業――私立探偵ならばほかにも同業者はいるし、異国といえるくらい遠い土地からの移住者も何人かいる。英国王が支配する北フランスに生まれ、いやというほど歴史をその目で見てきたため、彼女は国籍が無意味であることを知っている。一四一六年にブルターニュに生まれた者は、フランス人でもイギリス人でもなく、同時に両方でもあった。そのずっとのちに革命が起こったとき、フランスはふたたび暦を破棄し、一七九〇年代を捨てて月の名前まで変えてしまった。長期的に考えれば、その試みは成功したとはいえない。彼女は――市民デュドネは、そのころを最後として、生まれた国に真の意味で居住することをやめた。血なまぐさい数々の出来事により、故国への愛情のみならず、人類すべてに対する気持ちが失われてしまったのだ。あまりにも多くの時代が、〈恐怖時代〉と同じような名で呼ばれている。ヴァンパイアはみだらで血に飢えた怪物であると考えられているし、彼女もみずからの種族の乱行に目をつぶるつもりはない。だが温血者《ウォーム》たちだとて同じく、深くひらいた傷口から血を飲み、しばしばヴァンパイア以上の凄惨をつくりだしてきたではないか。

　クロム仕上げのエアストリーム・トレーラー（エアストリームはアメリカの高級キャンピングカーのブランド）の脇にある砂だらけのパティオに立って、バーベキュー・ピットでフランクフルトを串刺しにして面白がっている騒がしい一団の、さらにむこうに視線を流した。デュードはボウリング仲間とともに、ピッチャーでホワイトルシアンをまぜながら、何ヶ月も前からつづいている『ブランデッド』（Branded 一九六五年から六六年にかけてアメリカのＮＢＣで放映された西部劇ドラマ）のオープニングの正確な歌詞とナレーションに関する議論をはじめている。一台のオープンカーから、八トラックで録音されたイーグルスの「ホテル・カリフォルニア」（Hotel California（一九七七）イーグルスの楽曲。大ヒットとなり、一九七〇年代のアメリカン・ロックを代表する楽曲のひとつとされる）が流れてくる。女ヴァンパイアとその犠牲者について語る、アップビートの不吉な歌だ。砂の上で踊っている連中の脇では、脱ぎ捨てられた靴が山をつくっている。あとで自分の靴を見つけるのはさぞかしたいへんだろう。大波が白く砕け、そっと浜辺に忍び寄ってくる。

　太平洋がひろがって、地球の形に弧を描いている。青い水平線のむこうには、またべつの恐ろしい歌によれば、のぼりくる太陽がある（エルンスト・ルビッチ監督のミュージカル映画『モンテ・カルロ』（一九三〇）の劇中歌、レオ・ロビン作詞、リチャード・ホワイティング＆フランク・ハーリング作曲「青い水平線を越えて」Beyond the Blue Horizon（一九三〇）より。主演のジャネット・マクドナルドの歌唱により人気を得た）。はずだが、いま彼女は西をむいているのだから、見えるのは沈みゆく太陽だ。夜が明けても心配はいらない。彼女ほどの歳になると、身なりに気をつけてさえいれば――サングラスをかけ、つばのひろい帽子をかぶり、長袖を着ていれば、ドラキュラの血統にあるノスフェラトゥのように、焼け崩れて塵とエッセンシャルソルトになってしまうことはもちろん、ひどい日焼けをすることもない。歳月を重ねて成長し、闇から抜けだしたのだ。梟のごとき目は何ものも見逃すことがないため、こうしたパーティの夜には、視線をむける場所に気をつけなくてはならない。海のそばで暮らすのは好きだ。その深みはいまだ計り知れず、謎のままなのだから。

「やあ、ギジェット」がさつな声が呼びかけてきた。「ひと口、いらないか」

髭を生やした熊のようなサーファーだ。ムーンドギー以外の名前で呼ばれるのを聞いたことがない。擦り切れた半ズボンにビーチサンダルに古い青いシャツという格好は、おそらく一九五〇年代から変わっていないのだろう。彼はチューブとパイプといまはない昔の波に関して、伝説的な名人だったという。彼女の目には若く見えるが、友人たちは彼のことを親父さん《オールド・マン》と呼んでいる。

彼は頻繁に申し出をしてくれる。以前、渇きが激しかったときに血をもらったこともある。そのときは血とともに、塩と、波の表面を魚雷のようにボードで突っ走りながらカール（アーチ状の波しぶき）に包まれる感覚が流れこんできた。

だがいまはそんなに渇いていない。まだデュードの味が残っている。微笑とともに手をふって断った。長生者《エルダー》である彼女は、それほどひどく赤い渇きに悩まされることがない。チャールズと別れて以後は、あまり食餌もしなくなった。多くのヴァンパイア、とりわけドラキュラの血統の者にはないことだ。ノスフェラトゥの中には、歳月を経るにつれてますます激しく餓え、ついには怒り狂う赤い渇きにのみこまれてしまう者もいる。そういう連中は怪物と呼ばれる。それに比べれば、彼女など小魚にすぎない。

ムーンドギーがオープンカラーの襟もとをひっぱって、胡麻塩になった髭の下を掻いた。二年前、彼のビーチ小屋で家出人の死体が発見されたとき、ロサンゼルス市警察《LAPD》は彼を殺人容疑で逮捕しようとした。事件を調査して彼の嫌疑を晴らしたのが、ジュヌヴィエーヴだった。彼は〝ギジェット〟――〝とても小さな女の子《ガール・ミジェット》〟を縮めた言葉であるらしい――への感謝をけっして忘れない。ジュヌヴィエーヴはそもそも小柄だが、十六歳で転化し、そのまま凍結した。子供のように扱われてきた数世紀を経て、近頃はようやく二十代の娘と見てもらえるようになった。つまり、彼女が温血者《ウォーム》ではないこと、完全には生きていない存在であることを知らない人々から、ということだ。顔に皺ができはじめたのではないか、心配になって確かめたいと思うが、鏡もそれを教えてはくれない。

遠くから銃声が聞こえた。崖の上の大邸宅では、UFO形のイルミネーションがバルコニーできらめき、まるで、重鎮たちでずっしり重いUFOがビーチの上に浮かんでいるように見える。空にむかって発砲するのは、マリブにおける新年の伝統行事だ。噂では、サーファーでガンマニアとしても有名な映画監督ジョン・ミリアスがはじめたといわれているが、これは愚かで危険な行為だ。重力と運動量により銃弾は必ずどこかに落下するわけで、それが海だとはかぎらない。新年の光を浴びて、砂の中に、もしくは流木の穴の中に、空薬莢が見つかる。いつの年か、鉛弾は誰かの頭上に落ちてくるだろう。それでもジュヌヴィエーヴは、ミリアスの『ビッグ・ウェンズデー』（Big Wednesday（一九七八）ジョン・ミリアス監督・脚本、ジャン＝マイケル・ヴィンセント主演によるサーフィン映画）を見て泣いた。ひとつの時代の終焉、大人になることのロマンティシズムを描いた映画が、彼女の内に忍びこんでその心を溶かした。いつかミリアスに、時代を経るごとに事態はますます悪化していくことを告げてやらなくてはならない。

それにしても、一九八〇年代はどんな時代になるのだろう。

つねに〝一九八〇年代〟と略せずに話す彼女を、堅苦しいと考える者もいるかもしれない。だが彼女は以前にも〝八〇年代〟と呼ばれる十年紀を過ごしたのだ。この百年間、〝八〇年代〟という言葉は、ドラキュラ紀元である一八八〇年代を意味していた。ドラキュラが築きあげた短い帝国は、何はともあれ彼女を、永遠につづく黄昏の影から、光に近づこうとする何かのもとへとひきずりだした。それにより、彼女はチャールズと出会った。彼が死を迎えた一九五九年まで、七十五年をともにすごした温血者《ウォーム》の男。ヴァンパイアである彼女にもまだ人を愛することができると、転化しても内側が死んでしまったわけではないと教えてくれた。

彼女は唯一無二というわけではないが、それでも稀有な存在だ。ほとんどのヴァンパイアは、転化により、得るよりも多くのものを失う。一度死んだのちにべつの人間——以前の自我のカリカチュアとして再生し、内なる衝動に駆り立てられるまま極端へと走る。彼女がここ——〝同族〟がいまだ比較的少ないこの大陸の西のはずれにとどまっているのは、ひとつにはそうした者たちのためだ。

ヴァンパイアたちは一般に、グレーター・ロサンゼルス（ロサンゼルス市を中心とする複合都市圏）に住みついている。ドン・ドラゴ・ロブレスはカリフォルニアが州として合衆国の一部になる以前からの地主で、自分の大農場《ハシエンダ》の周囲に町がひろがっていくのをじっと静観していたが、支持者を集めて政治家として立ち、マインスター男爵がヨーロッパで起こしたトランシルヴァニア運動に対してカリフォルニアからの返答を送った。永遠の少年たるロックの神さまティミー・Vや、サイレント映画スターのデイヴィッド・ヘンリー・リードら、数は少ないものの銀幕に映る容姿や録音できる声をもった長命な映画俳優やミュージシャンたちは、サンセット・ブールヴァード（ロサンゼルスを東西に走る大通り）にスペイン風の豪邸を構えている。それよりもケチな鮫のような連中は、スプロール化していくロスを泳ぎまわっては、無名の人々を食い物にして血と夢を吸いつくしたり、完全に転化してしまう勇気はないもののひと晩だけヴァンパイアになりたい哀れな中毒者（〝ダンピール〟）たちに注射器で抜きとった自身の血（〝ドラック〟）を売りつけたりしている——それにしても、おぞましいものが流行りはじめたものだ。

そうしたごろつきにも感謝すべきなのだろう。彼女の依頼主の大半は、ろくでなしのヴァンパイアに悩まされている人々なのだから。捕食者どもから家族を救いだしてくれるという彼女の評判は、苦しむ親やパートナーに捨てられた夫や妻にとって、黄金のように思えるはずだ。事実彼女は、ありとあらゆる種類のカルト集団から子供を救いだし、洗脳を解いてやっている。統一教会《ムーニーズ》（韓国で創始され活動をしているキリスト教系の新興宗教団体）、ダゴン秘密教団（クトゥルフ神話に登場する邪神ダゴンを崇拝する集団。一八四〇年にオーベッド・マーシュが創設したといわれる）、イモートロジー（アメリカのSF作家L・ロン・ハバードが創設したカルト宗教サイエントロジーをもじったもの）、サイコプラズミック（デヴィッド・クローネンバーグ監督、オリヴァー・リード主演『ザ・ブルード／怒りのメタファー』The Brood（一九七九）で精神科医ラグランが独自に開発した最先端の精神治療法）など、オレンジ畑に囲まれたこの地では、カトリックやヴァンパイリズムよりも奇妙な信仰が生まれ育つようだ。

いつものように、あえて我慢してパーティの最後までつきあった。夜の時間がころがるように過ぎ去り、赤い光が崖上の邸宅の影を砂浜に落とす。一月の寒気がつのり、まだバーベキューやビーチタオルに未練を残す温血《ウォーム》者たちをベッドへと追いやる。

いまは落ち目となってしまったかつてのスター俳優マーティ・バーンズが、彼女のトレーラーの正面で冷たい砂の上にうつ伏せになって酔いつぶれていた。毛布を見つけてかけてやると、酒と薬で脱力したままうめきをあげた。首のまわりを心地よく毛布でくるむ。マーティは泥酔しているときでさえ陽気な男だ。だが彼をスターにしたホームドラマ『ソルト&ペッパー』（Salt & Pepper ジェイ・ラッセルの小説 Celestial Dogs（一九九七）等に出てくるホームドラマのタイトル。これにより、マーティ・バーンズは子役スターとなった）——いまはその遺産を食いつぶしているわけだが——は、いま思えば不思議なほどユーモア・センスに欠けた番組で、録音された死者たちの声が、彼ら以上に冷えきったジョークに腹を抱えて笑っていたものだ。これは今年最初のささやかな善行になる。それでも、この若者の体内から不浄なものを取り去り、アルコール中毒者《A》更生会《A》にひきずっていくほうが、なんであれいま現在彼の内部をむしばんでいるものに対する永続的な解決策になるかもしれない。

もう少ししたら、昼まで眠ってすごそう。必要なものすべてがそなわった巨大な金属の柩、流線型のトレーラーの中で。この歳月、さまざまな〝家〟をもってきたが、このトレーラーは中でもいちばん気に入っている。可能な部分すべてがクロム仕上げされ、窓と一度も使われたことのないサンルーフには、スチール製シャッターがボルトで固定されている。車内は狭いため、所持品はごく少ない。これだけ長い年月を生きてきたわりには、ほんのわずかな、ほんとうに大切なものだけだ。少女のころからもっている中世の不格好な装身具。チャールズの本と手紙。ダンセット（英国のレコードプレイヤー、テープレコーダー、ラジオなどの製造会社）の蓄音機と何枚かのレコード。愛用の留守番電話。目が光るけばけばしいメキシコ十字架——これをもっているのはただ、自分がそんなヴァンパイアではないことを示すためだ。ちょっとしたいわくのあるゴムのアヒル。フォーマルにも使える見苦しくないドレスが二着。ヴィクトリア時代の靴が四足（彼女の小さな足にあわせてあつらえたもの）——今世紀にはいってからつくったどの靴よりも長持ちしていて、これから数十年だって履けそうな靴だ。旅をしているときなら、身体をねじるように二つ折りにして車——郵便ポストのように赤い一九五八年型プリムス・フューリーのトランクで休むこともある。だがこのトレーラーのほうがずっと心地よい。

踏み荒らされた砂浜を横切り、ぶらぶらと波打ちぎわにむかった。さっきまでここで、フランキー&アネットの映画（ウィリアム・アッシャー監督『ビーチ・パーティ／やめないで、もっと！』Beach Party（一九六三）アネット・ファニセロ主演の青春ビーチコメディー。フランキー・アヴァロンが彼女のボーイフレンド役）に出演し、いまはいい大人になった連中が、最新流行の音楽にあわせて昔のダンスを踊ろうとしていたのだ。「狂ってる《ル・フリーク》ね、いかしてるよ《セ・シック》」（Le freak, c'est chic アメリカのR&Bバンド、シックのヒット曲「おしゃれフリーク」Le Freak（一九七八）の歌詞より）

熱い小石を踏みつけたと思ったら、弾丸だった。大邸宅のベランダに陣取るハリウッドの超大物に挨拶を送る。ミリアスは、フランシス・フォード・コッポラのために『ドラキュラ』のシナリオを書いた男だ。原作となった小説に、ジュヌヴィエーヴは登場していない。伯爵を思いだしたくなくて、結局あの映画は見なかった。それでも、ジャーナリストであるヴァンパイアの友人ケイト・リードは——彼女もまたストーカーの小説からは割愛されている——何か関わりをもっていたようだ。

ここずっとケイトからの連絡がない。彼女がしばらくのあいだ鉄のカーテンのむこうにいたことは知っている。マインスター男爵の奇妙な一派、ドラキュラの領土をヴァンパイアの故郷として求めるトランシルヴァニア運動を追っていたのだ。冗談ではない。そんなことになったら、もう一度アメリカの市民権を請求しよう。以前うかがいをたててみた一九一七年とは異なり、いまではアメリカもノスフェラトゥを受け入れている。マインスターはドラキュラ・ワナビーのひとりで、小さい上品な牙をもってはいるものの、オペラクローク（ケープ型の婦人用夜会マント）とフリルつきのシャツを着こなすこともできないくせに、新たな〈猫の王〉になりたいというむきだしの野望を抱いている。以前にも一度、彼がこの称号を得ようとしてとんでもない大恥をかくさまを目撃したことがある（『鮮血の撃墜王』Bloody Red Baron 収録「ヴァンパイア・ロマンス」Vampire Romance より）。ドラキュラがいないいま、比喩的なものであれ、空の玉座は野心家たちにとって誘惑の的となっている。

さざ波が素足の爪先を舐める。水の下で爪がきらめく。

一九六〇年代に比べ、一九七〇年代の音楽は見劣りがする。グラムロック（七〇年代前半にイギリスで流行した音楽。華美なファッションやメークを特徴とする）。ビージーズ。カーペンターズ。パニック映画（災害や大惨事など突然の異常事態を描きだす映画のジャンル。ジョージ・シートン監督『大空港』Airport（一九七〇）が元祖といわれ、一九七〇年代に流行した）。『M★A★S★H マッシュ』（ロバート・アルトマン監督 MASH（一九七〇）朝鮮戦争を舞台にしたブラックコメディ）。バート・レイノルズ。刹那的セックス《ジップレス・ファック》（エリカ・ジョング『飛ぶのが怖い』Fear of Flying（一九七三）に出てくる造語）。ウォーターゲート事件（一九七二年六月にワシントンDCの民主党本部で起きた盗聴侵入事件にはじまるアメリカの政治スキャンダル。ニクソン大統領の辞任で幕がひかれた）。オイル・ショック（一九七三年と一九七九年に原油の供給が逼迫、原油価格が高騰したため世界の経済が混乱した）。建国二百年の夏（一九七六年、アメリカ建国二百年を祝って全国で大規模な祝典がおこなわれた）。イランアメリカ大使館人質事件（一九七九年十一月から八一年一月にかけてイスラム法学校学生らがテヘランのアメリカ大使館を占拠した事件）。だがウッドストック（一九六九年八月、ニューヨーク州サリバン郡ベセルで開かれたロックを中心とした大規模な野外コンサート。四十万人の観客を集め、六〇年代アメリカのカウンターカルチャーを象徴する歴史的なイヴェントとなった）はなかった。スウィンギング・ロンドン（一九六〇年代後半のロンドンで、ファッション・アート・音楽において若者のポップカルチャーが全盛期を迎えた）もなし。ケネディのような人物もいない。月面着陸（一九六九年七月、アメリカのアポロ11号計画により、ニール・アームストロングが人類ではじめて月面を歩いた）のようなイヴェントもなかった。

十年区切りで日記を書くとしたら、彼女の一九七〇年代はずいぶん水増ししなくてはならないだろう。いくつかのパーティに出て、幾度か人助けをして、くすんだパステルカラー・アイスクリームのようなのんびりとした南カリフォルニアの世界に――人類の歴史の急流の片隅に、おちついていた。長命者の宿命である記憶にも、それほど悩まされることはなかった。

悪くもない。よくもない。なんということもない。

チャールズとのことを乗り越えたわけではないし、真の意味で乗り越えられることはこれからもけっしてない。痛みとして、支えとして、喜びとして、彼はつねに彼女の心の中に静かに存在しつづける。けっして消えることのない記憶。そしてドラキュラ。チャールズの死の直後にようやく滅びたあの男もまた、いまだ彼女の人生に長いマントの影を投げかけている。ジュヌヴィエーヴと、ケイトと、ペネロピ・チャーチウォードの人生に。そういえば、ペニーはこのところ何をしているのだろう。チャールズがいなければ、そしてドラキュラがいなければ、三人とも途方に暮れるばかりだ。いまは亡きあのふたりにとってかわろうとする者があれば、三人は――彼女とケイトとペニーは、生涯をかけて執着するか、逃げ去るかのどちらかだ。そしてともに滅びるだろう。雷鳴と稲妻の中、もしくは雨の中で予言し、誤った道を示して王に指名した、『マクベス』に出てくる三人の魔女のように（Macbeth はシェイクスピアによって書かれた悲劇。荒野で三人の魔女に出会い、いずれ王になるという予言を受ける）。かつてそれは悲劇だった。だがいまはシットコムだ。

もしヴラド・ツェペシュが転化しなければ、もしくは権力を握る前に倒されていたら、自分の人生は、世界は、どのようになっていただろう。ブラム・ストーカーと同じように考えてみる。

〝もしかしたら〟と〝死者〟。考えてもしかたのない組み合わせだ。

ジョン・レノンもまた真の死を迎えた。彼がニューヨークで銀の弾丸に心臓を貫かれてから、まだひと月もたっていない。それにより、一九七〇年代と一九六〇年代の残滓に、無理やり残酷な終止符が打たれた。レノンを殺したアニー・ウィルクスは、自分はかのミュージシャンの最高のファンだが、彼はビートルズを解散させた責任をとって死ななくてはならないと語った。ジュヌヴィエーヴは、レノンがいつヴァンパイアに転化したのか知らない。それでも、葬送曲たる「イマジン」（Imagine（一九七一）ジョン・レノン作詞作曲による最大のヒット曲）を聞けば、コピーにコピーを重ねた空虚さに気づいてしまう。アーティストたる人生を引き延ばそうと転化しながら、彼を彼ならしめている本質的なもの、その才能に力を与えていたものが失われてしまったことに気づき、結局は薄っぺらな自作の焼きなおしをつくりつづけていくしかないと悟ったクリエイターに見られる悲しい特性だ。ふたたび不滅の名声を与えたことで、狂人アニーはジョンに恩恵を施してやったのだともいえる。いまや世界一有名なヴァンパイアスレイヤーとなった彼女は、人類にごく近い従兄弟としてすらヴァンパイアを受け入れようとしないアメリカの強固な温血者《ウォーム》層によって、英雄に祭りあげられている。

太陽が空に触れはじめた。この新しい十年紀はいったい何をもたらしてくれるのだろう。

2

シナリオ『ドラキュラ伯爵』

脚色：ハーマン・J・マンキーウィッツ、オーソン・ウェルズ
ブラム・ストーカーの小説より

一九三九年十一月三十日

フェードイン

1

屋外：トランシルヴァニア――黎明――一八八五年

遠くにごく小さな窓。明かりがともっている。それ以外はほとんど完全な闇。枠にはまった郵便切手のような窓にむかってカメラがゆっくりと移動し、周囲が見えはじめる。スパイク状の狭間胸壁。どこまでもひろがる御影石の城壁。そしていまだ暗い空を背景に、巨大な鉄格子が浮かびあがる。

カメラはいまや巨大な建造物の入口とわかるものをたどって上昇し、そのてっぺんで停止する。夜明けの空を背景に、巨大な〝D〟の文字がよりいっそう黒々と浮かびあがる。それを通して見えるむ

こうはゴシック小説じみた山頂で、壮麗なドラキュラ城のシルエットがそびえている。闇の中に小さな窓が遠くアクセントとなる。

溶暗

（一連のセットアップ。大窓ひとつずつに接近し、そのたびに何かが判明する）

2　屋外：ドラキュラ伯爵ヴラドの、文字どおり信じられないほどの領地

領地の右側。ボルゴ峠にそって四十マイルにわたり、目の届く範囲をはるかに越えて四方にひろがっている。鋭い樹幹の海の中、ところどころに深い淵のような裂け目がある。森を貫いて蛇行する深い峡谷では、銀の糸のような川が流れている。自然によりほぼ完全な鋸歯状かつ垂直につくられたこの土地は、ドラキュラが獲得してその外観に手を加える以前は、原生林の生い繁る山地だった。いま、乱れ破壊された現状が映しだされる。山頂は削られ道が走っている。すべて人の手によるものである。

ドラキュラ城そのものは、壊れた胸壁と数多くの塔をそなえ、幾度もの破壊と改築を重ねてさまざまな様式の集まった建造物である。それが山頂の、恐ろしいような断崖絶壁の縁に鎮座して、あたりを睥睨している。

溶暗

3

屋外：村

山の影。文字どおり影の中。カメラが移動するにつれて、農家の入口や窓が、鎧戸を閉じ、錠をおろしているのがわかる。さらなる守護と封印のしるしとして、十字架と不快な大蒜《にんにく》の束がさがっている。いくつもの目がおどおどと、こちらをうかがっている。カメラは軍隊のようにきっぱりと、だが用心深く、勇敢に、好奇心をもって、進んでいく。

溶暗

4

屋外：林立する杭

杭の林を抜けていく。野草で荒れ果てた地面に、おびただしい杭がダッチアングル（カメラの技法。あえて傾けたまま撮影する）でさまざまな角度に傾いている。長いあいだ使用されず、手入れも怠ったままの処刑場だ。

溶暗

5

屋外：以前はかなり大きな牢獄であっただろう矢来

ひとつをのぞき、有刺柵に囲まれた独房すべてがいまも残っている。そこに監禁された捕虜は、檻の中では自由に動くことができ、ほかの囚人から、また外部の危険から隔離されて、心安く過ごすことができる。（いくつかの区画に散らばった骨は、かつてここに、血を供給するための人間が家畜とし

て飼われていたことを示唆している）

溶暗

6

屋外：狼の巣

淡い黄褐色の靄を背景にして、銀の鎖でつながれた毛深い巨大なダイアウルフの輪郭が前面に浮かびあがる。獣らしからぬ思慮深さを示しながらゆっくりと起きあがり、敷地のむこう、山上の城できらめく遠い光を見つめる。狼が遠吠えする。夜の子の奏でる甘美なる音楽だ。

溶暗

7

屋外：城壁の下の溝

のそのそと走るアルマジロ。ゆっくりと進む巨大な甲虫。ぬかるんだ水面に映る——明かりのついた窓。

溶暗

8

屋外：堀

何本もの槍が斜めに突き刺さっている。古いノートが水面を漂っている。そのページは速記文字で埋まっている。画面を横切って移動すると、ふたたび城の窓が水面に映る。以前よりも近い。

溶暗

9

屋外：跳ね橋

水が澱み雑草がはびこるひろい堀の上。跳ね橋をわたって巨大なアーチをくぐり、幾何学的な中庭にはいる。幅およそ三十フィート、奥行きは百ヤードといったところか。城壁の真下までつづいている。トーランドがいかにしてそのすべてをカメラにおさめるか、お手並み拝見というところだ。周囲は何世紀ものあいだ放置され荒れ果てているが、この中庭だけは完璧な様相を維持している。明かりのついた窓にむかって中庭を横切るにつれて、ありとあらゆる珍しい異国の花が目にはいる。マリファサ・ルピノ・ルミノ（スチュアート・ウォーカー監督、ヘンリー・ハル主演『倫敦の人狼』Werewolf of London（一九三五）に出てくる植物。チベットの山奥にのみ生息し〝狼憑き〟の治療薬となる。〝狼草〟とも呼ばれる）、稀少種の蘭、オードリアンシス・ジュニア（フランク・オズ監督、リック・モラニス主演『リトルショップ・オブ・ホラーズ』Little Shop of Horrors（一九八六）に登場する人食い植物オードリー・ジュニアより）、トリフィダス・セレスタス（ジョン・ウィンダム『トリフィド時代』The Day of the Triffids（一九五一）に登場する歩行植物トリフィドより。スティーヴ・セクリー監督、ハワード・キール主演『人類SOS！』The Day of the Triffids（一九六三）で正式な植物名をつけられた）。あたりはすさまじく荒廃し、深刻にして鋭い腐敗が芽吹いている。どこを見ても腐敗。山の魔王の宮殿で最後のトロルが死んだ夜だ（ヘンリック・イプセンの戯曲『ペール・ギュント』Peer Gynt（一八六七）およびエドヴァルド・グリーグによる同名の劇音楽（一八七五）より）。おのれを守ろうとするように、カメラにむかって威嚇する植物もある。

溶暗

10

屋外：窓

カメラが接近し、窓枠がスクリーンいっぱいにひろがる。とつぜん室内の光が消える。同時にカメラが静止し、シークエンスのあいだじゅう流れていた音楽（バーナード・ハーマン）も消える。窓ガラスに、背後にそびえる陰鬱にして荒涼たるドラキュラ領の山々と、夜明けの空が映る。

溶暗

11

屋内：ドラキュラ城の廊下――黎明――一八八五年

華やかな装飾の鏡が両側の壁にならび、無限のアーチを映しだしている。大柄な人影――ドラキュラが、ゆっくりと廊下を進む。その足どりは、経てきた歳月ゆえに重い。立ちどまって鏡をのぞきこむが、そこに彼の姿はない。何も映さない鏡が無限につづく。彼などそこに存在していないかのように。

溶暗

12

屋内：ドラキュラの地下室――黎明――一八八五年

巨大な窓を背景に、ドラキュラの巨大な柩台のシルエットが、はるか遠くから映しだされる。

溶暗

13

屋内：ドラキュラの地下室――黎明――一八八五年。

目がひとつ。驚くべき目。信じられないほど大きな血の涙。近づいてくる人影が映る。刃物をふりかざしている。BGMの中に聞こえる橇の鈴の音が、まるで皮肉なインドのテンプルベル（temple bell は日本の寺院にある釣鐘ではなく、ハンドベルに近い）のようだ――音楽が凍りつく――

ドラキュラの年老いた声「薔薇の血を！」

目を映していたカメラがひいて、年老いたドラキュラの顔が見える。血でふくれあがっているが、盗んだ若さはふたたび失われている。灰色の皮膚はミイラのように羊皮紙じみ、目のまわりの皺はひび割れている。大きすぎる牙が頬をふくらませ、くちびるを引き攣らせている。そしてその鼻は、信じられないほど巨大だ。閃光が画面を横切る。ドラキュラの首をめがけて、ギロチンのようなククリ刀がふりおろされたのだ。切り落とされた首をカメラが追う。首は柩台の下のカーペットを敷いた段をふたつころがり、大理石の床に落ちてはじける。朝日の最初の光を受けて、血の渦が蛇のようにきらめく。光が床を斜めに照らす。埃っぽいカーテンが窓から剥ぎとられ、ふいに千もの光の十字架が映しだされる。

14

屋内：ドラキュラの柩台の足もと

カメラはごく近い。カーテンのなくなった窓を背景に、人影が見える。頭上までボウイナイフをふりあげた男だ。カメラが柩台にそって移動し、ドラキュラの心臓にむかってふりおろされるナイフを追う。そして、切り落とされた首で静止する。くちびるがまだ動いている。墓場から漏れるささやきのような声。

ドラキュラの年老いた声「薔薇の血を！」

陽光の中、十字の影が無情に首の上に落ちる。ラップディゾルヴ（前の映像につぎの映像をオーヴァラップさせて画面転換をする技法）で、首が、牙の生えた目のない頭蓋骨に変容する。

フェードアウト

『ドラキュラ伯爵』のキャストおよびクレジット　一九四〇年一月現在

製作会社：マーキュリー・プロダクション　配給：RKOラジオ・ピクチャーズ　製作総指揮：ジョージ・J・シェーファー　製作：オーソン・ウェルズ　監督：オーソン・ウェルズ　脚本：ハーマン・J・マンキーウィッツ、オーソン・ウェルズ――ブラム・ストーカーの小説より　撮影：グレッグ・トーランド　編集：マーク・ロブソン、ロバート・ワイズ　美術監督：ヴァン・ネスト・ポルグレス　特殊効果：ヴァーノン・L・ウォーカー　音楽／音楽監督：バーナード・ハーマン

オーソン・ウェルズ（ドラキュラ）　ジョゼフ・コットン（ジェデダイア・レンフィールド）　エヴェレッ

ト・スローン（ヴァン・ヘルシング） ドロシー・カミンゴア（ミナ・マリー） ロバート・クート（アーティ・ホルムウッド） ウィリアム・アランド（ジョン・ハーカー） アグネス・ムーアヘッド（ミセス・ウェステンラ） ルシル・ボール（ルーシー） ジョージ・クールリス（ドクター・ウォルター・パークス・セワード） ポール・スチュアート（精神病院の看護人レイモンド） アラン・ラッド（キンシー・P・モリス） フォーチュニオ・ボナノヴァ（ビストリツァの宿の亭主） ウラディーミル・ソコロフ（ツガニーの長老） ドロレス・デル・リオ、ルース・ウォリック、リタ・カンシーノ（ヴァンパイアの花嫁） ガス・シリング（デメテル号の船長）

（訳注：コッポラのドラキュラが『地獄の黙示録』Apocalypse Now（一九七九）のパロディであったように、この章におけるオーソン・ウェルズのドラキュラは『市民ケーン』Citizen Kane（一九四一）のパロディである。『市民ケーン』では、ケーンが最後に残した「薔薇の血《ローズ・ブラッド》」ならぬ「薔薇のつぼみ《ローズ・バッド》」という言葉の謎を解こうと、トンプソン記者が奔走する）

3

「マドモアゼル・デュドネ」留守番電話から、うなるとも咽喉を鳴らすともつかない声が語りかけてきた。「オーソン・ウェルズです」

その声、はラジオのスター俳優だった一九三〇年代より、さらにいちだんと低くなっている。一九三八年、ジュヌヴィエーヴはハロウィンの季節をアメリカですごしていた。『ウェルズ&マーキュリー・シアター・オン・ジ・

エア』（ウェルズとジョン・ハウスマンが結成したマーキュリー・シアターは一九三八年からCBSラジオで番組をもち、毎週短編ドラマを放送した）が現実のニュースと聞き間違うばかりの迫真の演技でH・G・ウェルズの「珍しい蘭の花が咲く」（The Flowering of the Strange Orchid（一八九四）。吸血植物を扱ったH・G・ウェルズの短編小説）を放送し、東海岸の住人の半分が、のたうつ吸血植物に侵略されて国が滅びると信じこんだときのことだ（一九三八年十月三十日、ウェルズはH・G・ウェルズの『宇宙戦争』The War of the Worlds（一八九八）を放送してパニックを引き起こした）。彼女はほかにも、「人の心にどのような邪悪がひそんでいるか、誰が知ろう」というささやきと、それにつづく「シャドウは知っている！」という意気揚々たる宣言、そして、低いふくみ笑いが急激に狂気を秘めた恐ろしく不快な高笑いに変わっていくさまを記憶している（一九三〇年代に放送されたラジオドラマ『シャドウ』The Shadow の冒頭ナレーション。オーソン・ウェルズは一九三七年から三八年にかけてシャドウの声を担当した）。

はじめて彼本人に会ったのは一九五九年のローマで、その声は彼女を失望させることがなかった。いま、耳障りでちっぽけなアンプを通した安っぽいテープにおいてさえも、彼の声は魂に呼びかけてくる。ブランデーや冷凍の豆を売るにあたっても、その声は強力な武器になる（ウェルズは一九六五年に冷凍食品会社フィンダスの、一九八〇年にはポール・マッソンのブランデーのCMナレーションを担当している）。ウェルズ本人が、CMナレーションの物真似をするウェルズ芸人たちと競わなくてはならないというのは、現代の悲劇だ。だが彼女はいまふたたび、ウェルズは長年にわたって演じている零落した巨人という役割に、ひそかにそれなりの喜びを見出しているのではないかと考える。俳優としての彼にとって、もっとも大いなる役はつねに彼自身だ。電話に伝言を残すときですら、必要以上の熱をこめて、シェイクスピア作品の臨終場面のような重みのある話し方をするのだから。

「私立探偵の資格をもち、不死者《アン＝デッド》コミュニティの一員でもあるあなたのご意見をぜひともうかがいたい、ささやかな問題があるのですよ。お立ち寄りいただければありがたいのですがね」

考えてみた。ウェルズは裕福だったかと思うと無一文にもなることで有名だ。必要経費はもちろん、一日百ドルという慎ましやかな彼女の相場料金すらはらえない可能性が高い。珍しいワインやキューバ葉巻といったプレゼントをもらっても、彼女には意味がない。でもそれを売って現金に変えることならできる。そしてウェルズは、迷子の子供や失踪した保釈人をさがすことには、少しばかりうんざりしていたところだ。

これまで誰からも一度として退屈だといわれたことのない男だ。メッセージはジュヌヴィエーヴが休んでいた昼のあいだに残されていた。今日は、グレゴリオ暦一九八〇年代とユリウス暦一九八〇年代の狭間に埋もれた十日ほどの、最初の一日だ。それくらいの時間ならば、不完全な天才――彼自身による言葉だ――のために使ってもいい。

依頼を受けよう。

メッセージを残すにあたって、ウェルズは彼女に考える時間を与えてくれていた。無言でまわるテープから深い呼吸音が聞こえる。巨大な男の肺が動いている。それから、説得できる自信があったのだろう、くわしい住所が告げられた。ビヴァリーヒルズのどこかだ。

「またお会いできるのを心から楽しみにしています。それまでは、おぼえておいてください……『犯罪の実は苦い！』」

昔、彼が演じていたラジオ・ドラマの決まり文句だ（ラジオドラマ『シャドウ』The Shadowのエンディング・ナレーション）。

そして彼は笑った。王の笑い、シャドウの笑いだ。その声はまさしく彼女を骨までふるえあがらせたが、同時に小さな笑い声をもあげさせたのだった。

4

オーソン・ウェルズは、貸しバンガローの裏にある水を抜いたプールのひび割れた底で、人々の注視を浴びていた。三人のヴァンパイア娘がヌードになって、三つの品――輝く頭蓋骨、マクベスのような血まみれの短剣、関節が動くモンスター蝙蝠の人形――をふりかざし、ウェルズの巨体の周囲をとびまわってはハロウィンじみた小道具で彼の頭部に襲いかかっている。かつての〈早熟の天才〉は膝をつき、ぶかぶかのルバシカを腰まではだけて、巨大な（パテでつくった）鼻を照明の下でぎらつかせながら、大きな鋤《スペード》型の顎髭を赤いシロップで汚している。ホームムービーの撮影に使うようなハンディカメラを抱えた男が、奇妙な四人組の周囲をまわっている。ヴァンパイア娘がカメラと監督俳優のあいだにはいりこんでも気にとめていない。

ほかにも何人かが、プールの周囲で照明器具を操作している。だが音響機器はない。サイレントの場面なのだ。ジュヌヴィエーヴは撮影の邪魔にならないよう、バンガローの脇で足をとめた。これまでも幾度か、チネチッタ（ローマ郊外にある映画撮影所。ジュヌヴィエーヴは前作『ドラキュラのチャチャチャ』Dracula Cha Cha Cha でチネチッタを訪れている）やハリウッドで撮影現場に立ちあったことがある。このクルーは、学生短編映画を撮っているのかと思えるほど小規模だ。監督がべつの誰かだったら、メイクアップ・テストかリハーサルかと思うところだが、ウェルズの場合はこれが本番の撮影だ。最終的に台詞が噛みあわなくなる恐れはあるものの、それでもこれはすばらしい作品になるだろう。

ウェルズが独白をつぶやいている。

不死者《アン＝デッド》の娘たちの役割を理解するのに、しばしの時間がかかった。ジュヌヴィエーヴは驚きのこもった笑いを押し殺した。彼女たちがヌードになっているのは、最終的な映画の観客に性的刺激を与えるためではない。彼女たちの姿は見えないのだから。映像をもたないノスフェラトゥの姿は、フィルムが現像される段階で完全に消えてしまう。娘たちがヌードになっているのは、服はフィルムに映るからだ。長生者《エルダー》の中には、ドラキュラもそのひとりであるが、光学の法則を破り、まとっている衣服の映像までみずからの黒い心にとりこんで消してしまう者もいる。完成した映画の中で、ウェルズは、悪意をこめて動く物体――頭蓋骨と短剣と蝙蝠――に悩まされているように見えるだろう。いま彼は、リア王のように衣服と髪をかきむしり――ただし鼻にだけはさわらないよう気をつけて――怒れる天に呼びかけている。ほっそりとしなやかで死体のように白いヴァンパイア娘たちは、寒さを感じるふうもなく、無表情に手だけを動かしてとびまわっている。

これは、考え得るかぎりもっとも安価なスペシャル・エフェクトだ。

ウェルズは顔から突っ伏すように倒れ、数秒間じっとその姿勢をとどめてから巨体を起こし、役を離れて「カット」とさけんだ。鼻はみごとにつぶれていた。

クリップボードをもった黒髪の女が物陰からあらわれ、監督と相談をはじめた。白い毛皮のコートを着て、揃いの帽子をかぶっている。ヴァンパイア娘たちは小道具をおろし、背後にさがった。撮影クルーは誰も彼女たちが裸であることを気にとめていない。ひとりが椅子においたマントのようなローブをとりあげ、ほっそりとした肩に羽織り、プールから出てきた。

ジュヌヴィエーヴはまだ誰にも来訪を告げていない。ヴァンパイア娘の視線が感じられる。華々しいはずのショービジネスにも、もううんざりしているといいたげな雰囲気だ。

「あたしは転化して成功するつもりだったのよ」彼女が言った。「永遠に美貌を保って、スターになるはずだったの。なのにフィルムに映らなくなっちゃった。評価も高かったのよ。『チャーリーズ・エンジェル』の、この前のシーズンの候補にだってあがってた。ブロンドをやるはずだったのに」(『地上最強の美女たち！　チャーリーズ・エンジェル』Charlie's Angels は一九七六年から八一年にかけて放映されたTVドラマ。三人の美女が事件を解決する。メンバーが変更することもあったが、必ずブロンドがひとり加わっていた)

「劇場があるわ」ジュヌヴィエーヴは言ってみた。

「劇場じゃスターになれないもの」娘は答えた。

彼女は明らかに新生者《ニューボーン》で、まだ永遠というものを理解できずにいらだっている。"いますぐ"すべての贈り物を手に入れることを望み、下積みをするとかチャンスを待つことができずにいる。短く切ったブロンドの髪。鳥のように繊細な骨の上にひろがる透けそうに白い肌。可愛らしい華奢な、それでいながら鋭くとがって固く張りつめた顔の中で、小さな赤い目と歯がきらめいている。上腕に並行に走るまだ治癒していない爪痕が、まるで軍曹の袖章のようだ。ジュヌヴィエーヴはすべての詳細を心にとどめた。

「ニコ、それ、誰？」プールの底からもうひとりの娘が呼びかけてきた。

ニコ？　有名な女優ではない。

「あんた、誰よ」ニコがたずねた。「あんたは有名なの？」

有名人でないニコは、ジュヌヴィエーヴの思考を読みとったらしい。長生者《エルダー》にはよくあるが、新生者《ニューボーン》には珍しい能力だ。うまく生き延びることができれば、この娘は成功するかもしれない。ただそのためには、「オール・トゥモロウズ・パーティーズ」の歌手と混同されないよう、新しい名前を考えたほうがいい（All Tomorrow's Parties（一九六六）は一九六四年に結成されたアメリカのロックバンド、ザ・ヴェルヴェット・アンダーグラウンドに、歌手・女優・ファッションモデルであったニコが参加してつくったアルバム『ヴェルヴェット・アンダーグラウンド・アンド・ニコ』の中の楽曲）。

「新しいお仲間よ」売り出し中の女優はプールにむかって答えた。「透明人間役」

「わたしはお芝居をするためにきたのではないのよ」ジュヌヴィエーヴは説明した。「ミスタ・ウェルズに会いにきたの」

ニコが不満そうな視線をむけてきた。どうして女優でもないヴァンパイアがここにいるのか。新生者《ニューボーン》の心の中で歯車がまわっている。その力は双方向に働く――ニコはジュヌヴィエーヴの言葉をひろいあげると同時に、彼女にむかって言葉を送りだしてもいるのだ。プールにいるふたりの名は、ミンクとヴァンピ（この名前はどうかと思う！）。しばしばニコとつるんでいる。

「あんた、古いんでしょ？」

ジュヌヴィエーヴはうなずいた。ニコの顔にあからさまな熱意が浮かぶ。

「ねえ、またもどってくる？　鏡に映るようになる？」

「わたしはいまも鏡に映らないわ」

ニコの顔がどこまでも沈んでいった。いま彼女は女優という職を失ったのだ。その失意が全身からあふれる。いまなら最後列の観客にまで伝わるだろう。

「どのような特質になるかは血統によって異なるわ」ジュヌヴィエーヴは慰めた。

「それは聞いてる」

かすかな希望などどうでもいい。ニコはいますぐ効果のある解決策を求めているのだ。

「これはこれは、マドモアゼル・デュドネではありませんか」聞き慣れた深い声が呼びかけてきた。

「ええ、オーソン、わたしよ」

そのやりとりを聞いて、ニコが計算をはじめた。ジュヌヴィエーヴのことを重要人物かもしれないと見なおしたのだ。

「では今夜の撮影はこれで終了する。諸君、ご苦労だった。ギャラはオヤに請求して、明日真夜中きっかりにもどってきてくれ。きみたち全員、じつにすばらしい仕事をしてくれた」

クリップボードをもった女がオヤだった。オヤ・コダール——ウェルズのパートナーであり、共同製作者でもある。ユーゴスラビアからやってきて、このカリフォルニアの岸辺にうちあげられた難民のひとりだ。

ウェルズはたくましい腕の力だけで軽々と巨体をひきあげ、プールから浮かびあがるように梯子をのぼってきた。足どりの軽さは驚くばかりだ。

彼がパテの鼻を引き剥がして彼女を抱擁した。

「ジュヌヴィエーヴ、ジュヌヴィエーヴ、お会いできて嬉しいですよ」

クルーたちも、それぞれの器具をもってあがってきた。

「ヴァン・ヘルシングの狂気のシーンがどうにか完成しましたよ」ウェルズが説明する。

「女の子たちを使ったトリック、すてきね」

彼の目の中に、サンタクロースのきらめきが宿る。ウェルズは催眠術をかけようとするように手をふりまわした。

「基本的な映像の魔術ですよ。ジョルジュ・メリエスなら一八九七年にやってのけたでしょうな」

「これまでにも使われたことのある手法なの？　一度も見たおぼえがないわ」

「じつをいえば、たぶんわたしの発明です。映画にはまだまだひねりだせるトリックがありますね。これだけの年月がたったというのに——あなたにとってはほんのひと呼吸でしょうけれど——トーキーはまだ完成されていない。あの可愛いヴァンパイア娘たちは、人形遣いかアニメーターになれますね。けっして手が見えないんですよ。子供たちのための短編映画を撮ってみるのもいいでしょうね」

「ずいぶん長く取り組んでいるの?」

「今夜七時にアイデアが浮かびましてね」上品なふくみ笑いを漏らし、「ここはハリウッド。電話一本でなんだって手にはいる。電話で注文すれば、ピザのようにヴァンパイアが届くんですよ」

姿の見えない娘たちはたぶんコールガールなのだろう。映画で頭角をあらわすことのできない女が選ぶ、伝統的な職業だ。スタジオのお偉方の中には、オーディションで侮蔑をこめてすげなく落とした女に多額の金をはらって、被虐的に扱われることを好む者もいる。そして正しく訓練されたヴァンパイアは、温血者《ウォーム》の娘が不健康で不快だと嫌悪をおぼえるような苦痛と快楽の領域にも、足を踏み入れることができるのだ。

気がつくと、ニコが若い男のアシスタントにつきまとい、戯れかかったり何かをねだろうと甘えたりしている。ウェルズの言うとおりだ。彼女には人を操る職業がむいている。

「中にはいってください、ジュヌヴィエーヴ」ウェルズが言った。「話があるんです」

クルーと娘たちはそろって立ち去った。プロダクション・マネージャーのオヤが手配した何台かの車に分乗し、それぞれの自宅か——ニコとミンクとヴァンピの場合は——夜明けまでの数時間を過ごす新しいクラブへとむかう。カメラマンのゲイリーはフィルムを現像するため、ひとりでオールナイトの現像所にとんでいった。映画業界の人々は、不死者《アン＝デッド》になることなくヴァンパイア時間を生きている。

空気に不穏な気配が残っている。もともとそういうものなのだろうか。それともクルーの中に、体力をもたせようとドラックをやっていた者がいるのだろうか。ドラックは覚醒剤《スピード》よりましだと聞いたことがある。たぶんジュヌヴィエーヴには効かないだろう。いずれにしても血を飲む存在として——すべての同族と同じく、彼女自身もヴァンパイアの血を飲むことによって転化したのであるが——べつのヴァンパイアの粉末化した血を、それも何によって薄められているか悪魔のみぞ知るような血を体内にいれるなど、考えただけでも胸が悪くなりそうだ。

ウェルズがさきに立ってなんの特徴もないバンガローにはいり、明かりをつけた。ジュヌヴィエーヴは一瞬ふり返って、プールの脇に投げ捨てられた鼻を見つめた。

ヴァン・ヘルシングの狂気のシーンですって？

ウェルズがいま現在何に取り組んでいるかは知っている。どうあっても『ドラキュラ』を撮りたいのだと、以前から話していた。いま彼はその衝動に従って行動しているらしい。意外なことに、彼女は少しばかりの不安と迷いをおぼえた。この物語はいったい幾度語られなくてはならないのだろう。

5

ウェルズとそのバンガローの関係は、住居というよりも、単に場所を占めているという感じだった。高額な家賃が必要な、一時的仮住まいだ。スペインから輸入されたとてつもなく高価な骨董家具が、貸家の備品である現代的かつ機能的な見苦しい品のあいだにたたずんでいる。いちばん大きなスペースを占める仕事場は、囲いのない暖炉の前にカーテンのように吊るした十六世紀ものと思われるタペストリのおかげで、どうにか美的に耐えられるものになっている。描かれているのは、鎧兜に身を包んでまっすぐな高木が生い繁る緑の森を馬で駆け抜けていくひとりの騎士と、背後の木々のあいだからその騎士をうかがう、赤い目と舌をもった黒い顔の悪魔たちだ。下方の隅がひどく焼け焦げているため、美しさが損なわれ、邪悪な指が這いあがっているように見える。その周囲では、装丁の確かな古書と鮮やかな現代のペーパーバックのまじった本の山が積みあがり、フィルムの缶がいまにも崩れそうな塔をつくっている。

それにしても、ウェルズはなぜ、上等のシェリー酒のケースとポテトチップスの箱をまとめて片隅に積みあげているのだろう。彼女はそこで、CM出演料が一部、現物で支払われたのだと気づいた。そして、勧められたシェリーを受けとったことで、ウェルズを驚かせた。

「わたしもときどきはワインをたしなむのよ、オーソン。ドラキュラがわたしたちすべてを代表しているわけではないわ」

彼はアーチのように眉を吊りあげ、大仰な身ぶりで紙コップにシェリーを注ぎながら言い訳をした。

「グラスがまだマドリードから届いていないのでね」

ジュヌヴィエーヴはほんとうには味わうことのできない酒に口をつけ、背もたれがまっすぐなゴシック調の椅子に腰をおろした。温血者《ウォーム》の少女だったころに教会で過ごした時間がふと思いだされ、身体がもぞもぞする。

ウェルズは自身は、ヴェルヴェットのカーテンをかぶせた低いカウチにフォルスタッフのような巨体をどすんと落とした。大きな尻に敷かれたカウチが、まるで玉座のようだ。

オヤも無言で加わってきた。鮮やかなスカーフで髪を包んでいる。

しばしの間があった。

ウェルズがおおらかな笑みを浮かべた。役を楽しみながら、この瞬間を引き延ばしている。何を演じているかまで見当がついた。『マルタの鷹』(ダシール・ハメットの探偵小説 The Maltese Falcon(一九三〇)。三度映画化されたが、ジョン・ヒューストン監督、ハンフリー・ボガート主演の一九四一年作品がもっとも有名)のシドニー・グリーンストリートだ。この理解しがたい天才は、当惑している私立探偵との知恵比べを楽しんでいる。もしハリウッドが『鷹』をリメイクすることになったら――それは冒瀆ともいえる愚行だが――ウェルズはガットマン役に挑むだろう。俳優としての彼の仕事は、大半がそういうふうに、すでに存在する作品の粗悪な焼き直しの中で、他者がつくりあげた特徴的キャラクターを演じなおすことにある。

「なぜ今夜ここへきてほしいと言われたのか、不思議に思うべきなのでしょうね」水をむけてみた。

「そうですね」彼は面白がっている。

「きっと長い物語があるのね」

「そうでしょうね」

「夜明けまではまだ数時間あるわ」

「ほんとうに」

いまやウェルズはすっかりくつろいでいる。撮影から気持ちを切り換え、演じていたキャラクターだけではなく、現場を取り仕切る神という役割からも解放されたのだ。

「わたしがずっと『ドラキュラ』と取り組んできたことはご存じでしょう。一九四〇年にＲＫＯで制作しようと思って、スクリプトを書き、セットをデザインし、配役まですべて決定したんです。だがあのときはぽしゃってしまった」（このときに彼が断念したのは、『地獄の黙示録』Apocalypse Now（一九七九）の原作であるジョゼフ・コンラッド作『闇の奥』Heart of Darkness（一九〇二）の映画化）

彼女はうなずいた。

「何シーンか撮影するところまでいったのですよ。いつか夜中に倉庫に忍びこんで、フィルムをとりもどしてきたいものですね。いまのプロジェクトに使えるんじゃないかな。だが権利はスタジオがもっている。考えてもみてください。絵画の所有権が、絵の具をまぜた人やキャンヴァス布をつくった人のものになるんですよ。そしてわたしはいつものように、小さくなってなきゃならない。ヒューズの経営が暗礁にのりあげたあとＲＫＯを引き継いだ若い連中は、わたしが誰かもほとんどわかっちゃいないが、わたしの悔悟や嘆願や深い落胆を見世物として楽しんでいますよ。最終的にはわたしも意を通すことができるかもしれませんがね」

「『ドラキュラ』なら以前にもつくられたのではなかったかしら。確かフランシス……」

「あれは見ていません。わたしにとっても世界にとっても、それは問題ではないんです。『マクベス』にせよ『シーザー』にせよ、わたしは初演をしたわけじゃない、ただ最高の作品をつくっただけです（Macbeth および The Tragedy of Julius Caesar は、シェイクスピアの戯曲。ウェルズは一九三七年にマーキュリー・シアターで両作品を上演。舞台を現代に移した斬新な演出で評判となった）。ストーカーに関しても同じです。いずれにしてもあれはすばらしい小説ですね」

「妙に聞こえるかもしれないけれど、わたしもあれは読んだわ」

「もちろんそうでしょうとも」

「そしてわたしはドラキュラに会っているのよ」

ウェルズはいまはじめて聞いたかのように視線をあげた。彼女を呼びだしたのは、つまるところ知恵を借りるためなのだろうか。ジュヌヴィエーヴは百年近く前に、ほんの十五分ほどプリンス・コンソートに拝謁しただけだが（確かに劇的な事件だった）、あのときのことに関しては、五百六十五年にわたる生涯のそれ以外の部分についてよりも、はるかに多くの質問を受けている。伯爵の姿はもう一度、彼が真の死を迎えたときにも目にしている——そういえばあのときはウェルズもいっしょだった。葬儀に参列し、そのあとで彼の灰が撒かれるのも目撃した。きっと、あの男がやっとほんとうに死んだことを確かめたかったのだろう。

「『ドラキュラ』には何度かチャレンジしているのですがね。どうも呪われた作品のようなんですよ。ですがたぶん、こんどこそは仕上げられるでしょう。どうあっても仕上げなくてはならないんです」

オヤが彼の肩に両手をかけて力をこめた。ウェルズには王者の風格がある。とはいってもそれは、玉座を捨て、もっとも忠実で辛抱強い家臣のみを連れて追放された流浪の皇帝だ。

「アルカードという名前におぼえはありませんか」彼がたずねた。「ジョン・アルカード」

「オーソン、あなたにとってはショックかもしれないけれど、〝アルカード〟は〝ドラキュラ〟の逆読みよ」

彼は陽気なヴァージョンでシャドウの笑いを笑った。

「気がついていましたよ。もちろん彼はヴァンパイアです」

「中欧と東欧のノスフェラトゥは、変名と同じくらいアナグラムが好きなのよ」彼女は説明した。「ほんとうに奇妙な習癖ね。もう亡くなってしまった友達のカーミラ・カルンシュタインは、消滅するまでに少なくとも六つの名前を使っていたわ。ミラーカ、マーシラ、アリマーク、カール・リアム……」

「わたしの以前の名前はオルガ・パリンカスでした」オヤが話に加わってきた。「ハンガリー人らしく聞こえるようにと、オーソンが〝オヤ・コダール〟という名前を考えてくれたのです」

「新進気鋭の彫刻家〝ウラジミール・ザグドロフ〟も可愛いオヤのことですよ。確かにあなたのおっしゃるとおり、不死者《アン＝デッド》は偽名《ノム・デ・プリュム》や第二自我《アルター・エゴ》、正体を隠すこと、アナグラムや回文や折句《アクロスティック》（アナグラムは文字の入れ換え。回文は前から読んでもうしろから読んでも同じになる文章。折句はいわゆる〝縦読み〟など、文頭・文中・文末の文字をつづけるとべつの言葉が浮かびあがる言葉遊び）などを偏愛しています。俳優と同じですね。ビザンティン時代の遺物ですよ。それによって、ヴァンパイアという生き物の思考形式がわかる。技巧をこらしながら見え透いている。逆読みは、鏡に映らない姿を羊皮紙の上に反転させようという代償作用かもしれませんね」

「それで、そのアルカードというのは何者なの？」

「それこそ、わたしがいま答えを求めている問いなんです」とウェルズ。「そして親愛なるマドモアゼル・デュドネ、あなたこそ、わたしにその答えを与えてくれる方だと思っているのですが」

「アルカードは独立プロデューサーを名のっています」オヤが告げた。「町じゅうと取り引きがあります」

「だが実績はない」とウェルズ。

想像できる。

「しかしながら現金はもっている」ウェルズがつづけた。「実績《クレジット》はないが、クレジットライン（銀行が融資先に与える最高限度額のこと）はある。現金と米ドルはすべての疑惑をはらいのけますからね。絶対確かなものに見えるんですよ」

「見える？」

「なかなか気の利いた言葉じゃないですか。〝見える〟と〝である〟は、意味という深淵の両岸ですね。このミスタ・アルカードというノスフェラトゥは、わたしの『ドラキュラ』に出資しようといってくれているんです。ＲＫＯで『ケーン』を撮ったとき以来、一度もなかった好条件でね。無制限の予算。一流のスタジオ施設。編集作業の最終決定権。キャスティングから宣伝にいたるまで、すべてに関する差配権。彼が要求する条件はただひとつ、映画の題材です。彼が求めているのは、わたしの『ドン・キホーテ』（ミゲル・デ・セルバンテスの小説Don Quixote（一六〇五―一五）。ウェルズは一九五五年から六九年までかけてフランシスコ・レイグエラ主演で撮影したが、編集されることなく未完成のまま終わった）でも『八十日間世界一周』（ジュール・ヴェルヌの小説Le tour du monde en quatre-vingt jours（一八七三）。ウェルズは一九四六年にブロードウェイでミュージカルを演出。一九四七年から映画撮影を試みたが、資金不足で断念した）でもなく、ただひとつ、わたしの『ドラキュラ』なんです」

「コッポラの」——ウェルズにじろりとにらまれて言葉を変え——「ブランドが伯爵を演じたこの前の映画はどうだったの？　あれも最終的にはそれなりにヒットして、採算がとれたのでしょう？　『ドラキュラ』は客を惹きつける題材だわ。新しいヴァージョンをつくっても人気は出るでしょう。続編や、スピンオフのテレビ・シリーズや、模倣作品も可能だわ。あなたのミスタ・アルカードの行動には筋が通っている。とりわけ、財布の底が深くて実績がないとなれば。良質な——すばらしい映画に関係しておくのは悪いことではないもの。きっと評価がほしいのでしょう」

　ウェルズはしばしその考えを頭の中でころがしていたが、やがて悲しげに結論した。

「ちがいますね。ジュネ、わたしは一度として自我《エゴ》が欠如していると非難されたことはありません。わたしの精神の巨大さ、自己肯定感の強さは、いわばわたしの仕事の一部、日々の闘いをこなすためにどうあってもひきずっていかなくてはならない鎧です。それでも、自分の状況が見えていないわけではありません。正気のプロデューサーなら、わたしにそこまでの投資はしない、そんな契約を申しでたりはしない。スピルバーグやルーカスといった若い連中だって、そこまで好条件な契約を結んだことはありませんよ。それに関しては、誰よりわたしに責任があるようなものですがね。今日のスタジオは石油王やホテル王の所有物になっていますが、わたしが二十四歳のときに結んだ契約について、いまも種族的な記憶をとどめているんです。わたしにとって、そしてほかのあらゆる人々にとって、とんでもないことになってしまったあのときのね（ウェルズは一九三九年にRKOと破格の条件で契約し、結果的に莫大な損失をもたらした）。一九四三年にわたしを追いだしたあと、RKOは業界紙に〝天才はいらない、ショーマンシップを！〟という新しいモットーを使った広告を出しましたよ。ハリウッドはわたしにうろついてほしくないんです。あの町が犯した過ちを、罪を、思いださせますからね」

「アルカードは独立プロデューサーだと言ったわね。もしかするとあなたのファンかもしれないわ」

「わたしの映画を一本だって見ているとは思えませんね」

「悪質なジョークだと思っているの？」

ウェルズは巨大な両手をあげて肩をすくめた。オヤは彼よりも慎重で、より心配そうだ。もしかすると、調査員を呼ぶよう進言したのは彼女なのかもしれない。

「最初の小切手は問題ありませんでした」とウェルズ。「ここの家賃も支払われています」

「あの格言、ご存じよね」

「馬の歯医者ですか。もちろんです」（「贈り物の馬の口を見てはいけない」という諺がある。馬の歯を見れば年齢がわかることから「贈り物の粗さがしをしてはいけない」という意味になる）

「でも困っているのよね。謎が解けないから」

「〝ミスタ・アルカードの謎〟。いかにもそのとおり。たとえ目の前で計画が流れても、わたしは平気ですよ。これまでも通ってきた道なんだし、こんどもまたなんとかやっていけるでしょう。ただ、いずれにしても予感がするんです。このミスタ・アルカードについて、慎重に調査してくれませんか。少なくとも、本名と、どこからきたのかだけでも知っておきたい。とてもアメリカ人的に思えることもあるが、ずっとそうだったわけじゃない。何よりも、この男の目的が知りたいですね。マドモアゼル・デュドネ、ぜひともお願いします」

6

「知ってるだろ、ジュネ」ジャック・マーティンが悲しげな声で言った。

つねに頭のまわりで輪をつくっている煙草の煙ごしに、空のグラスの中で溶けていく氷を見つめながら、もの思いに沈んでいる。

「何ひとつ問題じゃないんだ。大切じゃない。書くことなんてさ。宇宙規模で考えたらほんとにくだらない、努力する価値もない瑣末事じゃないか。血と汗と内臓と骨を身体からひきずりだして、タイプライターにそそぎこみ、プラテンの上で遊んでるだけのことさ。アメリカの病んだ魂が陽光のもとで腐っていくだけのことだ。ぼくの書いたものなんて、誰もほんとうには読んじゃいない。この町じゃ、ジャック・マーティンはもちろん、フラナリー・オコナーだってレイ・ブラッドベリだって、誰も知っちゃいないんだ。何ひとつ記憶されてくものなんてない。死んじまったらすべておしまいだ。砂が文明を埋めつくし、太陽が巨大な赤い火の玉になって、きみだって地球の表面から焼きはらわれちまうんだ」

「それは何万年もさきのことだわ、ジャック」

彼は納得していない。マーティンは作家だ。高校生のときに「生きていることはすばらしい」というエッセイを書いて国内コンクールで優勝した。いまは不満だらけの四十代。もっとも得意とする感受性豊かでぞっとするホラー短編を、小規模なSF雑誌や男性むけ雑誌に発表しながら、一度は熱狂的に支持してくれる出版社から高価な限定本を出したこともある。だがその出版社は、結局支払いをしないまま倒産した。この十年は、本来の名前で書かれたものを何ひとつ発表できないまま、シナリオライターとして生計を立てている。幸福な結末というやつはなかなか訪れないようだ。

しかしながらそのいっぽうで、彼は〝業界〟で起こっている出来事にくわしい。だからジュヌヴィエーヴは、映画に関連した事件を扱うときはまず彼を訪問する。彼はビヴァリー・グレン・ブールヴァードの、百万ドル御殿に囲まれたタール紙のあばら家に住んでいる。そして、少なくとも地震の心配だけはないとみんなに語っている。

マーティンがからからと氷を鳴らした。ジュヌヴィエーヴは彼のために、コカコーラをもう一杯注文してやった。彼が短くなった煙草を消して、新しいものに火をつける。

ここはホテルのバーだ。カウンターのむこうで、マジシャンのような服を着た若い娘が、新しいグラスに氷をいれて、小さなクロムの管に手をのばし、氷の上からコークをそそぎいれる。

マーティンが手もとのグラスをもちあげた。

「あの子に一ドルわたして、このグラスに注ぎなおしてもらえたらすてきだと思わないか。わざわざ新しいグラスを出したり伝票をつけなおしたりする手間なんかなしでさ。無限におかわりができる。考えてみろよ、ジュネ、ユートピアの夢。これこそアメリカに必要なものだよ。〝尽きることのない〟コーク！」

「お客さま、そういうわけにはまいりませんので」バーテンダーの娘が言った。

コークといっしょに、キルト模様の紙ナプキンと、けちくさいレモンの切れ端と、プラスティックのマドラーが出てくる。

マーティンがバーテンダーの脚に目をむけた。網タイツにハイヒールを履いている。身体にぴったりあった白いヴェストに燕尾服、それにシルクハットだ。

作家が新しく注がれたコークに口をつけた。バーテン娘はべつの朝の客の相手をしにいってしまった。

「あの子は女優だな」彼が言った。「きっとポルノをやってるんだ」

ジュヌヴィエーヴは眉をあげた。

「成人映画のほとんどは、メジャーで公開されてる駄作よりずっといい作品なんだぜ」マーティンは主張した。「ジェラルド・ダミアーノとかジャック・ホーナーを見せてやるよ。きみだってきっと、ベルイマンかドン・シーゲルじゃないかって思うよ。ただ、やたらとヤってるだけさ」

成人映画の〝シナリオ〟を執筆しながらも、マーティンは作家協会の会員身分を死守するため、筆名をけっして漏らさないよう細心の注意をはらっている。協会はポルノに対する道義的な立ち位置を何も表明してはいない。それでも会員は、長編映画のシナリオを二日で書きあげて三百ドルというような仕事は引き受けないことになっている。マーティンは、ジェイミー・ギリスの得意台詞「ほら、やってみな」は、自分が考えだしたものだと主張している。

「ジョン・アルカードについて知りたいのだけれど」

「その名前なら……」

「〝ドラキュラ〟の逆読みだという以外の情報をお願い」

「あいつはニューヨークからきた。っていうか、少なくともここにくる前はニューヨークにいた。あのアート運動の連中といっしょに活動していたらしい。ほら、ウォーホルとか、ジャック・スミスとかさ。ユナイテッド・アーティスツ（一九一九年に創立されたアメリカの映画配給会社・映画スタジオ。数々の名作を生みだしたが、経営不振により一九八一年にＭＧＭに買収された）とファーストルック契約（映画監督や製作会社の企画を特定の配給会社が優先的に見ることができる契約）を結んで、ＦＯＸ（20世紀フォックス。一九三四年に創立されたアメリカの映画配給会社・映画スタジオ）とも何かうまいことやってのけたみたいだ。業界じゃ、グリフィン・ミル、ジュリア・フィリップス、ドン・シンプソンと独立プロダクションを設立するって話がひろまってるよ」

「でも、これまで映画をつくったことはないのでしょう？」

「それをいうなら、一度も映画を見たことがないって噂だ。だからって、あいつがプロデューサーを自称するのをとめることはできないさ。それで、きみはあいつのために働いてるの？　ぼくは役に立つって言っといてくれないかな。ぼくがリライトした『ミュージック・ミュージック』（ナンシー・ウォーカー監督 Can't Stop the Music（一九八〇）。ヴィレッジ・ピープルのヒット曲をならべて、グループの誕生からデビューまでをフィクションで描いた作品）のこともさ。いや、あれじゃないな。結局うまくいかなかったけど、あのテレビの話のほうがいい。なんなら日が暮れるまでにサンプル・シナリオをわたすよ」

マーティンは彼女の上腕をつかんでいる。

「ジャック、わたしはアルカードに会ったことはないのよ。ある人に頼まれて、彼のことを調べているの」

「それでもさ、もし機会があったら頼むよ、ジュネ。ぼくにとってそれがどれだけの意味をもつか、わかるだろ。借金取りを追いはらわなきゃならないし、シャーコ・プレス（Sharkko Press フィリップ・ホセ・ファーマーが新人時代に応募して優勝したコンテストで、賞金をわたさず使いこんだといわれているシャスタ・パブリッシャー創設者メルヴィン・コルシャック Korshak をもじったものと思われる）はまだ『暗い影《テネブラス・トワイライト》』限定本の支払いをしてくれない。リライトやブラッシュアップだっていい、育成契約がとれたらこの冬と春を乗り越えられるんだ。エンセナダ（メキシコの都市。アメリカ国境から七十キロほど南にくだった太平洋岸にある）に行って、小説を完成させる時間が稼げる」

約束してあげたい。彼女はいま、ただの事実以上のことを学んだ。ジャック・マーティンの目に宿る光が、ジョン・アルカードに関する何かを語っているではないか。アルカードにはある種、魔法の力のようなものがそなわっている。だがジュヌヴィエーヴには、その男がただの手品師なのか、それともほんものの魔術師なのか、判断できない。

では、その情報に基づいて行動していこう。

7

ジュヌヴィエーヴにはもう、アルカードの事務所に押し入り、オーソン・ウェルズを窮地に追いこんで放置するつもりなのかどうか直接たずねるよりほか、できることは何もなくなってしまった。マーティンと別れてから業界関係者に何本か電話をかけ、〈ヴァラエティ〉誌と〈ハリウッド・レポーター〉誌（エンターテインメント業界の情報を扱うアメリカの雑誌。一九三〇年に創設されたハリウッド最初の業界紙）のバックナンバーに目を通し、業界人のたまり場にふたつほど立ち寄り、噂を集めた。

そしていまは、パシフィック・コースト・ハイウェイをパラダイス・コーヴにむかって引き返している。太陽が沈み、星のないどんよりとした闇が海の上にたれこめている。このプリムスはときおり独自の意志をもっているのではないかと疑わせることもあるのだが（一九五八年型の赤いプリムス・フューリーということで、スティーヴン・キング原作、ジョン・カーペンター監督『クリスティーン』Christine（一九八三）に登場する、邪悪な意志を持つ車、クリスティーンではないかと思われる）、いまは穏やかなハンドルさばきのもと、見通しの悪いカーヴをかなりのスピードで走り抜けている。ラジオをひねって山ほどのディスコ音楽をとばし、ツートーン（一九七〇年代後半にイギリスで起こった、スカとパンクロックとニューウェーヴを融合させた音楽ジャンル）を流している局を見つけた。これがいい。新しくて、まだ生きている文化だ。

「バスルームの鏡　自分を守るために

おれが犯したすべての罪の報い……」（イギリスのスカ・バンド、ザ・ビートの楽曲 Mirror in the bathroom（一九八〇）より）

これまでわかったことについて思いをめぐらす。

スタジオがこぢんまりとしたささやかな領土にすぎず、ルエラ・パーソンズ子飼いのレポーターが町で起こる出来事や新しいスキャンダルすべてを把握できたような、古きよき時代は過ぎ去った。もはやほとんどの映画はハリウッドでつくられることさえなく、スタジオ経営はメイン事業を抱える多国籍企業にとっても利益率の低いビジネスになってしまった。噂では、ユナイテッド・アーティスツはまもなく、トランスアメリカ・ピクチャーズに名前を変えるという（トランスアメリカ・コーポレーションは一九六七年からユナイテッド・アーティスツの大株主で、名前を変える話もあったが、結局は一九八一年MGMに売却された）。

さまざまな噂を総合すると、マーティンの話はおおむね裏づけがとれたものの、それ以上のくわしい情報は驚くほど出てこなかった。ウェルズとの契約のほかにも、ジョン・アルカードはいまのところ、関与してきたスタジオ・プロダクションの資金をまったく使わず、自身のクレジットラインからの支出のみで、町じゅうで最高級の才能をもつ人々とさまざまなプロジェクトを進行させている。いまだ『ディア・ハンター』（The Deer Hunter（一九七八）マイケル・チミノ監督、ロバート・デ・ニーロ主演。アカデミー賞をはじめ、多くの賞を受賞した）で評判の高いマイケル・チミノと、『リンカーン郡戦争』のために寝たという噂もある。一八七〇年代にニュー・メキシコのロズウェルで起こった入植者の虐殺と、ヴァンパイアのアウトロウ、ビリー・ザ・キッドを扱った西部劇だ（一八七七年に現実に起こった「リンカーン郡戦争」は牧場主が率いる一派と雑貨店の経営者が率いる一派のあいだで起こった派閥争い。ビリー・ザ・キッドは牧場主側についていた。入植者の虐殺がおこなわれたのは、一八九二年ワイオミング州ジョンソン郡で起こった「ジョンソン郡戦争」。牧場主が傭兵を雇って東欧からの移民を虐殺した。チミノ監督の『天国の門』Heaven's Gate（一九八〇）はこの事件を扱っている）。彼はまたミル＝シンプソン＝フィリップスの企画により、長期にわたって停滞していたアン・ライスの『インタヴュー・ウィズ・ミイラ』に救いの手をさしのべた。シェールとライアン・オニール主演、エレイン・メイの監督という話もあるし、ダイアナ・ロスとマーク・スピッツの主演でナンシー・ウォーカー監督という話もあるようだ（もちろんこの映画は、ニール・ジョーダン監督『インタヴュー・ウィズ・ヴァンパイア』Interview with the Vampire（一九九四）のもじりである。アン・ライスは映画化が決まったとき、ホモフォビアを恐れてルイを女に変え、シェールをその役にと考えていたという。現実には、トム・クルーズのレスタト、ブラッド・ピットのルイというキャスティングで制作された）。

〈レポーター〉誌のインタヴューで、アルカードはつぎのように語っている。「映画制作の唯一の目的は金を稼ぐことだ。われわれには歴史をつくる義務などない。芸術をつくる義務もない。何かを主張する義務もない。われわれの義務はただ金を稼ぐことだけだ」。多くの重役と少なからぬ監督と作家が彼の姿勢に勇気と活力を得たようだが、ジュヌヴィエーヴは、アルカードがただ誰かの大上段な台詞を真似ただけなのではないかと疑っている。もし自分の言葉を心から信じているならば、スタジオ・オーナーたちが聞きたがるだろう言葉をならべているだけでないならば、ジョン・アルカードが進んでオーソン・ウェルズと仕事をしたがるわけがない。なんといっても彼の宣言は、ホールの最後部にいる愚かな大衆にも理解できるよう同じ内容をくり返して五倍の長さにひきのばした、一九八〇年度版〝天才はいらない、ショーマンシップを！〟なのだから。

　彼の真の目的は結局わからないままだ。ウェルズの『ドラキュラ』と——これについて言及した者はいなかった——古参のプロダクション・パートナーたちと長期にわたって温めてきた作品のほかにも、彼は六つの企画を手がけている。監督とスターが指名され、予算が組まれ、撮影開始日まで告知されているのに、タイトルは知らされていない。〝情熱的な物語〟とか〝ロマンティック・コメディ〟といった業界紙の紹介文もほとんど参考にならない。興味深くはあるものの、めったにないやり方だ。ジョン・アルカードはいま大きな石を投げこんで四方に波をひろげているが、いつかはどんな映画をつくろうとしているか語らなくてはならない。それともそれは、この計画全体の中でもっとも取るに足らない問題なのだろうか。CAA（ハリウッド最大のタレント代理業務事業会社。俳優・歌手・脚本家・監督・プロデューサーなどが所属している）のあるエイジェントは、アルカードのような男にとって、芸術は、スクリーンではなく取り引きの中にあるのだと語った。

　そうしたことすべてが彼女を悩ませる。

　つまるところ、虹の根もとに黄金の壺はないのだろうか。あの男はヴァンパイアであると同時に、幻なのだろうか。もちろん写真はない。誰もが俳優の名をあげて、又聞きの知識を披露してくれる。若いころのルイ・ジュールダン、垢抜けたジャック・パランス、荒っぽいホモ《ラフ・トレイド》の相手役なデイヴィッド・ニーヴン。もともとはヨーロッパ人であったことには全員の意見が一致している。いつヴァンパイアになったかについては誰も正確なことを知らない。昨年殺されて起きあがったばかりの新生者《ニューボーン》かもしれないし、何世紀も生きて十回も顔を変えてきた長生者《エルダー》かもしれない。そしてその名前はつねに同じ反応を呼び起こした。興奮と、熱狂と、恐怖。ジョン・アルカードは旅をしているのだから、近づいていって、彼といっしょに駅から出発するのが賢明なやり方というものだろう。

砂をかぶった舗装路を横切ってトレーラーパークに車を進めた。シーフード・レストランがささやかに新年の商売をしている。もうすぐ渇いてくる頃合いだ。

誰かが彼女のトレーラーのステップに腰をおろし、ドアにもたれかかっていた。両手はだらりと膝の上。チノパンに包まれた脚に、カウボーイブーツを履いている。

死者だった。

8

ステップにすわったその男は真の死を迎えていた。穴のあいた心臓の上にひろがる星型の染みが、月明かりに黒く見える。

残留物は感じられない。ノスフェラトゥであれ温血者《ウォーム》であれ、肉体と精神をつなぎとめる実体のないもの——永遠の魂か、サイキックエネルギーか、電池のようなもの——は、すでになくなっていた。

黄金の鉢は壊され、魂は永遠に失われた。

いつのまにかジュヌヴィエーヴは泣いていた。頬に触れ、塩をふくんだ粘つく赤い涙が流れていることに気づき、ハンカチでぬぐう。

それはムーンドギーだった。生命を失った顔は年老いて見え、笑い皺もたるんでいる。

しばし彼のそばで、生きていたときの彼の味を思いだした。彼女のことを〝ギジェット〟と呼んだのは彼ひとりだ。サーフィンというものを言葉で語ることができなかったため、人生をそれにつぎこんでしまった（遠い遠い昔に医学生だったため、事故があったり誰かが溺れかけたりすると、もしかするとなっていたかもしれない医者が表面化してその場を支配することもあった）。彼の血をもらうと、いつも海が押し寄せてきた。

その彼が逝ってしまった。無益に奪われた生命を悲しむと同時に、怒りと、そして恐怖がこみあげてくる。

どのような状況であったかはひと目でわかる。殺人者は近づいてきて、まっすぐムーンドギーとむかいあい、その心臓を貫いたのだ。丸い傷口は刃物によるものではない。凶器はおそらく木の杭か、とがらせた金属の棒だ。上向きに刺されているから、殺人者はひょろ長いサーファーよりも背が低いことになる。心臓を貫いてから、丁寧にトレーラーの入口にもたせかけている。これはメッセージだ。

ムーンドギーは温血者《ウォーム》なのに、ヴァンパイアのような殺され方をしている。

まだ冷たくなってはいない。ついさっき殺されたばかりなのだろう。

ジュヌヴィエーヴは半円を描くようにふり返り、海岸を見わたした。ほとんどのヴァンパイアと同じく、彼女もふつうの人間よりは夜目が利くものの――すべてを骨のように白く晒してしまうまばゆい太陽が照っていないのだから、昼間よりもよく見えるほどだ――遠くの小さな物体を鷹のように見わけることはできないし、魔法のようなX線透視力をもっているわけでもない。

暗殺者がまだ近くにいて、メッセージが伝わったかどうか観察している可能性は高い。ヴァンパイアは一般に、常ならぬ視力をもっていると信じられている。それをあてにして、ゆっくりと視線を動かしていった。隠れている誰かが、彼女がまっすぐ自分を見つめていると、自分の姿が見られていると考えてくれればいいのだけれど。

動きがあった。

うまくいった。トレーラーパークのむこう、二百ヤードほど離れた海岸で、何か――誰かが、乾いた砂のくぼみから這いだしてきた。

おそらく殺人者であろう者が立ちあがった。金髪のポニーテールが揺れる。それは、十代なかばから後半くらいの少女だった。ホルタートップスにデニムのショーツ、薄い紗のスカーフを首に巻き――いかにも暗示的だ――ランニングシューズを履いて、ニーパッドをつけている。小柄だが運動選手の身体だ。これもまた〝とても小さな女の子《ガール・ミジェット》〟だ。ムーンドギーはいつだって十代の夢を温かく見守ろうとしていた。近づいて心臓に杭を打つのはさぞかし容易だっただろう。

もちろん少女は逃げだすだろう。ジュヌヴィエーヴの足ならすぐに追いつけるが、殺人者はきっとパニックを起こす。カリフォルニアの住人がヴァンパイアに関してもっている知識はどれも、ファンタジイやSF小説とごちゃまぜになっているのだから。

いまばかりはそのイメージどおりに行動しようか。この愚かな少女の咽喉を引き裂いてやりたい。

(そして血を飲みたい)

大股に進んで閃光のように砂浜を横切る。

少女はその場を動かずじっと待っている。

ジュヌヴィエーヴは足をとめた。死者の胸に杭は刺さっていなかった。つまり、この少女がまだもっているということだ。少女の右手は背後に隠れていて見えない。

さらに近づくと、月明かりのもとで殺人者の顔が見えた。上をむいた鼻、ほとんど消えかけのそばかす。人形のように可愛い。いまは集中しているため顔をしかめているが、勝利の笑みを浮かべれば完璧な歯が見えるだろう。暗殺者ではなく、チアリーダーになるべき少女だ。

ヴァンパイアではないけれども、シュークリームのように柔弱な温血者《ウォーム》でもない。自分の二倍も体重のありそうな屈強な男をひと突きで殺し、いまもむかってくるノスフェラトゥを迎え撃とうとしているのだから。

少女から二十ヤード離れた場所にじっと立った。

殺人者が杭を見せた。染みがついている。

「これ、サイモン・シャープよ」いかにも無頓着な明るい声だ。

その軽さが恐ろしかった。

「あなたは人を殺したのよ」狂気を通して少女の心に訴えてみる。

「人じゃない。ヴァイパーよ。あんたの仲間。不死の害虫よ」

「彼は生者だったわ」

「あんた、あいつをつまみ食いしたでしょ、フランス人。だからきっと転化したわ」

「それだけでは転化しないのよ」

「あたしはそう聞いてるの。あたしは知ってるの」

氷のような目を見れば、このティーンエイジャーが狂信者であることがわかる。何を言っても無駄だ。

この少女を取り押さえて、警察がくるまでとらえておくべきだろうか。

警察はどちらの側につくだろう。ヴァンパイアか、プロム・クイーンか。ジュヌヴィエーヴは現地の警察とは非常によい関係を築いている。彼らはヴァンパイアとしてよりも、むしろ私立探偵としての彼女に困惑している。だが今回はすべてが逆に働くかもしれない。

少女がにっこりと笑った。恐ろしいほど可愛い。

この狂った少女は笑顔ひとつでまんまと逃げおおせるだろう。少なくとも今回は、チューズデイ・ウェルド効果がフルに発揮される。

「これは警告なの。つぎはあんたの番よ」少女はつづけた。「あたしのA計画では、あんたを見つけたらすぐに串刺しにするはずだったの。だけど〈監督《オーヴァルッカー》〉が、こっちのほうがいいって言ったのよ。イギリス人の好みなんでしょ、クリケットとおんなじ。わけわかんないわ」

〈監督《オーヴァルッカー》〉ですって？（フラン・ルーベル・クズイ監督『バッフィ／ザ・バンパイア・キラー』Buffy the Vampire Slayer（一九九二）および続編のTVドラマ『バフィー〜恋する十字架〜』Buffy the Vampire Slayer（一九九七―二〇〇三）に登場する、バフィーをサポートする監視員（ウォッチャー）をもじったものと思われる）

「あんたがこの州から出てってくれたら、それが最高なんだけどな、フランス人。この国からだっていいわよ。なんなら地球からいなくなってよ。つぎに会ったときは警告じゃすまない。勇敢なサイモンを正式に紹介したげる。わかった《カピッシュ》？」

「あなたは誰なの」

「スレイヤーよ」少女は杭を示しながら答えた。「ヴァンパイアスレイヤーのバービー」

こんな状況であるにもかかわらず、ジュヌヴィエーヴは思わず笑い声をあげた。

それがバービーをいらだたせた。

ジュヌヴィエーヴは改めてみずからに言い聞かせた。仮装してヒロインごっこをしている愚かな少女ではあるけれども、彼女は実際に人を殺しているのだ。

計算をこめて、もう一度笑った。

殺したくてたまらないだろうに、バービーは行動を起こさない。誰であれこの〈監督《オーヴァルッカー》〉は——なんというくだらない肩書だ——自分の支配する者が指示を超えた行動をとることを嫌うらしい。

（イギリス人の好みなんでしょ、クリケットとおんなじ）

ジュヌヴィエーヴは爪をのばし、少女にむかって突進した。バービーの反応はすばやかった。片足でくるりと回転し、蹴りをくりだしたのだ。腹への直撃はかろうじて避けたもの、スパイクシューズが脇腹をかすめ、痛みが走る。掌底をバービーのあごに押しつけ、しっかりと押さえこんだ。バービーの口がかちりと音をたてて閉じる。

サイモン・シャープがどこかへ飛んでいった。おかげで接近戦がやりやすくなる。

バービーは強かった。訓練された機敏な動きを見せる。蚤ほどの脳しかないにせよ、豹のような本能をもち、本気で殺しにかかっている。しかしながらジュヌヴィエーヴは五百五十年を生きてきたヴァンパイアだ。

　もっとも古い女の格闘技の法則に従って、バービーが敵の髪をひっぱった。だが自分の手を傷つけただけで終わる。ジュヌヴィエーヴの髪は細いが、強く、鋭く、触れるとパンパスグラスと同じ効果をもたらす。熱い血が噴きだしたことで、蜥蜴脳シナプシスに火花が散り、集中が乱れた。一瞬、思考に靄がかかる。思わず突き飛ばすと、バービーはよろよろと砂浜を横切り、ぶざまに倒れこんだ。身体の下に缶がある。

失敗した。

　バービーがメース（暴徒鎮圧・痴漢撃退などに用いる催涙ガス入りスプレー）のようなものをとりだし、ジュヌヴィエーヴの顔に吹きつけた。いそいであとずさったが、立ちこめる霧をひと息吸ってしまった。大蒜《にんにく》と水と銀塩だ。彼女の血統は大蒜も（聖？）水も平気だが——ドラキュラの血統以外の者には役に立たないくだらない迷信だ——銀はすべてのノスフェラトゥに致命的な効果をもたらす。このスプレーで死ぬことはなくとも、二百年はつづく傷痕が残るだろう。確かに虚栄かもしれない。それでもジュヌヴィエーヴは、人から綺麗だといわれることに慣れてしまっている。

　砂の上をすばやくあとずさった。霧が空中に散っていく。月光の中、しずくが輝きながらスローモーションでぱらぱらと落ちていく。

　スプレーが消えたとき、ヴァンパイアスレイヤーのバービーもまた姿を消していた。

9

「それで、あー、あなたがミスタ・グリフィンを発見したのは、間違いなくここなんですね、お嬢さん」

ロサンゼルス市警察《LAPD》殺人課の刑事がたずねた。

ジュヌヴィエーヴは当惑していた。夜明け直後とはいえ、やはり太陽はこたえる。早朝の光のもと、台付担架にのせられたムーンドギー——彼の本名はジェフ・グリフィンであると判明した——は、さらに冷たく、さらに虚ろに見える。延々と生きつづけてきたこれまでの過去にも、数えきれないほどの死体と遭遇してきた。それにまた一体が加わっただけだというのに。

「ミス・ドュウ・ダー・ニー、でしたっけ？」

「デュドネです」ぼんやりと訂正する。

「ああそうそう、デュドネ、ですね。eの文字にアクセントがつく。フランス語ですよね。あたしはフランス車に乗ってるんですよ。うちのカミさんがいつも言ってるんですが……」

「ええ、そうよ、ここで遺体を見つけました」すばやく刑事の話をさえぎった。

「あー、ひとつ、どうにも理解できないことがあるんですがね」

よれよれの小柄な男に改めて関心をむけた。縮れた髪、太いしわがれ声、レインコートを着ている。今日一本めの葉巻を吸っている。片目は義眼で、そのためやぶにらみになっている。

「どういうことかしら」

「あなたの話していた女の子ですがね、その……」と手帳を調べ、もしくは調べるふりをして、「そうそう、〝バービー〟ね。なぜその子は人殺しをしたあと、いつまでもうろうろしていたんでしょうねえ。あなたが死体を発見するのを確かめようとしていたんでしょうかねえ」

「命令を受けているようなことを言っていたわ。〈監督《オーヴァルッカー》〉の指示なのですって」

刑事は眉に触れた。悪臭を放つ葉巻をペンみたいに耳にはさもうとしたのかもしれない。大袈裟な身ぶりで一生懸命考えるふりをしながら、いま聞いた話を整理しようとしている。明らかに、嘘をつく目撃者には慣れているけれど、同じくらい明らかに、ヴァンパイアには慣れていない。ジュヌヴィエーヴは少しずつ移動して、小さくなっていくトレーラーの影にはいった。彼女と太陽のあいだに刑事が立っている形だ。

帽子とサングラスをとってきたいのだけれど、トレーラーの入口にはまだ立入禁止テープが張られている。

「〈監督《オーヴァルッカー》〉ねえ、なるほど、それもメモしてありますよ、お嬢さん。なんとも奇妙な名前じゃありませんか。その〈監督《オーヴァルッカー》〉は、何かを見ないことが、オーヴァルックするのが、仕事だということになりませんか（オーヴァルックには〝監督する〟のほかに〝見落とす・見逃す〟の意味がある）。あたしの仕事と——もしくはあなたの仕事とはちがってね、お嬢さん。あなたは私立探偵なんでしょう？　テレビに出てくるような」

「でも、カーチェイスや銃撃戦はめったにしないわ」

刑事は笑った。風変わりだが面白い男だ。その人好きのよさを心理的な武器として、落としたい相手に近づいていく。ジュヌヴィエーヴは状況を正確に判断していた。自分はこの殺人の嫌疑をかけられている。ヴァンパイアスレイヤーのバービーなんて、太陽のもとではまるきり荒唐無稽に聞こえる。正気なら、プロの暗殺者が、たとえ通称であろうと、目撃者に名前を告げたりするわけがない。

「ヴァンパイアの私立探偵なんですねえ」刑事は頭を掻いた。

「あら、はまり役なのよ。徹夜も平気だし、わたしはほんとうに、さまざまな経験を積んできているから」

「大事件を解決したことはあるんですか。真実大きな事件を」

考えるまでもなく、真実が口からとびだした。

「一八八八年に切り裂きジャックの正体を半分見抜いたわ」

刑事は感銘を受けたようだった。

「あの事件の真相は誰も知らないものだと思ってましたよ。スコットランドヤードはいまも、あれは未解決だと言っていますからね。あなた方みたいに長く長く生きる人たちがいると、未解決ファイルを閉じてしまうのは危険ですね。容疑をかけられた男は確か死んだんじゃなかったでしたっけ。近頃では研究家たちも、あの男が犯人だったはずはないと主張しているようですがね」

「〝半分見抜いた〟と言ったのよ」

記憶がよみがえって心が乱れる。一八八八年、ホワイトチャペルのオフィスで、チャールズと彼女は思いがけず最後の手がかりを発見し、すべてのピースがぴったりとおさまるべき場所におさまった。問題は、謎が解けたからといってすべてが解決したわけではなかったことだ。事件はなおも制御不能な螺旋を描きつづけた。そこにメッセージがあった。

「それじゃあ、あたしの上司は納得しないでしょうねえ。上司はエクスリー本部長に報告しなきゃならないですし、エクスリー本部長は検挙率と有罪判決率にひどくこだわってますからね。逮捕するだけじゃあ駄目なんですよ、そいつがそれをやったって証明できなきゃね。訴訟までもってかなきゃならないんです。どれだけ多くの犯罪人が大手をふるって歩きまわっているか知ったら、お嬢さんもきっとびっくりしますよ。とりわけ、極上の弁護士をつけることのできる金持ち連中がね。この町じゃあ金持ちに有罪判決をくだすのはとても難しいんですよ」

「あの子は高校生くらいに見えたわ」

「そいつはもっとまずいですね、お嬢さん。きっと金持ちの親戚をもってますよ」

「それはなんともいえないけれど」

「それに、美人ってのは金持ちと同じくらい強いんです。いやいや、それ以上かもしれない。弁護士が金持ちを好むように、陪審員連中は美人が大好きなんですからね」

海岸のほうで歓声があがった。砂を梳くように捜査していた制服警官のひとりが、ビニールの証拠品袋を掲げている。バービーの血染めの杭がはいっていた。

「サイモン・シャープだわ」

ジュヌヴィエーヴの言葉に刑事が眉をあげた。

「あの子がそう呼んでいたのよ。殺人凶器にペットのような名前をつけるなんて信じられないわ」

「あなたはこの職業に関してすべてを心得ていると考えていた。なのに新しい事態に直面して、ショックを受けてるんですね。お嬢さん、おたずねしてもいいでしょうかね。ご婦人には失礼かもしれないが、その、あー、おいくつなんですか」

「生まれたのは一四一六年よ」

「つまり、五百と、ええと、六十五ということですね」

「そうなるわね」

刑事はもう一度首をふって口笛を吹いた。

「教えてもらえませんかね。物事は――すべては、容易になるんですか」

「残念だけれどもならないわ」

「あなたはさっき――あー、どういう言い方でしたっけね――〝ほんとうにさまざまな経験〟を積んだって言いましたよね。それは、一年ごとにどんどん賢くなっていくってことなんでしょうか。さらに多くの答えがわかってくるってことですか」

「ならばいいのだけれど。でも、さらに多くの疑問がわいてくるだけだと思えることもあるわ」

刑事は小さな笑い声をあげた。

「ほんとにそのとおりですね」

「もうトレーラーにはいってもかまわないかしら」彼女はたずねて、高くなりつつある太陽を示した。

「あたしたちが締めだしてたんですか？」たずね返しながらも、それが事実であることはよくよく承知している。「確かにこれではひどくご不快でしょう。もちろんかまいませんとも。またおたずねしたいことができたら、ここにくれば会えますよね。これはトレーラーでしょう？　まさかこれを車につないで、そう、たとえば、この州から出ていくつもりとかじゃないですよね」

「そんなつもりはないわ」

「それはよかった」

そして、これ見よがしなしぐさでトレーラーの入口からポリステープを剥がした。ジュヌヴィエーヴは鍵をとりだした。肌がひりひりする。それに、海から反射する光のせいですべてがぼんやりとかすみ、はっきりものが見えない。

「すみませんがもうひとつだけ」刑事がドアに手をかけて言った。

鍵が手の中で熱くなる。

「なんでしょう」口調がいくらかきつくなった。

「あなたはいまも事件を手がけてるんでしょうね。テレビみたいに」

「調査中の案件がいくつかあるわ。賭けをしましょうか、警部さん。十セント」

刑事は驚いたようだった。それでもレインコートのポケットをあさり、いくつかのティッシュとブックマッチのあとに、ようやくコインを見つけて微笑した。

「わたしは警部さんのつぎの質問を知っているわ。わたしの依頼人が誰か、たずねるつもりなのでしょう」

刑事は大袈裟に驚いてみせた。

「これはすごい。ヴァンパイアがもっているという読心術の一種ですかね。それともあなたはシャーロック・ホームズみたいに、夜に吠えない犬やシガーバンドの染みみたいなささやかな手がかりから、ちょっとしたヒントを見つけてくるんですか」（〝吠えない犬〟は「白銀号事件」Silver Blaze（一八九二）。〝シガーバンドの染み〟は正典には存在しないようだ）

「当てずっぽうよ」頬が文字どおり熱をもちはじめている。

「ではあたしも、当てずっぽうであなたの答えを推測してみましょうかね。弁護士や医者と同じく、依頼人については守秘義務がある、じゃないですか」

「ほら、警部さんにも隠された能力があるわ」

「なるほど、ミス・デュドネ、ですがあたしは自分にできることをしてるだけですよ。ところで、あたしがつぎに何を言おうとしているか、わかりますか」

「わからないわ」

微笑がわずかに凍りつき、ジュヌヴィエーヴは本性のあらわれた彼の目の中に氷を見た。

「この町から出ないでいてください」


（訳注：このロス市警の刑事は、いわずとしれた『刑事コロンボ』Columbo（一九六八―二〇〇三）の、ピーター・フォーク演じる主人公である）

10

目を覚ますと、留守番電話にジャック・マーティンのメッセージがはいっていた。〝ミスタ・A〟について話したいことがあるという。ジュヌヴィエーヴは短いメッセージを二度聞いて、思考をめぐらした。

ジョン・アルカードについてほんの数時間たずねてまわっただけで、人ひとりが死んだ。関係あるのだろうか。関係なければ逆に不思議だ。とはいえ、あの刑事の言葉で改めて思いだしたことだが、彼女はあまりにも長い時を生きてきた。そのあいだには数えきれないほど多くの相手を怒らせてきたし、その中には彼女自身と同じくらい長く生きている者も少なくはない。だがここは南カリフォルニアのラ・ラ・ランド（ロサンゼルスの愛称であると同時に、現実離れしたおとぎの国を意味する）。いかれた連中が生まれる土地。なんの理由もなく人々が誰かを憎み、誰かを殺すところだ。

この〈監督《オーヴァルッカー》〉という人物は新たなマンソンなのだろうか。狂人チャーリーはヴァンパイアを憎み、ティーンエイジの少女たちを暗殺者として利用した。シャロン・テートの死はいまもみなの記憶に新しい。マンソン・

ファミリーはまた、ラ・シエナガ・ドライヴ（ロサンゼルスの通り）でヴァンパイアの長生者《エルダー》フェルディナンド・フォン・クロロックを滅ぼし、彼の古き血を使って壁に蝙蝠のシンボルを描いた。ファミリーの娘たちが不品行なブスだったのに比べ、バービー・ザ・スレイヤーは特上の可愛い子ちゃんではあるが、それは一九六〇年代と一九八〇年代のちがいというものだろう。

ジュヌヴィエーヴは自分の身くらい守ることができる。だが、彼女と話した人たちが危険にさらされるかもしれない。マーティンに忠告しておかなくては。彼はどう見てもサヴァイヴァルにはむいていない。少なくとも二ヶ月ほどメキシコに避難しておいたほうがいい。ジュヌヴィエーヴはそう考えながらも、百ドルの日当を稼ごうと、マーティンに電話をかけなおした。彼が残していったナンバーは（例によって）酒場のものだった。電話をとった男はうなりながら、彼からの伝言としてヴァレー（サンフェルナンド・ヴァレー。ロサンゼルス郡の一画で、映画スタジオが林立している。ポルノ産業の要地としても知られる）のある住所を告げ、そこで作家に会えるだろうと言った。

午後も遅く、空の太陽は低くなっている。冬の夜長は好きだ。

シンクの下、洗剤とボロ布のあいだに、ビニタイで口をしばったビニル袋が埋もれている。その中に、レディにふさわしい上品な手のひらサイズのオートマティックがはいっている。それを掘りだしてプリムス・フューリーに移そうかと思案し、結局はやめておくことにした。騒ぎを拡大しても意味はない。いまのところはまだ、〈監督《オーヴァルッカー》〉も彼女の死を望んではいないのだから。

とはいえ、それで心が慰められるわけではなかった。

11

告げられた住所には、なんの特徴もない家が立っていた。貧相な小屋や大邸宅や並木道などが無秩序にひろがる外国人居住区のような、なんの特徴もない場所だ。家の外には、一家族に必要と思われる以上の車やヴァンが停まっている。パーティでもやっているのだろうか、それとも郊外コミューンなのだろうか。ジュヌヴィエーヴは街路に車を停めて、しばらく観察してみた。窓やパティオから漏れる光は、蠟燭何本か分、必要以上に明るい。横手のドアから何本ものケーブルがのびて、裏庭に通じている。

プリムスをおりてホースのように太いケーブルをたどり、みごとに整えられた木々のあいだを抜けて、いかにも〝庭園〟と呼べそうなスペースにはいりこんだ。楕円形のプールにどっしりとしたキャンバス地の布がかかっている。水に触れた部分が黒く染みになっている。枯れた蔦をからませた白い木製の四阿《あずまや》が、何本もの照明を浴びている。大勢の人が集まっているが、パーティではない。なぜ気がつかなかったのだろう。これもまた映画のセットだ。台の上の照明機器とカメラクルー。そしてお馴染みの、取り巻きや雑用係、野次馬におつむの軽い連中、使い走りにエキストラなど、さまざまな人々が目にはいる。

ウェルズのバンガローで見たものよりずっと〝まともな〟撮影風景のようだが、四阿にいる裸の役者たちを見れば、はるかに〝まともでない〟映画であることがわかる。これまたなぜ気がつかなかったのだろう。つまるところ、彼女をここに呼び寄せたのはジャック・マーティンなのに。

「〝ヴァンパイア・ビッチ三号〟を受けにきた子？」

長髪の太った若者が声をかけてきた。絞り染めのTシャツを着て、フィッシングヴェストのポケットいっぱいに菓子をつめこんでいる。手にはクリップボードを抱えている。

ジュヌヴィエーヴはかぶりをふった。ここはおだてられたと喜ぶべきだろうか、侮辱されたと腹を立てるべきなのだろうか。だがそれをいうならば、この町では誰もが誰ものことを女優か俳優だと考えている。そしてたいていの場合、それは間違っていない。

それでもその役名は気に入らなかった。もし彼女がフィルムに映るヴァンパイアで、ポルノ映画に出るのだとしたら、あくまでも〝ヴァンパイア・ビッチ一号〟を要求する。

「残念だけど、その役はもうなくなっちまったよ」

若者は気をつかってくれているようだが、ジュヌヴィエーヴにしても本気でスターにのしあがろうと夢見ているわけではない。

「ついさっきセカに決まったんだ」

そして彼はあごで四阿を示した。固形白粉《パンケーキ》でメイクをした三人の温血者《ウォーム》の娘が、毛深い若者にむかって息の音をたてながら、ヴィクトリア朝のクラヴァットとヴェストを脱がそうとしている。

「ジャック・マーティンに会いにきたのよ」

「誰？」

「シナリオライター、かしら」

そういえばマーティンは、この手の仕事では筆名を使っているのだった。言い方を変えてみよう。

「胡麻塩髭で、フリンジのない『真夜中のカーボーイ』（ジョン・シュレシンジャー監督、ジョン・ヴォイト&ダスティン・ホフマン主演の映画 Midnight Cowboy（一九六九））のジャケットを着ていて、ヘヴィスモーカーで、積極思考《ポジティヴ・シンキング》をしない人」

若者はすぐさま理解した。

「だったら〝ミスタ・ストローカー〟だな。こっちだよ。いまキッチンで脚本のリライトをしてる。ほんとに役がほしくてきたんじゃないの？　あんたなら最高のヴァンパイア娘になれるのになあ」

ジュヌヴィエーヴはその評価に礼を言い、さまざまな機材のあいだを抜けて若者のあとからキッチンにむかった。三人の娘とひとりの若者がくりひろげる四阿のシーンを凝視すべきか、目をそらしておくべきか、悩むところだ。クルーの半分はエロに興味があるだけの寄せ集めで、残りの半分は真面目に仕事をこなしながらもいささかうんざりしているらしく、撮影がクライマックスに近づきつつあるというのに腕時計にばかり目をやっている。

「ヴァンパイア・ビッチ二号、もっと舌をいれろ」髭の男が興奮して怒鳴った。メガホンとベレーから、この男が監督であるとわかる。「牙を見せろ、サマンサ。おまえは脈打つ血管に夢中なんだぞ、血がほしくてたまらないんだ。よだれはいらん。そいつは悪趣味だ。上品に噛みつけ。そうだ、いいぞ、最高だ」

「なんという映画なの？」ジュヌヴィエーヴはたずねた。

「『デビー・ダズ・ドラキュラ』だよ（ジム・クラーク監督、バンビ・ウッズ主演のポルノ映画『デビー・ダズ・ダラス』Debbie Does Dallas（一九七八）が大成功をおさめ、以後『デビー・ダズ・〇〇』というポルノが数多くつくられた）」若者が答えた。「きっと四つペニスの名作になるな。ボリス・エイドリアンの最高傑作さ。監督はセックスだけじゃなくて、プロダクション・ヴァリュー（低予算の映画制作における〝費用がかかっている感〟のこと）を追求してるんだ。ほんもののクロスオーヴァー映画として〝カップルで〟見にいく作品にだってなるよ。ああ、ほらまた熱くなってる」

「ロニー、思いきり高く噴きあげろ」ボリス・エイドリアン監督がさけぶ。「そのアーチをハイライトするからな。よーし、それで完璧だ。セカ、サマンサ、デザレー、その中でよがってくれ。すばらしい。それじゃ、ロニー、疲労困憊して倒れるんだ。パーフェクト。カット。現像にまわすぞ」

四阿の男が芝居でなく、疲労困憊のあまり昏倒した。女たちは身体を拭かせようとアシスタントを呼んでいる。クルーの何人かが俳優たちに敬意を表して喝采を送った。確かにそれに値する名演だった。〝ヴァンパイア・ビッチ〟のひとりは偽物の牙がぐらついていたけれども。

監督はシューティング・ステッキ（上部がひらいて簡易腰かけになる屋外活動用のステッキ）をおりて俳優たちと腰をおろし、モティヴェーションについて語りはじめた。

若者が網戸をひらいて押さえ、キッチンの中を示す。マーティンは煙草をくわえて小さなテーブルにむかい、猛然と手動タイプライターをたたいていた。オーヴァオールの肩紐にスマイルバッジ（黄色い円に笑顔を描いたキャラクターのバッジ。一九六三年ハーベイ・ボールによって考案され、七〇年代に流行した）をつけた縮れ毛の大柄な娘が、やはりクリップボードをもって、彼を見おろすように立っている。

「ジュネか、ごめん」マーティンが声をかけた。「すぐにやっつけちまうから」

マーティンはコルトを連続早撃ちするガンマンのようにリターンキーをたたきつづけ、あっというまに三ページを書きあげて、かたわらの娘にわたした。彼女にも、マーティンの執筆速度ほどはやくそれを読むことはできないだろう。

「ほら、カーファックス・アベイのシーンだ」マーティンが最後のページをわたした。

娘は彼のひたいにキスをして出ていった。

「あいつ、ぼくに惚れてるんだ」

「アシスタントなの？」

「あにはからんや、プロデューサーさ。デビー・W・グリフィスだよ。『スロート・スプロケット』（ティム・ルーカス作Throat Sprockets（一九九四）より）がヨーロッパで大当たりをとっただろ。きみもあれは見るべきだな。ヴァンパイア・マーケット初のほんもののアダルト映画だよ。真夜中のマチネで上映するんだ」

「あの子が〝D・W・グリフィス〟で、あなたは……」

マーティンはにやりと笑った。

「〝ブラム・ストローカー〟だ、よろしく」

「そして、わたしはなぜここに呼ばれたのかしら」

マーティンはあたりを見まわし、立ち聞きする者がいないことを確かめてからささやいた。

「それだよ、それ。デビーはただの表看板にすぎない。これはジョン・アルカードの映画なんだ」

「オーソン・ウェルズではないのに」

「だけどびっくりだろ」

だらしなくきものを羽織った黒髪の若い女がはいってきた。片手に生きた白鼠を二匹つかんで、〝ご主人さま〟などとつぶやいている。マーティンが挨拶をしようとしたが、彼女は役に深くはいりこんでしまっているらしく、視線を泳がせたままふわりと通りすぎていった。一瞬ジュヌヴィエーヴを目にして足をとめながらも、結局は漂うように庭にむかい、穏やかな皮肉のこもった喝采に迎えられる。

「ケリー・ニコルズだよ」マーティンが説明した。「レンフィールドをやる。この映画では、レンフィールドが食べるのは〝蠅〟じゃないんだ。ふつうの意味ではね。それにしてもすごいキャストなんだぜ。ドラキュラにダーク・ディグラー、ミナにアネット・ヘヴン、ルーシーにホリー・ボディ、ヴァン・ヘルシングにジョン・レスリーだ」

「どうして昨日話してくれなかったの」

「昨日はまだ知らなかったんだ」

「でもあなたは脚本家なのでしょう？　雇われたうえで、この午後に撮影されるすべてのシーンを書いたのではないの？」

「ぼくはリライターだよ。第一稿はアダルト映画としても話にならないしろものだったんだ。『ドラキュラ吸う』ってタイトルでさ。ほんとにひどいもんだった。もちろんそんなのでオーケーが出るわけないだろ。だって『ドラキュラ』なんだぜ。呪いの話はきみだって聞いてるだろ。コッポラがルーマニアでどんな目にあったか。一ページめのリライトに丸一日かかっちまったよ」

「よーし、本番行くぞ」

誰かの声が聞こえる。マーティンが、外に出ていっしょに撮影を見ようと彼女を促した。

「つぎはドラキュラの登場シーンなんだ」マーティンがつぶやいた。「三人のヴァンパイア・ビッチ――汚い言葉で失礼――をジョナサンから引き剥がして、ええと、その、わかるだろ、〝満足〟させるんだよ。袋にはいった赤ん坊を投げてやる前にね」

「さっき、このシーンに出演しないかって誘われたわ。遠慮したけれど」

マーティンがわざとらしく咳払いをする。ジュヌヴィエーヴはすべてがはっきりとは理解できないまま、彼についていった。

アルコーヴに何か動くものがある。見ると、感じのよい温血者《ウォーム》の若者がサイドボードにかがみこんでいた。夜会服のズボンと蝙蝠の翼のような黒いマントだけを身につけている。背後に撫でつけた黒髪が、ひたいにみごとなVの字を描いている。ヴァンパイアにしてはいくぶん浅黒い。

男は丸めた十ドル札を鼻孔にさしこんでいた。

サイドボードの上で赤い粉が筋を描いている。男は身を低くしてその粉を吸いこんだ。話には聞いたことがあるものの、実物のドラックを見るのははじめてだ。

効果はすぐにあらわれた。両眼が血濡れた大理石の輝きを帯び、とびだしナイフのように牙が突きだす。

「そう、これでいい」男が言った。「インスタント・ヴァンパイアだ！」

そして身体を起こしてアルコーヴを離れ、裸足ですべるようにフロアを横切っていった。温血者《ウォーム》でもなく、ヴァンパイアでもなく、その中間の何か――ダンピールだ。だがこの状態は一時間とつづかない。

「ドラキュラはどこだ」ボリス・エイドリアンが怒鳴った。「まだ牙を生やしていないのか」

「われはドラキュラなり」若者が、みずからを納得させようとする口調で唱える。「われこそはドラキュラなり」

そして、ジュヌヴィエーヴを押しのけるように通りすぎていった。彼女はそのとき、俳優のズボンの前と両脇がマジックテープでとめられていることに気づいた。その理由も想像がつく。

漠然と不安をおぼえた。ヴァンパイアの血からつくられるドラックはとほうもなく高価で、非常に中毒性が高い。彼女の血管には、牙をつけたインスタント・ヴァンパイアの遁走曲《フーガ》をつくりだす貴重な原料が流れている。この熱狂的流行がはじまったニューヨークでは、おぞましい物質をつくるために多くのヴァンパイアが攫われ、ゆっくりと血を搾りとられ干からびていったという。

ダンピール俳優のあとについていった。彼は翼をひろげるように両腕をのばし、マントをひるがえしながら、重さなどないかのごとくおおいをかけたプールを飛ぶようにわたり、水のたまった弛みをとびこえ、つんのめることも手を使うこともなく向こう端にたどりついた。そしてプールサイドに立ってマントをおちつかせた。

「用意はいいぞ」牙ごしに息のまじった声で宣言する。

四阿にいた偽物のヴァンパイア娘三人は、不安そうに身をよせあっている。彼女たちの視線は、ドラキュラの顔や恐ろしい牙や魅了の力を秘めた目ではなく、彼のズボンにむけられている。どうやらドラックには、新聞には載っていないもうひとつべつの効能があるらしい。

さっき話しかけてきた長髪の若者が滑車を動かした。四阿の上に輝くボール紙の満月があがる。何人かのアシスタントが蝙蝠をぶらさげた釣り竿を操っている。ボリス・エイドリアンはかもしだされたムードに満足してうなずいた。

「いいぞ、伯爵、はじめてくれ」と監督。「アクション！」

カメラがまわりはじめ、ドラキュラがマントをひるがえして四阿にむかった。女たちはうつ伏せになった若者ジョナサン・ハーカーにのしかかったまま、闇の公子を待っている。

「この男はわたしのものだ」ドラキュラが、トランシルヴァニアの風を微塵も感じさせないのんびりとしたカリフォルニア訛りで言った。「おまえたち三人がわたしのものであるようにな、ヴァンパイア・ビッチども。色狂いのヴァンパイア・ビッチども」

マーティンはまじりけのない喜びに目を輝かせながら、声を出さず台詞にあわせて口を動かしている。

「あんたはけっして愛さない」いちばん小さな牙をもったショートカットの金髪娘が言った。「あんたは一度も誰も愛したことがない」

「いや、それはちがう。おまえたちもよく知っているはずだ。いまからそれを証明してやろう。おまえたちひとりずつに、そして三人まとめてな。さあ」（この会話はブラム・ストーカー『吸血鬼ドラキュラ』三章をもとにしている）

マジックテープが剥がれ、撮影クルー全体にどよめきが起こった。ダーク・ディグラーの有名な巨根が、血の赤に染まってたぎっている。彼ならほんとうに、あれを突き刺して女たちの血を吸うことができるのではないか。それともそれも、マーティンがヴァカンスを使って真相をつきとめようとしていたティファナの人狼ショー（二十世紀なかばにティファナでおこなわれたという女性と驢馬のライヴ獣姦ショー、〝ドンキー・ショー〟より。いくつかの映画やミュージカルにとりいれられているが、そもそもは都市伝説だったと考えられている）のように、ただの噂にすぎないのだろうか。

〝ヴァンパイア・ビッチ〟たちは演技ではなさそうな恐怖にすくみあがっている。

「彼が何かを手に入れると、それがなんだろうとぼくはその一部がほしくなるんだ」マーティンがささやいた。

12

その後、ひとけのない終夜営業の簡易食堂にはいってからも、マーティンはまだ『デビー・ダズ・ドラキュラ』で興奮していた。性的にではなく——もちろん彼のエロ好みを過小評価しているわけではないが——自分の書いた文章が台詞として口にされ、フィルムにおさめられたことでハイになっていたのだ。〝ブラム・ストローカー〟としてであれ、彼は自分の仕事にプライドをもっていた。

「ちゃんとした企画が通るまでの一時しのぎさ」彼は有害な煙草をふりまわしながら言った。「だけどこれで金が手にはいる。ジュネ、現金だよ。タイプライターを質入れしないですむ。デビーは来週撮ることになっている続編もおれにやってほしがってるんだけどね。『ドラキュラのザーメン』（英語タイトルは Taste the Cum of Dracula であるが、Taste the Cum of ～ はポルノでは一般的な表現であるようだ）ってやつで、ヴァネッサ・デル・リオがマリア・ザレスカになるんだ。だけどたぶんぼくはやらないな。ユニバーサルで決まりかけてるものがあるからね。ベルーシとダン・エイクロイドで『バック・プライベーツ』（アーサー・ルービン監督、バッド・アボット&ルウ・コステロのコンビによるコメディ映画 Buck Privates（一九四一）。日本公開時のタイトルは『凸凹二等兵の巻』）をリメイクするんだ。ぼくともうひとり、ライオネル・フェンてやつが候補にあがってるんだけどさ。東部からきたドラック中毒で、燃えつきた日付がひたいにしっかり刻印されてるようなやつなんだ。だからさ、ジュネ、〝ブラム・ストローカー〟にも〝ヴィリアム・フェークナー〟にも〝チャールズ・ディキンズ〟にも、もうさよならなんだ。プレミアでパートナーになってくれる？　今日もとっても綺麗だね。ジャック・マーティンの名前がこの町でなんらかの意味をもつようになったら、監督もやってみたいな」

　マーティンはトリップして夢を見ている。彼女はそれをひきずりおろした。

「ジョン・アルカードはなぜボリス・エイドリアンと寝たの？」

「デビー・グリフィスともだよ。ぼくは知らない。そもそも、アダルトと正統派のあいだには目に見えない境界があるんだ。パラレル・ワールドみたいなもんかな。アダルト業界は独自のスターとジャンルと賞をもっていて、その境界を超えることはない。ああ、端役の女の子たちはときどきかけもちしてるけどね。ケリーも『ザ・ツールボックス・マーダーズ』（デニス・ドネリー監督 The Toolbox Murders（一九七八））に出てるよ。キャメロン・ミッチェルといっしょにね」

「わたし、それは見ていないわ」

「ぼくもさ。風呂にはいってるときにネールガンで殺される役なんだって。どっちにしてもあれはまぐれ当たりさ。スタローンだって以前はポルノに出てたし、落ち目の監督が金のために仕事をする話、聞いたことあるだろ。もちろん偽名を使ってね」

「〝ブラム・ストローカー〟みたいな？」

　マーティンはしゃべりつづけながらうなずいた。

「だけどべつに下積み期間ってわけじゃない、実際にはね。コッポラもヌードは撮ってるだろ。でもあれは別物だな。裸だけどセックスじゃない。それにいまじゃおとなしくなっちまった。昔懐かしのってやつさ。信じろよ、ジュネ。誰にも、いいか、誰にもだぞ、ぼくが〝ブラム・ストローカー〟だってことは話さないでくれ。ぼくにとっては正念場――大きなリングにあがれるか、落ちこぼれちまうかの瀬戸際なんだ。どうあっても『バック・プライベーツ』をとらなきゃならない。いざとなったらきみを雇うよ。フェンを追いはらってくれ。きみは幽霊みたいに取り憑くことができるんだろ？」

彼の興奮を静めようと手をふった。指がニコチンの煙を切り裂く。

「アルカードは手っ取り早くお金を稼ごうとしているのかもしれないわね」

「もしかしたらね。だけどデビーの話じゃ、ただおとなしく金を出してるだけじゃないらしい。アイデアもぜんぶ自分で出してるし、彼女とボリスを雇って、ジャック・ホーナーからダークを借りてきて、おまけに――これはまだ話してなかったよね――ドラキュラの演技がもっとすんげえものになるようにって、あのとんでもないクスリを提供してくれたんだぜ」

どこかで聞いたことのある話だ。

「脚本を――第一稿を書いたのは彼なの？」

「たぶんね。あれを書いたっていうライターはいない。だからミスタ・Aなんだろう。タイトルページに名前はなかったよ」

「彼はポルノを求めているのではないわ」彼女は言った。「彼が求めているのはドラキュラ映画よ。ドラキュラ映画をもうひとつ。ドラキュラ映画をさらにもうひとつ」

マーティンがコーヒーのおかわりを注文した。ナイトホークス・ダイナー（エドワード・ホッパーの、深夜の小食堂にいる人々を描いた絵画『ナイトホークス』Nighthawks（一九四二）およびそれにインスパイアされたデニス・エチスンの短編The Late Shift（一九八一）より）唯一の従業員であるいささか憂鬱そうな老人が、ポットのコーヒーを揺らしながらのろのろとやってきた。

「この男を見ろよ」マーティンが言った。「まるでよみがえった邪悪な死体みたいじゃないか。怒るなよ、ジュネ。ぼくの言いたいことくらいわかるだろ。きっとダンピールなんだろうな。ダンピールってやつは、蝙蝠の細胞を燃やしつくしちまったら、いずれゾンビになるんだって聞いたよ」

そんな話も聞こえないのか、足もとの怪しげな店員は、ばしゃばしゃとマーティンのマグにコーヒーを注いでいる。ここはジャック・マーティンの天国、いくらでもおかわりができるのだ。彼は満足そうに煙を吐きだした。

「ジャック、気をつけてちょうだい。このままだと危険かもしれないのよ。昨日の夜、わたしの友達がひとり殺されたわ。警告として。警察はわたしを疑っているの。何も証拠はないのだけれども、アルカードについてたずねまわることで、あなたの身が危険になるかもしれない。それでも耳をよく澄ましていてほしいのよ。これでジョン・アルカードの計画がふたつわかったわ。でもわたしは全体像を知りたいの。ひとつしか持ち歌のないミュージシャンなのかもしれないけれど、ならばそれを確かめなくてはならないわ」

「つまり、あいつはドラキュラ映画だけをつくろうとしてるってこと？」

「彼がつくろうとしているのはただひとつ、ドラキュラよ」

いまの言葉がどのような意味をもつのか、正確なことは自分にもわからない。だがそれは、恐ろしいほどの真実を秘めているように感じられた。

13

マーティンが依頼人と連絡をとるために帰宅したあとも、まだ夜はたっぷり残っていた。朝の四時でも、ウェルズなら面会を受けてくれるだろう。

　映像が流れていた。

「やあ、どうぞはいってはいって」彼の声がとどろく。

　昨夜会ったクルーのほとんどが、仕事部屋のあちこちでクッションやラグの上に陣取っている。はじめて見る顔もいくつかある。ムーヴィーブラットの連中（一九六〇年代に登場した、学校で映画を学んだ監督の一団。スピルバーグ、スコセッシ、ルーカスなどがその代表とされる）、法学教授、そして、鮮やかなオレンジ色のダシキ（アフリカの部族衣裳を模した、配色が派手なゆったりとしたシャツ）を着た、非常に高齢で、とんでもなく威厳あふれる黒人。カメラマンのゲイリーがプロジェクターを操作していた。

　昨日撮影したあのシーンが、暖炉の上のタペストリに映っている。ヴァン・ヘルシングがヴァンパイアの象徴に苦しめられている。ウェルズの巨大な髭面と輝く頭蓋骨と羽ばたく蝙蝠と血のしたたる短剣が、月並みな古めかしい中世の森の絵に重なって動いている。なんとも奇妙な光景だ。

　ウェルズは明らかになかば映像とシンクロして、スクリーンの自分自身と会話をしているような状態だ。意識を切り離していますぐ彼女の予備調査の報告を聞くことなど、とてもできそうにない。

　気がつくと庭に出ていた。そこにも人々が集まっている。ヴァンパイアの若手女優ニコは、ちょうど食餌を終えたところで、頬とくちびるについた血を舐めながら、仰向けになって星をながめていた。あまり行儀のいい食べ方ではない。すこぶるつきの美青年がよろよろと立ちあがり、めまいをふりはらおうと首をふった。ロデオ・ドライヴ（ロサンゼルス、ビヴァリーヒルズにある高級ショッピング街）でめかしこんではいるものの、週が変われば新しい時代に移行するこの町では昨年のファッションにすぎない。おおっぴらに放出されているニコの思考を読むまでもなく、新しい流行に財産をつぎこんでいる金持ち坊やだとわかる。そしてその流行がスポーツカーでないことは、泡立つ皮膚からも察せられる。

「きみの番だ」若者がニコを促した。

　ジュヌヴィエーヴは影の中で足をとめた。ニコは彼女に気づいているが、夢中になった若者の目には誰の姿もはいっていない。彼の首についた血の染みに、渇きのうずきが呼び起こされる。

飽食の喜びをさまたげられながらも、ニコが疲れ果てた身体を起こした。クラッチバッグから小さな果物ナイフをとりだす。ナイフが銀色の光を放つ。若者は真剣な顔でニコの横に腰をおろし、ゆったりとしたモスリンのブラウスの左袖をまくりあげて彼女の上腕をむきだしにした。昨夜も気づいた幾筋もの傷痕が目にはいる。ヴァンパイア娘は慎重に刃を走らせ、血をしたたらせた。若者が傷口にくちびるをあてる。ニコが若者の髪をつかんで忠告した。

「気をつけて、舐めるだけよ。吸っちゃ駄目。完全な牙を生やすつもりでないんなら」

若者が血を飲みこみ、咽喉がごくりと鳴った。

そして若者は咆哮をあげて娘を放した。ダーク・ディグラーのドラキュラよりも立派な目と牙をもち、つかのまの新生者《ニューボーン》に与えられた鋭敏な五感や全能感に酔いしれている。

そしてダンピールはラップアラウンド型サングラスをかけ、剃刀のような爪の生えた手をジェルで固めた髪にすべらせて、ロスの夜《ラ・ラ・ナイト》に出没するべく悠然と歩み去った。二時間とたたないうちに、またあたりまえの生者の若者にもどる。そのときにはきっと、ありとあらゆる類のトラブルに巻きこまれているだろう。

ニコが絞るようにして傷口を閉じた。彼女の痛みが感じられる。傷の中で剥がれる恐れがあるため、銀のナイフは危険だ。ヴァンパイアにとって銀による腐敗はひどい壊疽《えそ》のようなものなのだ。

「何かを言えるような立場ではないのだけれど」ジュヌヴィエーヴは口をひらいた。

「だったら黙っててよ」言い返しながらも、ニコは明らかにジュヌヴィエーヴの思いを受けとめている。「あんたは長生者《エルダー》だもの。これがどんなだか、わかりっこないわよ」

ジュヌヴィエーヴはふいに気づいた。この新生者《ニューボーン》はけっして歳をとることがないだろう。哀れなことだ。

「ただの交換よ」ニコが言った。「血には血。ちょっとひっかき傷をつくるだけで一ガロンの血がもらえる。節約は大切だって大統領も言ってるじゃないの」

庭の隅でニコとならんで腰をおろした。

「ヴァンパイア・トリップっていうけど、ほんとのところ、あたしにはちっとも効かないんだ」ニコが言った。「さっきの子、ジュリアンは、朝になればまた温血者《ウォーム》にもどるわ。鏡にも映るし、いつかは死ぬ。だけど、なりたいと思えばヴァンパイアになることだってできる。あたしがいなくったって、誰かがいる。ハリウッド・ブールヴァードに行けば、ドラックひと口が二十五ドルで手にはいる。血管からじゃなくて、粉になった粗悪品だけど、それでも効果はあるもの」

ニコの髪を整えてやった。彼女はジュネの膝に顔を伏せて声もなくすすり泣いている。失ったものは血だけではないのだ。

長生者《エルダー》になると、こういうことがままある。ジュヌヴィエーヴは世界じゅうの不死者《アン＝デッド》の母であり、姉なのだ。

やがてニコが絶望を乗り越えた。ジュリアンの血で目が輝いている。

「ねえ、長生者《エルダー》、狩りに行こうよ。あんたがトランシルヴァニアでしてたみたいに」

「わたしはフランスからきたのよ。ルーマニアには行ったことがないわ」

考えてみれば不思議だ。ルーマニア以外なら、世界じゅうほとんどの国を訪れている。無意識のうちに、ノスフェラトゥの故郷といわれるあの国を避けてきたのだろう。ケイト・リードは以前、政治的腐敗とパプリカがとりたてて好きでないなら、あんなところに行かなくてもちっとも惜しくはないと言っていたけれども。

「あそこじゃ人間家畜を飼ってるんでしょ」ニコが言った。「あたし、クラブならみんな知ってるの。ウェストコースト・パンクが好きなら、X《エックス》がロキシー（一九七三年にウェスト・ハリウッドにオープンしたナイトクラブ。ウェストコースト・パンク流行の舞台となった）でやってるわ。アフターアワーズのドアマンは、あたしたち――ヴァンパイアの女の子ならいつだって通してくれるし。あたしたちはほんとに数が少ないから。あたしたちは先頭を走ってるの。魅了の力をふりまいてね」

〝人間家畜〟とはまさしく新生者《ニューボーン》の言葉だ。夜明けが近い。ジュヌヴィエーヴとしては居心地のよいトレーラーにこもって太陽を締めだしたいところだが、ニコは明るくなるまで外にとどまり、空に赤い球体がのぼってくるころに太陽と競走しながら最後の血を流すのだろう。

この娘のそばにいて、トラブルから守ってやるべきだろうか。でも、なぜ？　ありとあらゆる者を守ることはできない。ニコのことなどほとんど知らないし、おそらく共通点などどこにもない。

ムーンドギーのことを考えた。助けることのできなかった、助けようとしなかった、そのときには知りもしなかった、すべての死者を思った。あの年老いた探偵は、彼女だけに理解できるこうしたヴァンパイア娘たちのために、この仕事をはじめるべきだと語った。

でもこの娘は、ほんとうに彼女とはなんの関係もないのだが。

「あれ、何？」ふいに頭をもたげてニコがたずねた。

庭の端に立つフェンスのむこうから、音が聞こえる。

隣の地所に立っているのは、カリフォルニア・チーズケーキのような木造三階建ての家だ。ニコなら古家だというだろう。ジュヌヴィエーヴは意識を集中した。闇を見通す目が、その場所がいかに奇妙であるかを見てとった。庭のシンダーブロックに錆びついたピックアップトラックが停まっている。その横に、ぼろぼろになったタイヤが積みあげてある。フロントガラスは割れているし、ボンネットには乾いた染み——ヴァンパイアなら誰でも、十年後であろうと、匂いで人間の血だとわかる——が縞を描いている。

「隣には誰が住んでいるの？」ジュヌヴィエーヴはたずねた。

「偏屈な田舎もんの一家」ニコが答えた。「テキサスでひと山あてて、ビヴァリーヒルズにきたんだって、オーソンが言ってた。ほら、プールとか、映画スターとか……」

「石油かしら」

「チリソースよ。ソーヤーのソースって聞いたことない？」

はじめて聞く名前だ。

「知らないみたいね。あたしは転化してから固形物を食べなくなったんだけど、ひと晩とかふた晩食餌ができないときなんか、あのほんとに不味いホワイト・キャッスル（一九二一年創業のアメリカのファストフード・チェーン。中西部およびニューヨーク都市圏で展開している）のハンバーガーがどうしても食べたくてたまらなくなるの。だけどそういうものを食べないんなら、知らなくてもあたりまえかな」

「ソーヤー一家はテキサスのやり方をもちこんでいるみたいね」ジュヌヴィエーヴは言った。「あのトラックは年代物だわ」

裏口には、釘を刺した目覚まし時計と骨を組みあわせたモビールがさがっている。一羽の鶏が小鳥用の籠に押しこまれて眠っている。

「あの音、何?」ニコがたずねる。

蜂の羽音のような、やわらかなうなりだ。ガスの燃えるにおいもする。歯がうずいた。

「電動工具ね。夜中のこんな時間に温血者《ウォーム》が大工仕事をするかしら」

「あの連中、完全な温血者《ウォーム》じゃないと思う。いつだったかの夜、ぞっとするような爺さんがのぞいてるのを見たの。顔なんか乾いた革だし、肝臓みたいに赤いくちびるを舐めてた。不死者《アン＝デッド》じゃないにしたって、絶対に生きてる人間には見えなかったもの」

異臭が漂ってきた。腐った肉のにおいだ。

「ねえ、探偵してみようよ」ニコがとびあがるように立ちあがった。

さっそく地所の境界となる低いフェンスを乗り越え、四本足の蟹のように這いながら庭を横切っていく。愚かなことだと思いながら、ジュヌヴィエーヴもあとを追った。まっすぐに立ったまま、影の中を進む。ほんとうに、自分はこんなこととはなんの関係もないのだけれども。

ニコはもう裏口にたどりついて、モビールをながめている。単なる素人細工だろうか、それともなんらかの呪物だろうか。吊りさげられた骨と棒の中には、漠然と人の形をとっているものもある。

「もどりましょう」

「まだ駄目」

ニコは裏口を調べている。ドアがあいたままで、そのむこうは真の闇だ。いまにも倒れそうな家の中から、蜂のような音がまだ聞こえてくる。

死がすぐ近くにあること――人のように歩いていることが、ふいに察せられた。

くり返しニコを促した。

何か小さくすばやいものが飛んできた。家の中からではなく、放置されたトラックの荷台からだ。それは回転しながら庭を横切り、狙いすましたように裏口のニコにぶつかった。ヴァンパイア娘の薄い胸に杭が刺さっていた。その顔に凍りついているのは、恐怖や苦痛よりも驚きの色だ。

ジュヌヴィエーヴもまた心臓を貫かれる痛みを味わったが、それはすぐさま消えた。ニコは一瞬のうちに逝ってしまったのだ。

「マダム、その杭は気に入っていただけた？」

バービーだ。杭に高度なジョークをとばせると考えるのは真の愚者だけだろう。

「ヴァイパーにちょいと串を刺すのにふさわしい時間帯よね」

スレイヤーがニコの身体をもちあげる。力を失った脚がだらりとぶらさがった。

「ほんとはあんたのはずだったのよ、フランス人。それはそうと、サイモンの弟、シドニーに会うのははじめてよね。フランス人、シドニーを紹介するわ。シドニー、これは杭を刺して太陽にさらして腐らせるって扱いがいちばんふさわしい、夜の生き物たるあばずれ女よ。ほら、珍しくちゃんと紹介したげたわよ」

そして彼女はすみやかに杭のシドニーを抜きとり、ニコの死体を投げ捨てた。驚きを浮かべた顔はすでに腐敗がはじまっている。新生者《ニューボーン》はどさりとポーチではずみ、庭に落ちた。

まだニコの死の衝撃からたちなおれないまま、ジュヌヴィエーヴは凍りついていた。ニコはかぼそい指でやっと彼女の心にしがみつこうとしていたのに、突然の死がそれをもぎとってしまった。頭蓋骨から何かがこぼれ落ちていきそうだ。

「ここの住人はテキサス式だから、不法侵入にうるさいんだ」バービーがひどいカウボーイ訛りで言った。「ビヴァリーヒルズでも同じだよ」

そもそもソーヤー一家は、バービーがここにいることを知っているのだろうか。

「〈監督《オーヴァルッカー》〉が言ってたわ。つぎはあんたをやってもいいって。ねえ、くれぐれもお願いだから警告を無視してよね。杭の刺さったあんたはとってもすてきだと思うの、フランス人」

エンジン音が響く。バービーはそれを合図に、鹿のように優雅に駆け去った。

ジュヌヴィエーヴはあとを追った。

ソーヤー家の角を曲がったところで、バービーがなめらかな黒のジャガーに乗りこむのが見えた。運転席には、ツイードのハンティングジャケットを着て、それにふさわしいボンデージフードをつけた男がすわっている。車を発進させながら、男がふっとふり返った。

そのスポーツカーにはヴァニティ・プレート（車の持ち主が自分で選んだ文字や数字を使ったナンバープレート）がついていた。OVRLKER1（〈監督〉（オーヴァルッカー）の略字）。

ジャガーは砂利をとばしながらスピードをあげ、走り去った。

「くだらん、なんの騒ぎだ」誰かが家の中でさけんだ。

ふり返ると、アメリカン・ゴシック（ジョン・ハフ監督『アメリカン・ゴシック』American Gothic（一九八七）ではないかと思われる）のような家族がポーチに立っていた。顔に痣のある十代の少年（トビー・フーパー監督『悪魔のいけにえ』The Texas Chain Saw Massacre（一九七四）に登場するソーヤー家の三男ヒッチハイカー（本名ナビンス）と思われる。エドウィン・ニールが演じた）、胸は大きいが目はどんよりと曇った、ポルカドットのドレスを着た少女（ジェフ・バー監督『悪魔のいけにえ3 レザーフェイス逆襲』Leatherface: Texas Chainsaw Massacre III（一九九〇）に登場する〝少女〟。ジェニファー・バンコが演じた）、埃っぽい黒いスーツの家長然とした厳めしい男（『悪魔のいけにえ』The Texas Chain Saw Massacre 第一作と第二作に登場するソーヤー家の長兄コック（本名ドレイトン）だろうか。ジム・シードウが演じた）、そして、染みのついたエプロンと粗末な革マスクをつけた大柄な息子（『悪魔のいけにえ』The Texas Chain Saw Massacre シリーズの主人公ともいうべきソーヤー家の四男レザーフェイス。第一作ではガンナー・ハンセンが演じているが、以後毎回変わっている）。だが親の世代はいない。きっと三階でロッキングチェアに腰かけ、ブラインドの隙間からのぞいているのだろう。

「そいつは死んでいるのか」あごでニコを示しながら、家長風の男がたずねた。

彼女はうなずいた。

「真の死なのだな」

「そうよ」咽喉がつまる。

「なんと情けない、なんという損失だ」

ミスタ・ソーヤーの口ぶりは、彼が生命ではなく、高く売れる血と肉を惜しんでいることを告げている。

「パパ、保安官を呼ぶ？」

少女の問いに、ミスタ・ソーヤーが厳かにうなずく。

つぎに何が起こるか、いともたやすく予想がついた。

14

「ひとつだけ、わからないことがあるんですよ、お嬢さん」

「警部さん、わからないことが〝ひとつだけ〟なら、わたしはとても幸せなお婆さんになれるわ。わたしにはいまのところ、〝ひとつも〟わかることなどないのですもの」

刑事はいかつい顔をほころばせた。

「あなたはヴァンパイアでしょう、お嬢さん。あの死んだ娘、その、あー、ニコと同じく」

ウェルズが鴉のように黒い傘を貸してくれたので、彼女はいまそれをパラソルとして使っている。

「そしてこのバービーという女の子は、またしても誰も目撃していないわけですが、彼女は、あー、生きた人間なわけですよね」

「そうそう、温血者《ウォーム》ね。そう言うんでしたっけね。あなた方はあたしたちをそう呼ぶんですよね」

「温血者《ウォーム》よ」

「べつに侮辱しているわけではないのよ」

「そういうことを言いたいんじゃないんですよ、お嬢さん。ええ、あたしにわからないのはね、ヴァンパイアは温血者《ウォーム》よりすばやく動けるんじゃないかってことなんですよ。取っ組み合いになっても、つかまえておくのが難しいんじゃないですかね」

「ニコは新生者《ニューボーン》だし、血を失って弱っていたわ」

「それはびっくりですね」

「そうでもないわよ」

刑事は頭を掻いた。火のついた葉巻の端がもう少しで髪に触れそうだ。

「聞いた話なんですがね。町じゃあ〝ドラック〟と呼ばれてるそうですね。あたしは麻薬捜査班にも友達がいるんですがね。そいつはヘロインよりもタチが悪いって言ってましたよ」

「どこに話をもっていくおつもりかしら」

刑事はノートを閉じ、じっと彼女に視線を据えた。

「あなたはミス・ニコを、あー、やることができましたよね。いざ戦うとなったら」

「わたしはそんなことはしていないわ」

「でも、できたはずですよね」

「わたしはその気になればケネディ一族を殺すこともスタンフォード・ホワイトを殺すこともできたけれど、そんなことをしてはいないわ」

「それはどちらも、あたしの知るかぎりでは解決済みの事件ですよ。これはまだ未解決ですからね」

「ナンバープレートをお教えしたわ」

「そうですね、お嬢さん。OVRLKER1でしたっけ。車種はジャガー、と」

「偽装ナンバーだとしても、イギリスのスポーツカーがそんなにたくさんロサンゼルスを走っているとは思えないわ」

「そうでもないですよ。ジャガーは、あー、千七百二十二台、登録されていますね。この町では――町の一部では、高級車なんて珍しくもないんですよ。型はいろいろですがね」

「型はわからないわ。車にはくわしくないの。それでもあれがジャガーだということはわかるわ。ボンネットに――フードに、大きな猫がついていたもの」

「ボンネット？　ああ、イギリスの言葉ですね」（bonnet はイギリス英語で、アメリカでは hood という）

「ずいぶん長くイギリスにいたのよ」

英国人とともに。この刑事の鋭さは、証人や容疑者を相手にするときのチャールズを思いださせる。いまは容疑者が相手だ。

彼はグレーター・ロサンゼルスのジャガーの数を、頼りとするノートを一瞥もせずに、すらすらと言ってのけた。頭の中で歯車がまわっている。

「黒い車だったわ」彼女は言った。「それも手がかりになるわ」

「ほとんどの車は夜間は黒く見えるんですよ。赤い車だってね」

「わたしの目はそうはならないのよ」

制服警官がソーヤー一家の尋問を終えたようだった。ウェルズと話している者もいる。彼は、ジュヌヴィエーヴがいま現在取り組んでいるのは自分の頼んだ仕事であると、口をすべらせてしまった。依頼人自身が守秘義務を破ったことで、彼女は気まずい立場に追いこまれた。ウェルズは、彼女が自分のためにどのような調査をおこなっているかまでは話そうとしなかったのだ。

「お嬢さん、もうそろそろ放免してさしあげられそうですよ」

彼女のほうでは手錠を受けるべく、いまにも両手をさしだそうとしていたのだが。

「〝もうひとつだけ〟質問したいことはないの？」

「いいえ、もう終わりですよ。あなたのほうで言いたいことがなければ」

べつになさそうだ。

「ではもういいですよ、ありがとうございました」

彼女はむきを変えながらも、肩に手がかかるように、心臓をつかむように、それがくるだろうことを予期していた。

「ああ、もうひとつありました。質問ではないんですがね。些細なことですが、言っておかなくては。あなたにお詫びしたほうがいいと思うんですよ」

ふり返った。

「つまり、あたしとしてはあなたのことを調べないわけにはいかなかったんですよ。記録を徹底的に洗いました。昨日は目撃者としてですね。ごくあたりまえの手続きです」

日傘が重くなってきた。

「どうやらあなたを、州のライセンス委員会とのトラブルに巻きこんじまったようなんですよ。あそこには正確でくわしい記録があるんですがね。ライセンス更新のたびに、どうも誰かが日付を見間違えていたようなんです。あなたはヨーロッパ人だから、数字の4の上端をひらかないで書くでしょう。そうなると、9と見間違えやすくなるんですね。連中はあなたのことを一九一六年生まれだと思ってましたよ。いつ引退するんだろう、元気なお婆ちゃんだってね」

「警部さん、わたしはほんとうに元気なお婆ちゃんなのよ」

「むこうでは、はっきりあなたのライセンスを無効にするとは言いませんでした。ほんとうに厄介な問題でしてね。あたしとしても、自分がその原因になってしまって心から申し訳ないと思ってはいるんですよ。でもむこうでは、その、あー、あなたの身上について再調査をおこなおうとしています。カリフォルニア州で私立探偵のライセンスをもってるヴァンパイアは、あなたのほかひとりもいないんですよ。そして、法的に死んでいる人間がライセンスをもつことができるかどうかに関しては、まだ結論が出ていません」

「わたしは一度も死んだことはないわ。法的に死んでいるわけではないわ」

「連中はあなたの書類を取り寄せようとしていますよ、あー、フランスからですね」

ジュヌヴィエーヴは空を見あげ、目が焼けてしまえばいいのにと、一瞬本気で願った。たとえ記録の原本が残っていたとしても、歴史文書として保管されるくらい古いものだ。故国からコピーが電送されてくることはまずないだろう。

「お嬢さん、重ねてお詫び申しあげますよ」

いまはただトレーラーにもどり、今日を眠ってすごしたい。

「いまライセンスをもってますか」

「車の中よ」ぼんやりと答えた。

「申し訳ないんですが、それをわたしていただけませんかね」刑事が言った。「そして、合法かどうか決定がくだされるまで、カリフォルニア州内で私立探偵として行動することは控えてほしいんです」

15

日没と同時に目覚めたときは、ふたたび時間の感覚が失われていた。珍しく頭痛まで起こっている。いつもなら、今夜と明日の夜に何をするか、具体的でなくともおおまかなことを理解している。だがいまは、自分に何ができるかもわからなかった。

ジュヌヴィエーヴはもはや、少なくとも法的には、私立探偵ではない。ウェルズにはまだ解約されていないものの、もしこのままジョン・アルカードの調査をつづければ、法を破ることになる。彼女にとってはさほど重要なことではないが……それでも、このように不確かな世界で暮らすヴァンパイアは、税金は遅れずに納め、駐車禁止ゾーンで車を停めないに越したことはない。つまるところこれは、彼女がみずからに注意をひきよせた結果、起こったことなのだから。

いま現在、ほかにもふたつ、進行中の調査がある。どちらもあまり見こみはない。依頼人である法律事務所とオレンジ郡(カリフォルニア州南部の郡)に住む母親に連絡して、事情を説明しなくては。どちらの件も結果を出していないので、道義上、料金は請求できない。いま彼女の手もとには、ウェルズが使えるほどのものもない。ヴァレンタインのころには懐具合が問題になりはじめるだろう。それまでにライセンス委員会のほうが解決してくれるといいのだけれども。

(どこかべつの宇宙で)

弁護士のベス・ダヴェンポートに電話をかけて、異議と苦情の申し立てをしてもらおう。費用はかかるが、さもなければ諦めるしかなくなる。

ふたりが真の死を迎えた。それもまた心を苦しめる。

鎧戸をおろした窓のそばで小さなデスクの前にすわり、電話を調べた。眠りにはいる前に留守番電話に切り換えるのを忘れていたようだ。昼のあいだにかかっていたとしても、何も残っていない。いままで一度もしでかしたことのない失敗だ。

応答メッセージを録音しなおして、（しばらく）休業すると伝えるべきだろうか。だが降車時間が長くなればなるほど、バスにもどるのは困難になる。

ＴＶに出てくる停職になった警官や、資格を剥奪された私立探偵や、警察に追われる無実の者たちは、けっして事件を投げだしたりしない。そしてここは南カリフォルニア、ＴＶの国だ。

妥協点を見つけよう。ウェルズから調査料をもらっていたアルカードの件は中断する。だが、関わりのある市民として――事実上、巻きこまれた一市民として、どこからも報酬を受けず、みずからの能力を使って殺人犯を追うならば、法もそれを禁じることはできない。

警察案件になってしまったため、彼女が関係者であることはロス市警内の協力者にも伝わっているだろうが、周辺部門にまではまだ届いていないだろう。そこで、ハイウェイ・パトロールに所属する協力者、白バイ警官のベイカーに電話をかけ、少しばかり言を弄してナンバー・プレートを追ってくれるよう頼みこんだ。

OVRLKER1だ。

数分とたたないうちに電話が鳴った。すばらしい仕事ぶりだ。近いうちに夕食とカクテルを奢ってくれよ、ベイカーはそうジョークを飛ばしてから、本題にはいった。

驚いたことに、そのプレートはまさしくジャガーのものだった。登録された所有者はアーネスト・ラルフ・ゴース。住所は、海岸線にそって北上した町、シャドウ・ベイ（デニス・エチスン作Shadowman（一九九三）の舞台となる町）。役に立ちそうな情報はもうひとつだけ、ゴースはイギリス人で――もちろんロス市民ではなく、高校図書館で司書として働いている。〈監督《オーヴァルッカー》〉だろうか。高校司書とチアリーダーでは接点がないように思えるが、どちらも同じ水槽で泳いでいる。

ベイカーに礼を言って電話を切った。

こんなに簡単なら警察にまかせてしまってもいい。あの抜け目のない刑事はもちろん、すでにゴースにたどりついて、バービーがあらわれるかどうかさぐりをいれているだろう。ジュヌヴィエーヴの話を信じていなかったとしても、プレートを調べて確認をとらないわけがない。そしていまはその筋を追っているはずだ。

だが、それではすべてがあまりにも安易すぎるのではないか。

いつから図書館司書がジャガーを乗りまわすようになったのだろう。

罠の匂いがする。

ジュヌヴィエーヴはいま、あの刑事より七時間遅れている。あのよれよれ刑事が彼女の〝大好きな人リスト〟に名を連ねることはないだろうが、それでも彼がシャープ兄弟の三男に出くわしたなどという話は聞きたくない。間違いなく模範的な夫でもあるだろう立派な公僕を失いたくないのはもちろん、二件の殺人に彼女の関与を疑っている警官が死体で発見されたとなると、彼女への疑惑がますます深まるではないか。

シャドウ・ベイなら一時間とかからずに行ける。

16

路上に車を停めてから、シャドウ・ベイ・ハイスクールの教職員用駐車場に行ってみた。車が二台。黒いジャガー（OVRLKER1）と、くたびれた銀のプジョーだ（「あたしはフランス車に乗ってるんですよ」）。プジョーにはロス市警のＩＤが提示されている。車内は乱雑きわまりなく、葉巻の香りがまだ残っていた。

この町と同じくごくありきたりの学校だが、新しいため、映画セットのようなつくりもの感がわずかに漂っている。目にはいるいちばん古い建物でも一九六五年のものだ。ジュヌヴィエーヴとしては、かりそめのものにしか思えない。

本館の正面階段脇に掲げられた校内図が役に立った。図書館は草の繁る中庭のむこうだ。グラウンドは暗い。生徒はまだクリスマス休暇からもどっていないし、夜間授業もおこなわれていない。ここにくる前にゴースの自宅に寄り、在宅していないことは確かめてある。

図書館にただひとつの明かりがともっている。まるでゴシック・ロマンスのペーパーバックの表紙みたいだ。用心深く中庭を横切っていった。図書館の入口に、レインコートを着た塊がぐんにゃりと横たわっていた。躍りあがる心臓を抑えて膝をついた。意識を失ってはいるものの、刑事はまだ生きていた。ひどい噛み傷から血が流れている。首筋のうじゃじゃけた傷は、刑事が昔ながらのやり方で襲われたことを示している。背後から強い力でとらわれ、牙で引き裂かれ、血を奪われたのだ。意志を鈍らす魅了の力も使わず、同意も得ない吸血行為は、いかなる観点からも重罪である。隻眼の人間に催眠術をかけるのは困難だが、ヴァンパイアの中にはささやきかけることで全盲者を操る者もいる。

シャドウ・ベイにもヴァンパイアがいるのだ。食べ残しのようすから判断するに、善なる者ではない。ヴァンパイアに対するバービーの偏見は、こいつのせいなのかもしれない。ひとつのテストサンプルから全体像を類推するのは、いつだって間違いのもとだが。

首筋に手をあてると弱々しい脈が感じられたので、そのまま力をこめて傷口をあわせた。誰かは知らず刑事に噛みついた者は、たらふく食餌をしたあとで蛇口を閉めようなどと考えもしなかったらしい。刑事のコートとシャツの襟についた血の染みが、理性的であるはずの本能を圧倒する。口の中に唾液がこみあげ、鋭い牙がのびる。それはそれで好都合だ。肉体的変化を迎えることにより、彼女の唾液は殺菌作用をもつようになる。彼女の血統のヴァンパイアは、より穏やかな形でくり返し食餌ができるよう、進化を遂げた。噛みついて血を飲んだあと、舌でたっぷり舐めると傷口をふさぐことができる。

　ぐったりとした刑事の頭を抱えて首をむきだし、ぎこちなく顔を傾けながら舌を突きだして、長い傷口に唾液を塗りつけた。彼の血は葉巻の匂いがする。それによってもたらされる昂揚とざわめきは、あえて無視する。鋭敏で明晰な彼の精神が伝わってくる。

　彼は一度として、彼女が有罪だなどと考えたことはなかった。いまのいままで。

「すてきな絵だわね、フランス人」いかにも少女らしい聞き慣れた声が言った。「〝古典的吸血鬼一〇一：ヴァイパーと犠牲者〟ってね。あんたの闇のお父さんは、食餌のあいだにつまみ食いをしちゃ駄目だって教えてくれなかったの？　太っちゃったらパーティドレスが着られなくなるわよ。そうしたらつまんないでしょ」

　バービーは彼女の釈明に耳を貸したりしないだろう。いまならばその理由がわかる。

　この傷口は、ジュヌヴィエーヴを陥れるためにひらかれたまま放置されていたのだ。

「まんまとはめられたみたいね」牙を血に染めたまま答えた。

　バービーはくすくすと笑った。赤いララスカート（一九八〇年代にティーンのあいだで流行した、大きな襞飾りのあるミニスカート）に白いソックス、パフスリーヴのブラウスに模造金属のチョーカー。いかにも十代の美少女といった姿だ。頬はラメできらきら光っているし、頭にはめたカチューシャからは人工の触角がのびて先端で星が揺れている。

　彼女が杭をもちあげて言った。

「鋏は紙を切るわよ」

　ジュヌヴィエーヴは銃をとりだして構えた。

「鋏で石は切れないわ」

「やだ、そんなのずるい」バービーが鼻を鳴らす。

　できるだけそっと怪我人を脇にやって立ちあがった。銃はスレイヤーの心臓に狙いを定めたままだ。

「ヴァンパイアはカンフーで戦わなくてはならないなどと、どこに書いてあるのかしら。この国では誰もかれもが銃をもっているのよ。なぜわたしがもってはいけないの」

一瞬、バービー・ザ・スレイヤーに同情しそうになった。少女はひたいに皺をよせ、ふてくされた五歳児のように下唇を突きだし、目にいらだちの涙をにじませている。この少女は人生についてまだまだ多くのことを学ばなくてはならない。ジュヌヴィエーヴの希望が通るならば、最終的に教育を終える場所はテハチャピ女子刑務所（カリフォルニア州の刑務所。一九三三年に建設。のちに男性刑務所に転用）になるべきだが。

銀のナイフが彼女の首筋にすべりこんできた。

「そして紙は石を包むんだよ」ものやわらかな英国人の声が告げた。

17

「バービーはあなたがノスフェラトゥであることを知らないの？」

高校の図書館司書アーネスト・ラルフ・ゴースはツイードを着こんだ典型的な独善的中年男で、アリステア・クックでさえ町のチンピラに思えるような、芝居じみた正確な英語を話した。優雅な眉を吊りあげ、胸ポケットのハンカチでメタルフレームの眼鏡を丁寧にふいてから、困ったものだと言いたげに軽く顔をしかめる。こわばった上唇がまくれて曲がった牙がのぞいた。

「残念ながらね。見るからに可愛らしく、つきあうには楽しいが、恐ろしく愚か。それがわたしたちの小さなバーバラなんだよ」

〈監督《オーヴァルッカー》〉は――「そうだよ」と彼は認めた。「じつにくだらない肩書だ。なんの意味もない。だが頭の軽い連中には〝カッコよく〟聞こえるらしいね」――バービー・ザ・スレイヤーに、血を失った刑事を救命センターに連れていき、保安官事務所に連絡するよう命じた。ジュヌヴィエーヴはゴースの監視のもと、図書館に連れこまれ、椅子にすわらされた。ゴースは彼女の手が届かないよう充分な距離をとっている。

「あなたが警部さんを襲ったのね」ジュヌヴィエーヴはたずねた。

ゴースはくちびるに指をあてて舌を鳴らした。

「お黙り、しゃべるんじゃないよ。声を出してはいけない。うっかり秘密を漏らしてしまうと、とんでもないことになるからね。インスタント・コーヒーはどうだい。泥水のようなしろものだが、少しばかり癖になっているんだ。この異教の国の岸辺に打ちあげられて以来ね」

〈監督《オーヴァルッカー》〉はのんびりと、まだ読んでいない、おそらくは読む価値もない本がうず高く積まれたデスクのまわりをまわった。そして電気ポットの湯を、緑色のやたらと大きな陶器の林檎にそそいだ。ジュヌヴィエーヴは首をふって断った。彼はごますり《アップル・フォー・ザ・ティーチャー》（アメリカでは教師への贈り物の象徴として林檎があげられることが多く、そこから〝ごますり〟〝賄賂〟の意味をもつようになった）のマグをひと息に飲み干し、大きく満足の溜息をついた。

「これで気分がよくなる。あの刑事のニコチンがすっかり洗い流された」

「あの子はどうして気がつかないのかしら」

ゴースはくすくすと笑った。

「かわいそうなバーバラがノスフェラトゥ一族についてもっている知識は、すべてわたしが与えたものだからね。もちろん、ほとんどがでたらめだよ。わたしはとても独創性にあふれているんだ。それがわたしの能力のひとつだよ。魅力と説得力、それがわたしの切り札となる。見かけは可愛いが羽根のようにおつむの軽いあの娘は、わたしの言葉を一言一句信じている。ヴァンパイアはすべておぞましい夜の生き物、救済とも無縁な悪魔で、狂犬のように退治するしかない泡を吹く獣だとね。ああ、もちろんわたしもその皮肉には気がついているとも。寒い夜にはときどき、この馬鹿騒ぎがわたしの手にはあまるんじゃないかと思えることもある。そうそう、あの娘は、わたしがあの子のために紡いでやったとんでもない物語も心から信じているよ。おまえは

〝選ばれたもの〟、邪悪を滅ぼす戦いという荷をその肩に負うことのできる、世界でただひとりの少女なのだという。十代の女の子は〝わたしは秘密のお姫さま〟などといった戯言《たわごと》が大好きだからね。とりわけアメリカ人はそうだ。ほとんどは『スター・ウォーズ』から拝借してきたものなんだがね。どうしようもなくくだらない映画だが、アメリカ人の精神構造をじつにみごとにあらわしている」

　ゴースはすべてを語る機会を得て大満悦だ。おのれの叡智を披露できないことが、つらくてたまらなかったのだろう。ジュヌヴィエーヴがまだ生かされているのは、この演説を聞かせたいがためにほかならない。

「でも、なんのためなの？」

「はじめは急場しのぎだったよ。アメリカにやってきてからずっと、わたしは〝通りすがりのよそ者〟にすぎなかった。悲しいことに、わたしはきみのようではないからね。睫毛をぱたぱたさせて、可愛い女の子たちに首をさしださせるよう誘うことなんてできやしない。狩って殺し、引き裂いて飲み干す、わたしはああした類のノスフェラトゥなのだ。ほかのやり方もためしてはみたさ。だが求愛ダンスはどうしようもなく退屈なだけだった。そこで考えたんだ、そうだ、なぜいけない？　いくつか咽喉を切り裂くだけじゃないか。絵のように美しいシャドウ・ベイにやってきて数ヶ月、不要なダイレクトメールみたいに飲み滓がたまっていったよ。それからすばらしい天才がひらめいた。そうだ、ヴァンパイアスレイヤーの背後に隠れればいいじゃないか。手近にスレイヤーがいなかったので、自分でつくりあげることにした。成績簿を調べて、学内でもっとも頭の弱い少女をさがしだし、この〝大義〟のためにスカウトしたんだよ。まずはあの子のボーイフレンドだった木偶坊《でくのぼう》を殺し——なんと、フットボール・チームのキャプテンだよ、信じられるかい——おやつがわりにティーンエイジャーを何人かいただいた。それからバーバラに、おまえはスレイヤーになるべく定められているのだと告げた。そしてふたりして、最初のおぞましい悪魔を追いつめ——偶然にも、懐かしの英国からわたしの職歴をとってくると主張してわたしを困らせていたわが校の事務員だったのだがね——血に飢えたビッチを串刺しにして滅ぼした。だがわたしたちが発見するまでに、あの女は山ほどの子《ゲット》を生みだしていたようでね。というわけでそれ以来、わたしたちはあの女の凶悪な血統を根絶やしにするべく戦いつづけているんだよ。この町から不動産ブローカーをほとんど駆除してのけたと知れば、きみも喜ぶのではないかな。世の終わりの喇叭鳴りわたるとき（聖歌 When the Roll Is Called Up Yonder より）、この業績は高く評価されるにちがいない。もっとも、わたしの長期計画では〝かの地〟を訪れることなどけっしてないのだがね」

ゴースはみずからでっちあげたヴァンパイアよりも悪質だ。選択できる立場にありながら、邪悪であることを選んだのだから。懸命な努力によって神経質なほどの愛想のよさを身につけ、『マスターピース・シアター』（アメリカのTVドラマシリーズ Masterpiece Theatre のちに Masterpiece（一九七一－））で言葉づかいやアクセントを学んではいるものの、彼の内側は氷であり、完全な虚無が巣くっている。

「つまり、これまでシャドウ・ベイで好きなようにやってきた、ささやかな人形劇団で遊んでいたというわけね。でもなぜわたしを追いまわすの？」

ゴースは打ち明けるべきかどうか迷うように、ヴェストのポケットからハーフハンター（蓋に窓のあいた懐中時計）をとりだしてながめた。この男に魅了の術を使って効果が得られるだろうか。明らかに彼は話し好きだし、上辺を取り繕うことにうんざりしていて、評価されたがっている。賢明な者ならそうした衝動を抑制するのだろうが、ゴースは自分がどれほど頭がよいかを披露せずにはいられない。これまでは彼自身の物語だった。だがいま彼は慎重に、それ以上に重要な話に進むべきか否か考えている。

「まだ時間はある。もうひとつ話してあげよう。もうひとつの〝幽霊〟話だ」

うまくいった。まんまとひっかかった。

この男は天性の殺人者で、おそらくは生まれついてのサイコパスだ。それでもジュヌヴィエーヴは彼よりも歳月を経ている。彼の指は銀刃のペーパーナイフのそばからけっして離れようとしない。とびかかるタイミングは慎重に見計らわなくてはならない。

「人生は孤独だ。わたしたちの人生は、ということだがね」彼が語りはじめた。「放浪の旅で長の年月をすごし、まとった衣服は擦り切れ、世界の中で迷ったままどこにもたどりつくことができない。かつてはわれらにも黄金時代があった。ドラキュラがロンドンで玉座についていた時代。一八八八年とそのころのことだよ。きみはあのときに名をとどろかせたのだったな。全力を尽くしてその時代を終わらせ、宇宙の覇者となれたかもしれないわれわれを、ふたたび流浪の寄生者となした。わたしたちの中には、またあのような時代をとりもどしたいと願う者がいるんだよ。つい最近そうした連中が集まって、一種の圧力団体をつくった。山の中の城にもどりたがっているトランシルヴァニアの愚か者たちとはちがうよ。〈彼〉のように、活気あふれる新しい世界でわれわれの場所をつくり、贅沢に暮らそうというのだ。高貴なる者としてね。〈彼〉はいまもわれわれに霊感を与えてくれる。いわばわたしは、ドラキュラのために行動しているのだ」

すべてがわかったわけではないが、いまはこれ以上の情報は得られそうにない。

外に人が集まり、館内にはいってきた。

「時間は飛ぶようにすぎていくね。いそがなくてはならないようだ」

ゴースが銀のナイフを構え、彼女を見おろして立ちはだかる。そして突き刺した。

いかなる目にもとまらぬすばやさで、彼女の両手が男の手首をつかんだ。

「なかなか敏捷だな」

ゴースが彼女の椅子を背後に倒し、腹に膝をのせて押さえこんだ。

集中しよう。力は彼が勝っているけれども、彼女のほうが年を経ている。ナイフの先端がブラウスにあたる。

触れてきた銀が白く焼ける。

つかんだ腕をねじって押しあげた。刃が眼鏡の下にすべりこみ、男の左目に刺さった。

ゴースが悲鳴をあげ、ジュヌヴィエーヴは解放された。彼は怒りにまかせて大声をあげている。口から牙がとびだし、指先から二インチの爪がのびる。翼のきざしである骨がジャケットの襟まわりを突き破ってのび、革の肘あてを切り裂く。

ドアがあいて誰かがはいってきた。バービーと、十字架をふりかざしたふたりの保安官代理だ。スレイヤーがヴァンパイアに目をとめた（正体にも気づいただろうか）。そして杭をふりかざし、部屋を横切って突進した。ゴースは少女をとらえて首を折り、どさりと死体を投げだした。

「見ろ、きさまのせいだ」牙のため不明瞭だが、洞窟のように形を変えた口の中で声が反響する。「この娘は壊れてしまった。つぎをつくるのにまた長い時間がかかる。まだ完全な秘儀もおこなっていないのに。流血とタントラ（教《ヒンドゥー》の教典）の性技をまじえて、でっちあげようと思っていたんだよ。最高の冗談になっただろうに、きみがそれをだいなしにした」

男の目が凍りついて生気を失い、泡を吹いたような灰色になる。

ジュヌヴィエーヴは保安官代理にさがっているよう手をふった。ふたりは抜け目なく距離を保っている。

「おぼえておくがいい」ゴースがまっすぐ彼女にむかって言った。「きみにも〈彼〉をとめることはできない。〈彼〉はもどってくる。そしてそのときには、ああ、愛しいきみ、きみはかつてなく大きな悲しみの吐息を漏らすことになる。わかるだろう、〈彼〉は寛容とは無縁な男だ」

ジャケットがずたずたに裂け、翼がひろがった。彼は羽ばたくと同時に宙に浮き、本棚の上に、さらには中二階の高さへと舞いあがった。古いスクールタイが蛇の死骸のようにぶらさがっている。

保安官代理が銃を撃とうとしている。できるなら彼女もそうしてやりたいところだ。

ゴースは背の高い窓をぶち破って飛び去った。巨大な影が月を横切り、海面に落ちた。

保安官代理たちが銃をおさめた。ジュヌヴィエーヴはつづく二分間、正直に生きるというポリシーを守るべきか否か思案した。

そして、小鳥のように声をふるわせてつぶやいた。

「あの人……あの人……ヴァ、ヴァ、ヴァンパイアだったの」

それから、頭の軽い小娘が失神するさまをみごとに模倣してのけた。彼女が〝失神〟しているあいだに、保安官代理の片方が鼓動を調べて彼女が温血者《ウォーム》であることを確かめ、もうひとりが応援を呼びにいった。

目蓋の隙間から、あとに残った保安官代理を観察した。厳密にいって、彼女の胸に手をあてる時間が医療目的にしては少しばかり長すぎたのではないか。無力な少女の胸や尻を平気でさわる男だ、ちょっとしたトラブルに巻きこんでも罪の意識をおぼえる必要はない。彼が死んだスレイヤーを調べているあいだに、こっそりと図書館を抜けだそう。

ジュヌヴィエーヴは誰にも気づかれることなく、車にもどった。

18

トレーラーで一日をだらだらとすごした夕方、6チャンネルのニュース速報をつけた。ニュース・キャスターのカレン・ホワイトとルー・ランダースが、シャドウ・ベイにおけるヴァンパイア殺人事件について語っている。メインとなる犠牲者がティーンエイジの美少女なのだから、もちろんトップニュースだ。ロス市警ベテラン刑事の負傷もまた、それなりに大きく扱われている。彼はまだ生きていて、今回の事件により褒賞を受けたが、担当ははずされることになったらしい。ニュース画面には、プロム・クイーンのティアラをつけてにっこりと笑う〝バーバラ・ダール・ウィンターズ〟の歯磨き広告のような写真と、牙から上品に血をしたたらせた巨大な蝙蝠姿のゴースの〝画家による想像図〟が映しだされている。アーネスト〝血まみれ《ゴーディ》〟ゴースは、スコットランドヤードの手配犯であることが判明した。転化前にいくつかのけちな罪を犯し、転化後も二件の殺人容疑がかかっているという。カレンが温血者《ウォーム》時代の彼の顔写真を見て、この殺人鬼は囚人番号を掲げて顔をしかめていてもなかなかハンサムだと言いだし、ルーがそれに対して、表紙だけを見て本の善し悪しを判断することはできないよと反論した。

つぎの話題にも耳を傾けた。フードをかぶったアニー・ウィルクス信奉者たちによる、おぞましいキャンドルヴィジル（日没後に蠟燭に火をともして野外でおこなわれる集会。目的は慰霊・抗議・追悼などさまざまである）が紹介される。シャドウ・ベイの事件に関連して自分の名前があがらないことを確認し、ジュヌヴィエーヴはポータブルTVの音声を消した。

ゴースは、彼女が狙われたのは百年近く昔のドラキュラ失墜に関与していたからだと言った。それは有名な事実であるが、なぜいまになって彼女を悩ませはじめたかの説明にはなっていない。また、得々とした語りの中でうっかり口をすべらしたヒントから、ゴースはトーテムポールのてっぺんに座しているのではなく、誰かとともに、おそらくは誰かのために、働いているのだと察せられる。

「きみにも〈彼〉をとめることはできない。〈彼〉はもどってくる」とゴースは言った。

〈彼〉。〈彼〉とは誰だ。

〝かつての王にして未来の王《クォンダム・レクス・クェ・フュトゥルス》〟（トマス・マロリーの『アーサー王の死』Le Morte d'Arthur（一四八五）においてアーサー王の墓石に刻まれた詩より）という言葉から想起されるヴァンパイアは、ただひとりだ。終《つい》の死によって苦悶とみじめさから抜けだす前、ドラキュラ伯爵は完全に疲弊し消耗していた。それは間違いない。彼は幾度も時代を超えて生きつづけ、みずからが〝いま〟に適応できないという事実に直面していた。真の死は単なる手続きにすぎなかった。

その〝彼〟がもどってくることはない。

ドラキュラの木版肖像が画面にあらわれた。ジュヌヴィエーヴは音声をあげた。

キャスターがエンタテインメント情報のまとめを報告している。この町ではそれが、よその大陸における大規模戦争よりも大きな扱いとなるのだ。髪をふわふわにふくらませた女がハリウッドサイン（ロサンゼルス、サンタモニカ丘陵リー山の一角にある HOLLYWOOD の文字）を背景に、最近の流行――ドラキュラ映画について語っている。ユニバーサルとパラマウントのあいだで、伯爵の伝記映画制作に関する競争がおこなわれている。ユニバーサルではジョエル・シュマッカーを監督に、ジェーン・ワグナーを製作兼脚本として、ジョン・トラボルタとリリー・トムリンで『聖ジョージの火』（St George's Fire ジェーン・ワグナーは関わっていないが、ジョエル・シュマッカーは『セント・エルモス・ファイアー』St. Elmo's Fire（一九八五）という映画を監督している）をつくろうとしているし、ＭＧＭではスティーヴン・スピルバーグ製作、トビー・フーパー監督、ピーター・コヨーテとカレン・アレンのキャストで『ヴァンピルガイスト』（Vampirgeist トビー・フーパー監督、スティーヴン・スピルバーグ製作『ポルターガイスト』Poltergeist（一九八二）のもじり）を撮ろうとしている。ボリス・エイドリアンはもちろん、オーソン・ウェルズの名前はあがっていない。だがもうひとつ、お馴染みの名前が登場した。

ジョン・アルカードだ。

「ハリウッドのディールメイカーはしばしば吸血鬼のようだといわれてきましたが」レポーターが語った。「このジョン・アルカードは、最初にしてほんもののヴァンパイア・ディールメイカーなのです。興味深いことに、このヴァンパイア総指揮官は、競いあっているプロジェクトの両方に、ユニバーサルでは製作者《パッケージャー》として、ＭＧＭでは共同プロデューサーとして、関わっています。経験を積んだ専門家があまりにも少ないこの分野において、いまジョン・アルカードの存在が求められているのです。残念なことに、ミスタ・Ａ——スティーヴン・スピルバーグは彼のことをこう呼んでいます——はフィルムに映らないため、放送媒体でのインタヴューに応じることはできませんが、『過去二世紀においてもっとも重要』と位置づけられる物語には、ふたつどころかもっと多くのヴァージョンのはいる余地があるだろうという趣旨の声明を発表しています。彼はさらにつづけて、『絶対的に正しいドラキュラというものは存在し得ないが、あらゆる人がそれぞれ異なる自分のドラキュラを呼び起こすことはできるのではないか』とも語っています。この二十年というもの、ハリウッドはこのホットな題材を避けて触れずにきましたが、数年前のフランシス・コッポラの大作がオールタイム・ベストにあげられたことをはじめとして、わたしたちもそろそろ、一八八五年のロンドン市民と同じく、ドラキュラの〝侵攻〟にそなえるべきなのでしょう。チャンネル６ＫＤＨＢ『アップデート・ニュース』、キンバリー・ウェルズがハリウッドサインからお届けしました」

テレビを消した。いま、オーソン・ウェルズをふくめ、世界じゅうが、ジョン・アルカードが何をしようとしているかを知った。だが、はじめに調査依頼されたその他の項目——彼が何者で、どこからきたのか——は、なおも謎のままだ。彼は高額のクレジットラインをもって東部からやってきた。インサイダー取り引きかジャンクボンド（高利回りだがリスクの高い社債）の調査がはいる前にニューヨークを逃げだしたのだと語る者もいるが、彼女はそれを、ロサンゼルスにつきものの意地の悪い噂として片づけた。レーガン大統領の関係者が戦略防衛構想と呼ぶＳＦ的極秘計画（アメリカの弾道ミサイル防衛システムの研究開発構想。スターウォーズ計画ともいわれた）のコンサルタントとして、シリコンヴァレーでまったく異なる人生を送っていたのだとささやく者もある。もしかしたらアルカードは、ルーマニア生まれのすばらしく口の達者な靴のセールスマンで、ヴァンパイアに転化してもうまくいかないだろうことに気づいた夜、退屈な仕事をやめて名前を変え、腐り果てて泥となる前に新しいアーヴィング・タルバーグとなるべく歩みはじめたのかもしれない。

映画制作に関わる謎の男と高校図書館司書のあいだには何かつながりがあるはずだ。アルカードとゴース。カリフォルニアに住むふたりのヴァンパイア。彼女がそのひとりについて調査をはじめたとき、もうひとりが操り人形を送りこんで警告してきた。

ジョン・アルカードがドラキュラ伯爵になれるはずはない。

少なくとも、いまはまだ。

19

自分の知る唯一ほんものの魔術師に相談しようとハリウッド・ヒルズをのぼっている途中で、ジャック・マーティンを訪ね、同行しないか誘ってみようと思いついた。彼はきっと映画の魔法使いに興味をもつだろう。

マーティンのあばら家はドアがあいたままになっていた。

心臓がはねあがった。ばらばらになった原稿が戸口からこぼれ、そよ風に乗ってビヴァリー・グレン・ブールヴァードを飛んで、百万ドル御殿の刈りこまれた生け垣に刺さっている。

蝶番が片方はずれてぶらぶらになったドアをノックしてみた。

「ジャック？」

ゴースがここにまでやってきたのだろうか。

壁に赤いものがしたたり、ずたずたになったシナリオの中に横たわる無惨な死体を見ることを覚悟しながら、思いきって足を踏み入れた。

マーティンはおんぼろソファに横たわり、口をあけ、かすかないびきをかいていた。酔っぱらっているのはいつものことだ。丸い腹の上に、メキシコのレスリング雑誌がひらいたままのっている。

「ジャック？」

彼がぼんやりと目を覚ました。

「ああ、きみか」

まるで銀のナイフのように冷やかな口調だ。

「どうしたの？」

「知らないはずないだろう。きみと関わるとろくなことにならないな、ジュネ。まったくもってひどい話だ。気がついてないみたいだけど、きみは疫病神だ」

彼女は身をひいた。

「誰かがポルノのことを作家協会にたれこんだんだ。ぼくの免許は取り消された。会費も受けとってもらえなかった。名簿から削除されたんだ。すべての名簿から削除されてしまった。ありとあらゆる名簿からだ。『バック・プライベーツ』もとれなかった。結局ライオネル・フェンのものになっちまったよ」

「プロジェクトはほかにもあるわ」

「『バックのちんぽ《バックス・プライベーツ》』がとれればラッキーってなもんだろうさ」

マーティンはずっと酒を飲んでいるようだが、酔っぱらうまでもなく絶望の穴にはまっている。それは彼がしばしば訪れる心の中のエンセナダともいうべき場所だ。こっそりとそこでみじめさにひたり、やがて文章として昇華していく。だが今回はもどってこないかもしれない。彼はこれまでにない深みに沈んでいる。インクのように黒い波に素足を洗われながら夜の海岸をさまよう浮浪者のように、血なまぐさい海草の中から壊れた頭蓋骨をひろい、やがては闇の王国を追放された流浪の王になってしまうのではないか。

「電話たった一本で充分だったよ、ジュネ。すべてが打ち砕かれちまった。粉々にされちまったよ。ぼくなんて殺す価値すらないんだ。それが苦しい。あいつら、きみのことは殺そうとしてるのにね。だからぼくは、いざってとき、きみにそばにいてほしくないんだ」

「プレミアでパートナーになるという約束は取り消し？」

口にするべきではなかった。マーティンは静かに泣きはじめた。それは衝撃的な光景だった。もうそんな段階は乗り越えたと思っていた彼女ですら、動揺せずにはいられない。彼はただ落ちこんでいるだけではなく、恐れていたのだ。

「行っちまってくれ、ジュネ」彼が言った。

20

もはやお出かけ気分ではない。ムーンドギーやライセンスと同じく、ジャック・マーティンもまた彼女から失われてしまった。

物事の変化があまりにもはやすぎる。まだ一月の第二週にもなっていないし、ユリウス暦では一九八〇年代にはいってすらいないのに、昨年、昨十年紀には確かと思われたすべてが、問題を生じているか、もしくは破壊されてしまった。

そして、残虐が横行している。ゴースだけではなく。

プリムスを停め、芝生を横切って農園風のバンガローにむかった。郵便受けにカバラ秘術の星座模様が貼りつけてある。

その魔法使いはほっそりとした五十がらみの美男子だが、小柄で、堕天使というよりはむしろ堕ちた智天使《ケルビム》に見えた（キリスト教の天使の階級において、〝天使〟は九段階の最下位。〝堕天使〟という言葉は一般にサタン＝ルシファーを示す。〝智天使〟は九段階の上から二番めに位置するが、〝無垢な子供〟の意味もある）。儀式用ローブをまとった彼が、至聖所《サンクトゥム・サンクトルム》に招き入れてくれた。そこは文字どおり、一九二〇年代と三〇年代の映画スターたちの神殿だった。セダ・バラ、ノーマ・デズモンド、クララ・ボウ、リナ・ラモント、ジーン・ハーロウ、ブランチ・ハドソン、マリオン・マーシュ、マーナ・ロイ。アミュレットに使われている睫毛の長い白黒の〝全見の目〟は、ルドルフ・ヴァレンティノのスチール写真からとったものだ。バイク用の黒革ブーツには、磨いたクロムのバックルと鋲がついている。

死すべき人の次元における名をケネス・アンガーというこの魔法使いは、まだ子供だった一九三五年に、マックス・ラインハルトの映画『真夏の夜の夢』に王子役で出演した（シェイクスピアの戯曲 A Midsummer Night's Dream の映画化。ケネス・アンガーは著書『ハリウッド・バビロン』Hollywood Babylon（一九五九）においてこの映画に出演したと主張しているが、その真偽は定かでない）。その後、映画監督になったものの、スタジオには所属せず、個人で活動をつづけている（『スコルピオ・ライジング』、『ルシファー・ライジング』、『ドラキュラ・ライジング』は〝アンダーグラウンド〟三部作と呼ばれている（Scorpio Rising は一九六三年作品。Lucifer Rising は一九七二年作品。Dracula Rising は存在しない））。そして、魅惑的なスクリーンの神や女神たちの隠された私生活に関する、猥雑だが必ずしも正確ではないストーリーを集めた著書『ハリウッド・バビロン』によって、すばらしい悪名を馳せた（『ハリウッド・バビロン』Hollywood Babylon（一九五九）は一九〇〇年代から五〇年代にかけてのハリウッド有名人の、真偽とりまぜたスキャンダル暴露本。出版十日にして販売中止になった）。彼はアレイスター・クロウリーとエイドリアン・マルカートの信徒として、ほんものの映画の魔術師なのである。

　数年前から予告されていることだが、彼はいま『ハリウッド・バビロン』の続編に取り組んでいる。それは『トランシルヴァニア・バビロン』というタイトルで、ヴァンパイア・コミュニティにおける長生者《エルダー》について、これまで出まわってきたあらゆるゴシップやスキャンダルや、煽情的だがいささか疑わしい事実や憶測を網羅したものだという。九ヶ月前、彼の原稿と研究資料のすべてが盗まれた。犯人はニューオリンズに本拠をおくふたりのヴァンパイア長生者《エルダー》の手下だった。ふたりの長生者《エルダー》は、自分たちがいくつかの章において、魅力的で啓発的でひねくれた興味をそそる話題を提供しているのではないかと危惧したのだ（このふたりはおそらく、アン・ライス〈ヴァンパイア・クロニクルズ〉The Vampire Chronicles（一九七六ー）のレスタトとルイだと思われる）。そのときはジュヌヴィエーヴが原稿をとりもどしてやった。だが本はまだ出版されていない。差し止め請求と魔術的威嚇の迷路を交渉によって通り抜けるまで、アンガーが印刷されたそれを目にすることはないだろう。

　ジュヌヴィエーヴは、いくぶん低くなった聖域《サンクトゥム》における階段の上でためらった。ならんだ額入り写真の前で香がたかれ、煙が渦を巻いて低い化粧漆喰の天井までたちのぼっている。

「きみは招かれなければはいることができないのか」彼がたずねた。「心おきなくはいりたまえ、闇の精霊よ」

「少し遠慮してみただけよ」

　魔術師はいささかがっかりしたようだったが、積みあげたハーレムクッションに腰をおちつけ、彼女にトルコ絨毯を勧めた。

　織物にひどく古い血の染みがついている。

「気にしないでくれたまえ。それは狂騒の二〇年代（アメリカの一九二〇年代を意味する。第一次大戦への反動で、伝統の破壊をめざして経済・社会・文化が躍動した）の頂点において、チャーリー・チャップリンが十三歳のエキストラの少女の処女を散らしたときのものだよ」

　これが処女喪失の血でないことは（それでも人間のものにはちがいない）黙っておくことにしよう。

「念のために防御の術をかけておいた。この会見が重大な結果をもたらすかもしれないというきみの警告を重く見てね」

ジュヌヴィエーヴはもう何世紀も前から、自分が超自然的な生き物であると考えることをやめている。だから、彼女をそのような目で見る人と出会うと、いつも小さな驚きをおぼえずにはいられない。彼らが正しくないわけではない。ただ時代遅れで珍しいというだけのことだ。世界には確かに怪物がいる。だが魔法があるかどうかは彼女にもまだわからない。

「わたしを手伝ってくれていた人が、これのせいで仕事を失ったの」口にするとまだ心が痛む。「そして、わたしの友人は殺されてしまったわ」

「わたしのキャリアは破壊を超越している」魔術師が言った。「死だとてなんの意味もない。死などつかのまの事象ではないか。しかしながら、その前段階がはなはだしく不快であることは認めるよ。可能ならばその段階は避けて通りたいものだね」

彼を責めることはできない。

「あなたの映画を何本か見たわ。著書も拝見しました。あなたにとって、映画は儀式なのね、わたしにはそう思えたわ」

「言い得て妙だな。そのとおり、すべての実写映画は召喚であり呪術だ。ほとんどの映画はそれを認識していない人々によってつくられているがね。だがわたしはちがう。わたしがある映画を『我が兄弟たる悪魔の召喚』（Invocation of My Demon Brother（一九六九）。ケネス・アンガーが監督・脚本・撮影をした映画。音楽はローリング・ストーンズのミック・ジャガーが担当している）と呼ぶとき、それはまさしく言葉どおりの意味をもつ。儀式の正面にカメラを据えるだけでは駄目だよ。それでは宗教的なテレビ番組が得られるにすぎない、神よ助けたまえ、だ。大切なのは照明だ、カッティングだ、音楽だ。リアリティが消え、彼方への回路がひらかれる。上映すれば必ず啓示がおりる。聴衆は、意識レヴェルでは何が起こっているか気づいていないものの、それでもつねに知っている。つねにだよ。ジョーン・クロフォードの映画がウェスト・ハリウッドでリヴァイヴァル上映されれば、ドラァグクイーンたちが観客席に流しこむ相当量のエクトプラズムにより、ターバンととがった頬骨と肩パッドのビッチな女神という形で、二流の精霊《ジン》がこの地に出現するだろう」

そのイメージは魅力的だが、恐ろしくもある。

「もしあなたが、たとえば〝悪魔〟を題材とする映画を十本も制作したら、〈闇の公子〉は顕現するかしら」

魔術師は面白がっている。

「なんと奇抜な考えだ！　だがいくらかの本質を秘めてもいる。〝悪魔〟を題材とするごくありきたりの映画が十二本つくられたら、人々にとって悪魔がよりリアルなものとなり、文化の中でより鮮明な形をとるだろう。話題にあがることも増え、雑誌の表紙を飾ることもあるのではないかな。だがはっきりいって、鮫を題材とするごくあたりまえの映画一本をつくっても、同様の現象は生じる。ちがいがあらわれるのは、効果が得られるのは、十三番めの映画になるだろう」

「それがあなたの映画？　儀式を理解している監督による作品？」

「残念ながらそうではない。魔術《マジック》（magic ではなく、アレイスター・クロウリーが提唱したセレマにおける magick は「人が自己の真の理解に達し、みずからの真の意志に応じて行為するための本質的な方法」と定義される）におけるもっとも大きな悲劇は、意識的かつ意図的な思考がないときに、もっとも明らかな効果が得られるということだね。大魔術師になるためには、数学を超えて夢想家にならなくてはならない。きみのいう〝悪魔〟を題材としたわたしの映画は、彼方に住む精霊の注意を一時的に惹くことしかできないよ。〈悪魔王〉をこの地上に完全に召喚するには、フォン・スタンバーグやフランク・ボーゼイギのようなず抜けた天才が、すばらしいイリュージョンをつくるという以外なんの意図ももたずに制作した作品が必要とされる。『上海ジェスチャー』（The Shanghai Gesture（一九四一）ジョセフ・フォン・スタンバーグ監督、ジーン・ティアニー主演作品）や『歴史は夜作られる』（History Is Made at Night（一九三七）フランク・ボーゼイギ監督、シャルル・ボワイエ主演作品）なら、十三番めの映画として完璧な儀式となるだろう。そして山羊のヒーローが、グローマンズ・チャイニーズのブロックに、割れた蹄の足型を残すのだよ」（グローマンズ・チャイニーズ・シアターはハリウッド・ブールヴァードにある中国建築風の劇場。前庭に、ハリウッドで著名な俳優・女優のサインや足型などを刻んだブロックタイルがある。ついでながら、割れた蹄および山羊のヒーローは悪魔のこと）

21

ハリウッド・サインの見えるブロンソン洞窟（ロサンゼルスのグリフィス・パークにある洞窟。数々の撮影に使われている）の近くにプリムスを停めて、ロサンゼルスをながめわたした。遠くから見る町は、クリスマス・イルミネーションの絨毯に変容している。MGMはいつも「天よりも多くの星《スター》」と自慢しているが、個々にきらめく光は確かに地上の星座に見える。フリーウェイを走る車のヘッドライトは、ネオンの血管を抜けて流れる光の血小板だ。この高みからでは、ハリウッド・ブールヴァードの娼婦も、永遠に時間から取り残されたモーテルも、不動産開発も、道に迷い孤独のあまり絶望した人々も見えない。録音された笑い声も、悲鳴も聞こえない。

つまるところは魔法なのだ。ジュヌヴィエーヴが信じようと、信じまいと。

疑いもなくケネス・アンガーは信じている。彼は生涯を儀式に捧げてきた。その非常に多くがみごとな成果をあげていることは認めざるを得ない。そして、みずからを魔術的存在と見なしているヴァンパイア、ジョン・アルカードと、アーネスト・ゴースもそれを信じている。ドラキュラもまた、永遠の夜の生命をサタンに感謝するその血統のひとりだったのだろう。

それでもジュヌヴィエーヴにはわからない。

心が定まらないのはたぶん、彼女が一度も死という闇にすべり落ちたことがないためだろう。ヴィクトリア時代からの友人ケイト・リードは、正統な手順を踏んでいる。ケイトの闇の父ハリスは、彼女の血を飲み、自分の血を与えた。それによってケイトは死に、よみがえり、転化した。中世においてジュヌヴィエーヴの闇の父であったシャンダニャックは、数ヶ月をかけてそのプロセスをおこなった。彼女はゆっくりと変化し、温血者《ウォーム》の少女を少しずつ脱ぎ捨てて、夜の生命を得たのだ。

前世紀、ドラキュラが城を出て以来、この過程は数えきれないほどくり返されてきた。いまやヴァンパイアの存在を疑うことはできない。ノスフェラトゥがおおやけの場に出てきた以上、ヴァンピリズムを一般的な信仰体系に組み入れないわけにはいかないし、いまは科学の時代だ。現在では誰もが、ヴァンパイアは血液を媒介とする突然変異で、人類という種を存続させるための適応進化における変種であるという〝説明〟を受け入れている。だが遺伝学者たちがさらなる研究をおこなった結果、謎はさらに深まった。ヴァンパイアは温血者《ウォーム》として生まれたときのDNAパターンを維持しながら、〝異なる〟生き物となっているのだ。そして、マックス・プランクが一九〇二年に提唱した〈黒い血屈折仮説〉にもかかわらず、鏡における光学の法則はいまもなお破られつづけている。

ヴァンパイアがいるのだから、魔法もまた存在するのではないか。

そしてアルカードの儀式は――魔術師の十三番めの映画は、みごと成功するのではないか。〈彼〉が、以前よりもさらなる邪悪となって、もどってくるのではないか。

ドラキュラが。

町の明かりから星空へと視線を移した。

伯爵はあそこ、実体のないどこかの次元で、召喚を――彼方から届く呪文が新たな力を与えてくれるときを、待っているのだろうか。血と、復讐と、権力を渇望して。彼は地獄で何を学び、何をこの地上にもたらそうとしているのだろう。

考えたくもなかった。

22

まもなく夜が明けようというころ、撮影所のゲートを通り抜けた。制服を着た守衛が手をふってくれる。彼女はオーソン軍団の一員として認められている。かの天才と関わることにより、見えない腕章を与えられたのだ。彼

ミラクル・ピクチャーズの地所はふたたび活気にあふれていた（Miracle Pictures はH・C・ポッター監督『ヘルザポッピン』Hellzapoppin'（一九四一）に出てくる映画会社。If it's a good picture, it's a Miracle! をスローガンとする。また、ジョー・ダンテ&アラン・アーカッシュ監督『ハリウッド・ブルバード』Hollywood Boulevard（一九七六）にも同名の映画会社が登場する）。「よい映画は奇跡だ！」という言葉は自虐的で諸刃なスローガンではあるが、いわゆるビッグ・ファイヴ（MGM、パラマウント、20世紀フォックス、ワーナー・ブラザース、RKOの五社）と呼ばれる大手が衰退し、エロール・フリンとフェドーラによる一九三九年版『決闘の騎士』（The Duelling Cavalier ジーン・ケリー監督『雨に唄えば』Singin' in the Rain（一九五二）の物語中に登場する映画タイトル）のような高額予算テクニカラー・スペクタクルが姿を消して、無名女優とその叔父を使った『モラ・タウのマチェテ娘』（Machete Maidens of Mora Tau ジョー・ダンテ&アラン・アーカッシュ監督『ハリウッド・ブルバード』Hollywood Boulevard（一九七六）の物語中に登場する映画タイトル）など、資金稼ぎのためのドライヴイン・シアターむけ駄作ばかりになりつつあるいまでは、よりいっそう真実に近づいてきたといえるだろう。ミラクルも、最近ではフィリピンやカナダでばかり撮影をおこなっているため、築五十年の防音スタジオはほとんど使われることがなくなった。じつに多くの古典映画に登場してきた常設セットは取り壊され、いまではつまらないオフィス・ビルが立って、そこではシナリオが、撮影ではなくもっぱらリライトばかりされている。スタジオ見学すらなくなってしまった。

だがいま、様相は一変した。

オーソン・ウェルズはすべての権力を掌握している。彼の指示によってあらゆる分野にいきわたった大軍団が、彼のヴィジョンを実現するべく奮闘している。彼の軍団はいたるところに存在する。照明主任《ガファー》、エキスト

ラ、大道具、マネージャー、会計、メイクと特殊メイク、撮影助手《グリップ》、キーグリップ（前述グリップのまとめ役）、照明助手《ボーイ》、照明第一助手《ベストボーイ》、美術デザイナー、大道具設計《ドラフトマン》、トラック運転手、ケータリング業者、警備員、アドヴァイザー、俳優、ライター、プランナー、企画者《プロッター》、実行者《ドゥーア》、活動家《ムーヴァ》、煽動者《シェイカー》。

かつてウェルズは、映画は男の子にとって最高の鉄道模型だと語ったことがある。いまのこの現場は、水のないプールに立つ三人の裸の娘とは、まったく異なる次元に属している。

気がつくとジュヌヴィエーヴは、スタジオ1、トランシルヴァニアの村のセットにはいっていた。いくつかの顔に見覚えがある。大仰な言いまわしで台詞を語るジャック・ニコルソン。天からの決定事項を伝えるオヤ・コダール。クラフトテーブルの背後にいるデビー・W・グリフィス（新しい人生を歩みはじめているようだ）。カウボーイハットをかぶってサングラスをかけたデニス・ホッパー。

スタジオ内は見学者で混みあっている。映画評論家やTVレポーターのあいだに映画監督の姿も見える——スピルバーグにデ＝パルマ。狡猾なコッポラもいる。意地の悪い嫉妬をこらえ、ないがしろにされてきた天才への支持を表明しながら、しきりと名匠に話しかけている。バート・レイノルズとジーン・ハックマンとジェーン・フォンダは村人の衣装をつけ、メイクで誰だかわからない顔にされている。どうしてもこの映画に出演したいと熱烈に希望した結果、クレジットに名前の出ないエキストラとして参加することになったのだ。

どこか上方、屋根の下にしつらえた台に、巨大な赤ん坊がすわっている。おのがドラキュラを生みだそうとしている幻視者。あのうかつな魔法使いは今回、自分が取り引きした以上のものを呼びだしてしまうかもしれない。

スタジオのフロアから百フィートかそれ以上も高い簀の子天井に視線を走らせた。作業スタッフが帆を張る海賊のように照明器具のあいだを這いまわっている。誰かがロープを伝って村の広場におりていく。

マーティンがいないのが残念だ。これは彼の夢でもあったろうに。

危険な夢。

23

スクリプト『真夜中の向こうへ』

脚色：オーソン・ウェルズ
ブラム・ストーカー『ドラキュラ』より

最終稿　一九八一年一月六日

1：不吉な音楽がとどろき、節くれだったこぶしに握られた十字架が、画面いっぱいに映しだされる。日没時、村の生活音が聞こえる。十字架をもった村の女の胴部だけが見える。女はまるで誰かを絞め殺そうとするかのように、十字架のさがるロザリオの紐を強くひっぱっている。画面の外、どこか遠くから、悲鳴が聞こえる。女がふいに、音の聞こえた左側に顔をむける。ほとんど同時にカメラもその方向にパンする。手をつないで踊る農民の子供の列をたどり、トランシルヴァニア、ビストリツァ村の宿に近づいていく。鉛枠の窓にせまり、それを抜けると——セットの壁がひらいてカメラを通す——働く農民や子供や動物などに囲まれたブリューゲルの絵のような部屋の中心に、獰猛な笑みを浮かべた若いイギリス人、ジョナサン・ハーカーがすわっている。周囲には彼を縁取るように大蒜《にんにく》が垂れさがり、壁にはさっきの女がもっていたのと同じ十字架がかかっている。動物もふくめすべてのものが、衝撃のあまり凍りついている。低い木の梁から、いまもまだ悲鳴がこだましている。

ハーカー「わたしはなんと言ったかな」

宿の亭主が十字を切る。農民たちがつぶやきを漏らす。

ハーカー「これがその場所なのか。これが（ひと言ひと言を味わうように）ド・ラ・キュ・ラ・城なのか」

さらなるつぶやきと十字を切る手。ハーカーは肩をすくめて食事をつづける。画面カットのないまま、カメラが雑然とした室内をぐるりとパンし、入口に立つハーカーの新妻ミナをとらえる。不安そうに大きく目を見ひらいているが、夫ではなく〝現地の迷信深さ〟のほうをより恐れている。だが彼女の内には、いずれジョナサンの虚勢が崩れるときに明らかになる鋼の芯が秘められている。ツィターとフィドルの音楽が、この辺境の地の喧騒を伝える。

ミナ「ジョナサン、あなた、馬車がきたわ」

ジョナサンがひらめくように微笑すると、ヴァンパイアにも負けない歯がのぞく。ミナは、ヴァンパイアの兆しを帯びはじめた夫の第二の顔には気づかず、鷹揚に、だがためらいがちな笑みを浮かべる。ジョナサンが皿を脇にやって立ちあがる。子供と動物を押しのけるように戸口のミナに歩み寄り、ふたりして宿を去る。カメラがするするとあとを追い、黄昏の中に出た瞬間、ふたりにぶつかりそうになる。群衆の何人かが松明を高く掲げている。やつれた農民たちの顔が影に縁取られ、揺らめく仮面のようだ。ジョナサンは重い荷物を抱え、ミナはあらゆるものに怯えながら、ふたりして村の広場を横切り、待っている馬車にむかう。画面の中央、ふたりの行く手をさえぎって、鴉のように黒い人影が立っている。冒頭に登場した村の女だ。目は恐怖に潤み、十字架がきらめく。女は〈老水夫〉のようにハーカー夫妻をひきとめ（サミュエル・テイラー・コールリッジの詩『老水夫行』The Rime of the Ancient Mariner（一七九八）より）、十字架をさしだす。

村の女「どうしても行きなさるというなら、これをおもちなさいまし。母御さまのために、おもちなさいまし。これがあなたさまをお守りしますゆえ」（ブラム・ストーカー『吸血鬼ドラキュラ』第一章の、宿の女将の台詞をアレンジしたもの）

ジョナサンは怒りをあらわすが、ミナが十字架を受けとってその場をおさめる。

ミナ「ありがとう。感謝しますわ」

女は十字を切ってミナの頬に接吻し、立ち去る。ジョナサンが眉をあげて顔をしかめる。ミナはなだめるように肩をすくめる。

御者「ボルゴ峠、ヴィサリア（アール・C・ケントン監督『フランケンシュタインの幽霊』The Ghost of Frankenstein（一九四二）をはじめとする、ユニバーサルのホラー映画の多くに登場する地名）、クラウゼンブルグ（ルーマニア北西部、トランシルヴァニア地方の中心部にある町）にむかわれる方はお乗りくだせえ」

カメラがハーカー夫妻とともに馬車に乗りこむ。太った商人（テレンス・フィッシャー監督、クリストファー・リー主演『吸血鬼ドラキュラ』Dracula/Horror of Dracula（一九五八）に「太った商人」という役があるので、それかもしれない。ハンフリー・ケントが演じている）とその〝秘書〟ジータが場所を譲り、カメラは夫妻の正面に心地よくおさまる。ふたりは視線をかわし、ミナがジョナサンの手を握る。馬車ががたと動きはじめる。カメラをハーカー夫妻に固定したまま、窓に映るトランシルヴァニアの山道の景色が移り変わることで旅がつづいていることを示しつつ、つぎのスタジオに移動する。ややあって、商人とジータがハーカー夫妻を警戒していることがわかる。商人は禿頭の中年男、ジータは派手なブロンドだ。馬車が停まる。

御者（声のみ）「ボルゴ峠でさあ」

ジョナサン「ミナ、ここでおりるよ」

商人「ここで、ですと？」

ミナ（誇らしげに）「真夜中に馬車が迎えにきますのよ。貴族の馬車が」

商人「どなたの馬車なんです？」

ジョナサン「ドラキュラ伯爵だ」

効果を充分承知しながら、ジョナサンが狂気のにじむ目で傲然とその名を告げる。商人は恐怖にうたれる。ジータは猫のように息の音をたて、身を縮めて商人によりそう。ハーカー夫妻が馬車をおり、カメラもそれにつづく。御者が馬に鞭をあて、馬車はそそくさと走り去る。ハーカー夫妻はカルパティア高地の山道に取り残される。狼、風、蝙蝠など、夜の音が聞こえる。一瞬、満月の表面に目があらわれる。半開きになったドラキュラの目だ。

ジョナサン（指さしながら）「見えるだろう、あの城だ」

ミナ「なんだかとても……陰気でさびしいお城ね」

ジョナサン「伯爵がロンドンに移住したいと思われるのも無理はない。あのような場所に閉じこもっていては、神経がおかしくなって怒りっぽくもなる。いまにも家族を引き裂いて骨をかじりはじめるのではないかな。ソーニー・ビーンのようにね」

ミナ「伯爵には家族がおありなの？」

ジョナサン（面白そうに）「奥方が三人。サルタンのようだろう。考えてもごらん、ピカデリーではどう受けとめられるかな」

蹄の音も車輪の音もなく、静かに馬車があらわれる。御者の姿は黒く、顔は見えない。ハーカー夫妻が乗りこむと同時に、カメラが馬車の屋根にあがる。御者の姿がない。馬車が動きはじめ、カメラもそれについて移動する。巨大な蝙蝠が意味ありげに先頭の馬の上を飛んでいる。馬車はめまいのしそうな狭い山道を城にむかってごろごろと進む。カメラが蝙蝠の視点となり、馬車の前にとびだして道から舞いあがる。実物大の道の両側にミニチュアの風景がひろがる。密集した松の森のむこう、山腹に、白い傷痕のようなものが走っている。ハーカー夫妻の目にははいらないものの、石灰の採掘場のようだ。だがよく見ると、苦悶の姿勢をとった完全な骸骨、砕かれた頭蓋骨や胸骨など、殺された何千もの男女、子供、赤ん坊の残骸であることがわかる。鎧をつけた馬や、狼もしくはライオンと人のあいの子のような骨もある。おぞましい光景の上を飛びすぎ、ドラキュラ城に近づく。カメラがもっとも高い塔にすばやく接近し（中にはいれるようミニチュアを設計すること）、石の螺旋階段をくだって、そのままひそかにつぎのスタジオに……

……移動すると、ドラキュラと花嫁たちの寝室である。破るまでもなくみずからひらく蜘蛛の巣のカーテンをくぐり抜けていく。屍衣をまとった三人の花嫁が、それぞれの柩から起きあがり、ひらひらととびまわる。ふたりは黒髪の野性的な女で、ひとりは金髪でモデルのような痩身だ。カメラがドラキュラの視点となり、城の廊下を進んでいく。真鍮をうったオーク材の扉がつぎつぎとひらく。足音は反響せず、鏡の前を通っても何も映らないが——クルーが映らないよう、ガラスの裏に細工をしておくこと——細長い指と、蝙蝠のように耳のひろがった頭と、前に突きだされた信じられないほど長い腕のくっきりとした影が、まるで生きているかのようにタペストリに投げかけられる。さらにすばやく城内を進んで、広大な玄関ホールにつづく幅広階段の上にたどりつく。階段の下、旅行鞄のかたわらに立つジョナサンとミナがひどく小さく見える。ふたりに焦点をあわせたまま、ゆっくりと階段をおりていく。マントを羽織った影が縮む。近づくにつれて夫妻の顔が見える。ジョナサンはひと目で恋に落ちたかのように畏怖にうたれている。彼はすぐさま奴隷になるだろう。いっぽうで、ミナは恐れ夫を案じながらも、むしろ憐れみに近いものを浮かべている。音楽が、人の奏でる活気あふれる弦楽器から、霊妙なテルミン（初期の電子楽器。空中の手の動きによって音量・音高を調節するのが特徴）に変化する。それが高まって、腐敗と魔術に満ちた古きドラキュラの魂を伝える。ハーカー夫妻よりも六フィート上の段で足をとめる。そしてミナが十字架を掲げると同時に、前方に跳躍する。十字架の光が画面いっぱいにひろがる。音楽がクライマックスを迎え、天上の合唱が不気味なテルミンと戦う。

2：年老いた顔のクローズアップ。両眼には赤い点。乱れた髪と髭は真っ白。カメラが後退すると、なんの飾りもない黒に全身を包んだ、棒のように細い姿が見える。

伯爵「われは……ドラキュラ……なり」

『真夜中の向こうへ』一九八一年一月時点におけるキャスト&クレジット

製作会社：マーキュリー・プロダクション　配給：ミラクル・ピクチャーズ　製作総指揮：ジョン・アルカード　製作：オーソン・ウェルズ　監督：オーソン・ウェルズ　脚本：オーソン・ウェルズ――ブラム・ストーカーの小説より　撮影：ゲイリー・グラヴァー　美術監督：ケン・アダム　特殊メイク：リック・ベイカー　視覚効果：インダストリアル《I》・ライト《L》&マジック《M》　音楽：ジョン・ウィリアムズ

ジャック・ニコルソン（ジョナサン・ハーカー）　リチャード・ギア（アーサー・ホルムウッド）　オーソン・ウェルズ（ヴァン・ヘルシング／スウェイルズ）　シェリー・デュヴァル（ミナ）　スーザン・サランドン（ルーシー）　キャメロン・ミッチェル（レンフィールド）　デニス・ホッパー（キンシー）　ジェイソン・ロバーズ（ドクター・セワード）　ジョゼフ・コットン（ミスタ・ホーキンズ）　ジャンヌ・モロー（村の女）　アンジェリカ・ヒューストン、マリー＝フランス・ピジェ、キャスリーン・ターナー（ヴァンパイアの花嫁）　ジョン・ヒューストン（伯爵）

24

ウェルズはラウマ・クレーンと呼ばれる新しい装置をフルに活用するべく、最初のシーン——最初の撮影場面を書きなおしていた。これはカメラにすばらしくしなやかな可動性を与える器材なのだ（一九七〇年代に開発された装置。クレーンを使ってカメラを宙に吊りさげ、三百六十度どこからでも撮影ができる）。この装置に加え、ぱかっとふたつに割れるセットとスタジオ間の暗い通路を使えば、『黒い罠』（Touch of Evil オーソン・ウェルズ監督・脚本による一九五八年作品。原作はホイット・マスタースン『黒い罠』Badge of Evil（一九五六）。冒頭に三分二十秒にわたる有名な長まわしシーンがある）よりもさらに本格的で複雑な長まわしとなるだろう。

ウェルズはカメラマンとともに、ボルゴ峠にむかう実物大の土道——轍跡やマイル標石までそなわっている——に立っていた。まだ馬はつながれていないが、磨かれた扉にドラキュラの紋章を掲げた漆黒の馬車が用意されている。両側は森だ。いちばん近い木々は実物の半分ほどの高さで、遠ざかるにつれてどんどん小さくなってひろがり、それがカルパティアの夜をあらわす背景幕までつづいている。前方にはドラキュラ城がそびえている。これは九フィートの建物で、いまは『戦慄！プルトニウム人間』（バート・I・ゴードン監督 The Amazing Colossal Man（一九五七）。主人公はプルトニウム爆弾の実験で誤って被曝し全身が巨大化する）のような技術スタッフが、スプレーを使って歳月による汚れと霧を胸壁に吹きつけている。

ウェルズとカメラマンは、カメラを馬車からはずして空中の装置に移す、おそらくは非常に難しいだろうタイミングについて議論を戦わせていた。天井からは、ライト兄弟とジョルジュ・メリエスの共同制作かと思えるような装置——宙を飛ぶ人型のフレームで、勇敢なオペレーターが中にはいってカメラを操作する——が吊りさげられている。

これらすべてにどれだけの費用がかかっているのか、考えたくもない。

ウェルズが彼女に気づき、大きく破顔して歓迎した。

「ジュネ、ジュネじゃないですか。ぜひともこの絶妙な機械を見ていってください。自分でいうのもなんですが、まさしく天才の仕事ですよ。複雑な問題がいともたやすく解決される。『真夜中』が公開されるとき、人はわたしがどうやってこれを撮影したのか不思議に思うことでしょう」

そしてくっくっと笑った。

「オーソン、お話があるわ。いくつかわかったことがあるのよ。あなたが依頼した、ミスタ・アルカードのことで」

ウェルズがその言葉を荷物のひとつに加えた。彼は処理しなくてはならない大小さまざまな問題を千とひとつも抱えている。あとひとつくらい増えてもどうということはない。夢想的な芸術家であると同時に優れた戦略家でもあるというのが、映画監督としての彼の能力の一部なのだ。

話したくない。こんなことを伝えたくはない。

「ふたりだけで話せるところはあるかしら」

「馬車の中はどうですか」

彼が脇によったので、ジュヌヴィエーヴはしかたなく馬車のステップをあがった。

25

小道具の馬車は外側と同じく内側も細部にいたるまで丁寧につくりこまれていたが、ウェルズの体重を受けて大きなきしみをあげた。スプリングが最後までもつだろうか。

ジュヌヴィエーヴはすべてを語った。

ジョン・アルカードはヴァンパイア王の最後の使徒を自称しているが、その正体が何者であるかはまだわからない。それでも、彼が何をしようとしているのかは推測できる。

「彼が求めているのは手品師ではなく、魔術師、魔法使いだというわけですね」ウェルズが結論した。

そういえばウェルズは、舞台でフォースタス博士を演じている。

「アルカードが必要としているのは天才よ」慰めるように言ってみた。

ウェルズの太い眉がよりあわさって渋面をつくる。ことがあまりにも大きすぎて、彼ですら理解が追いつかないのだろう。

そしてウェルズは四万ドルの質問を放った（一九五五年から五八年にかけて放送された人気クイズ番組 The $64,000 Question から。もっとも重要で答えにくい質問を意味する）

「それで、あなたはその計画がうまくいくと信じているのですか。ほんとうにドラキュラが召喚されるのでしょうか」

「ジョン・アルカードは信じているわ」はぐらかして答えた。

「それは間違いないでしょうね、一分の疑いもない」ウェルズの低音が響く。「とんでもない奇想、大それた概念、驚嘆すべき信念。すべてが、長い時の末に、そのすべてがわたしのものになるかもしれない。若い人たちがしばしば口にするように、いまこそおのが望みをかなえる絶好の機会ではありませんか。これはある意味、黒ミサでもある。悪魔その人を目覚めさせる映画ですからね。ただのペテン師にはこれほどまでに常軌を逸した複雑な計画を立てることはできません」

その点については彼女も同意しないわけにはいかない。

「たとえアルカードが間違っていても、魔法が発動しなくとも、わたしが彼の金を使って映画を撮ることにはなんの不都合もありませんよね。真に悪魔を打ち負かせるような映画を」

「でももし彼が正しければ……」

「そのときは、わたしオーソン・ウェルズが、単なるフォースタス博士でもプロメテウスでもなく、パンドラとなって世界じゅうの悪すべてを解放し、新たなる支配者となりましょう。正真正銘の、輝けるルシファーの闇の父となりましょう」

「それでは状況がさらに悪化するかもしれないわ。あなたはヒトラーのクローンになってしまうかもしれない」

ウェルズは首をふった。

「それはわたしの決意しだいですね」

ウェルズは物憂げに答えてから、大声をあげて笑った。小道具の馬車の内部がゼウスの雷《いかずち》で撃たれたかのように揺れ動く。

この天才の選択を羨みはしない。二十世紀の芸術家で、このように華々しく世に登場しながら、これほどまでに間断なく、幾度も、挫折を味わわされた者はいない。彼の創造したものはすべて、『市民ケーン』ですら、彼の手を離れたとたん妥協とともに市場に落とされた。何十もの、未完もしくは手をつけることすらできなかった映画。舞台にあげられることのなかった上演計画。盗まれ、より才能の劣った者たちの手によってだいなしにされたプロジェクト――その多くでは、ウェルズ自身も顔見せのような役で出演し、おのれの可能性がつぶされていくさまを目の当たりにしなくてはならなかった。そしていまここで、キャリアの最後にあたり、すべてをとりもどす機会が与えられたのだ。誓いを果たし、ふたたび〈早熟の天才〉となり、彼こそが〈この世界の王者〉であることをようやく証明できる機会が。

にもかかわらず、不吉さが漂っている。どうしても信じることができない。

ウェルズの澄んだ目に巨大な涙がふくれあがり、髭の中へとこぼれ落ちた。笑いの涙だ。

馬車の扉がノックされた。

「ミスタ・ウェルズ。準備が整いました」助手の声だ。

「ジュネ、このシーンはすばらしいものになりますよ」ウェルズが思いをめぐらすように言った。「記録に残るシーン。しかもさほど予算はかからない。今日が終わるまでに、一巻すべて、十五分のフィルムが、缶の中におさまるでしょう。何ヶ月もかけて計画し、デザインし、セットをつくり、用意してきた。一九三九年からこっち、映画についてわたしが学んできたすべてが。すべてが、いまここにあるのです」

お願いだから思いとどまってくれと、訴える勇気が自分にあるだろうか。

「ミスタ・ウェルズ」助手が促す。

ふいに決意を固め、ウェルズが宣言した。

「撮影をはじめよう」

26

最初のテイクでは、スライドするはずだったビストリツァの宿の壁が、開始二十秒後に動かなくなってしまった。つぎのテイクは完璧にうまくいった。主演級の俳優たちに加えて百人以上の役者と、ひとりの偉大な男のヴィジョンをかなえようと心を傾けるその二倍もの数のスタッフが、蛇のようになめらかに三つのスタジオを移動していく。昼食後、もっとよい演技ができると主張するジャック・ニコルソンの懇願により、ウェルズはそのシーン全体をもう一度撮りなおした。今回、空を飛ぶカメラがとつぜん制御を失い、つくりものの森に突っこみそうになるところを、オペレーター（パイロットというべきだろうか）がかろうじてバランスをとりもどし、驚くべき回避術で撮影を完遂させた。

すばらしいテイクが二本。自然発生的な混乱もこのシーンには効果的に働くだろう。

ジュヌヴィエーヴは、ただひたすら畏敬の念を抱いて撮影をながめながら一日をすごした。

この映画のない世界と、ドラキュラのいる世界。どちらか片方を選べといわれたとき、どちらに手をあげればいいのか決められない。仕事に取り組むウェルズは歳よりも若々しく、人々を魅了し、鼓舞し、横暴にふるまい、リーダーとしてすべてを包みこむ。いたるところに存在し、村の女ジャンヌ・モローにフランス語で言い寄ったかと思うと、エフェクトマンとともにロープをひっぱっている。影が映り、カメラを視点とすることをのぞいて、この場面にドラキュラは登場しない。それでもジョン・ヒューストンは、自分のトレーラーで休んでいられるはずの時間もつねに現場に姿を見せて、ただひたすらウェルズの働きに驚嘆している。スピルバーグやデ＝パルマらは、機関車天国にやってきた鉄道マニアのように熱心にメモをとっている。ヒューストンはベテランでありながら、彼ら若者たちと同じくらい深く感銘を受けていた。

これらすべてでから、どのような結果が生みだされるのだろう。ジュヌヴィエーヴは不安を抱いたまま、それ以上ウェルズに話しかけることなく、スタジオを去った。

マリブにむかって車を走らせているうちに、心がおちついてきた。

あと数日でユリウス暦の一九八〇年代がはじまる。そうしたら、ライセンスをとりもどすべく動きだそう。すべてを考えあわせてみれば、ウェルズに料金を請求すべきだったかもしれない。彼はジョン・アルカードから充分な資金を得ているのだから、彼女の調査料くらい難なく支払えるはずだ。

パラダイス・コーヴにもどったころ、あたりはすっかり暗くなっていた。車を停めて、しばし波の音に耳を傾けた。人類が登場する前から、そして人類が滅んだあとも、変わることのない音。

車をおりてトレーラーにむかった。鍵をさがしてバッグの中をかきまわしているとき、髪が逆立つような異常が感じられた。

スローモーション・フィルムのように、彼女のトレーラーが爆発した。

炎が燃えあがり、噴きだして、寝室のシャッターを吹き飛ばす。つづいてキッチンのガスボンベに引火したのだろう、内部でさらに大きな火球がふくれあがり、クロムの壁をずたずたに引き裂いて美しい車体を破壊した。

光が襲いかかり、爆音がとどろく。
爆風に足が浮き、砂地の向こう端まで吹き飛ばされる。
彼女の所有物すべてが雨のように降りそそいだ。

27

「今回の出来事すべてにおいて、じつに面白い事実があるのだが、それが何か、きみにわかるかな」アーネスト・ゴースがたずねた。「つまりね、わたしはこれがうまくいくなんて、考えてもいなかったんだよ。ジョニー・アルカードの計画は壮大だし、もちろん西海岸一帯で大物になりつつはあるけれど、この〝エルヴィスは生きている〟ジョークはくだらないよ。親愛なる老伯爵なんて誰も知っちゃいない。もうずっと前に死んでいるんだからね」

激しい衝撃を受けて、起きあがることもできない。

ツイードのアルスターコートにフィッシャーマン・ハットをかぶったゴースは、彼女の車にもたれかかり、左手の爪で塗装をひっかいている。空っぽになった眼窩で壊疽が進行し、化膿している。火明かりに照らされた顔は悪魔のようだ。

「きみも何か気の利いたことを言うべきだよ」ゴースがつづけた。「オーソン・ウェルズはたった一日撮影しただけで、カムバック映画を放棄して姿を消す。彼を見つけることはできない。プロジェクトは終わりだ。あとを継ごうという天才はいない」

所有物のすべて。

それが彼女の支払うべき代価となった。

「だがもしかすると、あの太っちょは天才なんかじゃなかったのかもしれない。もしかすると、天才はボリス・エイドリアンのほうなのかもしれない。アルカードはドラキュラ映画すべてに平等に出資しているからね。もしかすると、きみの行動も彼のさまたげになんかならなかったのかもしれない。もしかすると、〈彼〉はほんとうに復活するのかもしれない」

すべての戦意が失われてしまった。ゴースはきっと楽しんでいるのだろう。

「この町を出ていきたまえ。そうだな、この州からも消えたほうがいい。きみがここにいてもなんの役にも立たない。車を残してやったことに感謝するんだね。それはそうと、なかなかいい車だ。でもジャガーじゃない。すっきりとしたライン、すべてクロム塗装、これ見よがしに強力なエンジン。ヤンキーどもは何かを証明しようとしているのかな。きみはどう思う？　いやいや、答える必要はない。ただたずねてみただけだよ」

身体を押しあげて膝立ちになった。

ゴースは銃をもっている。

「紙は石を包む。銀のフォイルでね」ゴースは話しつづけている。

立ちあがった。服の砂をはらい落としもしない。髪は灰まみれだ。ほかのトレーラーの住人たちが出てきて、恐れながらも魅せられている。彼女のトレーラーは外殻だけになりながら、まだ炎をあげている。

そのいらだちが火花となって燃えあがった。

ゴースにはかなうべくもないすばやさで、彼の銃をとりあげた。手首を折り、ついでに帽子もむしりとる。彼はイギリス人らしく無感動に驚きをあらわし、可能なかぎり高く眉を吊りあげてみせた。いぶかしげな皮肉っぽい表情は、その顔から剥ぎ取られることを願っているようでもありながら、どうせすぐに、よりゆがんだ形をとってもどってくるだけだろう。

「すばらしい、みごとだね」ゴースの身体から力が抜けていく。「最小限にして超越した動き。まったく目にとまらなかったよ」

火の中に投げこんでやりたいとも思ったが、見物人のひとり、デュードに銃をわたし、警察がきたらひきわたすよう指示するだけにとどめおいた。

「見張っていてね。この男は人殺しなの」

ゴースはその言葉に傷ついたようだ。だからわざわざ念を押してやった。

「ただの、ありふれた、人殺しよ」

デュードは理解し、しっかりと銃を構えた。怖じ気づくヴァンパイアのまわりに人々が集まり、押さえこむ。もはやこの男は脅威ではない。切られ、包まれ、鋭さを失った。

サイレンが聞こえる。こうした状況ではいつだってサイレンが鳴るものだ。

デュードにさよならのキスをして、プリムスに乗りこんだ。ハリウッドから北へ、曲がりくねった沿岸道路を進む。ふり返ることはしない。自分は敗北したのだろうか、それとも解放されたのだろうか。彼女にはわからなかった。


（訳注：タイトル「真夜中の向こうへ」The Other Side of Midnight は、シドニィ・シェルダン『真夜中は別の顔』The Other Side of Midnight（一九七三）およびそれを原作とするチャールズ・ジャロット監督、マリー＝フランス・ピジェ主演『真夜中の向う側』The Other Side of Midnight（一九七七）でもあり、オーソン・ウェルズの幻の遺作『風の向こうへ』The Other Side of the Wind でもある。『風の向こうへ』は二〇一八年に完成・公開された）

インタールード

愛は翼にのって——ドラキュラ紀元一九八六

1

「頭《かしら》、中」キャプテン・ガードナーが注目を命じた。「ひよっこども、こちらはミス・チャーチウォード。おまえたちのマナー講師だ」

ひよっこの小集団に苦笑がひろがる。彼らは自分たちにマナー・レッスンが必要だなどと考えてはいないのだ。だがいまに、それが間違いであることを知るだろう。

ペネロピはデスクに腰かけ、優雅に姿勢を正した。染みひとつないクリーム色のスカートを撫でつけ、とんでもなく長い脚を見せつける。

クラスの全員が——男も、女も、目を瞠った。ペニーは死んだときより数インチ背が高くなっている。何十年かかけておこなった、ささやかな変身だ。ヴァンパイアに転化する前から魅了の力を発揮していた彼女のことだ。いまやセックス・ファックの達人といってもいい。

折り畳み椅子が音をたてて整列した。ほんの一瞬前まで手足を投げだしてだらしなくすわっていたひよっこどもが、しゃきっと背筋をのばす。このクラスは〈煉獄〉の基礎訓練を通過してきたのだから、閲兵の礼儀はたたきこまれているはずだ。いまは階級章も記章もない平服をつけている。自信たっぷりなずうずうしい連中。

ふふん、楽勝ですわ。

サングラスをはずし、ずっしりと豊かな髪を揺らした。そして、鋭いダイヤ形の小指の爪をこつこつと牙にあてる。

それから首の前であおぐように手をふった。波紋シルクのブラウスは、上のボタンふたつがはずれている。

チラ見せするのでないなら、高価な下着になんの意味があるだろう。呼吸などする必要もないのに、いまだけは息を吸う。

あごまでしっかりボタンをとめて一世紀をすごしたのち、ペニーはためしに胸の谷間をさらしてみた。首と胸に残る蛭の痕跡――新生者《ニューボーン》だったころ、いかさま医者につけられたものだ――は種痘痕のような白い輪になって薄れ、いまではほとんど目立たない。

何人かの若者がぎこちなく脚を組んだ。膝の上にクリップボードを立てた者もいる。女たちは一様に、好意的とまではいかずとも、やはり関心を示している。

彼ら全員に釣り針をしこんだ。血を吸うまでもない。部屋にはいってくるだけで充分だった。

糸をぐいとひっぱる。

リノリウムの床に椅子をこすりながら、クラス全体がひきずられるように前に進んだ。

ペニーは片手をのばして停止を命じ、それから、そのうちのひとりにそばまでくるよう招いた。いかにもアメリカ人らしい若者が、糸でひかれたように椅子から立ちあがった。コードネーム・バンシー。チノパンの上に目が痛くなりそうなアロハシャツを着て、編みあげのコンバットブーツを履いている。あたりまえのサングラスではなく、ニュー・ウェイヴィな紫のミラーヴァイザーをつけている。歯の数は四十八本ほど。このクラスの道化役といったところか。それにしても彼は、〝バンシー〟がそもそも女であることを知っているだろうか（Banshee は「泣き女」とも呼ばれ、ケルト神話における女の妖精。バンシーの泣き声が聞こえると家人が死ぬといわれる）。

彼はペニーにむかって歌いはじめた。声は大きいが音程は狂っている。彼がなぜこのコードネームをつけられたか、わかろうというものだ。ほかの者たちは金魚のようにぽかんと口をあけて、ただびっくりしている。

「生ーきていけない、あなたなしでは……」バンシーが声をふるわせて歌う（「ウィズアウト・ユー」Without You（一九七〇）の歌詞より。ロック・グループ、バッドフィンガーの楽曲で、メンバーであるピート・ハム＆トム・エヴァンスが作詞作曲した）。

笑いながら手をふってやめさせた。外で犬が吠えている。きっと耳から血を流しているにちがいない。

手を抜いた指人形のように力の抜けたバンシーを椅子にもどらせ、ペニーは宣言した。

「魅了の基本は、ほんの少しだけを見せ、ほんの少しだけを語り、多くを想像させることですのよ。ヴァンパイアになるおつもりなら、これを学ぶことですわね。あたくしは世界一蠱惑的で危険な女ではありません。ひと部屋の中ですら、いちばん魅力的な女であることはめったにありませんわ。でも、そのつもりになれば、そうなることができますの。何か質問は？」

うしろの席にすわっている白い半袖ワンピースの女が、ためらいがちに手をあげた。

「わたしたちにも学べるでしょうか……それのやり方」

彼女に視線をむけた。コードネーム：ディザイア。ふわふわのブロンド、ゆがんだ微笑、悩殺のボディ。女子訓練生の中では最短時間で突撃訓練を終了させた。全体では三番。

「このコースを終えるまでに」ペニーは答えた。「あなた方はそれを自在に操る方法を身につけるでしょう。そう、蛇口《タップ》を開閉するように。アメリカの言葉ではフォーセットでしたかしら」

「それは、ええと、赤ん坊にも効果があるんでしょうか」バンシーがたずねた。

ペニーはそれをすべてひきよせ、あらためて彼にむけて放射した。全開にして。

「あたくしはそう考えていますわ」

若者はこぶしで宙を殴り、さけんだ。

「りょーかいしました！」

2

　第一週が終わるまでに、クラスに所属する九人の男と三人の女全員が誘いをかけてきた。男六人と女ひとりは、噛まれるだけでなく、彼女と寝ることを望んだ。ペネロピはどの誘いも受けなかった。彼らはペニーがそれをしたのだと、自分たちの心に働きかけたのだと、考えている。だが彼女はただ可能性をひらき、あとはすべて彼ら自身にまかせただけだ。

　ペニーはまた、四人の男とひとりの女をクラスから追いだした。彼女の言葉だけでは足りなかったかもしれないが、ほかの教官も賛意を示した。ひよっこどもは赤い粉をやってはいない。〈プログラム〉の指揮官ジェドバーグが終了命令書にゴム印を押した。彼らはバスに乗って帰還し、以後は秘密保持契約によって沈黙を守らなくてはならない。もし〈煉獄〉について漏らすことがあれば、法廷か——アーリントン（バージニア州にある国立墓地）に送りこまれることになる。ヴァンパイアにはなれなかったものの、せめてダンピールになろうとする者は出てこないだろうか。もちろん不測の事態のための対応策は講じてあるだろう。しかしながら、彼女はそういう問いを控えることを学んでいた。

　近頃のペニーは〈合衆国蝙蝠戦士プログラム〉に所属する退役軍人キャプテン・ガードナーとすごしている。コードネーム：アメリカ。アメリカが第二次大戦に突入する直前に転化し、以後ずっと存在しつづけている男だ。人間兵器といってもいい。ペンタゴンはヴァンパイアを、「戦争が起こったときに破れ」と記したガラスの柩にいれておきたがっているようだが。ガードナーが好む一九四〇年代スウィングのリズムは、ひよっこどもが好む一九八〇年代ＭＴＶ（ケーブルＴＶの音楽専門チャンネル）のアップテンポ・ミュージックと対照的だ。彼はブロンドで、ハンサムで、人工的ですらある。マッスル・ビーチ（ボディ・ビルダーが集まる海岸）の肉体。アロー・カラーの顔（一九〇〇年から一〇年にかけて、シャツのブランド「アロー」が新製品を販売したときに広告イラストに描かれた美男子「アロー・カラー・マン」より）。身体を包む星条旗。アンディならきっと大喜びするだろう。

　ふたりは彼の宿舎で、軍から支給された純血種の猫の血を飲む。それだけでほどよい酩酊がもたらされる。

キャプテンが人間の血を吸うのは仕事のときだけだという。

　ガードナーはペネロピと同じくらい時代に乗り遅れている。特注のキャビネットにはアーティ・ショウやグレン・ミラーのレコードがはいっているし、壁にはフランクリン・ルーズヴェルトとアーニー・パイルのサイン入り写真が額にいれて飾られ、ベッドボードの上には星条旗模様の楯がかかっている。いっぽうでペニーは、少なくとも新しいものを受け入れようという努力だけはしていて、ホイットニー・ヒューストンやジェネシスやブルース・スプリングスティーンの、目の玉がとびでるほど高価な小さな銀の円盤をひと箱、所有している。十年紀の変わり目にニーヨークで浮き沈みの激しい冒険をしてきたためか（髪をつんつん立てた、聴くに耐えないパンク野郎たちとつきあっていた）、メインストリーム・ロックは八〇年代なかばの彼女の気分にぴったりフィットする。それに加えて、ダークトーンのテーラード・スーツ――巨大な肩パッドに驚くほど短いスカート、そしてパンプス・ハイヒールにシーム入りストッキングが必須――と、顔と腕を三秒太陽にさらすだけで手にはいる小麦色の肌だ。

　ガードナーは自分の血を提供しようとは言わないし、軍隊式に完璧に整えたベッドに彼女を連れこもうともしない。片隅にあるベッドは、毛布が棺桶の角のように几帳面にたたまれ、十セント銅貨が跳ね返りそうなほどぴんとシーツが張ってある。

　ふたりのあいだのテーブルに書類フォルダがおいてある。

　訓練通過者七名。男五人と、女ふたり。

　明日、ガードナーは闇の息子、闇の娘として、彼ら全員におのが血統を伝える。彼のコードネームが部隊名となる。すなわち、〈アメリカ〉。ペニーはいささか疑わしい自分の血統を提供しようと申しでたことはないものの、かわした契約から考えるに、〈ショップ〉（スティーブン・キング『ファイアスターター』Firestarter（一九八〇）およびそれを原作とするマーク・L・レスター監督『炎の少女チャーリー』Firestarter（一九八四）に登場するCIA下部組織）はその気になればいつでも彼女の血を抜きとることができるのだろう。このひよっこどもは〝試験管ヴァンパイア〟になる。その変態にはなんの感情も介在しない。一定量の血液を直接血管に注入するのだ。彼女自身が転化したときの興奮や混乱とは似ても似つかない。子《ゲット》たちが生まれ変わるとき、ガードナーはその部屋にすらいないだろう。

それでもまだ疑問は残る。

この〈プログラム〉がうまく機能して五十年がたっているというなら、なぜ蝙蝠戦士はこれほど数が少ないのだろう。この軍部間訓練施設（〈煉獄〉の外はニューメキシコだ）は何十年かをかけてぽつりぽつりとわずかな卒業生を送りだしているが、すべてを征服するヴァンパイア軍団のようなものはいまだ存在しない。不死者《アン＝デッド》部隊がベトコンに対して解き放たれたこともないし、超人特殊部隊《クリーチャー・コマンド》（DCコミックのいくつかのシリーズに登場する、実験によってつくられた超人——狼男、吸血鬼、ゴルゴンなどによる部隊）がイラン人質事件に送りこまれたこともない。

〈プログラム〉そのものが徐々にステップアップしているのだという話も聞く。彼女が〈ショップ〉——それまで耳にしたこともなかった政府機関だ——にスカウトされたことから見ても、それは間違いのない事実なのだろう。ここでは温血者《ウォーム》のひよっこ部隊のほかに、すでに年月を経たヴァンパイアも訓練を受けている。彼らはペニーのクラスとは接触をもたない。そのほとんどがアメリカ人ではないはずだ。ドラキュラのカルパティア近衛隊に所属していた長生者《エルダー》もいるという。

ガードナーがフォルダに目を通し、もう一度確認するようにと、ペニーにわたした。

リストには、はじめて目にする彼らの本名が記されていた。クラスではコードネームが使われている。バンシー、ディザイア、コンフェッサー、アイスマン、ニキータ、エンジェル、ヴェルクロ。

このコースにスカウトされる前のそれぞれの経歴も紹介されている。以前の所属はさまざまだ。海兵隊がふたり、海軍特殊部隊がひとり、正規軍がふたり、NASA宇宙飛行士養成プログラムがひとり、CIAエイジェントがひとり。加えて、全員の出身地、両親の名、軍の志望動機、職歴、学業成績、医療記録、それに現在もつづいている人間関係や利害関係が、事細かに記載されている。

明日、日没と同時に、彼らは全員変化を迎える。

「転化を後悔なさったことはおあり？」ガードナーにたずねた。「歳をとって、あたりまえに子供をもって、次世代にすべてを伝える。そうした未来を惜しいと思ったことはありませんの？」

ガードナーはきっぱりと答えた。

「ありませんね、マダム」

3

ある意味ペニーの子《ゲット》でもあるクラスの転化は、ほぼうまく運んだ。

ニキータだけは、百年近く昔にペネロピも体験した感染症のような予測不能の反応を起こして、診療所に送りこまれた。温血者《ウォーム》としての人生から新生者《ニューボーン》ヴァンパイア状態にまでもちこされた検知不能の病原菌が、危険な寄生生物へと突然変異したのだ。ペニーのときとは異なり、ＣＩＡの女エイジェントの治療に蛭が使われることはなかった。〈プログラム〉所属のヴァンパイア医師ポール・ビーチャーは、定期的な〝黄金〟点滴をおこなった。噂によるとその高品質な血液は、侍者《アコライト》（カトリック教会と聖公会で、ミサにおいて司祭に付き添う役目。十字架や香炉を捧げもつなど式の進行を補助する様々な役割を果たす）を務める童貞の少年より、はじめての夢精を体験する前夜に採取したものだという。患者の予後は良好であると、ドクター・ビーチャーは語っている。

ニキータをのぞくアメリカ部隊の新生者《ニューボーン》たちは熱狂的に夜を楽しみ、それをおちつかせるのがペニーの仕事となった。飛行能力を得たバンシーとアイスマンとエンジェルは、しばしば砂漠に出むいてグライダーのように空高く舞いあがった。彼らはイカロスの教訓を学んでいるだろうか。夜が明けてからも空にとどまっていたら、陽光を浴びて燃えあがってしまう。ディザイアは〝マインド＝ワーム〟になった（C・M・コーンブルースの短編小説「蝕むもの」The Mindworm より（一九五〇））。誰にでも力をおよぼせるし、少しでも血を味わったことのある相手ならば低レヴェルのテレパシー・リンクを形成することができる。いずれ〝スカルウォーカー〟となって、血を飲んだ相手の脳に完全に自己を投影できるようになるだろう。いまはカナダ人の専門家ダリル・レヴォックの助言を受けながら、術によって猫の精神を支配し、スパイカメラのように遠隔操作する実験を試みている。情報戦においては間違いなく非常に役立つ力だ。部隊のチャプレン（アメリカ軍において宗教の如何を問わず従軍する聖職者）をも兼任しているコンフェッサーと、グレナダ戦闘（一九八三年カリブ海の島国グレナダでクーデターが勃発、アメリカ軍が侵攻し、戦闘がおこなわれた）にも従軍したヴェルクロは、ペニーと同じく、ただのヴァンパイアになった。寿命が長く、治癒が迅速で、高速で動き、血のみを食餌とする以外、なんの〝能力〟ももたないヴァンパイアだ。

一九四一年、ガードナーは手術台の上で大量の血を失って死に、ヨーロッパから密輸入されたヴァンパイアの血を投与された。彼の心臓は一度停止し、改めて動きだした。当時は一般的に、死を経ずして転化することは不可能だと信じられていた。だがこの新しい蝙蝠戦士たちはゆっくりと血を抜かれたため、心臓も脳も死を迎えてはいない。そして、タイムリリース型カプセルによってガードナーの血を摂取したのだ。

とはいえ、これはまったく新しいやり方というわけでもない。ペニーと複雑な関係にあるジュヌヴィエーヴ・デュドネは、十五世紀に同様のプロセスを経て転化している。それでもやはり、これはよくある事例ではない。この蝙蝠戦士たちが正しいヴァンパイアなのか、それとも高度に進化したダンピールなのか、いまだ誰も判断できずにいる。ドクター・ビーチャーがうっかり口をすべらせたことだが、〈プログラム〉はいま、逆方向のプロセスを研究しているという。生き残った卒業生たちは、五十年の兵役ののちに除隊し、完全な温血者状態《ウォームス》（および死への可能性）をとりもどすことができる。ドクターの予想では、たとえ死や老化とセットになっていようとも、驚くほど多くの者が〝あたりまえの〟生活を選ぶだろうということだった。

もしその選択が与えられたら、ペニーは深く悩むだろう。

そして結局は、このままの状態にとどまるだろう。温血者《ウォーム》であったときよりもはるかに長い歳月を、ヴァンパイアとしてすごしてきたのだから。

転化プロセスが漸進的である理由のひとつとして、ドイツが第一次大戦時にドラキュラその人の指図に基づいておこなった計画に関して、〈ショップ〉が詳細な記録を手に入れたことがあげられる。その話なら、チャールズから聞いたことがある。彼女を捨ててジュヌヴィエーヴを選んだ元婚約者。温血者《ウォーム》でありながら転化を拒み、老齢と死を選んだ男。彼は英国版紳士的〈ショップ〉ともいえる、ディオゲネス・クラブに所属していた。皇帝《カイザー》のマッド・サイエンティストたちは、〈プログラム〉の蝙蝠人間《バットマン》などおよびもつかない、はるかに恐ろしい空飛ぶ変身能力者の部隊をつくりだした。その成果たるヴァンパイア撃墜王《エース》で、人として行動できるほどの心を維持したまま戦争を生き延びた者はほとんどいなかったという。

そうした実験の生き残りも、ヒトラーによって根絶やしにされた。そして、純血種のドイツ人ヴァンパイアをつくるという彼の夢もまた、結局は失敗に終わった。ナチスは現存する〝雑種のヴァンパイア〟——ユダヤ人やジプシーと同列と見なされた——すべてを滅ぼし、その後、アーリアの血の儀式によって新たな鉄の血統をつくりだそうと計画した。だが、戦争はヒトラーのヴィジョンが実現する前に終結した。ガードナーの話によると、彼はプロトタイプの超人ヴァンパイアふたりと対決して勝利をおさめたことがあるという。彼らはただひたすら醜い生き物だった。転化により、ひとりは真紅の髑髏(マーベル・コミック『キャプテン・アメリカ』Captain America に登場するナチスの怪人レッド・スカル Red Skull)に、もうひとりは蝙蝠の耳をはやしたぞっとするほど恐ろしい仮面(経歴は少々異なるが、マーベル・コミックの悪役バロン・ブラッド Baron Blood ではないかと思われる)に変容し、そのまま固定してしまったのだ。そのいっぽうで、ドラキュラ自身は連合国を支持し、一九四四年の改革運動のさいにはルーマニアにはいり、その地の長生者《エルダー》を統合してナチスに対抗した。ペニーがその話を知ったのは、トルーマンとスターリンとチャーチルが策を弄してドラキュラを本拠たる城からひきずりだし、イタリアのオトラント城における無為な亡命生活へと追いやったのち、彼女がその城の家政をとりしきるようになってからのことだった。

かつてはペニーも、ヴァンパイアは世界の支配者になるべきだと考えたことがある。ヴァンパイアとして生きながら、おそらくはヴァンパイアを捨てることもできるだろうこの新生者《ニューボーン》たちは、その夢を実現するのだろうか。そのとき、彼女自身はどこにいるだろう。

この新生者《ニューボーン》たちの心に存在を食いこませておけたのはラッキーだった。いつの夜か、ペニーが彼らを必要とすることがあるかもしれない。

4

もうひとつの部隊について、さらにいろいろなことがわかってきた。

ある夜、ニキータにファッション雑誌を貸してやろうと診療所を訪れたその帰り、ひとりのヴァンパイアと出会ったのだ。ヨーロッパで見知っている顔。アレクシス・ツィスカ男爵だ。彼はペネロピのことをおぼえていないふりをした。

ツィスカは八八年のロンドンで、プリンス・コンソートのカルパティア近衛隊に所属していた。ドラキュラの鬱陶しい婚約者、モルダヴィアのアーサ・ヴァイダとも何かつながりがあるらしく、オトラント城にも出入りしていた。よくあるカーボンコピー長生者《エルダー》のひとりで、当時はいかにもあからさまに伯爵を真似て、口髭を整え、マントをひるがえしていた。ドラキュラが真の死を迎えて以後、彼をコピーする者はいなくなった。いま、赤く縁取られた彼の目の下には黒い染みが浮かんでいる。

「男爵、お話がありますの」

ツィスカはうなり声をあげた。

「情報を共有しましょうということですわよ。男爵はどうしてここに、〈煉獄〉に、いらっしゃいましたの？」

ヴァンパイアが何かをぼそぼそと答える。

「ご心配にはおよびませんわ」安心させるように言ってみた。「あたくしも〈ショップ〉に雇われていますの」

諜報機関の名を耳にして恐怖をひらめかせながらも、ツィスカはどうにかそれを抑えた。彼は四方八方に感情を送りだす発信装置のような男なのだ。おべっか使いの取り巻きとなるのも不思議ではない。

「レックス、知り合いか」病棟で誰かが声をあげた。「連れてこいよ。おまえよりは楽しい見舞い客になる。それはそうと、太った鼠はもってきてくれたんだろうな、頼んだはずだぞ」

声は黒いカーテンのむこうから聞こえてくる。ツィスカの顔が曇った。

「あたくし、招待されているみたいですわね」

ツィスカが大股で病棟にむかったので、ペニーもついていってカーテンをあけるのに手を貸した。

「やあ、なんて美人さんだ」ベッドの上のものが言った。「おい、紹介してくれよ」

その患者は人というよりは石炭のようで、黒く焼け焦げた肉をまとった生ける骸骨だった。濡れた両眼は豊かな表情を伝えているし、歯は鋭く白い。たぶん男なのだろう。回復途上にあるヴァンパイアだ。

「ラヨシュ・ツツロン男爵だ」ツィスカが紹介した。「こちらは、ああ、レディ・ゴダルミング」

「ペネロピ・チャーチウォードですわ」片手をのばしながら訂正した。「ペニーと呼んでくださいな」

炭のような指が手をとる。ペニーは口づけを許した。とはいってもそれは、くちびるのない歯を指の節に押しあてるだけのものだった。

「はじめまして、マドモアゼル《アンシャンテ》」

ツツロンもかつてのカルパティア近衛隊員で、ハンガリー人だ。その名前ならおぼえている。しばしばドラキュラの側近グループに属していながら、追放の身の旧主を訪ねてきたことはなかった。旧政府気付で送った結婚式《ロイヤル・ウェディング》への招待状には、丁寧な欠席届けが返ってきた。彼は共産主義のもとで成功した数少ないヴァンパイアのひとりだったのだ。だがいまここにいるということは、ブタペストとの関係がうまくいかなくなったのだろう。

「このような姿でお目汚しをしてしまって申し訳ない。いつもならそれなりに見られる外見をしているのですがね。颯爽たる伊達男といわれていますよ。恩知らずの小作人どもに岩の上で杭を打たれ、日の出まで放置されてしまったんです。忠実にして良き友人たちのおかげで、無慈悲なる真の死はまぬがれることができましたがね」

ニキータと同じく、点滴につながれている。もちろん、彼が受けている点滴も〝黄金〟なのだろう。

「あなたのような不死の花がアメリカにいると知っていたら、もっとはやくこの処女地にやってきたのですがね。まさしく目が覚める思いですよ」

ツツロンを黙らせようとツィスカが息を吐いた。

「おいおい、レックス、わたしたちは仲間ではないか。みな〈旧世界〉のノスフェラトゥだ。どんな思惑かは知らんが、〈ショップ〉はわたしたちの大義に手を貸そうとしてくれている。それを無視するのは失礼というものだろう。親愛なるペニー、わたしはこの寝台から起きあがり、ふたたび狩りができる日をひたすら待ち焦がれているのですよ。未来への期待が新しい力を与えてくれた。故国にもどったあかつきには、夜の力をとりもどし、必ずやわれわれのあるべき姿、かの地の君主となってみせましょう」

この手の演説なら知っている。トランシルヴァニア運動の、マインスター男爵の周辺でしばしば聞かれるものだ。

ドクター・ビーチャーがやってきて、ツツロンの見舞い客を追いはらった。病棟の外に出ると、ツィスカはぴたりと口をつぐんだ。彼の疑惑を感じとり、ペニーは誘惑に抗しきれず杭をねじこんでやった。

「つまり、〈ショップ〉は長生者《エルダー》の、カルパティア人の部隊も訓練していますのね。さきが楽しみですこと」

ツィスカははっきりとうなりを発し、影の中に姿を消した。

5

エンジェルが失われた。太陽のせいでも悪い血のせいでもなく、野心によってだ。彼は飛行形態において、蝙蝠の皮膜ではなく白鷲の翼を生やした。さらに、みずからのコードネームにふさわしくなるよう、黄金の目と、ラファエル前派かヒッピーのような巻き毛と、ゆったりした白いローブを装着しようとした。新しい翼をひろげて調べているとき、変身の重圧に耐えかねて脳が破裂した。眼窩から川のように血がほとばしった。

ペネロピは、その現場を目撃せずにすんだことをありがたいと思う。確かに血を飲んで生きてはいるが、それが際限なく流れあふれるさまを見たくはない。

ひよっこたちは彼の死によって興奮から覚めた。表向きは訓練中の事故ということになった。

ペニーは講義をおこなった。この事件を残された者たちへの教訓としなくてはならない。

「これはパラドックスですわね。ヴァンパイアは不死です。なのにほとんどの者は、転化して一年ともちこたえることができません。あたくしも死んでから数週間、消滅の危機にさらされました。あたくしは運がよかったのですわ。あたくしが名前を知る多くの方々は運に恵まれませんでした。虎もまた絶滅寸前の種ですわね。優秀すぎる捕食者は、あまりいいものではありませんのよ。狩られて滅びてしまいますもの。さて、エンジェルについて何か言いたい方はいらっしゃいます？」

ディザイアは後方の席で、静かに、無表情にすわっている。この新生者《ニューボーン》は、転化以前も以後も、エンジェルと寝ていた。彼の頭の中にはいりこんで、セックスよりもはるかに親密な関係を結んでいたはずだ。ディザイアはその頭蓋の片隅に、エンジェルの幽霊を——サイキック・エコーを、とどめているのかもしれない。

秒針がいくつか音をたてて時を刻み、バンシーが手をあげた。彼は転化後もあのけばけばしいシャツを捨てず、つねにあの不気味なサングラスをかけている。

「おれたちは血の兄弟だった」バンシーは言った。「おれたちは、アイスマンをのぞいてだけれど、全員で血をわかちあった。最初の一週間を無事に終えて、パーティをしたときに……」

血のテストを通過したあとのことだ。町のストリップクラブから騒々しいフラッシュダンサー（エイドリアン・ライン監督、ジェニファー・ビールス主演『フラッシュダンス』Flashdance（一九八三）より）の一団が連れてこられた。ひよっこたちにとって、温血者《ウォーム》の首から血を飲むのははじめての機会だった。女がひとり死に、ヴェルクロがその責を問われて一週間謹慎をくらった。

「夜明け前、おれたちは儀式をおこなった。手首を切って流れる血をまぜあわせたんだ」

身ぶるいが起こった。ペニーははじめて温血者《ウォーム》で食餌をしたあと——病気の子供だった——一年のあいだ発熱で苦しんだ。思いだすといまも蛭の傷痕がうずく。

「ほんとうですの？」クラス全体にむかってたずねた。

「最高だった」とヴェルクロ。

ディザイアに視線をむけた。彼女がうなずく。

「ドクター・ビーチャーに徹底的な検査をおこなっていただかなくてはなりませんわね。アイスマン、お祝い申しあげますわ、このお馬鹿クラブに加わらずにいてくれてよかったこと」

転化前から人の形をとった機械のようだったアイスマンは、うなずいてその賛辞を受けとめた。彼はソロ・ハンターだ。チーム行動を忌避することで減点をくらいさえしなければ、トップの成績をおさめるだろう。彼はその名のとおり、ペニーの知るかぎりもっとも体温の低いヴァンパイアで、食餌のあとでも死体のように冷たい。そして、冷気の矢を吐くことができる。

「おれたちは間違ったことをしたわけじゃない」とコンフェッサー。

理解できない。

「エンジェルは生きている」バンシーが宣言した。「おれたちの中に生きてるんだ」

ディザイアがまばたきをし、一瞬、黄金の目がきらめいた。

6

何週間も人前で戯れたあげく、ペネロピはバンシーと寝た。彼の部屋はピンナップやペナントで飾られ、まるで十代の少年の寝室のようだった。ずんぐりしたステレオ・セットではジョルジオ・モロダーがリズムを刻み、消音したポータブルＴＶではマドンナが声にならないさけびをあげている。彼とのセックスは単なる娯楽にすぎない。精神的なつながりのない音と光、シンセによってオーケストレーションされながらも陳腐な曲。バンシーはバスケットでシュートを決めるように幾度もオルガスムスに達し、ささやかな勝利をおさめるたびに雄叫びをあげて同意を求めた。それは予想どおりの反応であり、じつをいえばペニー自身が望んだことでもあった。

機械的な交合が終わった。鋭い自分の牙で傷つけてしまったのだろう、口の中に血がにじんでいる。バンシーは彼女の下で、目を閉じたまま横たわっている。彼は転化以来一度も眠っていない。いまようやくはじめて、死にも似た昏睡状態に陥ろうとしている。けっして弱みを見せようとしないが、闇に慣れた目にはＴＶの明るい画面ですらつらいはずだ。ベッドサイドのテーブルにいつものサングラスがあったので、かけてやった。これで彼女を見ることができるだろう。

ペニーは自分の血を飲みこんだ。

「ジェドバーグに聞いた。明日、演習だってさ」バンシーが言った。「ゴースト・タウンで」

〈煉獄〉から二キロほど離れたところにあるそれは、旧西部時代に銀採掘で栄えながらいまでは無人となった町で、しばしば実戦演習に使用されている。

「もうひとつの部隊と戦うんだ」

背筋がぞっとした。

「ほんもののヴァンパイアとさ」

ペニーはあれからも一度、ツィスカを見かけている。年を経た顔をもつ殺人者たちと隊列を組んで走っていた。ツツロンも焼け焦げた肉の上に少しずつ皮膚を生やしながら、寝台を離れて歩きまわっている。驚くべき回復力だ。

「古い連中に勝たなきゃならない。でなきゃ、意味なんかないだろ？　新しいものはより進歩しているはずなんだから。おれたちは最高の存在にならなきゃいけないんだ」

強烈な欲求が高まってきた。部屋にいる猫だけでは足りそうにない。愚かだとは思うが、百年の歳月を経ても誘惑に抵抗する術《すべ》を身につけることはできなかった。身体を押しつけると、バンシーは驚くと同時に喜んでもいる。すべるように身体をずらし、彫像のような腹に口をつけた。牙をすべりこませ、押すように、なぶるように舌を使いながら、そっと吸いはじめる。口腔に甘いものがにじみでてくる。

バンシーの手が髪にもぐりこみ、彼女の顔を自分の皮膚に押しつけた。

「おれたちは勝たなきゃならないんだ」

なかば温血者《ウォーム》でなかばヴァンパイアの芳醇な血が、頭の中に眩惑と陶酔をもたらす。寝返りをうつと、後頭部で花火が爆発した。天井をながめた。意識にひっかかる動きと音がある。

鳩が一羽、はいりこんでいた。天井で翼を動かしたため、細かな埃が雲のように舞いあがり、色つきの光の中で踊っている。幾本もの蠟燭が煙をあげて、ざらざらした空気ににおいを加える。鳩が羽ばたきをすると、彼女の視野に奇妙な残像があらわれた。まったく同じ鳩が何羽もいて、梁や根太の周囲にあらわれたり消えたりしているみたいだ。

ペニーはふいに起きあがった。バンシーが驚いている。いまの彼女は蜥蜴脳に支配され、個性も知性も湿ったシーツの上に残し、純粋な本能にのみ従って行動している。

両腕を脇につけたまま、ぱくりと噛みついた。

バンシーを脇に押しやりながらベッドにもどり、羽と骨を噛み砕いた。ふた口で、くちばしも脚もふくめ、鳩はすべて消えてしまった。

光の雲の中に羽毛を吐きだし、カウボーイのようにバンシーにまたがった。

「遠吠え男《ハウリング・マン》さん、あたくしをふり落とせるかどうか、やってみたらいかが?」

7

「やあやあ、諸君」一同の注意をひこうと麦藁のステットソンハットをふりながら、ジェドバーグが声をあげた。

この指揮官は筋金入りの〈ショップ〉だ。身なりにかまわない大柄なテキサス男で、温血者《ウォーム》ではあるものの、ぴょんぴょんとびはねる二千歳の中国人長生者《エルダー》でも素手で倒すことができそうだ。

「この〈プログラム〉については、諸君らもある程度の察しをつけていることと思う。諸君らにはちょっとした仕事をしてもらう。総合的判断はわれわれが引き受ける。諸君らはみな優秀だ。そうでない者など〈ショップ〉は必要としないからね」

この訓示は講師たちにむけられたものだ。ペネロピはまだバンシーの血の酔いから醒めないまま、キャプテン・ガードナーの隣にすわった。ガードナーは厳しい態度で彼女に対する失望をあらわしている。彼女が合衆国のための修道女になることでも期待していたのだろうか。つまるところ、彼女のコードネームはトランパイア（売女（トランプ）とヴァンパイアを合成した言葉。女ヴァンパイアを意味すると同時に、男をしゃぶりつくす女という意味でもある。C・C・ウィリアムズ監督『トランパイア・キッス／吸性鬼』Trampire（一九八七）という映画がある）なのに。ドクター・ビーチャーは、超能力部門《サイ・ディヴィジョン》のレヴォックや潜入破壊専門のレインバードといっしょだ。見たことのない顔もいくつか出席している。男も女も、温血者《ウォーム》もヴァンパイアもいる。もうひとつの部隊の関係者なのだろう。そしてもうひとり、ジェドバーグとともに、歩く死体が立っていた。

「ここにいるケイレブ・クロフトは英国人だが、それを非難してはならないぞ。彼は〈ショップ〉最高の協力者なんだからな。カルパティア部隊の監督をしてくれている」

クロフトのことなら、チャールズと、懐かしい哀れなケティから聞いたことがある。見たところさほど脅威には思えないが、食餌のたびに十枚以上の死刑執行書に署名する男だ。彼が死をもたらさずに血を吸うことはけっしてない。

「諸君も『スター・ウォーズ』は知っているだろう」ジェドバーグが言った。「お子さまむけ映画のことではないぞ、戦略防衛構想のほうだ。ハイ・フロンティアだ（この計画のためにダニエル・C・グレアム中将が設立したシンクタンク）。大統領がどれだけの金をこの便所につぎこんで流したか、神のみぞ知るといったところだな。ものすごい大金《ビッグ・バック》だったろうが、いまはバック・ロジャーズなんざいらない。だがロニーはロケットが大好きなんだ。ソヴィエトの度肝を抜いてやろうってんだ。やつらは追いつこうと必死になって自滅してくれる。機能もせん宇宙兵器システムに利点があるとしたら、現世の敵が真似しようとして、どこまでも湯水のごとく現ナマを使うことだな。だがそれでも〈仕事〉が終わったわけじゃない。どういう〈仕事〉か、そいつはわかっているな。ソヴィエト共産主義として知られる精神病を撲滅することだ。クレムリンのグレムリンども（機械に悪戯をする小悪魔。機械が原因不明の故障を起こすとグレムリンのせいと考えられる。ジョー・ダンテ監督の映画『グレムリン』Gremlins（一九八四）はそこから生まれている）は大戦《ビッグ・ワン》以後、東欧を好きにしていやがる。ゆっくりと慎重に歩みを進めながら、十二年かそこいらごとに侵攻をくり返している（一九五六年ハンガリー動乱。一九六八年チェコスロバキア介入。一九七九年アフガン侵攻）。ポーランドの件でわれわれと一触即発の状態にあったときだって、やつらはそれをかわしてアフガニスタンに忍びこみやがった。だからわれわれは、やつらが東欧に目をむけているあいだに、やつらの前庭で糞をひりだしてやるんだ。トランシルヴァニア運動をトークショーのジョークなんかじゃなく、ワルシャワ条約機構（一九五五年、NATOに対抗して東欧八ヶ国が結んだ軍事同盟）のための真の選択肢に変えてやろうじゃないか。ドミノ理論を知っているだろう（ある地域が共産主義化するとそれがつぎつぎと隣接地域におよんでいくという考え方）。今回、ノックするのはわれわれで、倒れるのがやつらだ。やつらはみんな、バーガー中毒のエルヴィスみたいにふるえている。チェコスロバキア、ポーランド、ユーゴスラビア、そして、われらのとびきりで特別で最高な人気者ニコラエ・チャウシェスクのルーマニア。〈プログラム〉卒業生は共産党官僚《アパラチク》どもを駆逐し、ああ、その、正統な統治者を復活させる。わかるな。われわれは伯爵を城にもどし、血液銀行の奥に男爵を据えるんだ」

「それは危険なのではありませんか」ガードナーが声をあげた。「長生者《エルダー》の多くは人権に関してよくない記録を残しています。長い目で見た場合、彼らのほうがアカよりも悪質だと判明することにはならないでしょうか」

ジェドバーグは帽子をふってにやりと笑った。

「もちろんそのことも考えたさ、キャプテン。きみは正しい。やつらは吸血鬼《ブラッドサッカー》であるばかりでなく、下種野郎《スカムサッカー》だ。どいつもこいつも、くそいまいましい自分のことしか考えてやがらねえ。支配者の座につけてやったらすぐさま、われわれにむかって指を立てるだろう。ヴァンパイア長生者《エルダー》ってやつは民主主義と自由の友じゃないからな。いやいや、怒らないでくれたまえ、ケイレブ。あなたが〝メンフィスからの道〟（イギリスのロックバンド、モット・ザ・フープルの楽曲 Walk All the Way to Memphis より）、ずっと〈プログラム〉に協力的であることはわかっているよ。そう、だからこそわれわれは、われらの血統によるヴァンパイアを、戦士をつくろうとしているんだ。だからこそFDR（フランクリン・デラノ・ルーズベルトの略称。ガードナーが転化したという第二次大戦直前に大統領だった）はきみをヴァンパイアにしたんだ。われわれはカルパティア部隊を立派に訓練しているし、アメリカ部隊はもちろんそれ以上のものにしなくてはならない。だがそれでも、演習でこてんぱんにのされたらカルパティア人の士気はおおいにさがるだろう。つまりは、なんとも悲しいことだが、われわれの聡明なる若者たちは明日の夜、敗北せねばならんのだ。無念だろうがしかたがない。騒ぎ立てたいやつだって結局は泣き寝入りするしかないんだ」

この決定がどうあっても気に入らないだろうひよっこがひとりいることを、ペニーは知っていた。

8

午後遅く、砂漠から低空飛行でやってきた黒いヘリコプターが三機、練兵場に着陸した。ジェドバーグがペネロピとガードナーとドクター・ビーチャーをＶＩＰたちに紹介した。国家安全保障会議のオリヴァー・ノース中佐。彼のそばにはほっそりとした秘書ファーン・ホールが控えている。そして、ライアンという名のＣＩＡ分析官を従えた副大統領ブッシュ。ジョージ・ブッシュがロケット・ロニーからの支援メッセージを伝え、ライアンがジェドバーグに、ジェントルマン・ジャック（テネシー・ウィスキーの代表的メーカージャック・ダニエル社のウィスキー銘柄）のボトルがいっぱいにつまったゴルフバッグと、ラングレー（ＣＩＡ本部のあるバージニア州マクレーンの別名。暗にＣＩＡを示す）からの賛辞をわたした。

三機めのヘリからはふたりのヴァンパイアがおりてきた。ペニーはひと目で、そのふたりが何者であるか気づいた。トランシルヴァニア運動の名目上の指導者マインスター男爵と、有名な過激主義者オルロック伯爵だ。マインスターは小柄だが、颯爽として若々しい。そのあとにひっそりと、妖怪のように不気味なオルロックがつき従っている。副大統領は、蜘蛛のような指をもつオルロックの影が近づいてくるたびに、嫌悪の渋面を隠すことができずにいる。居心地が悪い。このようにあからさまな偏見は、きっかけさえあれば、はるかに人間的なヴァンパイアにもむけられるのではないか。そう、彼女のようなヴァンパイアにまで。

ジェドバーグはいかにも鷹揚に来訪者たちを迎えた。

ありがたくない指示を簡潔にはっきりと告げられたアメリカ部隊は、もちろん士気がさがっていた。善戦せよ、だが負けてやれという命令は、彼らが受けた基本的な教育プログラムに抵触している。諸君らは〝現在最高の部隊〟だとジェドバーグは言った。それはつまり、〝世界最高の敗者〟になれということだ。なんの慰めにもならない。怒りを放出していないのはアイスマンひとりだった。

日没と同時に、整列したアメリカ部隊とカルパティア部隊がそれぞれの宿舎から出てきた。どちらの部隊も訓練開始時の人数は等しく十二人だった。年月を経たヴァンパイアであるカルパティア部隊は、落伍者も事故死傷者もなく全員がそろっている。アメリカ部隊は六人が失われた（原文では五人だが、二章で五人が追いだされ、五章でエンジェルが死んでいるので、六人に修正しておく）。ツツロンも参加している。顔はまだぼろぼろだが、それ以外は戦闘フォームを整えている。まだ足もとが定まらないながらもチームに加わると主張したニキータより、よほどよい状態だ。いくらかでも不均衡を正すために、アメリカ部隊にはガードナーが加わっている。

目標はゴーストタウンだ。両チームはそれぞれ、陣を奪取・保持するべく戦う。ガードナーが説明したところによると、まずはアメリカ部隊が町にはいり、その後やってきたカルパティア部隊に明けわたすということだった。アメリカ部隊にとっては砂漠の砂を食べるような、まったくつまらない仕事だ。

ペニーは立ち会い人グループにまじっている。ブッシュとジェドバーグとオルロックがジープで砂漠に乗りいれ、大通りの古い酒場に陣取った。ライアンとファーン・ホールとビーチャーは、作戦本部基地に残って状況をモニターする。ペニーはノースとマインスターとともに、ヘリコプターに乗りこむことになった。ほかにも関心をもった連中があちこちへと散らばっていく。

真夜中に開戦である。

9

ヘリのドアはあいているが何も見えないと、オリヴァー・ノースが苦情をならべた。骨と皮ばかりのようなパイロット、アンドリュースが、同情の気配もなくふり返った。ヴァンパイアの両眼に赤い点が光っている。ペネロピとマインスターは夜目が利く。この演習は、人にとっては闇としか思えない暗さの中でおこなわれるのだ。

「あたくしが実況でお伝えいたしますわ」ペニーは申しでた。

小柄な軍人は、感じてもいない感謝をこめてうなずいた。そうしながらしっかりとベルトを締め、襟もとまでボタンをとめている。こめかみと首筋がスイス時計のように規則正しく脈打っている。

マインスターはまだ一度も話しかけてこない。

男爵は、かつてのペニーなら好ましく思っただろうような、ほんのわずかに美しすぎて、ほんのわずかに身なりに凝りすぎる、そうしたヴァンパイアだ。ヨーロッパでも有数の資産を相続し、生きているあいだにシャツとチョコレートで散財してしまった。オトラント城でも、なんとか寵を得ようとうろつきまわっていたものだ。ドラキュラは同性愛者に関心がないため、一度も真面目にとりあったことはなかった。同じ同性愛者でも、彼のかつての恋人、魅力あふれるヘルベルト・フォン・クロロックのほうがより深い敬意を集めている。マインスターはいつもむきだしの野心をぎらつかせていたため、アーサ公女の登場により、側近グループから放逐されてしまった。公女はもと近衛隊であった側近たちを城から追いだし、ほとんど役に立たない自分の取り巻きにその地位を与えたのだ。

眼下を影が飛んでいる。バンシーとアイスマンがプロペラの風に耐えながら翼をならべている。これも一種のデモンストレーションだ。賢明にふるまうつもりならば、ヘリコプターによる風圧のかからない場所にとどまるべきだろう。

「アメリカ部隊が空を飛んでいますわ」ペニーは報告した。

マインスターが上品な牙を見せてうなった。

ゴーストタウンの上空までやってきた。下界、町の周囲では、五芒星形の形に篝火《かがりび》がたかれている。古い街路が見える。流れてきた砂にほとんど埋もれてしまった建物もある。酒場の外、馬をつなぐ柱の横に、ジェドバーグのジープが停まっている。

バンシーとアイスマンが地面におりて翼をたたんだ。

ふたりの飛行士は、それぞれささやかな荷物を運んでいた。ニキータとディザイアだ。アメリカ部隊のヴァンパイア四人が酒場の周囲に陣を敷いて、罠がないかチェックをはじめた。宇宙からも見えそうな笑みを浮かべたバンシーが、スウィング・ドアを蹴りあけ、飛んでくるだろう火を避けようと身をかわした。だが何も襲いかかってはこない。

ジェドバーグが帽子を押さえながら出てきて、バンシーと握手をかわした。オルロックは火明かりを嫌ってもっとも深い影の中に身をひそめている。

アメリカ部隊の残りの連中――ガードナー、コンフェッサー、ヴェルクロが、隊列を組んで大通りを走ってきた。ガードナーが先頭だ。

「アメリカ部隊が酒場を占拠しましたわ」

ノースがこわばった笑みを浮かべ、マインスターが目を怒らせた。

影が動いた。ペニーはかなり夜目が利くほうだが、それでもカルパティア部隊の到着に気づくことはできなかった。彼らは幽霊のように音もなく忍び寄り、敵の咽喉に爪を突き立てた。ガードナーが自分に襲いかかる影をすばやくかわし、バンシーがジェドバーグの背後に逃げこんだ。だがアメリカ部隊のあとの者たちはつぎつぎと倒された。なんともやわなものだ。

マインスターがいかにも得意そうな笑みを浮かべて言った。

「何が起こったのか、ノース中佐に知らせてやるんだな」

「アメリカ部隊が倒されましたわ」

淡々と報告すると、ノースがまばたきをした。

ペニーには、アメリカ部隊がわざと負けてやったのかどうかもわからなかった。もしかすると、彼らはたったいま、ヴァンパイア長生者《エルダー》の真の力について学んだのかもしれない。

だがそれで終わりにはならなかった。

ニキータが立ちあがった。ジャンプスーツの前は破れ、咽喉は血まみれになっている。それでも彼女はみごとな格闘技の動きで、カルパティア人の腹と顔に蹴りをいれた。ブーツがこすれて顔の黒い塗料が剥がれる。

アレックス・ツィスカだ。

「アメリカ部隊が反撃をはじめましたわ」

「無駄だよ」マインスターが言い放つ。「演習は終わりだ。予定はここまでだろう」

「すべて終了するまで何も終わらない」ノースが反論した。「きみたちヨーロッパ人も、もうそれくらいのことは学んでいてほしいね」

ツィスカがニキータをかわして背後にまわり、鮫のように大きく口をあけた。そしてアメリカ娘の肉をかじりとり、ぺっと吐きだした。

これでニキータも倒れた。首の傷口で骨が光っている。

バンシーがツィスカに攻撃をしかけ、ナイフのようにとがった指を集めて胴に突き刺した。

ジェドバーグが帽子をふっている。

カルパティア部隊がツィスカのもとに集まり、解放されたアメリカ部隊が改めて攻撃を再開した。ヴェルクロが腐った棒をひろい、棍棒のように（それとも杭のようにだろうか）使おうとしている。カルパティア部隊に所属していないはずのオルロックが、背後から彼を羽交い締めにする。

バンシーが翼をひろげ、ツィスカの片足をつかんだまま宙に舞いあがった。カルパティア人たちも一瞬のうちに変身をとげ、彼を追って空にあがる。アメリカ人飛行士が暴れるツィスカから手を放した。ツィスカは板歩道に落ち、腐った木材が鋭い音をたてて割れた。

「あのヴァイパー、尻が木の破片だらけになるだろうな」ヘリのパイロットが面白そうに笑った。

ノースがアンドリュースに、バット・ファイトがよく見えるよう高度をとれと命じた。

地上ではカルパティア部隊の長生者《エルダー》が優勢だが、空ではバンシーが彼らの周囲をまわっている。バンシーの踵から、ブーツを突き破って骨の棘がとびだした。彼は攻撃してくる長生者《エルダー》の翼に穴をあけ、鋭すぎる聴覚をもつ者にはそれだけで脅威となる遠吠えのような歓声をあげた。

まずひとり、さらにひとりと、長生者《エルダー》が落ちていった。穴のあいた翼が風によってさらに切り裂かれる。

ついにバンシーと、ただひとり残ったカルパティア人、ツツロンの一騎討ちとなった。

ふたりはにらみあい、腕をからませ、取っ組みあった。巨大な翼が宙を打つ。そのときバンシーが翼を消し、重力のままに落下しはじめたと思うと、空からねじりとるようにツツロンを巻きこみ、敵の翼の関節をはずした。ふたりの身体が離れ、ツツロンが地面に激突する。バンシーはふたたび翼を生やし、地面すれすれをかすめ飛んでから踊るように舞いあがり、雄叫びをあげて勝利を誇示した。

マインスターはいかにも不機嫌そうだ。

地上では、演習がいつのまにか昔ながらの酒場の喧嘩になりはてていた。ジェドバーグがオルロックをたたきのめしている。伯爵のほうは、飛びこみ板にのっているかのように、幾度でもまた起きあがってくる。

演習は完全な失敗だ。

ペニーはマインスターにむかってこぼした。
「どうしてみんな、きちんとやっていけないのでしょうねえ」

（訳註：タイトル「愛は翼にのって」You Are the Wind Beneath My Wings は、ジェフ・シルバー＆ラリー・ヘンリー作詞作曲『愛は翼にのって』Wind Beneath My Wings（一九八二）の歌詞より。ゲイリー・マーシャル監督『フォーエバー・フレンズ』Beaches（一九八八）でテーマ曲として主演のベット・ミドラーが歌い、全米ヒットチャート一位を獲得、グラミー賞では最優秀レコード賞と最優秀楽曲賞を受賞した）

訳者あとがき

〈ドラキュラ紀元〉シリーズ第四巻『われはドラキュラ――ジョニー・アルカード 上巻』をお届けする。

このシリーズはまず、一九九二年から九八年にかけてサイモン&シュスター社などから本編のみの三冊が出版された（わが国でも一九九五年から、同じく本編のみ収録された三冊が東京創元社より刊行）。その後、十年以上の間をあけて二〇一一年にタイタン・ブックス社に移籍したのであるが、そのさい、書き下ろし中編をふくめさまざまな〝おまけ〟が追加されたことは、アトリエサード版〈ドラキュラ紀元〉シリーズの読者ならば当然ご存じのことと思う。

そして二〇一三年、待望のシリーズ第四巻 Johnny Alucard が出版された。それが本書である。

この巻は、長編をメインとして〝おまけ〟が付加されたこれまでの三冊とはがらりとおもむきを変え、十余年のあいだにさまざまな場所で発表されてきた作品を集め、書き下ろしを加えてまとめた中短編集となっている。その内訳は、プロローグの短編が一話、メインとなる中編が六話、インタールードとして挿入される短編が五話、そして、物語中で披露しきれなかった（ウォーホラとウェルズに関する）細かい設定を論文かエッセイのような形で綴った補遺が二編だ。この補遺は、ニューマン自身ではなくそれにふさわしい人物によって書かれた形をとっている。すなわち、「補遺」といいながら、これまでの巻における「付記」のような〝おまけ〟ではなく、れっきとした物語の一部なのである。

年代的には、一九四四年のプロローグをべつにすると、一九七六年から九一年にわたる十五年間が扱われ、舞台となるのは主としてアメリカ、そして、ドラキュラの故郷ルーマニア（トランシルヴァニア）だ。それぞれの話は独立して完結しているものの、全体を通してながめると一本の大きな流れが見える構成になっている。その全編を貫くテーマは「映画」である。映画評論家にして映画オタクであるニューマンが、フルにその知識を駆使して編みあげた物語といえるだろう。

なかでも中心となるのは、ブラム・ストーカーの〝歴史改変小説〟『吸血鬼ドラキュラ』の映画化だ。目次を見てもおわかりのように、二十世紀の巨匠ともいうべきフランシス・フォード・コッポラやオーソン・ウェルズが、『ドラキュラ』の映画化を試みている。われわれの生きる現実世界では、ドラキュラ映画は数多くつくられているし、コッポラも一九九二年に映画化している（本作中のコッポラの『ドラキュラ』は現実の一九九二年版とはまったくの別物で、彼の某代表作のパロディとなっている）。だが、ドラキュラが実在し支配力をふるった世界において、ドラキュラが敗北して滅ぼされる〝歴史改変〟映画をつくることは、政治的にも呪術的にもさまざまな問題が生じるのだろう。

そして、映画制作と平行して語られるのが、（タイトルになっているのだから当然ではあるが）プロローグにおいてドラキュラにより転化された少年の物語である。はじめはジョニー・ポップと名のり、のちにジョニー・アルカードと改名した彼は、上巻においてもつぎつぎと巨匠たちと関わっていくのだが、下巻では何を企み、どのように変容していくのだろう。また、〈紀元〉シリーズのレギュラーメンバーともいうべきヴァンパイア三人娘、ジュヌヴィエーヴ、ケイト、ペネロピは、それぞれどのように物語とからんでいくのか。

これまでの三冊も充分鈍器といえる分厚さだったが、今回はそれをはるかに上まわるページ数であるため、シリーズ初の上下巻となった。

この上巻には、中編三話と短編四話が収録されている。残る中編三話と短編二話、補遺二編、そして、邦訳版の特典ともいうべき登場人物事典は下巻になる。今回の人物事典は、映画がテーマということでニューマンのオタク度も全開となったためか、項目数は千件近く、ページ数も百を越え、なんと下巻の四分の一を占めている。上巻にもおびただしい人名が登場している。できるならば上下巻同時に購入し、二冊ならべてチェックしながら楽しんでいただきたい。

キム・ニューマン Kim Newman
1959年、ロンドンに生まれる。少年時代から映画とホラー小説に熱中。1982年より雑誌に映画評を連載し、84年から創作を開始。92年、ドラキュラが英国を支配した改変世界を描いた『ドラキュラ紀元一八八八』(アトリエサード)を発表し、世界幻想文学大賞などの候補にあがる。《ドラキュラ紀元》シリーズとして『鮮血の撃墜王』『ドラキュラのチャチャチャ』『われはドラキュラ――ジョニー・アルカード』(以上、アトリエサード)などを上梓。他の邦訳に『モリアーティ秘録』(東京創元社)、ジャック・ヨーヴィル名義の『ドラッケンフェルズ』(ホビージャパン)などがある。

鍛治 靖子 (かじ やすこ)
英米文学翻訳家。東京女子大学文理学部卒。訳書にキム・ニューマン『ドラキュラ紀元一八八八』『鮮血の撃墜王』『ドラキュラのチャチャチャ』(以上、アトリエサード)、L・M・ビジョルド『魔術師ペンリック』、サチ・ロイド『ダークネット・ダイヴ』、イラナ・C・マイヤー『吟遊詩人の魔法』、G・ウィロー・ウィルソン『無限の書』、ハル・クレメント『20億の針』(以上、東京創元社)、ラリイ・ニーヴン『リングワールドの子供たち』(早川書房/梶元靖子名義、小隅黎と共訳)などがある。

ナイトランド叢書 EX-4

《ドラキュラ紀元》
われはドラキュラ
――ジョニー・アルカード〈上〉

著 者 キム・ニューマン

訳 者 鍛治 靖子

発行日 2021年9月10日

発行人 鈴木孝
発 行 有限会社アトリエサード
東京都豊島区南大塚1-33-1 〒170-0005
TEL.03-6304-1638 FAX.03-3946-3778
http://www.a-third.com/ th@a-third.com
振替口座/00160-8-728019
発 売 株式会社書苑新社
印 刷 モリモト印刷株式会社
定 価 本体2500円+税
ISBN978-4-88375-447-2 C0097 ¥2500E

www.a-third.com

キム・ニューマン　鍛治靖子 訳

《ドラキュラ紀元》
われはドラキュラ——ジョニー・アルカード〈下〉

四六判・カヴァー装・432頁・税別2700円

時はいよいよ90年代。
ジョニー・アルカードのゆく末は?
そしてジュヌヴィエーヴ、ケイト、ペネロピのヴァンパイア三人娘は、
この時代をどう生きるのか——

“本書収録の全12話を俯瞰してみたとき、
浮かびあがってくる裏テーマともいうべきものがある。

それが、「われはドラキュラ」だ。

シリーズ第1巻『ドラキュラ紀元一八八八』最後の登場シーンにおいて、
ドラキュラは、「われはドラキュラなり」と名のりをあげた。

本書においては、プロローグで、
ドラキュラはふたたび少年にむかって同じ台詞を告げている。
そしてその後も、ドラキュラ本人によるものではないけれども、
さまざま場面でこの台詞がくり返し使われている。

最後にこの言葉を口にする者は——。そしてその場面は——。”

（下巻の訳者あとがきより）

裏設定を綴った補遺2編と、
訳者による詳細な登場人物事典も収録!

ナイトランド叢書

キム・ニューマン
鍛治靖子 訳

「《ドラキュラ紀元一九五九》ドラキュラのチャチャチャ」

EX-3 四六判・カヴァー装・576頁・税別3600円

実在・架空の人物・事件が入り乱れて展開する、壮大な物語!
ドラキュラの結婚式がおこなわれるローマに飛んだジャーナリスト、
ケイトが遭遇したのは、長生者《エルダー》ばかりを狙う謎の〝深紅の処刑人〟——。
本邦初訳の中編「アクエリアス—ドラキュラ紀元一九六八」も収録!

キム・ニューマン
鍛治靖子 訳

「《ドラキュラ紀元一九一八》鮮血の撃墜王」

EX-2 四六判・カヴァー装・672頁・税別3700円

イギリスを逃れ、ドイツ軍最高司令官となったドラキュラ。
その策謀を暴こうとする英諜報部員を、レッド・バロンこと、
撃墜王フォン・リヒトホーフェン男爵が迎え撃つ!
初訳となる章「間奏曲」や、書下ろし中編なども収録した完全版!

キム・ニューマン
鍛治靖子 訳

「ドラキュラ紀元一八八八」

EX-1 四六判・カヴァー装・576頁・税別3600円

吸血鬼ドラキュラが君臨する大英帝国に、
ヴァンパイアの女だけを狙う切り裂き魔が出現。
諜報員ボウルガードは、五百歳の美少女とともに犯人を追う——。
世界観を追補する短編など、初訳付録も収録した完全版!

ブラム・ストーカー
森沢くみ子 訳

「七つ星の宝石」

1-3 四六判・カヴァー装・352頁・税別2500円

『吸血鬼ドラキュラ』で知られる、ブラム・ストーカーの怪奇巨篇!
エジプト学研究者の謎めいた負傷と昏睡。
密室から消えた発掘品。奇怪な手記……。
古代エジプトの女王、復活す?

詳細・通販は、アトリエサード http://www.a-third.com/

ナイトランド叢書

ウィリアム・ホープ・ホジスン
野村芳夫 訳

「〈グレン・キャリグ号〉のボート」

1-6 四六判・カヴァー装・192頁・税別2100円

海難に遭遇した〈グレン・キャリグ号〉。
救命ボートが漂着したのは、怪物ひしめく魔境。
生きて還るため、海の男たちは闘う——。
名のみ知られた海洋怪奇小説、本邦初訳!

ウィリアム・ホープ・ホジスン
荒俣宏 訳

「異次元を覗く家」

1-4 四六判・カヴァー装・256頁・税別2200円

廃墟に遺された手記が物語るのは、異次元から侵入する
怪物たちとの闘争と、太陽さえもが死を迎える世界の終末……。
ラヴクラフトの先駆をなす宇宙的恐怖!

ウィリアム・ホープ・ホジスン
夏来健次 訳

「幽霊海賊」

1-1 四六判・カヴァー装・240頁・税別2200円

航海のあいだ、絶え間なくつきまとう幻の船影。
夜の甲板で乗員を襲う見えない怪異。
底知れぬ海の恐怖を描く怪奇小説、本邦初訳!

詳細・通販は、アトリエサード http://www.a-third.com/

TH Literature Series（小説）

朝松健

「邪神帝国・完全版」

J-08 四六判・カヴァー装・384頁・税別2500円

クトゥルー神話をベースにカルトに支配された
社会の恐怖を描いた朝松健の代表作が、完全版として登場！
差別や暴力を肯定する〝闇〟が、
〝光〟に見えている人間が増えている時代に、
〝闇〟の恐怖を暴いた——末國善己

朝松健

「アシッド・ヴォイド」

J-03 四六判・カヴァー装・256頁・税別2200円

〝神〟か。結構だな。
俺は前から神さまって奴に会いたかったんだ——
ラヴクラフトへの想いに満ちた初期作品から、
ウィリアム・S・バロウズに捧げた書き下ろし作品まで。
クトゥルー神話を先導しつづける朝松健の粋を集めた短篇集！

朝松健

「Faceless City」

J-02 四六判・カヴァー装・352頁・税別2500円

暗黒の秘儀まで、あと24時間！
クトゥルー復活後、世界で最も危険な都市アーカムで、
探偵・神野十三郎は〈地獄印Nether Sign〉の謎を追う。
デビュー30周年を飾る、
書き下ろしクトゥルー・ノワール！

朝松健

「朽木の花〜新編・東山殿御庭」

J-05 四六判・カヴァー装・320頁・税別2400円

「坊さん、よう生きとったな」
様々な怪異や妖かしに立ち向かう一休宗純の
壮絶な生涯を描いた傑作 室町伝奇小説！
宮部みゆき氏に絶賛された日本推理作家協会賞候補作「東山殿御庭」から書き下ろし「朽木の花」まで、一休ものの集大成！

詳細・通販は、アトリエサード http://www.a-third.com/

コティングリー妖精事件／妖精関連書

アーサー・コナン・ドイル
井村君江 訳

「妖精の到来〜コティングリー村の事件」

ナイトランド叢書4-2 四六判・カヴァー装・192頁・税別2000円

〈シャーロック・ホームズ〉のドイルが、妖精の実在を世に問う!
20世紀初頭、2人の少女が写し世界中を騒がせた〝妖精写真〟の発端から証拠、反響などをまとめた時代の証言!
妖精学の第一人者・井村君江による解説も収録。

「妖精が現れる!
〜コティングリー事件から現代の妖精物語へ」

ナイトランド・クォータリー増刊 A5判・並製・200頁・税別1800円

コティングリー妖精事件の新旧の研究史を出発点としながら、
多様な論点が訴えるより広範な問題に対し、
幻想文学の立場から向き合う——

井村君江らの紀行文、エドワード・L・ガードナーの文書など
コティングリー関連の記事や、妖精に関する評論・エッセイをはじめ、
タニス・リー、パトリシア・A・マキリップ、高原英理など
妖精をテーマにした小説も数多く収録!

ウォルター・デ・ラ・メア 詩 ドロシー・P・ラスロップ 絵
井村君江 訳

「ダン・アダン・デリー〜妖精たちの輪舞曲」

A5判変形・カヴァー装・224頁・税別2000円

妖精が舞い、魔女は夜空をかけ、子供らは夢の世界に遊ぶ——

イギリスの児童文学・幻想文学の名手、ウォルター・デ・ラ・メアが、
妖精、魔女、夢などをモチーフに幻想味豊かな詩を綴り、
アメリカのイラストレータ、ドロシー・P・ラスロップが
愛らしく想像力豊かな挿画を添えた、
読者を夢幻の世界へいざなう、夢見る大人の絵本!

妖精学の第一人者、井村君江がその華麗な世界を翻訳し、
人形彫刻家・戸田和子の作品が彩りを添えます。

これは、子供の心を失わない大人のための本——井村君江

詳細・通販は、アトリエサード http://www.a-third.com/